사막, 두 얼굴의 남자

사막,
두 얼굴의 남자 1

초판 1쇄 인쇄일 | 2016년 10월 17일
초판 1쇄 발행일 | 2016년 10월 21일

지은이 | 누리
펴낸이 | 박성면
펴낸곳 | (주)동아

출판등록 | 제406-2012-000056호
주소 | 경기도 파주시 문발로 115, 세종출판벤처타운 201-A호
전화 | (031)8071-5201
팩스 | (031)8071-5204
E-mail | bear6370@hanmail.net

정가 | 11,000원

ISBN 979-11-5511-719-4 (04810)
      979-11-5511-718-7 (Set)

사막, 두 얼굴의 남자

Desert, a man of two faces

누리 장편소설

ZERONOVEL

목 차

서장序章

「자간zagan이라 불리는 존재들은 감히 우리로서는 가늠하기도 어려운 시간 동안 수많은 이름으로, 혹은 특정치 않은 모습으로 존재해 왔다. 수세기 전엔 용의 존재로 불려 왔으며, 현세에는 지상 위의 신으로 경배받으며, 후에 기록될 여담에선 인간의 모습으로 존재했다.」

어둠이 내려앉았다. 오랜 시간 동안이었다. 그 오랜 시간 빛 한 점 들지 않던 곳에 거짓말처럼 빛이 스몄다. 저를 잠에서 끌어 내리는 빛 한 줌이 그리도 달았다. 그는 어둠을 유독 싫어했기에. 그것을 걷어 내는 빛 한 줄기가 고마웠다.

뱀이 눈을 뜬다. 검은 뱀은 시간이 얼마나 지났는지 가늠했다.

무심한 눈은 짤막히 움직였다. 그는 스며든 빛에 가까이 다가갔다. 적막하기 그지없던 곳에 두런두런 말소리가 들리는가 싶더니 빛의 부피가 늘어났다. 커졌다. 검은 뱀은 그 빛에 현혹되어 조금 더 앞으로 나아갔다. 그러곤 맛보아서는 안 될 것을 취했다.

경외. 끊임없이 바라는 이기심. 숭상받는 존재. 제 앞에 몸을 납작 엎드린 수백 명의 사람들.

작열灼熱하던 사막의 땅에 마을이 생겼다. 사람들이 오갔으며 그들은 끓는 열기에 익숙해져 가는 듯했다. 메말라 있던 사막에 물웅덩이도 생겼다. 사막은 연중 손에 꼽을 정도로 비 오는 횟수가 적었다. 운이 좋은 날이었는지, 잠에서 깨자마자 비가 축축이 제 머리통을 적셨다. 간만에 느껴 보는 서늘함에 몸이 낙낙히 풀렸다. 눈을 감아 그것의 물기를 느꼈다.

검은 짐승을 숭상한다던 인간들은 몇 대代를 거쳐 신전을 만들었다. 인간의 손끝에서 완성된 이 신전은 오롯이 자신을 위한 것이었다.

당황할 사이도 없이 그들은 자신을 사막의 신神이라 섬겼다. 사막의 군신軍神으로 혹은 악신惡神으로 불리던 저는 그들의 허상 속에 항상 자리 잡고 있었다. 때로는 뱀의 모습으로, 때로는 날개를 가진 조류의 모습에 빗대어 그려지기도 했다. 신도들은 항상 반짝거리는 패물이나 먹을 것을 들고 왔다. 간혹 사람도 바쳤다. 피에 젖은 이름 모를 것도 바쳤다. 갓 태어난 아이의 피라고 말했다. 자신은 그것을 마다하지 않고 받았다. 피를 먹는 고약한 취미는 없었지만 그들이 건네는 것이었기에.

저를 향한 신앙심은 깊어졌고, 맛은 나쁘지 않았다. 누군가가 주는 무한의 애정, 신뢰, 경외심은 의외로 괜찮은 것이었으므로.

그들은 하루에도 몇 시간씩 정교하게 조각된 조각상 앞에서 기도를 하고 돌아갔다. 그런 그들이 한없이 사랑스러웠다. 하지만 한편으로는.

─어리석어.

그들을 가엾게 생각했던 것 같았다. 강함을 좇고, 그것의 그림자에 숨어 버리는 그들을 동정했다.

있지도 않은 누군가가 저들을 지켜 주길 바랐다. 메마른 땅에서 자신들을 구원해 줄 허상을 그렸다. 이를테면 사막의 끓는 더위에서, 저보다 강한 누군가가 자신을 가려 주는 그늘이 되길 바라는 것이었다. 광적일 정도로 맹목적인 기도는 신도들이 모두 제집으로 돌아간 밤이 돼서야 조금씩 식을 수 있었다. 차가운 사막의 밤처럼. 그들은 끊임없이 기도했다.

그들의 바람은 항상 비슷한 것에서 맴돌곤 했다. 지켜 달라, 죽음에서 벗어나게 해 달라고. 더 이상 배고파하고 싶지 않다고 했다. 더도 말고 덜도 말고 딱 그 정도의 소원이었다. 존재하지 않을지도 모르는 자신에게 졸랐다.

나약한 것을 좋아하지 않았다. 본래 성정이 그러했다. 그들의 나약함에 눈살이 찌푸려지면서도 동정했다. 무엇에 눈이 갔는지 모를 일이다. 뼈가 앙상한 팔이었을까. 거멓게 타 버린 피부였을까. 한낱 조형물에 지나지 않는 조각상을 보며 애처롭게 몸을 숙이는 모습에서였을까.

이상한 기분이었다. 그 나약함에 취해 그들을 보살펴야 한다는 알수 없는 의무감이 생겨난 것을 보면.

1. 프레야의 꽃

「제국력 528년. 카야도르 7세 11년. 3황자가 어린 나이에 보위에 올라 삼 년이 되는 해에 죽음과 열사熱沙의 땅이라 불리는 탄팔로 사막을 정복하여 땅을 넓혔다.

[제국의 역사서] 中 1페이지 중 일부 발췌」

"정말 도와주시려는 겁니까?"

쉬지 않고 흘러내리는 땀을 닦아 내는 남자가 지친 티가 역력한 얼굴로 물었다.

"모른 척하고 간다면 내 체면이 말이 아니지."

"프레야 공을 싫어하셨잖아요?"

"싫어하는 것과 이건 별개야. 본 후는 공과 사는 철저하게 구분할 줄 아는 사람이니까."

"아, 그러셨군요."

부관인 라일의 따가운 눈초리가 남자에게 향했다.

"약점을 잡아서 좋아하시는 건 아니고요?"

"약점? 그 늙은이가 어디 보통 사람인가? 이 정도는 약점도 아닐 것을."

"그래도 빚을 진 것이죠. 빚지는 것을 굉장히 싫어하셨잖아요. 특히 각하께는요."

"뭐, 그래. 빚 정도는 되겠네."

그리 말하는 재색 눈동자에 유쾌함이 스몄다. 방금까지 끓는 더위에 짜증을 낸 것이 무색할 정도였다. 이러한 상황에서도 그를 즐겁게 할 수 있는 것은 프레야 공작이 연관된 일이기 때문일 것이다.

자세한 일의 내막이야 알 수 없었지만, 그의 가문의 사람들이 탄팔로 사막 근처의 작은 도시인 수크안에 발이 묶여 있었다. 운이 좋게도 탄팔로 사막 근처를 지나는 이 행렬에 도움을 요청한 것이었다. 당연히 도움을 줘야 하는 상황이었지만, 그 대상이 프레야와 연관되어 있다는 것을 안 제 상관은 망설임 없이 행로를 바꿨다. 그 호의가 진심에서 비롯된 것이 아니라는 것쯤은 자신도 알았다. 황도에서 그 둘의 관계를 생각해 본다면 도움을 요청하더라도 모른 척하고 가는 것이 맞았다. 하지만 기왕 도와줄 사람들, 프레야 가문의 사람이라 더욱더 기꺼웠다.

지오반니와 프레야 공작의 사이는 그다지 좋지 못했다. 자신의 상관은 번번이 그의 약을 바짝 올리고는 했는데, 그것이 파라듈 무역권을 프레야 공작으로부터 빼앗아 왔을 때, 그 둘의 사이는 걷잡을 수도 없이 최악이 되었다. 차라리 그 무역권이 필요해 가져왔다고 하면 라일은 상관인 지오반니를 이해했을지도 몰랐다. 하지만 모든 것은 제 상관의 변덕으로 시작된 일이었다. 그가 자주 하던 말을 빌리자면, 프레야 공작의 반응이 그렇게 재미있을 수가 없다고.

"프레야 공께서 도움 요청을 받아들인 분이 각하라는 것을 아시면

패나 통탄스러워하실 겁니다."

"내가 그 얼굴을 봐야 하는데."

"또 놀리시려는 겁니까?"

"하지만 어쩌겠어. 나밖에 이곳을 지나가는 사람이 없는데. 그렇지?"

이런 더위에도 프레야 공작이 당할 것만 생각하면 그저 기분이 좋은가 보다. 저렇게 환하게 웃는 것을 보면. 그를 보며 라일이 눈살을 찌푸렸다.

"그나저나 날씨가 정말 덥네요. 이러다간 제 몸이 남아나질 않을 것 같습니다."

"엄살이 심해서 큰일이야."

"아무렇지 않으신 각하께서 이상하신 겁니다."

"본 후가 튼튼하단 뜻이겠지."

황도에서는 겪을 수도 없는 끔찍한 더위를 며칠 동안 겪고 나니 부관의 입에서 격의 없는 말들이 술술 튀어나왔다. 그럼에도 그가 개의치 않아 하는 것은, 자신이 제 상관에게 귀여움을 받는 것을 알아서였다. 법도는 곧잘 무시하면서도 위계질서에 민감한 상관이었지만 예외를 두는 이가 몇몇 있었다.

"바로 가도 될 것을 반나절은 더 돌아서 가셔야 합니다."

"본디 수고를 더 할수록 그 대가가 달지."

"폐하께서도 걱정하지 않으셨습니까. 이미 프레야 공께서도 독이 오르셨고요."

"그 성질 저가 감당 못 해서 부리는 것이 패악인 것을."

"누가 들을까 염려됩니다."

엿듣는 자가 정말 있을까 싶어 라일이 주변을 둘러보았다.

"들으라지."

"각하, 제발."

라일이 애원하듯 눈을 감았다. 애원하면서도 그는 제 콧등에 잔뜩 맺힌 땀을 닦아 내기에 바빴다.

"마법을 하는 이가 있었다면 좋았을 것을."

"있긴 있죠. 더워서 쓰러졌다는 게 문제지만."

성인 남성의 정신을 잃게 하는 더위였다. 그러니 까맣게 탄 얼굴과 비 오듯 쏟아지는 땀이 이상한 것이 아니었다. 다만, 너무 멀쩡한 자신의 상관은 비정상적으로 괴이했다.

"정말 괜찮으십니까?"

"그럼 내가 그대처럼 잔뜩 땀이라도 흘릴까? 저 마법사처럼 볼썽사납게 쓰러져야 하고?"

"그건 아니지만."

그건 아니지만. 그래, 당신이 너무 이상한 거야. 이런 더위에 땀이 나지 않는 것이 정상이라는 말인가? 더럽더라도 땀을 흘리는 쪽이 나아 보였다. 이런 더위에는 땀 정도는 배출되어야 몸이 제대로 움직이지 않을까.

주위가 온통 지글지글 끓었다. 이쯤 되니 살덩이가 구워져도 무리는 아닐 것이라는 생각이 들 정도였다. 뜨거운 입김을 뿜고 있는 태양에 정수리가 타는 듯한 착각마저 들었다.

고룡이 거처하는 화산 칼라로프가 이러할까. 따가운 햇볕을 방지하기 위해 얼굴에 칭칭 둘러 둔 천이 비 오듯 쏟아지는 땀 덕택에 흠뻑 젖었다. 게이트gate가 있는 곳까지 이틀이면 갈 시간을, 반나절이나 또 돌아가야 한다는 소식을 듣자 뒤를 따르는 병사들의 얼굴에는 질렸다는 표정이 역력했다. 장담컨대, 국경 부근에서 일어난 누바라와의 작은 마찰보다 이 더위가 더 고역스러웠다.

"프레야 공께서 무얼 주실까요?"

"글쎄."

라일은 프레야 공작이 무엇으로라도 보답을 할 것이라는 데에 의심하지 않았다. 그 상대가 아무리 원수같이 여기는 웰시노 후작이라고 해도, 그는 빚지는 성미가 아니었기 때문에. 또한 그것을 한 번의 사양 없이 받아들일 웰시노 후작이라는 것도 알았다.

"그 늙은이가 가장 아끼는 게……."

그는 잠시 고민하듯 고개를 갸웃거렸다.

"공의 오랜 친구인 탐야크 후작께서 등급 높은 오칼을 선물로 주셨다지요? 아직 시장에도 풀리지 않은 것이라고 합니다. 풀리려면 삼 년은 기다려야 한다는군요. 그것은 어떻습니까."

"그따위 것을 어디에다 쓴다고."

"탐야크 후작께서 들으셨다면 멱살을 잡으셨을 겁니다."

"돌덩이인 주제에."

라스펠리아보다 등급이 높은 오칼을 돌덩이라고 부른 이는 아마 그가 유일할 것이다. 라일은 이것 또한 누가 들었을까 두려워 바쁘게 눈동자를 굴렸다.

"여자는 어떨까."

"여자요?"

프레야에서 미혼인 여성이 있었었나. 여자가 있어도 당신에겐 주지 않을 것 같은데. 라일은 잠시 깊게 고민했다.

"누구요?"

"공이 가장 아끼는."

"……네?"

"죽은 아들의 딸."

"각하, 그건 절대 안 될 말입니다."

라일이 다급하게 고개를 저었다. 그는 땀으로 축축하게 젖은 장갑으로 남자의 팔에 매달렸다.

"왜?"

"왜라니요. 왜라니요!"

"호들갑은."

"공께서 얼마나 아끼는지 아시면서 그러십니까? 정말 멱살 정도로는 안 끝날 거라고요!"

공작의 아들 내외가 죽은 뒤, 그의 보살핌 아래서 자란 어린 아가씨는 대단히 귀함을 받는 사람이었다. 그녀의 바람 중 이루어지지 않은 것은 없었고, 손아래 쥐고 싶은 것 중 쥐지 못한 것이란 없었다. 그 아낌은 상상을 뛰어넘는 것이었기 때문에 곧 결혼을 할 그 아가씨의 상대가 누가 될지는 모두의 관심사였다.

"알겠어. 그만해. 덥다면서 기운도 좋아."

"저는, 정말."

라일이 거칠게 숨을 몰아쉬었다. 잠시였지만 더위도 잊을 만큼 흥분을 했다. 그 때문에 두통까지 밀려왔다.

"관심 가지신 거 아니죠?"

"네가 이러니까 가질까 생각 중이야."

"각하!"

라일이 울상을 지었다.

"땀이나 닦아."

여전히 웃음기를 거두지 않은 얼굴을 보며 라일의 얼굴이 절망적으로 일그러졌다.

* * *

더위에서 조금 벗어났다고 하지만 '끔찍한' 더위에서 벗어난 것이지 더운 것은 마찬가지였다. 더위에 지친 부관과 병사들을 위해 생각보다 시간이 지체되고 말았다. 수크안과 인접한 카르푸에 들어서자 이 작은 마을과는 어울리지 않는 왁자지껄한 소란스러움이 들려왔다. 음식점에 들어가 식사를 하고 나온 모양이었다.

"누구는 다 죽어 가는데 정작 저쪽은 멀쩡해 보이는데요."

"겉모습으로만 판단하는 건 오해를 부를 수 있어."

'말은 잘하지…….'

라일은 치미는 욕지기를 애써 삼켰다.

"하지만 조금 억울하지?"

"매우요."

"그러니까 내가 프레야 공 앞에서 여자를 들먹이는 것에 대해서 다시 한 번 생각해 봐. 네 억울함 정도는 간단하게 풀릴 거야."

"제가 말려도 하실 거잖습니까."

"안 하려고 했어."

"그런데요?"

"마음이 바뀌었어."

거짓말은 잘도 하신다. 라일은 불퉁하게 툴툴거렸다. 말에서 내리는 순간 누군가가 날래게 뛰어왔다.

"각하."

"이름이⋯⋯."

"오보크 닐슨입니다."

"어디서 봤지? 본 후가 사람을 잘 기억 못해."

"처음 뵙기 때문에 기억하시지 못하는 건 당연합니다."

오보크의 말에 라일은 이마를 짚었고, 인사를 받은 지오반니는 그
저 웃음을 띨 뿐이었다.

"급하게 소식을 전달받아서 늦었네."

"이리 와 주신 것만으로도 감사합니다. 초행길이라 그런지 변수가
많이 일어나질 뭡니까. 마법사와 많은 사람들이 열사병에 걸리고 말았
습니다."

"우리 쪽 마법사도 영 상태가 엉망이긴 해."

그는 턱 끝으로 짐짝 실려 오듯 부축을 받고 있는 사람을 가리켰다.
앓는 신음과 간간이 중얼거리는 말들은 마법을 외기 위한 주문이었다.

"꽤 자기 일에 열성적이야. 겨우 정신을 차렸거든."

지오반니는 이 더위가 얼마나 많은 사람들의 목숨을 앗아 갔는지
알았다. 초행길의 사람이라면 이 정도의 더위는 상상도 못 했을 것이
당연했다.

"지체할 시간이 없어. 바로 합류하지. 두 시간 후에 출발할 테니 준
비하고."

황도로 통하는 게이트gate가 닫히는 시간까지 얼마 남지 않았다.
시간에 맞춰 가려면 힘에 부칠 터. 그것마저 놓친다면 무려 삼 일을
이 더위와 함께해야 했다.

"각하, 사실 일행 중 귀한 분이 계십니다."

"귀한 분?"

'왜. 프레야의 아가씨라도 동행한 모양이지?'

그들이 탐탁지 않은 라일의 눈이 물었다.

"아가씨께서 함께 오셨는데 상태를 한번 보시겠습니까? 괜찮다고는 하시는데 영 마음이 쓰여서. 무례를 용서해 주십시오."

세상에. 입을 벌린 채로 라일이 놀란 얼굴을 숨기지 못했다. 그래서 의사 따위도 없냐고, 윽박을 질렀어야 했는데 그러지 못했다.

정말 그 여자라니. 소문의 여자가 이곳에 있다는 데에 라일은 울리는 머리를 잡아야 했다. 제 상관이 부디 그 여자에게 이상한 소리 따위는 지껄이지 않길 바랐다.

"어려운 일은 아니니."

친절을 베풀며 말하는 듯했지만 지오반니는 프레야 공작에게 생색낼 것 중 한 가지를 더 추가했다. 그는 오보크의 뒤를 따르며 없던 호기심마저 생기는 것을 느꼈다. 이 여자로 인해 프레야 공작을 얼마나 약 올릴지, 얼마나 분해할지 떠오르자 그는 이 정도의 귀찮음은 감수할 만하다고 생각했다.

"아가씨."

"들어와요."

객실로 들어서는 순간까지 라일은 놀란 얼굴과 탐탁지 않다는 불평을 함께 쏟아 내기에 바빴다. 지오반니는 프레야 공작에 대해 생각하는 중이었기 때문에 그 불평을 굳이 저지하지 않았다.

"각하."

오보크가 비켜서며 지오반니를 조심스레 불렀다.

"아……."

분명 이름을 말하며 소개를 하려고 했었다. 하지만 나오는 것은 자신의 이름 대신 얼빠진 신음뿐이었다.

"각하?"

라일이 그의 옷깃을 잡아당겼다. 지오반니는 자신의 시선이 얼마나 적나라한지도 모른 채 여자를 바라보았다. 붉은 머리, 농도 짙은 호박색의 눈동자, 언젠가 보았던 여자의 모습을 빼닮은 얼굴. 그리고 자신의 인연에 대해 입에 담았던 오랜 친구. 여러 개의 모습들이 빠르게 스쳤다.

"각하……!"

라일의 부름에 지오반니가 정신을 차렸다.

"아, 아아. 죄송합니다. 제가 영 아름다운 것엔 맥을 못 추는 편이라서."

"정말 왜 이러십니까."

라일이 이를 꽉 물며 조용히 말했다. 내뱉는 말이 고작 여자의 기분을 맞춰 주는 것이라니. 이 사람 혀끝엔 꿀이라도 발라 놓았나. 황도에서의 버릇이 이 더위의 기세에도 지지 않고 나온다. 라일은 이상한 사람을 보듯 지오반니를 바라보는 여자의 시선을 느꼈다. 이 사람이 이상한 건 맞는데 그것이 프레야 공작의 귀에 들어가는 것까지는 바라지 않았다.

"영애의 상태를 보고자 들렀습니다."

"친절에 감사합니다."

지오반니가 익숙한 듯 여자의 손등에 짧게 입을 맞췄다. 뜨거운 온도의 입술이 여자의 손등에 묵직하게 닿았다 떨어졌다.

"평소와 다른 증세가 있었습니까?"

"아니요. 저는 정말 괜찮아요. 닐슨 경이 걱정이 많아 그렇습니다."

지오반니는 상태를 살핀다는 핑계로 여자의 얼굴을 살폈지만, 그것은 병의 기색을 살피는 것이 아니라 여자의 얼굴을 뜯어본다는 표현이 맞았다. 저 여자가 그리 아름다운가? 라일이 눈을 가늘게 뜨곤 여자를 훔쳐보았다. 꽤 미인상의 얼굴이기는 했지만 며칠 전 저택까지 찾아와 그에게 절절한 사랑 고백을 했던 미망인의 여자가 더 아름다웠다.

"이리로."

홀리려 작정한 것인가. 여자를 제 쪽으로 가까이 오게 한 지오반니를 보며 라일은 께름칙한 기분을 지우지 못하고 이마를 긁었다. 오보크 또한 상태를 봐 달라고 한 것은 자신이었기 때문에 가타부타 말을 하지 못하는 것 같았다. 그의 눈이 제게로 향했다.

"왜요?"

"아, 아닙니다."

오보크는 이상함을 느꼈지만 대체 그것이 무엇인지 정확히 꼬집지 못하는 듯했다.

'그래. 그럴 수 있지.'

라일은 지오반니를 처음 마주했을 때 느꼈던 기분을 알아 수긍하고 말았다.

"더위에 곤하지는 않으셨습니까?"

"저보다는 다른 분들이 더 걱정인데요."

"뺨이 붉은 것을 보아하니."

그의 손이 본능적으로 여자의 뺨을 감싸려는 찰나, 여자가 그려 낸 듯 미소를 그리며 먼저 물러섰다. 라일은 조금 통쾌해져 헛기침을 하는 것으로 제 기쁨을 눌렀다.

아무래도 첫 만남이 이런 식이어서 그런지 여자 쪽에서 부담스러운 모양이었다. 라일은 속으로 쾌재를 열 번은 넘게 불렀다.

"의사가 아니기 때문에 자세한 것은 알 수 없지만 괜찮으신 것 같 군요."

"친절에 다시 한 번 감사드립니다."

지오반니가 아쉬운 듯 입술을 달싹였다. 하지만 그도 이 상황에서 치근덕거리는 것도 무리라고 생각했는지 물러섰다.

"조금이라도 이상이 있다면 말씀해 주십시오."

잘 교육받은 이처럼 마지막까지 예의 있는 행동과, 부드러운 얼굴을 한 지오반니가 등을 돌렸다.

"각하."

"라일."

방금 부드러운 얼굴을 했던 남자의 얼굴에 흥미로움이 담겼다. 그는 여자에 대한 흥미를 굳이 감추려 하지 않았다. 순식간이었다. 흡사 가면이 벗겨지는 듯했다.

"정말 본 후는 운이 좋은 걸지도 몰라."

"항상 운이 좋은 분이긴 하셨습니다만……."

그게 저 여자를 만나 운이 좋았다는 건 아니겠지.

"가는 길마다 이렇게 꽃길이니 내 인생에 감탄할 수밖에."

"아아……."

그가 걸어온 길이 꽃길이 아니라고 할 수는 없었다. 그는 정말 탄탄대로를 걸어왔다. 출생을 알 수 없었지만, 전前 웰시노 후의 양자로 들어온 순간부터 정확히는 꽃길이 아니라 돈길을 걸었다.

"저들한테 가 봐."

"예?"

"더 도와줄 건 없냐고 물어봐."

"그게 무슨…….."

더위 먹은 저 마법사나 좀 어떻게 해 보세요! 씰룩거리는 입이 곧 불경한 말을 토해 낼 듯싶었다.

"내가 프레야 공에게 요구할 게 아주 많을 것 같으니까. 도와준 생색은 내야 하잖아."

빌어먹을. 조용히 지나간다 했더니.

"빨리."

지오반니가 조용히 재촉했다.

*　　*　　*

"탄팔로의 더위가 끔찍하다고 합니다. 웰시노 후께서 올린 보고에 의하면 후의 여정에 도움을 줘야 할 마법사가 체력이 고갈되어 먼저 정신을 잃었고, 장정 여럿의 정신을 놓게 할 더위였다고 합니다."

오키아는 부관이 올리는 보고를 들으며 자못 심각한 얼굴이 되었다.

"해가 지날수록 탄팔로의 더위도 심해지고 있습니다. 땅을 정복했으되 쓸 수 없는 불모지라는 비판도 심해지고 있고요."

부관이 조심스럽게 말했다. 탄팔로를 정복함으로써 별 볼 일 없던 황자가 제위의 자리까지 올랐다.

"무언가 대책이 필요하지 않겠습니까, 폐하. 마법사라도 파견하시는 것이."

"아니……."

오키아가 단호하게 고개를 저었다. 많은 이들이 탄팔로의 비밀을 들추려 눈을 빛냈다. 천 년의 땅. 천 년의 역사. 금제禁制의 땅. 알려진 바 없는 땅은 많은 이들의 호기심을 불렀고 욕망을 부추겼다.

신의 땅이라 불리는 탄팔로가 가져다줄 것은 무엇인가. 그 거대한 땅덩이가 지니고 있는 것은 어떤 형태로 존재하는 보물일 것인가. 하지만 오키아는 일찍이 그 땅에 대한 모든 것들을 차단했다. 언성이 높아지는 귀족들에게도 눈을 감고 모르쇠로 일관했다.

"그 땅은 안 들어가는 것이 좋아. 되도록 모르는 것도 좋겠지."

'내 것이 아니니까. 땅의 주인이 알게 된다면 화를 낼 거야.'

오키아는 차마 뱉지 못한 말을 입 안으로 삼켰다.

한참을 미간이 모아진 채로 부관의 말과 종이를 번갈아 보던 그의 입술에서 돌연 바람 빠진 웃음이 흘렀다. 악연은 악연인 모양이지.

"웰시노 후가 춤을 추고 있겠군."

프레야 공은 닥치는 대로 부수고 있겠고. 얼굴 만면에 환한 미소가 가득할 지오반니를 떠올린 오키아가 콧대를 느리게 쓸었다. 모양 좋은 초콜릿을 한 입 베어 문 그가 다시 헛웃음을 지었다. 악연이 아니라면 이럴 수 없을 정도였다. 웰시노 후에게는 이만한 재미있는 일이 없었고, 프레야 공작에게는 이렇게 얄궂은 일도 없었다.

황제의 입장에서 그들을 중재하려 무던히 노력한 것이 삼 년의 시간이었다. 하지만 그마저도 파라듈 무역권을 지오반니가 가져감으로 인해 포기하고 말았다. 프레야 공작의 분노가 생각 이상으로 커다란 것을 보고 둘의 관계가 나아질 수 없다고 판단한 것이 벌써 반년 전의 일이었다.

"하필 만나도 웰시노 후를 만나게 될 것은 뭐란 말이야."

그 사막에서 길 잃고 고생하는 이가 프레야 공이 애지중지하는 가족이 될 것은 무엇이고.

황도에 있을 적만 해도 이상하다 싶을 정도로 둘에게는 이렇다 할 만남이 이루어지지 않았었다. 그것은 우연이라기보다는 제 손녀딸을 아끼는 프레야 공작이 그럴 여지를 줄 상황을 만들지 않아서였다.

하지만 정말 신의 장난이라는 것이 존재하는 모양인지, 프레야 공작의 시선을 벗어난 순간 둘은 만났다. 저 국경 부근의 어딘가, 탄팔로라 불리는 땅에서.

오키아는 얼음이 덜그럭거리는 컵을 둥글게 돌렸다. 찬물로 목을 축이니 보고를 받는 순간부터 일던 갈증이 조금은 해갈되는 기분이었다.

오키아는 창가로 느리게 다가갔다. 성인 남성도 정신을 잃게 했다던 탄팔로의 날씨와는 달리 땀을 식혀 줄 바람이 불었다. 그는 키 작은 나무들로 꾸며진 정원을 내려다보다 저 멀리, 그리고 더 멀리, 탄팔로가 있을 곳을 바라보았다.

"곧 아끼는 친구가 도착하겠군."

크고 작은 변화를 가져오겠지. 그것은 어렵지 않게 예상할 수 있는 것들이었다.

*　　*　　*

"아주 재미있는 짓을 했더군."

"다 죽어 가는 사람들을 버리고 올 수는 없지 않습니까. 도와 달라고 한 이들인걸요."

입 속으로 씁쓰레한 찻물이 흘러 들어오는 것을 느끼며 사내가 만족한다는 듯 웃었다. 재미있다는 투가 한가득이었다.

"프레야 공작의 사람들이니 모두 버리고 올 줄 알았는데."

"제게 고맙다는 인사를 해야 할 공을 생각한다면 무리를 해서라도 데리고 와야 했죠. 그 인사를 받아 보는 것이 어디 흔한 일입니까?"

"그 사람들이 운이 좋다고 해야 할지, 좋지 않다고 해야 할지."

"운이 나쁜 겁니다. 굉장히."

그는 입매를 올리며 말했다.

"빚지는 것을 싫어하는 분이시니 제게 어떻게든 보답을 하실 겁니다. 제가 보통 사람입니까? 꼴 보기도 싫은 놈에게 지는 빚은 끔찍하실 테죠."

"너무 끔찍해서 모른 척할 수도 있겠는데."

즐거워하는 지오반니를 바라보며 오키아가 한숨 섞인 웃음을 흘렸다.

"그래. 무엇을 부탁하려고."

"적당한 보상으로는 부족할 겁니다. 저는 공께서 아끼는 그의 가솔들을 구해 주었죠. 하지만 더 중요한 건 그 가솔들 중 공이 가장 아끼는 이가 있었다는 겁니다."

지오반니는 벌써 프레야 공작에게서 받을 대가와 보기 좋게 일그러지는 얼굴 따위를 상상하고 있을 것이다. 그것으로 만족해할지도 몰랐다.

"꽤 대단한 것을 요구해야 하지 않겠습니까."

"그래서."

무슨 의도냐 묻는 오키아의 말에 지오반니는 당연하다는 듯 입을 열었다.

"그 영애가 궁금해지지 뭡니까."

"후!"

여태 심드렁하게 지오반니와 대화를 이어 가던 오키아에게서 비명 비슷한 부름이 튀어나왔다.

"조금 더 알아보고 싶어졌어요."

"지오반니."

오키아가 무서운 얼굴로 그를 불렀다. 오키아는 그것만은 안 되는 일이라는 얼굴로 지오반니라 불리는 남자를 쳐다보았다. 제 이름이 불리자 남자가 다시 한 번 눈을 접었다.

"그건 안 될 말이야. 장난으로 할 일이 있고 하지 않아야 할 일이 있는데, 그 영애는 후자에 속해."

"장난은 아닙니다."

"그럼 이것이 진심으로 하는 소리란 말이야?"

"적어도 여자 문제에 있어서 장난으로 대했던 적은 없었던 것 같습니다."

오키아는 반박하지 못하고 입을 다물었다. 그의 말에 부정할 수 없는 이유는, 지오반니의 말처럼 여자 문제로 난잡했던 적은 없었기 때문이었다. 그의 주변이 들쑤셨을 뿐, 그는 고고하게 입을 다물고 상황을 관망했던 사람이었다. 상황을 관망했기에 더 소란스러웠는지도 몰랐다. 그는 무관심하게도 자신의 일이되 자신의 일이 아닌 것처럼 받아들이곤 했으니까.

"프레야 공이 운이 정말 나빴지. 최악으로 말이야."

"제 눈에 띄지 않았으면 공가의 영애께선 그곳에서 더위를 먹었을 겁니다."

"차라리 그게 나았을 걸세. 그 영애에게나, 프레야 공에게나."

"야박한 말씀을."

남자가 느리게 제 입술을 핥았다.

파라듈 무역권으로 이미 성이 날 대로 난 늙은이에게, 여자의 문제가 덧붙여지는 것이 무어 대수일까 싶었다. 최악인 놈에서 더 최악인 놈이 되는 것뿐이었다. 한 대 맞을 빰을 두 대 맞는 것 정도의 차이겠지.

태연자약한 지오반니의 얼굴을 본 오키아가 진절머리가 난다는 듯 고개를 획 돌렸다. 프레야 공작과 웰시노 후작이 천하의 앙숙이라는 것은 이제 막 말을 시작한 제 아들도 알았다.

그 아가씨는 공가의 꽃이었다. 금으로 만든 꽃보다 귀했고 갖가지 보석으로 꾸며 놓은 그 어떠한 것보다도 화려하고 빛이 났다. 아마 프레야 가문의 저택에서 가장 귀한 것이 무엇이고 공작이 가장 아끼는 것이 무엇이냐고 묻는다면, 백이면 백, 사람들은 모두 프레야 가문의 아가씨라고 할 것이다.

"나는 프레야 영애만큼은 반대야."

"충고는 새겨듣겠습니다."

지오반니가 입매를 부드럽게 늘이며 대답했다. 그는 시종일관 웃는 얼굴을 거두지 못했다. 프레야 공작이 길길이 날뛰는 모습이 그려져 그랬다. 이미 그의 머릿속엔 프레야 공작에게서 받을 대가와 보기 좋게 일그러지는 얼굴 따위로 가득했다.

아무튼 그렇다면 다행이었다. 그와 공작의 신경전은 보는 사람조차 피를 말리게 하는 것이라, 이 이상으로 화가 번지지 않았으면 했다. 눈썹을 긁적이는 남자가 고개를 저었다.

*　　*　　*

"라즐리!"

고된 여행길에서 무사히 돌아온 여자를 품에 안은 노년의 남자에게서 물기가 비쳤다.

"왜 여기까지 나와 계세요?"

"사람을 조금 늘릴 것을 그랬다. 이런 일도 생각지 못하고."

내 잘못이야. 몇 번이나 반복하는 그 말에 라즐리가 머쓱한 얼굴을 했다.

"아버지, 아랫것들 보기 민망하지도 않으세요?"

"조용히 해라."

"그만하세요. 누가 보면 죽은 줄 알겠어! 유명한 점쟁이도 그러지 않았어요? 오래 살 관상이라고요. 아버지께 증손자도 안겨 줄 아이이니 염려는 그만하세요."

그런 제 아버지의 모습을 본 여자들이 그를 살살 구슬렸다. 일정이 지체될 것 같다는 오보크의 갑작스러운 보고가 전해진 이후 그는 초조함을 감추지 못했다. 그러다 국경으로 향했던 웰시노 후작이 근처에 있으니 도움을 요청한다는 소리에 큰일이 일어났는가 싶어 그는 제대로 된 식사도 이루지 못했다.

그것은 전쟁터에서 이른 나이에 죽은 아들의 죽음으로 기인된 불안이었다. 아이가 조르고 조르면 마지못해 그 부탁을 들어주면서도, 밖의 세상에 발을 내딛는 행보에 대해 염려하곤 했었다. 그는 한 겹 두 겹, 몇 겹의 보호를 거듭하면서도 아이가 잘못될 수 있는 수십 가지의 경우의 수에 대해서 생각했다.

그녀들에게 있어 라즐리는 죽은 오라버니 부부 내외가 유일하게 남기고 간 흔적이었다. 소중하지 않은 자식이 어디 있겠냐마는, 아들이 남기고 간 자식이라는 점에서 라즐리는 더 특별했다.

　　"라즐리, 너도 할아버지가 이렇게 걱정하시니 당분간 밖에 나간다는 소리는 하지 마라. 네 부탁을 들어주시면서도 저렇게 간을 졸이는 것을 보면 마음이 좋지 않아. 이번에도 운이 좋았다고 할 수밖에 없잖아. 그렇게까지 먼 여정에 오르려는 이유를 모르겠어."

　　그녀의 고모 되는 이블린이 짐짓 엄하게 말했다. 지금은 아무렇지 않은 척을 해도 부친 못지않게 걱정을 했었다. 입으로 뱉은 적은 없었지만 이 아이가 오라비처럼 죽는 상상을 더러 했었다. 부친을 유난스럽다고 힐난할 때가 아니었다. 적어도 부친의 걱정이 과장된 것이 아님을 알았다.

　　그녀가 어둡게 그늘진 눈 밑을 쓸었다. 하루에 수십 번은 이상한 상상을 하는 아버지에 의해서 이블린도 잠을 이룰 수가 없었다. 반복되는 일상에 가까웠지만, 그래도 부친 되는 이가 걱정되지 않을 수는 없었다. 이블린은 이때만큼은 산티야 성의 일을 남편에게로 잠시 일임하곤 황도로 올라왔다.

　　힘없이 축 늘어졌던 부친의 어깨에 다시 힘이 들어가는 것을 보며, 제 아버지의 극성스러움을 말리던 여자의 입에서 한숨이 흘렀다.

　　"나도 걱정 정말 많이 했어. 저 아래, 산티야까지 네 소식이 들려오니 내가 올라오지 않을 수 있겠니."

　　"죄송해요."

　　"아버지도 너무 부탁 들어주지 말아요. 이제 결혼도 해야 하는데 밖에 나갈 생각 못 하게 교육이라도 시키시든가 하라고요."

하지만 라즐리가 귀염성 있게 조른다면 집안사람들 중 제대로 된 거절을 할 수 있는 이가 없다는 것 정도는 알았다.

"고모, 그러지 마세요."

엉덩이를 붙이고 앉아 있는 것을 그리도 답답해하던 아이였다. 그래도 황도에 오래 머무르는 만큼 이번에는 그냥 넘기지 않으리라 결심했다. 어차피 자신이 산티야 성으로 내려간 이후엔, 다시 라즐리의 세상이 될 테니 공저에서 머물 때까지만이라도 얌전하게 하려는 심산이었다.

"누님."

부친과 라즐리가 얼싸안고 있는 것을 본 이블린의 입에서 한숨이 새어 나왔다. 머리가 아파 와 방을 나서자 문밖에서 기다리고 있던 피델이 그녀를 불렀다.

"피델."

"고생이 많으세요, 누님."

"아니야. 나도 조금 쉬고 싶어 황도로 올라온 참이다. 너야말로 고생이 많지."

곧 작위를 승계받을 피델이 눈을 휘며 온화하게 웃었다. 성정만큼은 두 형제가 꼭 닮아 있었다. 리온이 그랬던 것처럼 피델 또한 부친이 걸었던 길을 걸었다. 불만 않고 묵묵히 감내하는 모습 또한 두 형제는 닮아 있었다.

"웰시노 후작이 도움을 줬다 하더군요."

"그래. 들었다."

"어떻게 하면 좋겠습니까? 아버지께선 분명히 답례를 하려고 하실 겁니다."

"도움을 준 것이 맞는데 답례를 못 할 것은 무엇이란 말이냐."

"웰시노 후라면 상황이 조금 달라지지 않겠습니까. 아버지가 공들여 놓은 공을 가로챈 것이 그 남자입니다."

"아버지의 생각은 다를 것이야. 빚을 지고는 못 사는 성정이시니."

"무리한 것을 요구하면 어쩌죠?"

"양심이 있다면 제 전적을 생각해서라도 얼토당토않은 것은 요구하지 못하겠지."

"그럴까요?"

피넬이 걱정스럽게 물었다. 이블린의 입술에서 한숨이 흘렀다. 피넬의 말처럼 웰시노 후작만 아니었더라면 어떤 귀한 것을 안겨 줄까 고심했을 것이었다. 땅을 원한다면 땅을 주고, 금을 원한다면 금을 주고. 권력을 원한다면 조그마한 것도 쥐어 줬을 터다. 기분 좋은 상상이었다. 은인에게는 그만한 답례를 해 줄 가치가 있었다.

그 은인이 웰시노 후작만 아니었더라도.

*   *   *

다시는 못 보는 줄 알았다, 이제부터 네가 졸라도 절대 그런 위험한 곳에 보내지 않겠다, 부터 시작해 떠날 적부터 이어졌던 남자의 걱정들이 죄 쏟아져 나왔다.

꽉 잡힌 손이 든든해지는 한편 걱정스러움이 한껏 묻어 나와 죄스러웠다. 방을 나서는 뒷모습을 보자 다시는 걱정을 끼치지 말아야겠다는 결심이 서기도 했다.

부스스한 붉은 머리칼을 넘기는 여자의 얼굴에 반성의 기색이 스쳤다.

"그리 칠칠맞지 못해서야."

날 선 목소리가 거침없이 힐난했다. 목소리에서 마뜩잖은 기운이 느껴졌다. 조용한 감상에 취해 있는 라즐리가 느리게 눈을 떴다. 혼자 남았다고 생각했는데 아직 방 안에는 불친절한 객이 남은 모양이다.

"아직도 계셨어요?"

어린 조카의 무시하는 말에 기분이 나쁘지도 않은지 여자는 눈으로 라즐리를 사정없이 꾸짖고 있었다. 제게는 숙모 되는 이였다.

"네 철없는 행동 때문에 집안이 발칵 뒤집어졌어. 이런 일이 한두 번이어야지. 항상 있었던 일인데도 아버님은 매일같이 눈물바다에 걱정만 잔뜩 하셔. 집안은 너 때문에 모든 일이 멈춰지고. 정말 지겨운 일이다. 지겹고 지겨워."

붉게 칠해진 입술 사이로 정말 지겹다는 듯이 한숨을 뱉어 냈다. 저 놈의 입. 여자는 사람들 앞에서는 그려진 미소 따위를 잘도 하는 주제에, 자신의 앞에선 그것을 철저하게 지웠다. 마치 교육이 덜 된 아이를 대하듯 훈계했다. 그것이 걱정에서 비롯된 것은 아니었다. 단둘이 있을 때만 바뀌는 여자의 모습은 아마 숙부마저 모를 것이다.

"적당히 할 때도 되었어."

"그런가요?"

라즐리가 무신경하게 물었다.

"왜 아버님은 너한테만 이리 목을 매시지?"

"글쎄요……."

라즐리가 눈을 깜빡이며 느른히 중얼거렸다.

아름다운 얼굴에 어울리지 않는 표독스러운 입이다. 처음에는 엄청난 충격과 상처를 받았지만 삼 년 가까이 저런 말을 해 대니 이제 귓

속에 박힌 말이라 새로울 것도 없었다.

"아버님께서는 여전히 너만 눈에 들어오나 봐. 남편은 이제 작위를 승계받고, 오래지 않아 내 아들이 그 뒤를 물려받을 텐데 아직도 아버님은 너를 후계자로 생각하셔. 아직도 죽은 첫째 아들의 망령에서 헤어 나오질 못하고 계시지."

안타깝게도 숙모는 제 말이 들리지 않는 것 같았다. 뭐, 항상 말하는 쪽은 숙모 쪽이었고 듣는 쪽은 제 쪽이었으니 놀라울 것도 없었다.

"아버님께서 그의 죽은 그림자만 밟지 않으셨어도, 네가 이리 호의호식하며 살 일도 없었을 게다."

"영향이 안 미칠 순 없겠죠."

그녀가 불평을 뱉는 것은 항상 똑같은 내용이었다. 애정을 향해야 할 대상이 부당하게도 너에게 갔다는 말. 옳지 않은 애정이라고 했었다. 약점을 잡듯 사랑을 받아 내는 것은.

그녀는 할아버지의 애정이 당신의 아들에게 왔어야 한다고 곧잘 말하곤 했다.

하지만 그렇다고 해서 가문의 주인 되는 이가 사랑을 베풀지 않는다는 것은 아니었다. 그는 저만큼이나 그들도 아꼈다. 그는 공평하게 모두를 대하고, 그들이 원하는 애정을 줄 뿐이었다.

그런데도 그녀가 우려하는 것은 자신이 가문의 장자에게서 태어난 유일한 직계이기 때문에. 다만 그의 걱정이 제게 더 유난스럽다고 느껴지는 이유는, 숙모의 아들은 사고를 덜 치기 때문일 것이고 자신은 소란을 몰고 다녀 그러는 것일 게다.

"그것이 올바른 애정이라고 생각하는 거니?"

"비뚤어졌다고 생각하진 않아요. 그리고 그걸 판단하는 건 할아버지이지 제가 아니잖아요. 저는 주는 대로 받을 뿐인걸요."

"리온이 죽지 않았다면 네가 받을 사랑은 없었다. 그는 공께서 끝까지 반대했던 아리엘과 결혼을 했으니까. 가진 것도, 내세울 집안도 없었던 여자에게서 태어난 너도 처음부터 사랑을 받았던 건 아니야. 그저 죽은 리온이 가여워 그에게 주지 못했던 사랑이 네게로 온 것이지."

라즐리는 오늘 처음으로 제 숙모를 똑바로 바라보았다. 라즐리가 그녀를 대하는 태도는 거의 무시하는 것에 가까웠는데, 마주 보자 그럴싸하게 대화를 하는 분위기가 그려졌다.

"너무 입을 함부로 놀리는 것 같죠."

"뭐?"

"제 입이 가벼우면 어쩌려고 이러세요?"

그녀가 제 친구에게 수다를 하듯 제게 가감 없이 이런 이야기를 하는 이유는, 여태 그녀의 작태가 할아버지의 귀에 들어가지 않았기 때문이었다. 라즐리의 입장으로서는 긁어 부스럼을 만들 이유가 없어서 그러한 것이었는데 숙모가 받아들이는 이유는 조금 달랐던 모양이었다.

"숙모님."

"……."

"대답하세요. 제 물음에 아직 대답 안 하셨잖아요."

그녀의 눈이 자신을 향했다. 무심한 눈동자가 보였다. 새빨간 입술, 진주처럼 흰 얼굴이 차례로 눈에 들어왔다.

"무엇을 걱정하시는지 알겠어요."

"……."

"당신의 아들이 누릴 권리를 제가 빼앗아 갈까 봐 걱정하고 견제하시는 거잖아요."

그녀가 아무리 내세울 것 없는 여자의 몸에서 태어났다고는 하지만, 그런 여자 또한 가문의 사람이었고 부친인 리온의 곁에 선 순간 숙모가 말한 것처럼 보잘것없고 무엇 하나 내세울 것 없는 여자가 아니었다. 자신이 이렇게 귀함을 받으며 살아가는 것이 그 증거였다. 설령 이 모든 것이 숙모의 말처럼 조금 비틀린 애정이라 할지라도.

"하지만 그 권리 또한 제 것이었어요, 숙모님."

"……."

"숙부께서 누리시고, 당신의 아들이 누릴 그 모든 것이 제 아버지와 제 것이었어요. 숙모께서 항상 확인시켜 주시네요. 마음만 먹는다면 그 정도 권리쯤은 가볍게 다시 가져올 수 있다고 말씀하고 계시잖아요."

"너……!"

"그동안 잘 참았다고 생각해요. 저는 숙모님의 화풀이 대상이 아니에요. 항상 정도가 지나치지만 유난히 지나칠 때가 있어요. 그게 바로 오늘이에요."

라즐리가 짜증 섞인 얼굴로 말했다.

"내 어머니를 입에 담지 말아요. 당신이 시간만 낭비하면서 고상하게 손톱 관리나 하고 있을 때, 내 어머니는 자국을 지키셨죠. 당신이 지금 팔자 좋게 드레스 따위를 골라 입는 것도 모두 내 어머니 덕분이라는 걸 알아 둬요."

물컵을 들고 있던 여자의 손이 잘게 떨리는 것이 보였다. 그에 시선을 준 라즐리가 차갑게 웃었다.

"저한테 이러지 마세요. 당신의 말대로라면 할아버지는, 저를 가장 예뻐하시잖아요. 저를 향한 적대감이 계속되면 곤란해요."

여자의 얼굴이 잠시 당황한 빛을 띠었다.

"숙부께 제 권리를 돌려 달라 청할 수도 있겠군요. 제가 그 권리를 되찾는 것은 당연할 테니까요. 그리고 숙부는 그 자리를 제게 주실 거예요."

"……."

"다 내 것이었으니까. 당신 아들이 가지고 있던 것이 모두 다 제 것이었어요. 그리고 그건 아직까지 유효하답니다."

이런 협박을 하게 될 줄이야. 하지만 야트막한 죄책감도 생기지 않는 것을 보니 생각보다 여자에게 가지고 있던 적대감이 컸던 모양이었다.

"제가 되찾는 것이 빠를까요. 당신의 아들이 잃는 게 빠를까요."

컵을 말아 쥔 손에 뼈마디가 새하얗게 드러났다. 붉은 입술을 짓씹은 여자는 가까스로 출렁이는 액체가 담긴 컵을 테이블 위에 올려두었다.

"숙모님."

손마저 차가우신 분. 혈색이 파리하던 손에 체온이 닿자 그제야 정신을 차린 여자가 눈을 들었다.

"저는 그 권리를 빼앗긴 것이 아니에요. 기꺼이 준 것이죠. 그러니 감사하게 살아요. 내가 이상한 욕심이 생기지 않게."

*　　*　　*

프레야 공작이 웰시노 후작의 저택을 방문했다. 서로의 그림자는 밟지도 않는다는 그들의 접촉에 입이 가벼운 자들은 그들의 대화를 유추하거나, 우스운 상황을 유추해 웃음거리로 삼곤 했다.

또한 손녀에 대한 그의 사랑이 얼마나 지대한지에 대해서 다시 한 번 화두에 올랐다. 후작 저까지 그를 발걸음하게 한 것에서부터 답례로 몇십 수레의 금을 주었다는 허무맹랑한 소문까지 퍼졌다.

"화해라도 하려는 것일까?"

"웰시노 후작이 아가씨를 구해 주었다더니 각하께서 보답을 하려나 보네!"

"무엇으로 해 줄 것 같은가?"

"그렇게 금이야 옥이야 아끼던 아가씨를 사막에서 구해다 황도까지 데리고 와 주었는데 산더미만 한 황금을 주지 않으실까?"

"나는 후작이 무엇을 달라 할까 궁금해."

이것이 후작 저로 방문하기까지 들려왔던 말들이었다. 정확히는 제집의 시종들이 수다를 떤 것을 들은 것이었다. 그것조차도 아주 일부분일 테지만 무엇 하나 마음에 드는 것이 없었다. 라즐리만 아니었더라면 이곳에 발을 들이는 것도, 답례 따위를 하는 일도 없었을 것이다.

"괜찮으십니까? 안색이 좋지 않으십니다."

"좋지 않긴."

부관의 염려에도 제너는, 그가 말한 것처럼 그 어느 때보다도 담담했다. 짐승이 사는 굴로 들어가는데 정신을 바짝 차릴 때였다. 무역권을 빼앗길 때에도 자신은 잘 버티었다. 이 정도야.

"나는 그 어느 때보다도 멀쩡하네."

"각하, 무리를 하는 것이라면."

"나는, 정말 멀쩡해."

"……조금 쉬었다 가시겠습니까?"

그가 폐부 깊은 곳까지 숨을 들이마시며 고개를 저었다.

말굽 소리가 멈추었다. 집사의 환대를 받으며 접대실로 가는 공작의 손에는 폭이 좁은 작은 궤가 들려 있었다. 집사의 안내와 함께 접대실로 들어섰고 집사는 필요한 것이 있으면 불러 달라는 말과 함께 접대실을 나갔다. 하녀는 물론이고 그 어느 시중드는 사람도 없었다.

평소라면 그런 사소한 것들도 눈에 들어왔을 텐데, 오늘만큼은 아니었다. 그는 지오반니에게 무언가 주어야 한다는 생각만으로도 이가 갈렸다. 받아도 모자랄 판에 주어야 한다니.

"공을 배려해서 주위를 다 물렸습니다. 마음에 드십니까?"

"수고스러운 일을."

"아랫것들이 보면 곤란하지 않겠습니까. 제게 고맙다고까지 하셔야 할 텐데."

빈정거리는 투에 심기가 불편해졌는지 참지 못하고 그의 눈이 사납게 일그러졌다. 저 겉만 번지르르한 얼굴을 한 대 후려쳐 주고 싶은 것을 참느라 손이 심하게 떨릴 정도였다.

"앉지 않고 무얼 하고 계십니까?"

"성대하게 환영을 해 주니 몸 둘 바를 몰라서."

남자는 망연히 제 앞에 있는 찻잔을 바라보았다. 이 뜨거운 것을 녀석의 얼굴에 보기 좋게 뿌린다면 이 화가 조금이라도 가라앉을까 싶었다.

"이젠티아에서 힘들게 구해 온 차입니다. 맛이 아주 좋은데, 공께 대접하게 될 줄은 몰랐군요."

"이젠티아?"

"예."

"후께서는 짓궂은 구석까지 골고루 갖추셨군. 잘 마시겠네."

프레야 공작이 이젠티아의 왕녀와 결혼을 하고, 그의 아들이 전쟁 터에서 죽자마자 이혼을 한 것을 안다면 그의 앞에서 이젠티아라는 단어는 실수로라도 입에 담지 못할 단어였다. 그리고 누구보다 프레야 공작의 사정을 잘 알고 있는 지오반니가 그 사실을 모를 리 없었다.

입 안으로 퍼지는 향이 좋은지 쓴지 알 수도 없을 만큼 그는 기분 이 매우 저조했다. 오늘 아침에 눈을 뜨는 순간부터 기분은 계속해서 바닥을 치고, 지오반니의 얼굴과 마주하는 순간 가늠할 수도 없이 저 아래로 치달았다.

그럼에도 고맙다고 인사를 해야 한다고 생각하니 세상에서 불행한 이는 마치 자신 혼자라도 되는 양 우울해졌다. 살아생전 이 남자에게 만큼은 고맙다고 할 일이 없을 줄 알았다.

"라즐리를 구해 준 것은 굉장히 고맙네. 자네를 만났다니 굉장히 운 이 좋았어."

"폐하께서는 굉장히 운이 안 좋다 하시던데."

"내가?"

"공과, 그 영애가요."

"아주 틀린 말씀은 아닌 듯한데."

"하지만 본 후로서는 해야 할 일을 한 것뿐입니다. 자국의 사람이 죽어 가는데 두고 올 수는 없는 일이지 않습니까."

"누가 보면 도적 떼에서 구하기라도 한 줄 알겠군."

"도적 떼보다 그 더위가 더 끔찍하죠. 그곳에서 구해 낸 게 저고요."

마른 입술을 거칠게 비빈 제너가 자신도 모르게 앓는 소리를 냈다. 도저히 오래 앉아 있을 재간이 없었다. 그는 한시라도 빨리 이 자리에서 벗어나고 싶은 마음에 아침부터 고이 챙겨 온 폭이 좁은 궤를 내밀었다.

"무엇입니까?"

아무것도 모르는 양 묻는 얼굴이 그리도 얄미울 수가 없었다.

"후께서 웰랑부레의 재배에 욕심을 내고 있다는 것을 알아. 그 씨앗일세. 그리고 나는 이 사업에서 손을 뗄 거야. 서류도 함께 들어 있네."

웰랑부레welrang bladder. 웰랑부레는 여인들의 피부를 하얗게 만들어 주는 풀을 이르는 말이었다. 귀족들 사이에서 유행처럼 퍼진 것이 황도의 준귀족, 상인, 그리고 아래로는 가난한 여인들에게까지 닿았다.

하지만 지오반니가 웰랑부레를 욕심낸 이유는 제너가 사업을 추진했기 때문이었지, 이익을 취하고자 함이 아니었다. 그럼에도 막대한 부를 가져올 것을 선뜻 포기한 남자의 약이 조금이라도 오르길 바라며 한 번의 거절 없이 궤를 받아 들었다.

"저는 이런 것을 바라고 베푼 친절이 아니었는데."

"내 성의지. 이 정도쯤이야."

"공께 선물을 받는 날이 오기도 하는군요."

"다시는 없을 거야."

그가 이를 물었다. 그는 더 이상 참지 못할 것 같아 급하게 갈 채비를 했다.

"영애께선 잘 계십니까?"

시시각각 변하는 남자의 얼굴을 즐기던 지오반니가 물었다.

"그 아이의 소식을 후께서 왜 궁금해하시나."

"닐슨 경이 부탁하기에 잠시 아픈 곳은 없나 상태를 살폈었습니다. 하지만 제가 상태를 본다고 봤지만 의사가 아니니 영 알 수가 없었죠."

"괜찮네. 후의 걱정은 이 정도가 적당할 것 같아. 고마워."

그는 칼같이 단호하게 잘랐다. 다른 이들이라면 무안해할 법한데도, 얼마나 능청스러운지 눈앞의 남자는 웃음 하나 잃지 않았다.

"안부를 묻는 것이 잘못된 일입니까? 흔한 인사일 뿐이죠. 평범한 인연도 아닐뿐더러, 그 먼 땅에서 그런 인연이 맺어질 가능성이 얼마나 되겠습니까."

무어 그리 대수롭게 구냐는 식이었다. 그는 욕을 뱉기 전, 천천히 입 안에서 혀를 굴렸다. 조금 욕지기가 가라앉는 듯했다.

"평범한 인연이지. 누구에게나 일어날 법한."

"이런 것이 평범하다고 해야 할지······."

서늘하게 가라앉은 눈을 보며 지오반니가 개의치 않아 하며 다시 입을 열었다.

"사막에서 만난 것이 어디 보통 인연입니까? 이 인연을 빌려······."

"후."

"아가씨께 차라도 대접받고 싶은데. 제가 은인이 될 텐데 그 정도는 되겠지요?"

"듣기 고역스럽군."

제녀의 눈이 매서워졌다.

"제가 과한 친절을 바랐습니까? 고작 차 한 잔이죠. 웰랑부레의 값어치보다 훨씬 싸게 먹힐 텐데."

"과한 친절이야. 나는 후께서 그토록 욕심내던 웰랑부레의 소유권을 넘겼어. 그것이 후께 가져다줄 이익을 생각해 본다면 내 쪽에서 너무나 손해를 보는 일이지. 거기다 라즐리를 더 얹는 건 너무나 과한 답례이지 않은가."

"······."

"월랑부레를 심든 말든 마음대로 해. 난 후의 손을 조금이라도 탄 건 다시 주워서 쓸 생각은 없으니까. 팔아서 더 부자가 되시게. 내가 욕심을 낸 사업이기 때문에 후께서 더 관심을 가진 것 정도는 알아. 손에 쥐여 줬으니 이제 흥미가 사라졌나? 그렇담 헐값에 팔아 버리도록 해. 이상한 데에 눈 돌리지 말고."

이제 답례와 성의는 다 치렀다고 생각하는지 거리낄 것 없이 말하는 모습에, 지오반니가 다소 당황한 듯 눈만 깜빡거렸다.

"또한 그 아이는 바쁘기 때문에 후와 차를 함께할 시간이 없어. 나와 성격이 비슷해서 관심 없는 자와 지루한 티타임을 가질 성격도 못되고. 또 그 아이가 나를 얼마나 닮았는지 후 같은 성격을 정말 싫어하지 뭐야. 나는 내 아이를 배려해서 후의 청을 거절한 것이니 그리 기분 나쁘게 생각하지는 마."

"공."

"나는 후에 대해서 아는 바가 별로 없지만, 후께서 부르기만 한다면 당장 체면 버리고 뛰어올 영애의 수가 몇인지는 안다네."

테이블 위에 올려 두었던 장갑을 챙겨 든 그가 시퍼렇게 날이 선 눈을 하곤 말했다.

"그 여자들과 마셔."

엉뚱한 인연을 굳이 이을 생각일랑은 말고. 그가 나직이 덧붙였다.

*　　*　　*

"고모님의 교육이 꽤 힘드시죠?"

걸린 드레스를 꼼꼼히 살펴보며 제인이 말을 건넸다.

"마렌 부인이 세 명은 있는 것 같아."

"단단히 마음을 먹은 듯하세요."

"나를 말려 죽이려고."

"그래도 아가씨를 정말 걱정하세요."

"그건 나도 알아."

이블린은 말 하나를 가벼이 내뱉지 않는 우직한 성정답게, 자신이 말한 것처럼 철저하게 라즐리를 관리했다. 이 기세라면 내일이라도 결혼을 해도 무리가 없을 것 같았다. 당장에라도 결혼식을 앞둔 신부의 모습이 이러할까.

라즐리는 고모 되는 이블린이 얼마나 괄괄한 성격인지 모르지 않았다. 그녀는 산티야 지방의 요새인 성의 주인이 될 정도로 무력에 능한 여자였다. 정령술에 능한 사라와 어깨를 나란히 할 정도로 손에 꼽혔다. 괄괄한 입담과 거침없는 성격, 그리고 그 힘이 더해지자 이블린은 드레스를 입는 날보다 갑옷을 입는 날이 많아졌고 티 파티에 나서는 것보다 할아버지를 따라 연무장으로 나서는 날이 잦아졌다. 그러다 결혼을 한 후로는 남편을 따라 산티야 지방으로 내려간 후, 요충지로서 중요한 역할을 하는 산티야 성을 지키기 위해 무력으로 부딪치는 것도 마다하지 않았다.

그런 그녀에게 숙녀에 대한 예법을 배우는 것이 얼마나 아이러니한 일이란 말인가. 라즐리는 근질거리는 입을 간신히 다물었다. 말실수라도 하게 된다면 이블린의 교육이 더 길어질 것만 같았기 때문이었다.

"제인."

"예?"

"내가 웰시노 후작을 봤는데."

"네."

"그 사람, 날 보면서 엄청 놀라더라고."

"어여쁘셔서 그런 것이 아닐까요?"

"장담하지만 그 남자와 염문설을 뿌린 여자들이 더 예쁠 거야."

그 당시 남자 또한 제인처럼 외모에 대한 칭찬을 늘어놓는, 시답잖은 말을 했지만 잘 꾸민 말과 진심이 담긴 말에는 미묘한 차이가 있었다. 그리고 그 차이를 모를 만큼 어리지 않았다. 후작의 칭찬은 전자였다.

당황한 듯하기도 하고, 정말 놀란 것 같기도 하고. 관찰하듯 끈질기게 달라붙던 시선 또한 알았다. 닐슨 경이 당황했고, 그의 뒤에 서 있던 부관마저 당황케 한.

처음 보는 여자에게 손을 뻗는 무례를 저질렀음에도 불구하고 사과가 담기기는커녕 왜 피하냐는 듯한 원망스러운 눈을 하고 있었다.

착각인가? 그는 제게 아무 이상이 없다고 말했지만, 사실 그때 자신은 더위를 먹어 남자의 눈빛을 이상하게 받아들인 것은 아닐까? 라즐리는 계속해서 그때의 기억을 더듬었다. 황도에 돌아와서도 조금씩 제 생각 틈을 비집고 들어오던 기억이었다.

"가 볼까?"

"어딜요?"

"그 남자한테."

제인의 안색이 점점 하얗게 질렸다.

"웰시노 가家로 직접 가시겠다는 거여요?"

"맞아."

"각하께서 아시면 경을 치실 일이에요!"

어릴 적부터 라즐리의 보육을 맡아 온 제인은 이 가문의 사람들이 웰시노라면 얼마나 치를 떠는지 알았다. 직접적인 마찰을 빚고 있는 것은 주인인 공작이었지만, 미움이 옮겨 가기라도 하는 모양인지 어느 순간부터는 이 집안의 대부분이 웰시노를 마뜩잖아하고 있었다.

그리고 그 영향은 당연하게도 제게까지 옮겨 왔다.

"아가씨, 그 남자는 웰시노 가문의 사람입니다. 각하께서 화를 내실 거예요. 각하께서 웰시노 가를 방문하시어 웰랑부레에 대한 권한을 넘겨주기까지 하셨습니다. 아가씨께서 가실 필요는 없으세요."

"그래도 내가 고마운 건데 할아버지가 대신 인사드리는 건 뭔가 잘 못된 것 같아. 웰시노 후작이라는 게 무슨 상관이야? 중요한 건 내가 고마워한다는 거잖아."

"이럴 때만 옳은 말씀을 하십니다."

그 대상이 웰시노 후작만 아니었다면 제인은 교육을 제대로 받으셨다며 박수라도 쳐 주었을 것이다.

"제인은 걱정이 너무 많아."

"제가 걱정이 많기는 합니다만, 상대가 상대이니만큼 더 걱정을 할 수밖에요."

"그는 할아버지가 말씀하신 것처럼 나빠 보이지 않았어."

"얼굴에 나쁘다, 라고 써 놓고 다니지 않는 이상은 흉악한 범죄자도 온화한 얼굴을 할 수가 있답니다."

"가문의 사람들은 웰시노 후작에 대해서 편견이 너무 심해."

"그가 각하께 한 행동이 있으니 그런 것이지요. 이유 없이 그러는 것은 아니에요. 매일 각하께서 웰시노, 웰시노, 빌어먹을 웰시노, 하시며 이를 가시는데 그 영향이 안 미치려고요?"

제인이 프레야 공작을 흉내 내며 눈을 위로 쭉 찢었다. 라즐리는 고개를 갸웃거렸다. 인상이 가히 진중해 보이지는 않았지만 그렇게 나빠 보이지는 않았는데. 하루에 한 번씩 할아버지의 화를 머리끝까지 나게 한다는 사람이 그라는 게 영 믿기지가 않았다.

"다들 생각을 좀 바꿀 필요가 있어."

가문이 웰시노라는 이름 하나에 뒤집어지고, 그의 존재에 길길이 이를 갈았다. 그녀로서는 당최 이해할 수 없는 일이었다. 그것은 저의 눈에 보기엔 하등 이로울 것이 없는 일이었다. 할아버지의 말씀대로 능글맞기가 따라올 자 없고, 한 마디 한 마디 제 속을 뒤집어 놓는 사람이 정말 그라면, 적어도 웰시노 후작은 듣는 척도 하지 않을 테니까. 아마 이런 과한 반응을 즐기고 있을지도 몰랐다.

"정말 가시게요? 저 죽습니다!"

"나는 고마운 사람에게 인사도 하지 말라는 교육은 받지 않았어."

"그것도 나름이죠!"

꽤 강단 있게 말하는 라즐리를 보며, 제인이 어찌해야 할지 몰라 눈만 황망히 굴렸다. 이럴 때만 굽힐 줄 모르는 고집이라니.

"편지를 써야겠어."

라즐리는 애타게 자신을 부르는 제인을 무시한 채 사람을 보낼 준비를 했다. 편지는 어떻게 써야 하는 거였더라. 오랜만에 탁상 앞에 앉은 라즐리가 잠시 망설이다 거침없이 펜을 움직였다.

*　　*　　*

프레야 공작이 웰랑부레의 소유권을 넘기고 간 며칠 후, 라일이 고민을 거듭하다 이내 입을 열었다.

"저, 각하."

"응."

"프레야 공작과는 그만하시는 게 좋지 않을까요?"

"왜? 내가 뭘 했다고."

그가 업무를 보며 물었다.

"무슨 일이 생길 것 같아 드리는 말씀입니다. 게다가 그 영애는 정말 안 됩니다. 각하께서 대하시는 여타 영애들과 달라요."

"내가 꼭 이상한 짓이라도 하려는 것 같네."

펜을 내려놓은 그가 눈을 비비며 피곤에 전 하품을 했다.

"하시려고 하잖아요."

"내가?"

"네."

"난 그 영애와 차 한잔이 하고 싶다는 거야."

"불순한 의도라는 게 문제이지 않습니까."

"부관께선 내 마음에 들어갔다 왔나? 어떻게 내 마음을 그렇게 잘 알아?"

"각하……."

라일은 며칠 전 프레야 공작이 저택을 방문한 것을 기억하며 눈을 질끈 감았다. 그런 라일의 모습에도 지오반니는 으레 그렇듯 능청스레 고개를 갸웃거릴 뿐이었다. 이렇게 모르는 척하며 넘어갈 심산이었다.

"이러다 제 심장이 남아나질 않겠습니다."

"자네 심장이 남아나지 않을 건 뭐야."

그는 짐짓 심각한 제 부관과는 달리 작게 흥얼거리기까지 했다.

"정말 미칠 것 같아요. 이러다 프레야 공께서 이성을 잃고 각하의 멱살을 잡아 흔들 것 같습니다."

"그럼 자네가 말려 주겠지."

"제가 무슨 수로요? 엎어지지나 않으면 다행이죠."

"자네는 쓸데없는 걱정이 많아."

그렇게 말하는 지오반니의 눈이 시계로 향했다.

"마실 걸 준비해 줘."

"무엇으로 준비해 드릴까요."

라일은 포기한 채 이마를 짚었다.

"향이 좋은 것?"

"질색이라고 안 드셨잖아요."

"사람이 가끔은 다른 것도 먹어 봐야지."

라일은 입맛 까다로운 그가 곧 향 좋은 차를 몇 모금 마시지 못하고 버릴 것을 알았다. 결국엔 먹던 것을 찾을 것이다.

"곧 시종에게 올리라 하겠습니다."

"응. 두 잔."

등을 돌려 나가려는 라일이 지오반니의 말에 멈췄다.

"두 잔이요?"

설마 두 잔을 다 마시려는 건 아닐 테고.

"누가 방문하기로 되어 있었나요?"

"아, 모르고 있었어?"

"누구요?"

라일의 눈이 대번에 찌푸려졌다. 방금까지 자신이 프레야 공작에 대한 걱정을 구구절절 늘어놨는데 설마 그 여자를 부르려는 건 아닐 테지. 그는 제 상관에게 스쳐 지나간 여자들을 빠르게 생각했다. 그러다 심심찮게 편지를 보내오는 미망인을 떠올렸다. 꽃으로 치자면 붉은 장미와 흡사한 하얗고 붉은 여자를.

"누구긴."

"그 미망인이라던……."

"프레야."

그의 말이 잘린 곳엔 '프레야'라는 이름이 자리해 있었다. 불길한 느낌은 왜 비껴가는 법이 없나. 라일의 얼굴이 우스꽝스럽게 일그러졌다. 이 통탄스러움을 해소할 곳이 없어 얼굴 전체가 경련하듯 떨고 있었다.

"정말 왜 그러십니까? 사막에서 끝날 연이었으면 끝내셨어야죠!"

"사람 연이 다 그런 것이라, 함부로 끊을 수가 없어. 부관과 내가 아직까지 일하고 있는 것처럼."

그건 아예 성질이 다른 문제이질 않나! 라일의 입이 곧 소리라도 지를 것처럼 벌어졌다. 때마침 손님이 도착했다며 시종이 말을 전했다.

"프레야 가문의 아가씨께서 오셨습니다."

들었지? 지오반니의 눈이 흡사 그렇게 물었다.

"나가 봐. 차는 잊지 말고."

"후회하실 겁니다."

"해도 내가 하겠지."

부관이 아니라. 지오반니의 눈이 문 쪽으로 향했다. 조용한 축객령이었다.

"이번만은 프레야 공작의 편을 들어 주지 않을 수 없네요."

"누가 보면 내가 몹쓸 짓이라도 하는 줄 알겠어. 자네는 날 너무 이상한 사람으로 내모는 경우가 있거든."

'맞잖아, 이상한 사람!'

　　　　　　*　　　*　　　*

　지오반니는 그때와 같이 느릿하게 여자의 얼굴을 감상했다. 가히 무례하고 적나라했다. 열어 둔 창문 덕분에 흔들리는 붉은 적갈색의 머리가, 수많은 것을 집어삼킨 불길같이 넘실거렸다. 숱 많은 머리칼에 내내 시선이 가 있던 그의 눈이 움직였다.

　머리카락을 지나 눈, 코, 입, 그리고 귀와 목선, 긴 소매 사이로 보이는 흰 손. 가지런히 모아져 있는 손에 꽤 오랜 시선이 머물고 지나갔다.

　상품을 품평하는 듯도 했고, 누군가의 흔적을 찾아내려는 것 같기도 했다. 여자가 앞에 있다는 것도 잠시 잊었는지 그는 건조한 재색의 눈으로 여자를 가만히 바라보고 있었다.

　그 침묵을 견디지 못하고 라즐리가 입을 열었다.

　"후작님."

　"아. 예?"

　꽤나 반문이 같은 대답이었다. 하지만 그런 것에 신경 쓰지도 못할 만큼 지오반니는 여자의 무언가에 대해 깊게 생각하고 있었다.

　"그때도 이렇게 보셨었죠."

　웃음기 가득한 목소리에 정신을 차렸다. 자신이 이 여자를 어떻게 쳐다봤더라?

　"시선을 좀 거둬 주시겠어요? 그런 시선은 처음 받아 보는지라."

　"……."

　"인사를 하려고 찾아뵌 거예요. 그런데 자꾸 말씀도 없이 그렇게 쳐다보시니 저도 당황스러워서."

　당당하게 말하는 것이 무색하게도 앉은 여자의 귀가 붉어져 있었다.

제 시선이 곤란케 한 모양이었다. 귀와 뺨 주변이 붉어진 주제에 부딪쳐 오는 시선이 도도하기 이를 데 없었다. 이 아가씨에 대해서 알고 있는 것은 없었지만, 지금 이 순간 한 가지만은 알 수 있을 것 같았다. 저를 향한 시선이 수많은 여자들이 보여 주던 호감의 시선이 아니라는 것 정도는.

"넋을 놓을 정도로 아름다운 얼굴을 하고 계시잖습니까."

그는 여태 저가 잘도 내뱉은 말들 중 여자들이 가장 좋아했던 말을 하나 골랐다.

"그때도 비슷한 말씀을 하셨는데."

"제가 말주변이 워낙 부족해 꾸며 내는 것은 잘 하지 못합니다."

"말씀은 곧잘 하신다고 소문이 파다하세요."

얼굴을 붉히던 여자들과는 달리 공작의 손녀딸은 입에 발린 말에는 별 관심이 없던 모양이다. 단 한 조각의 설렘의 기색조차 없었다. 지오반니는 다시 한 번 여자가 이곳까지 발걸음한 이유를 가늠했다.

정말 서신에 적힌 것처럼 제게 고마움의 인사를 하려 들른 것인가? 프레야 공작의 성격을 빼다 박았다면 무리도 아닐 터였다. 빚지는 것을 싫어하고, 말 한마디로라도 제게 받은 도움의 무게를 덜어 내려 한 것이라면. 정말 그런 순수한 의도로 들를 수도 있겠다고 생각했다.

프레야 공작을 지켜봐 온 지오반니는 간단하게 결론을 내렸다.

"카르푸에서의 일은 정말 감사합니다."

여자는 공손히 손을 모은 채로 고개를 숙였다. 등부터 깊게 숙여지는 인사에 지오반니는 자신도 모르게 자세를 고쳐 앉을 수밖에 없었다.

"아니요. 응당 해야 할 일이었습니다."

"가문의 사람들까지 보살펴 주신 것도 정말 감사드려요. 쉬운 일이 아니셨을 텐데, 그때 제대로 된 인사를 못 드린 것 같아 내내 불편했어요. 할아버지께서 웰랑부레의 권한을 넘겨주시고 직접 찾아오셨다지만 도움을 받은 당사자가 인사 한마디 없는 건 예의가 아닌 것 같아서요."

라즐리의 말에 지오반니의 입가에 웃음기가 스몄다. 이렇게 되니 정말 프레야 가문의 사람이 아닌가. 쓸데없는 것에 우직한 것마저도 공작인 그와 닮아 있었다.

"누차 말씀드리지만 인사를 받으려 한 행동이 아닙니다. 이미 그에 대한 답례는 받았고요."

"할아버지께서 답례를 해 주셨다고는 하지만, 제가 구함을 받았으니 답례를 해 드리고 싶은데, 원하시는 것이 있나요?"

'원하는 것……'

그는 잠시 고민하듯 턱을 매만졌다.

'웰랑부레의 씨앗은 이미 받았는데.'

그의 머릿속에 차갑게 경고하던 프레야 공작과 그 아가씨만은 안된다며 자신을 말리던 부관의 얼굴이 짧게 떠올랐다. 하지만 그게 무어 대수일까.

'그래.'

웰랑부레의 소유권은 공작에게 받은 것이고 이 아가씨의 답례가 웰랑부레와는 별개라는 데에 동의했다. 무언가를 준다는데 거절할 이유는 없었다. 그는 고민할 것도 없이 고개를 끄덕였다.

"아가씨와 차를 마시고 싶은데 괜찮을까요?"

"이런 차를 말씀하시는 건가요?"

라즐리의 눈이 자신의 손에 걸린 찻잔으로 향했다.

“맞습니다.”

“차 한 잔 정도로 괜찮으시겠어요?”

그리고 이것은 순전한 호기심이었다. 앙숙과도 같은 그의 손녀딸에 대한 의문. 그리고 보기 좋게 일그러질 노공작의 얼굴. 저가 손해 볼 것은 없었다.

“한 잔이라고 한 적은 없습니다.”

“아.”

이번엔 멍하니 신음하는 쪽은 지오반니가 아닌 라즐리였다.

“그럼…….”

“정이 들 때까지.”

“네?”

“경계하는 모습이 풀어지고 쓸데없는 격식을 차리지 않게 되고, 스스럼없는 친구 사이처럼 꽤 깊은 이야기를 나누는 사이가 될 때까지.”

“저랑요?”

호박색의 눈이 의심을 품고 가늘어졌다.

“정말 괜찮으세요?”

“문제가 있습니까?”

“답례치고는 너무 약소하기도 하고, 또 너무 귀찮은 일이 되어 버릴까 해서.”

“본 후보단 영애께서 먼저 귀찮아지실 겁니다.”

이 아가씨의 생각처럼 약소한 것이 아니었다. 프레야 공작은 생각 이상으로 이 아가씨를 아끼고 보호했다. 그 보호라는 것은 때로는 이 아가씨를 위험으로부터 지켜 내며, 때로는 불필요한 사람과의 만남을 모두 차단하는 데에 있었다.

아마 그녀와 인연이 닿는 사람 중 공작의 손을 거치지 않은 사람이 없을 것이다. 모두 이 아가씨에게 득이 되고 몸 바칠 사람들. 그러니 저는 이 아가씨의 만남에 계획된 사람이 아니었다. 저를 극도로 싫어하는 그는 저를 염두에 두지도 않았을 것이다. 계획을 틀어 버린다는 것은 꽤나 즐거운 재미를 선사하곤 했다.

이 아가씨가 아니었다면 그 틈조차도 벌리지 못할 것을, 너무나도 쉽게 몸을 집어넣은 셈이 되었다. 자신이 아무리 수를 써도 만나 보기 힘든 아가씨. 그는 이 상황을 충분히 즐길 수 있었다. 공작의 눈을 가려 가면서. 누구보다 교묘해질 수 있었다.

지금 이 일을 프레야 공작이 안다면 자신은 멱살이라도 잡힐 각오를 해야 했지만 이런 걱정을 하기엔 몹시 흥미가 동한 터다. 아마 붉은 태양이 작열하는 땅에서부터 시작된 무언가겠지.

"바라시는 게 그것뿐이라면."

라즐리가 흔쾌히 동의했다.

"아직은요."

그가 작게 중얼거렸다. 아직은.

"친구가 될 사인데 조금 가볍게 부르셔도 됩니다."

내내 그를 향한 시선에는 이해가 잘 가지 않는다는, 의문 가득한 여자의 얼굴이 있었다.

"가볍게라면."

"지오반니."

그의 말에 빈 찻잔을 보고 다가서려던 시종의 얼굴이 굳었다. 그러곤 그는 앞에 앉아 있는 프레야의 아가씨를, 그리고 사람 좋게 웃고 있는 남자를 번갈아 바라보았다. 놀란 시종이 마른기침을 토해 냈다.

"으음."

라즐리의 표정이 괴상하게 일그러졌다.

"아직은 좀 이른 것 같네요."

그를 단숨에 쳐 낸 것에 놀랐는지 시종의 얼굴에 제 본분도 잊고 감탄스러운 표정이 떠올랐다. 여태 이곳을 방문한 여자들 중 남자의 부탁을 거절한 여자는 없었다.

"저희가 아직은 그럴 만한 사이는 아니잖아요."

'이것 봐라.'

놀란 얼굴의 시종과, 조금은 일그러진 지오반니의 얼굴이 교차하는 순간이었다.

*　　*　　*

그 후부터 지오반니와의 만남은 은밀하고, 생각보다 빈번하게 이루어졌다. 장소의 제공자는 살롱의 주인인 오클리 부인이었다. 그녀는 프레야의 아가씨와 그녀의 할아버지와 사이가 좋지 않은 웰시노 후작의 만남이 꽤나 흥미로웠는지 선뜻 제 살롱에서 가장 깊숙이 자리한 접객실을 내주었다. 지오반니와 친분이 있어 그러한 것도 있었겠지만, 그녀는 이 만남의 끝이 어떤 식으로 맺어지게 될지 지대한 관심을 보이고 있었다.

"어제는 잘 들어가셨나요?"

이러한 안부 인사가 흔해질 만큼. 어제도 보고 오늘도 보고. 어제는 할아버지의 얼굴도 보지 못했는데. 괴이쩍어 생각을 해 보니, 요즘 들어 가장 많이 보고, 말을 섞는 이는 이 남자였다.

"후께서는요?"

"저도요."

지오반니는 라즐리에 대해서 많은 것을 알았다. 첫 번째로는 라즐리가 까칠한 프레야 공을 닮지 않았다는 것이었다. 간혹 사나운 눈을 할 때면 그의 모습이 겹쳐 보이기는 하지만 그것만 제외한다면 이 아가씨는 아주 멀쩡했다.

저를 잠시나마 경계하던 암고양이 같은 눈은 없었다. 그 수그러진 눈에 지오반니는 만족했다. 라즐리의 호박색 눈을 마주 보는 그의 눈매가 절로 휘었다.

라즐리 또한 그동안의 만남에 의해서 남자의 많은 부분을 관찰했다. 모든 것을 알 정도의 긴 만남은 아니었지만 확실한 것을 말해 보라면, 남자는 할아버지가 싫어하는 대부분의 것들을 가지고 있다는 것이었다.

헤프게 웃음을 보이는 것, 속을 알 수 없는 것, 유연하게 넘기며 파고드는 것. 우직한 것은 부러뜨릴 수 있지만 무른 것은 부러뜨릴 수 없다. 라즐리는 제 할아버지가 버릇처럼 말씀하신 것을 이 남자에 의해서 알아 가는 중이었다. 정말 싫어하는 점들만 가지고 있어 애석할 뿐이었다.

라즐리는 제 눈앞에 있는 남자의 모습을 훔쳤다. 차를 마시는 모습. 눈을 휠 때면 부드러운 인상을 주는 웃음을. 그리고 그 사이로 보이는 고른 치아. 잿빛이라면 건조하고 찬 것을 생각했는데, 뜻밖에도 그의 눈동자는 온기를 띠고 있었다.

왜 그가 영애들의 입에서 수없이 회자되고 황도에서 무수한 스캔들에 휩싸이는지 이유를 알 것 같았다. 부족할 것 없는 미혼의 남성에다 모자람 없이 습관처럼 배어 있는 예절. 심지어 호선을 그리는 입술 선마저 보기 좋게 떨어졌다.

잘난 가죽에 기름을 바른 듯 부드럽게 놀리는 말재주. 저 능청스러움과 여유로움은 누구에게서 배우는 것이 아니라 타고난 것이었다. 대충 여자를 어떻게 홀렸는지 알 것도 같았다. 마음을 먹고자 한다면 여자 여럿 울리는 것은 일도 아닐 터다.

하지만 이상하게도 느껴지는 것은 남자의 완벽한 외양과 사람을 기분 좋게 만드는 예의 따위에 대한 호감이 아니었다. 사람들은 그런 그를 좋아하는 것일 테지만, 그녀는 괴이한 기분에 사로잡혔다.

이렇듯 책에 나올 법한 사람이 있을까. 이를테면 그런 기분이었다. 흠잡을 곳 없음에 수긍하기는커녕 의아하게 만드는.

"공께 브로치는 잘 전해 드렸습니까?"

"마음에 들어 하시던걸요."

생각지도 못한 선물을 받은 할아버지는 굉장히 좋아하셨지만, 그 브로치가 지오반니와 상의해서 고르고 맞춤 제작을 한 것을 안다면 예뻐하던 물건은 당장에라도 바닥 위를 구르게 될 것이었다.

"많이 피곤하실 거라는 것을 압니다."

"네?"

잠을 이루지 못한 흔적이 남아 있었나. 조금은 놀란 얼굴의 라즐리가 손등으로 제 뺨을 쓸었다.

"사촌 되시는 분이 곧 돌아오니까."

"아."

생각지도 못했던 부분에서 허를 찔린 기분이었다. 그녀의 당황한 얼굴을 본 지오반니가 교활한 뱀처럼 입꼬리를 말았다. 파고들 구석을 찾았다. 약한 것, 무른 것, 감출 수 없이 드러내고야 마는 것.

그에게는 아주 쉬운 것들이었다. 그리고 이 여자에게 행하기까지 그리 어려운 일은 아니었다.

"많이 시끄럽겠군요. 오랫동안 논란을 빚고 있던 후계 문제가 다시 거론되는 건가요?"

상당히 시끄러운 문제였음에 사촌 오라비는 유학길에 올랐고, 그가 돌아올 때까지 사람들은 굳이 입에 담지 않았다. 뒤에서 수군거릴지언정 적어도 라즐리의 앞에서는 입을 다물었다. 숙모가 근래 예민하게 구는 이유도 사촌 오라비 되는 이가 유학길에서 귀국할 날이 얼마 남지 않았기 때문이었다.

잠시 잊고 있었던 일이 다시 스멀스멀 머릿속을 조심스레 차지하자 절로 눈살이 찌푸려졌다.

가문의 장자였던 제 아버지가 전쟁터에서 죽어, 숙부에게로 이어졌다. 당연한 순리였다. 하지만 자신이 한 살 한 살 나이를 채워 갈수록 예상치도 못한 소란에 골치가 아파졌다. 숙부의 아들인 바빈과 자신을 두고 묘하게 경쟁을 하는 가문의 사람들에 의해서였다.

처음부터 논란을 야기할 만한 일이 아니었다. 제 아버지가 남기고 간 것은 여아인 저 하나였지만 그것으로 후계를 삼아 가문을 이끌어 간다는 것은 다분히 억지스러운 일이었고, 나라의 풍토가 따라 주지 않았다.

하지만 엄중하게 정해져 있던 틀을 깬 이가 생겼고, 누군가는 이것을 기회라 생각했으며, 누군가는 막고자 했다.

틀을 깬 것은 하르미안 가문의 사라로부터 시작되었다. 황제로부터 유일하게 이름을 하사받고 여자의 몸으로 붉은 전갈의 깃을 이끌었다. 그러곤 종내 가문의 수장이 되었다. 모든 틀을 부수는 일이었다. 여인 중 수장이 될 재목이 없었던 것이 아니었고, 여황제의 전례가 없었던 것은 아니었지만 이것은 커다란 충격과 변화를 불렀다.

누군가는 자신이 수장이 되어야 한다고 소리를 높였다. 당사자의 의견은 묵살된 채였다. 사라의 예를 들어 가능성이 충분하다는 것으로 할아버지를 설득하려 했다.

"아무래도 지금보다야 시끄럽겠죠. 그런데 그 일을 제 앞에서 말씀하시는 분은 처음이에요."

"프레야 공 또한 남들이 제 앞에서 꺼내지 못하는 것을 말씀하시곤 하죠."

"지금 보니 두 분이서 많이 닮으셨네요."

유치한 것 같기도 하고. 나이 어린 이들이 분해하며 주먹 다툼을 하는 것도 같았다. 그래서 둘의 사이가 조금이라도 나아질 수 있지 않을까에 대한 가능성을 잠시 생각한 것 같기도 했다.

"혹시 기분이 상하셨습니까? 후계 문제는 프레야뿐만이 아니라 모든 가문들이 고질적으로 안고 있는 문제죠. 빈번히 일어나는 일이라 가볍게 꺼낸 것이었는데."

"전혀요."

라즐리는 입매를 길게 늘이며 고개를 저었다.

"각하께서도 그러시고. 모두가 그렇게 말하지만 아쉽게도 시끄러워질 예정은 없어요."

"후계에 대한 생각이 없으십니까?"

"당연해요. 저는 그런 쪽으로는 전혀 생각을 해 본 적이 없어요. 그 자리는 마땅히 제 사촌에게 돌아가는 것이 맞아요."

"……."

"그의 혈통 또한 흠 하나 없이 완벽해요. 숙부라고 해서 할아버지의 아들이 아닌 것은 아니죠. 소리 높여 싸우는 것이 첫째의 핏줄이냐, 둘째의 핏줄이냐는 것인데. 두 명 모두 혈통에 흠잡을 것 없다면 두 번째를 생각해 보면 되겠죠."

"……."

"누가 더 그 자리에 맞는 사람일까. 가문을 위해서 몸을 낮추고 책임감을 짊어지고 적어도 제 밤잠 정도는 포기해야겠죠. 저는 그렇게 못 해요."

라즐리는 순순히 인정했다. 처음부터 욕심을 내지도 않았을뿐더러, 그 무거운 자리에 앉아 주인 행세를 할 생각은 더더욱 없었다.

"그렇다면 영애께서는 무얼 하시려고요?"

"으레 그렇듯 당연한 절차를 밟아 나가게 되겠죠."

가장 이상적이고 가장 평화로운 것. 누군가에게는 당연한 것이나 그녀에게는 그리도 어려웠다. 라즐리는 이 살얼음판을 벗어나고 싶었다. 간절했다.

"제가 바라는 건 별로 없어요. 할아버지께서 정해 주신 사람이랑 혼인을 하고 싶어요. 그리고 평화롭게 사는 거죠. 치장을 하며. 적당한 사치를 부리면서요."

하루빨리 출가하고 싶다는 말도 잊지 않았다. 어서 이 소란이 잠잠해지고, 마치 없었던 일인 양 마무리되었으면 하는 바람이었다. 라즐리는 지긋지긋하던 것을 드디어 끝낼 수 있다는 듯, 홀가분한 얼굴로 말했다.

그렇게만 된다면 모든 것이 끝나는 것이다. 지긋지긋한 숙모의 시기와, 가시방석에 앉아 있는 것 같은 불편함, 오해가 난무하는 일들. 쌓여 가는 불신.

그녀는 제 사촌인 바빈을 가족으로서 아꼈다. 그렇기 때문에 그와의 갈등은 피하고 싶었다.

분란의 원인, 분란의 싹, 항상 그러한 문제의 중심에는 자신이 있었다. 마치 이 소란이 자신으로 인해 일어났다고 말해 주는 듯했다. 사람들은 사라를 자주 입에 올리고는 했는데, 그녀와 자신에게는 극명한 차이가 있었다.

그녀는 제 의지에 따랐을 뿐이고, 자신은 떠밀릴 뿐이다.

자의적으로 움직이는 이와 누군가의 바람대로 움직여 주는 것은 시작도, 끝도 달라질 터였다.

자신도 사람인지라 지금 처지와 사라의 처지를 많이 비교해 보곤 했다. 그녀의 모습이 마치 저라도 된 양 상상해 보기도 했다. 사라는 대단한 여자였다. 하지만 그녀의 뒤를 따라다니는 무거운 책임감도 생각해 냈다.

사람들은 그녀에게서 특별한 무엇인가를 기대했다. 보통의 사람들과는 다르기 때문에. 바꾸었고, 그녀가 존재함으로 인해 불가능했던 것이 현실이 되었기에.

몇 배의 노력으로 그 자리에 다다랐는지는 중요하지 않았다. 그녀는 변화의 중심에 있는 폭풍 같은 존재였기 때문에, 다른 사람은 해내지 못하는 것을 그녀는 당연하게 해내야만 했다.

사라가 짊어진 무게가 그러했다. 그녀는 특별했으니까.

그리고 문득 자신은 그런 그들의 기대와 쏟아지는 질타를 견딜 자신이 없다는 생각이 들었다. 가장 절박할 때 챙길 것은 제 몸뿐이라는 것을 알았다. 그것이 자신과 사촌인 바빈의 차이였다.

"완전히 질렸다는 얼굴이네요."

"꽤 오랫동안 괴롭혔거든요."

라즐리가 버석거리는 입 안을 축였다. 그와의 대화가 가벼운 이야기가 아니라 흡사 토론이라도 하는 것 같았지만 나쁘지 않다고 생각했다.

"조금 지루하지 않겠습니까?"

"뭐가요?"

"그렇게 사는 거요."

"저는 더없이 바라요. 사람마다 바라는 기준은 다 다른 거니까요."

"그러니까 제 말은, 순리에 맞춰서 사는 삶은 조금 지루할 수 있다는 겁니다. 그 삶을 바라신다면 어쩔 수 없을 테지만."

"원하지 않는 자리니까요. 누가 뭐라고 떠들든."

라즐리가 단호하게 대답했다. 그 자리의 근처에도 갈 일은 없을 것이라고.

"후께서는 가능하다고 생각하세요?"

그는 잠시 고민하는 듯했다.

"아니요."

명쾌한 답에 라즐리가 소리 내어 웃었다.

"사라가 그 틀을 부쉈으니 이제부터는 그리 어려운 일만도 아닐 테지만."

"……."

"힘든 일이죠. 영애에게는. 고독한 자리가 될 겁니다. 잘 조련된 사냥개 한 마리가 짐승 한 마리를 잡지는 못하겠지만, 열 마리가 달려들면 죽일 수 있겠죠. 그 사냥개들은 프레야 공이 죽고 나면 이를 드러낼 겁니다."

바빈의 세를 뜻함이었다. 라즐리와 사이가 좋은 그가 그런 명령을 내릴 리는 없겠지만, 자신을 이상하리만치 경계하는 숙모에게는 가능한 일이었다.

"정말…… 저희 집안에 대해서 많이 아시네요?"

"프레야 공께서도 제 집안의 일 정도는 꿰고 계실 겁니다."

남자의 눈이 자연스럽게 반달로 접혔다. 문득 웃는 사람을 조심하라던 할아버지의 말씀이 떠올랐다.

* * *

"부르셨어요?"

"앉으렴. 라즐리."

서류를 보고 있던 공작은 라즐리를 반갑게 맞았다. 제너가 그녀를 부르는 일은 굉장히 잦았으므로 이상할 것 없는 일인데도 되레 혼자서 조마조마한 것은 지오반니와 묘한 만남을 유지하고 있기 때문일 것이다. 또한 그런 남자를 끔찍이도 싫어하는 할아버지가 이 사실을 알게 된다면 가볍게 끝날 일이 아니라는 것 또한 알았다.

"요즘 밖의 출입이 잦다지?"

"아, 아아, 네."

"새 친구라도 생긴 것이냐?"

"네. 할아버지의 브로치를 만들 때 큰 도움을 주신 분이에요."

"그리 번거로울 것도 없이 네 한마디라면 가문의 사람들은 아주 손쉽게 구해 줬을 거다."

"그럴 수야 있나요. 할아버지의 것인데요."

라즐리는 가슴팍에 위치한 브로치를 보며 흐뭇하게 웃었다.

"오클리 부인은 아주 말이 잘 통하는 사람이에요. 아는 것도 많고.

도움도 많이 줘요. 이 년 전에 미망인이 되었다고 하는데."

이어지는 침묵에 라즐리가 어색하게 입을 열었다. 변명과도 비슷했다. 찔리는 것이 있으니 묻지도 않은 말이 술술 튀어나왔다. 말을 늘어놓고 나니 그제야 아차 싶었다.

"네. 아무튼 그런 사람이라고요."

"다행이구나. 좋은 친구가 생겨서."

주름이 만연한 얼굴이 활짝 미소를 지었다. 지오반니가 나쁜 사람이기 때문이라거나, 그가 싫어하는 사람을 만난다는 것이 죄송하다는 것이 아니다. 의도치 않게 거짓말을 한다는 것이 양심을 쿡쿡 찔러 왔다. 왜 하필 싫어해도 그 사람을 싫어해서 가지고는.

"언제 한번 집으로 초대하려무나."

"가까운 시일 내로 그리할게요."

그럴 일은 없겠지. 웃음 뒤로 라즐리가 말을 삼켰다.

"곧 바빈이 온다는구나."

"네."

"몇 년 만이냐?"

"삼 년 정도 되었을 거예요."

"삼 년······."

거친 얼굴을 쓸어내리는 그는 또다시 불거질 일에 대해서 생각하곤 했다. 곧 미간에 깊은 주름이 패었다. 주름진 눈꺼풀 너머로 색 바랜 눈이 제 손녀딸을 향했다. 이 아이의 뒤에 붙은 무수한 꼬리표들을 알았다.

어린 나이에 부모를 여읜 불쌍한 아이. 많은 것들 중 그것이 가장 신경이 쓰였다.

측은했기에 같잖은 동정을 하는 것일지도 몰랐다. 죽은 아들을 대신해 그 자리에 오른 아이를 상상했을지도 모를 일이다. 눈이 아릴 정도로 화려한 것을 두르게 하는 것이다. 모두가 그 빛에 질리고, 종내 라즐리의 뒤에 붙던 거추장스러운 꼬리표들을 무디게 만들 수 있는.

사라의 전례가 있었으니 무리도 아닐 터. 다른 이들이 그랬던 것처럼 야트막한 욕심은 불씨를 지펴 올렸다.

"아직도 바빈이 좋으냐?"

"가족이니까요."

"그런 말은 누구나 할 수 있지."

"무슨 대답을 원하세요?"

"진심을 묻고 있는 게다."

그는 오랜 시간 지속되어 온 조용한 싸움을 지켜본 이들 중 한 명이었다. 싸움에 불을 지피지는 않았지만 그렇다고 해서 말린 것도 아니었다. 말린다고 해서 멈출 싸움도 아니었다.

바빈은 제 둘째 아들에게서 태어난 사내아이였다. 장자가 죽었으니 당연히 승계 위는 둘째에게로 넘어갔는데, 지금 그러한 문제로 후계 싸움이 불거졌다. 장자인 리온이 죽었다 해도 그 뒤를 잇는 것이 바빈이 될 수 없다는 의견이었고, 다른 한쪽은 후계의 자리가 둘째에게로 넘어갔으니 그의 아들인 바빈이 죽 이어야 한다는 것이었다.

정작 논쟁의 두 주인공들은 이러한 싸움에는 관심이 없는 것 같았지만.

라즐리는 후계자가 될 생각이 없었고, 바빈은 제 사촌 동생인 라즐리에게 칼을 겨누면서까지 그 자리에 오르는 것을 원하지 않았다. 그렇다고 해서 그 아이들이 무딘 것은 아니었다. 다만 어렸을 적부터 이런 일들을 심심찮게 겪으니, 둘 사이에 야트막한 동질감이라도 싹튼 모양이었다.

당사자들이 거의 방치하다시피 한 문제에 불을 지피는 것은 언제나 그렇듯 주변의 인물들이었다. 그들은 어째서인지 문제의 열쇠를 쥐고 있는 그 둘보다 더 요란스럽게 짖었다.

이미 몇 년 전부터 빈번하게 싸워 온 것이라 놀랄 것도 없지만 어째서인지 좀처럼 잠잠해질 줄을 몰랐다. 모두가 라즐리가 성년이 되고부터의 행보에 주목했다. 그 아이가 바빈에게 넘겨준 것들을 찾느냐, 그렇지 않으면 그저 순리대로 흘러가느냐는 것이었다.

제녀는 이 아이가 어려운 길을 밟지 않으리라는 것을 알았다.

"그럼요."

"어떻게 알고 확신을 하느냐."

"바빈은 그래요. 저희는 어렸을 때부터 이러한 상황들을 많이 겪었어요. 그리고 서로 의지했고, 누구보다도 잘 알아요. 가족이자 친구예요. 저만 힘든 게 아니라 바빈도 함께 힘들었어요. 할아버지도 아시다시피 바빈이 조금이라도 욕심을 가졌다면 지금 이러한 상황이 오지도 않았겠죠."

"……."

"이렇게 번거로울 것도 없이 모든 일은 끝나 있을 테니까요. 그가 후계자가 되는 쪽으로요."

"……."

"그리고 바빈이 조금만 더 잔인했다면 저는 할아버지의 앞에 있을 수 없었을 거예요. 제가 장자의 핏줄이라는 것과는 별개로 힘은 그쪽으로 많이 기울었으니까."

제너는 어느 정도 인정했다.

"그리고 그 자리는 바빈이 더 어울려요."

"노력조차 해 보지 않았지 않느냐."

"노력도 하고자 하는 사람이 하는 거죠. 저는 정말 생각 없어요. 저처럼 책임감 없는 사람보다는 바빈이 나아요. 저는 제가 더 잘 알아요."

"……."

"바빈은 할아버지의 길을 걸을 거예요. 제 부친이 할아버지의 길을 걸었듯. 숙부께서 그 길을 걷고 계시고. 바빈 또한 어긋나지 않고 그 길을 걷겠죠. 저는 그렇게는 못 해요."

"거절도 당차게 하는 것을 보라지."

제너는 혀를 찼지만 어쩐지 이런 대답에 마음이 놓였다는 것은 부정할 수 없었다. 수많은 감정들로 갈등했다. 라즐리를 높다란 자리에 앉혀 주고 싶은 욕심. 그럼에도 저 아이가 좋은 길만 걸었으면 좋겠다는 바람.

자신이 걸었던 길은 좋은 길은 아니었으며, 험하지 않다 말할 수 없었다. 수많은 선택을 해야 하는 자리에서, 잠을 이루지 못하고 고뇌할 아이의 모습이 떠오른 것은 아주 잠깐이었다.

"바빈을 지지해요."

"그래."

"그의 선택을 존중하고요. 그는 좋은 주인이 될 거예요."

"나 또한 네 생각을 존중하마. 바빈이 여기까지 오르고 후계자가 된다는 것은 네가 조금이라도 무언가를 포기하지 않는 이상은 어려운 일이지. 힘이 기울어진 틈을 준 것도 너다. 네 숙모의 입김이라도 어림없는 일이야. 내 집에서는, 내가 허락한 이가 아니고서야 함부로 무언가를 바꾸지 못한다. 네 뜻은 잘 알겠다."

"감사해요."

"네 생각을 들었으니 나는 바빈의 자리를 확고히 지켜 줄 생각이야. 이 지긋지긋한 싸움도 끝날 테니 조금 후련한 얼굴을 할 테지."

"잘 생각하셨어요."

"괘씸하긴."

그가 눈을 흘겼다. 만족스러운 듯한 얼굴을 하고 있는 라즐리를 보며 혀를 찬 그가 문 쪽을 가리켰다.

"내 볼일은 끝이다. 이만 나가서 일 봐."

방문을 나서려는 라즐리의 등 뒤로 그가 무심하게 입을 열었다.

"네가 좋은 길만 걸었으면 좋겠다."

"지금도 충분히 좋은 곳을 걷고 있어요."

"그렇담 다행이고."

조금 더 가볍고, 근심일랑은 없는. 주변으로는 아름답고 고운 것들이 지천이었으면 좋겠다.

*　　*　　*

"이야기 하나 들려 드릴까요?"

늦은 오후의 시원한 바람을 맞고 있던 라즐리가 머리칼을 정리하며 얼굴을 들었다. 호기심 어린 눈이 천진한 아이의 것과 비슷해 웃음이 스몄다.

"이야기요?"

"탄팔로 사막에 관한 이야기요."

도서관에 들렀다던 여자가 잔뜩 들고 있는 책들이 온통 탄팔로와 고대의 흔적에 관한 책들이 아니었다면 모를 수도 있었을 일이었다.

"사막에 관한 이야기를 좋아하시잖습니까."

"기록된 책은 거의 읽었는데."

"아마 책보다 더 재미있으실 겁니다."

말주변이 좋으니까. 너스레를 떨자 라즐리의 눈이 보기 좋게 휘었다.

"탄팔로 사막은 현 황제께서 보위에 오르시기 전 손에 넣으신 땅입니다. 3황자이신 폐하께서는 그 땅을 취함으로써 보위에 오르시기까지 입지를 다지셨습니다. 라제프와 지금의 폐하에게는 꽤 중요한 곳이죠."

선선한 바람을 맞으며 지오반니가 라즐리의 걸음에 맞춰 걸었다.

"고대, 나라들이 세워지기 전에는 지상의 신이라고 추앙받던 자들이 있었다고 합니다. 전해지는 고서에 따르길 세상 모든 것들이 그들의 손 아래서 생겨나고 부서지니 의심할 것도 없이 신이라 생각했던 모양입니다. 사람들은 어지러운 시대를 버티기 위해 자신들이 믿고 의지할 만한 존재들이 필요했습니다. 신에 대한 여러 가지 낭설도 이때부터 시작되었다고 하더군요. 그들은 곳곳에 그들을 기리는 신전을 만들었습니다. 불을 피우고 곡식과 쌀을 바치고, 간혹 사람도 바쳤습니다. 신전은 나날이 커지고 신도들은 늘어 갔습니다."

그는 무언가를 회상하듯 잠시 복잡한 얼굴이 되었다. 말소리가 점점 작아지는가 싶더니 멍한 얼굴을 한 채로 눈만 끔뻑거리고 있었다.

"피곤하세요?"

"아, 아닙니다. 지금도 쓰인 기록들을 보면 상당수의 신전들이 있습니다. 세워진 곳은 다양하죠. 그중 하나가 탄팔로 사막입니다. 그 외에도 저 위의 차가운 땅, 북해의 바다, 이젠티아의 돌무더기. 발견되지 않은 곳이 더 있을지도 모르죠."

"……."

"아직 제국의 학자들은 탄팔로 사막에 대한 모든 것을 알아내지 못했습니다. 그 시절 개척되지 않은 사막 길은 어떻게 횡단했으며, 그곳까지 신전을 만들 물자를 어떻게 운반했나, 하는 것 외에도 밝혀내지 못한 비밀들은 아직도 많습니다."

자신들의 걸음이 현저하게 느려진 것을 모른 채로 이야기를 하는 지오반니도, 듣는 라즐리도 열심히 집중하고 있었다.

"대부분의 학자들은 추앙받았던 사막 신이라 불리던 자도 존재해 있을 것이라고 믿습니다, 만 역시 가설일 뿐 밝혀지지 않았습니다. 이론적으로는 터무니없는 이야기이긴 합니다. 하지만 학자들 역시 아직도 신이라 추앙받던 자들의 존재를 믿더군요."

"살아 있을까요?"

"그러길 바라세요?"

그의 물음에 라즐리가 입을 벙긋거렸다. 생각지도 못한 질문이었기 때문에 잠시 고민이 필요한 듯싶었다. 그는 질문을 바꿨다.

"살아 있다고 생각하세요?"

"살아 있지 않을까요?"

"강함과 수명이 비례하진 않습니다."

"그것도 그러네요."

"그리고 확률적으로 살아 있다는 것은 무리겠죠. 그 오랜 시간을."

저도 모르게 그의 말에 동의한 라즐리가 고민하는 듯하더니 그에게 물었다.

"정말 말주변이 좋으시네요. 뭐에 홀린 듯이 들은 것 같아요."

"사막에 대해서는 언제부터 관심을 가지고 계셨습니까?"

"그렇게 오래된 것 같지는 않아요. 책을 읽게 됐고, 나쁘지 않았거든요. 한동안은 정말 몰두해서 읽었을 정도니까요."

지오반니가 가만히 고개를 끄덕였다. 더 이야기해 보라는 뜻이었다. 자신의 말에 귀를 기울여 주는 것이 기쁜지 라즐리가 말을 쏟아 냈다. 할아버지는 지겹다 하시며 잘 들어 주지 않았던 이야기들이었다.

"저는 이야기꾼인 만드레가 집필한 책을 굉장히 좋아해요. 그리고 그가 쓴 것 중엔 탄팔로에 관한 이야기가 아주 많아요. 괴담을 비롯해서 사막 신에 관한 것이라든가."

"사막 신은 이야기꾼들이 만들어 낸 허구의 인물입니다."

"만드레의 책을 진짜라고 생각하고 읽는 사람은 없어요. 그저 자기만족이 충족되니 읽는 거죠. 그러니까, 사막 신은 정말 매력 있어요. 이야기꾼 만드레에게 와전된 것도 분명 있겠지만. 만드레는 사막 신이라 불렸던 남자를 고독하게 풀어냈거든요. 다른 신들보다도 저는 그이야기가 가장 인상 깊었어요."

그녀의 말에 지오반니의 얼굴이 알 듯 모를 듯 일그러졌다.

"그런데, 후작께서는 이런 이야기를 어찌 아세요?"

"저도 사막에 대해 관심이 많습니다."

공통적인 관심사를 찾은 것에 기뻤던 것인지 걸음을 멈춰 선 여자의 눈이 빛났다.

"우연인가요?"

"이런 우연이 반복되면 그땐 흔한 우연이 아니겠죠."

그가 준수한 입매를 말아 올렸다.

“만드레의 이야기들도 모두 읽어 보셨나요?”

“아직도 꺼내 보곤 합니다.”

“집에 방문했을 적에 책장을 한번 봤었어야 했는데.”

라즐리가 아쉽다는 듯 눈썹을 찡그렸다.

“보시면 됩니다.”

“네?”

“원하신다면 초대는 얼마든지 해 드릴 테니까.”

그의 의도가 무엇인지 파악할 틈도 주지 않은 지오반니가 재차 물었다.

“다음에는 어디에서 볼까요?”

“…….”

“지나치게 호의적인가요?”

“굉장히요.”

“장담컨대, 헤프게 누구에게나 그러지는 않습니다.”

여기서 멈추지 않으면 라즐리가 곤란해할 것을 알았는지 지오반니가 주제를 환기시켰다.

“호숫가 근처가 어떨까요?”

“좋아하는 비스킷을 싸 들고 말입니까?”

“제일 좋아하는 것을 기억하고 계시네요.”

첫 만남을 생각해 본다면 장족의 발전이었다. 팔에 스치는 여자의 머리칼이, 옷깃의 감촉이 선명했다. 경계하지 않는 것 같으면서도 철저하게 거리를 두었던 여자는 정말 친한 친구를 대하듯 거리낌 없이 다가왔다.

경계심이라고는 눈곱만치도 없는 상태로.

2. 범상치 않은 남자

"요새 꽤 즐거워 보이는데?"

사위가 고요함에 잠겼다. 그런 침묵을 깬 것은 조금 의외라는 투의 말이었는데, 그마저도 귀를 기울여야 들을 수 있을 만큼 조용한 목소리였다.

어두운 방 안에는, 탁상 위에 올려 둔 양초와 장작불이 전부였다. 놀랍게도 붉은색을 품고 있던 불꽃에 입이라 부를 수 있을 정도의 형상이 생겼다. 말소리는 그곳에서 들려오고 있었다.

장작을 태우는 불은 흔히 보았던 불과는 조금 차이가 있었다. 크기는 더 큰 듯했고, 알 듯 말 듯 형체가 잡혀 있었다. 그리고 그 불은 시시각각 주홍색과 푸른색, 그리고 어두운 자색으로 가라앉기도 했다. 하지만 집의 주인은 그 모습에도 놀란 기색 없이 장작불을 쇠꼬챙이로 뒤적였다. 장작 하나를 더 놓아 주는 것도 잊지 않았다.

"그래 보여?"

"굉장히."

"꽤 눈치가 늘었는데."

지오반니가 가볍게 웃었다.

"거봐. 지금도 웃고 있잖아."

"내가 웃지도 못하는 사람은 아니었잖아."

"달라서 하는 소리야."

"뭐, 조금은."

지오반니는 흔쾌히 인정했다.

"뭐야? 무슨 일인데?"

묻는 소리에도 답이 없자 불꽃은 불길을 위협스럽게 넘실거리며 재
촉했다.

"말해 줘. 말해 줘!"

"글쎄."

"용龍이 싸움이라도 건 거야?"

"그건 재미있는 일이 아니라 심각한 일인 거야, 탐피."

용의 이름이 거론되자 지오반니가 드물게도 질색했다.

"하긴. 그럼 뭐란 말이야?"

포기하고 장작 위로 제 몸을 포갰다.

"여자?"

"탄탈로스가 들으면 잔소리 꽤나 늘어놓겠네."

탐피라 불린 불꽃이 킬킬거리며 웃었다. 그러자 어지럽게 불티가
날렸다.

"그나저나 너는 재미있는데 정작 나는 지루한 일들뿐이야."

"태울 장작은 많아."

"고작 장작이나 태우라는 거야? 내가 할 일이 없잖아. 할 일이. 그래도 저 아래보다는 덜 심심하기는 하지만."

"이상한 녀석들과 부대끼고 사느니 한가로이 장작이나 태우는 게 더 나을 텐데. 틀린가?"

"맞아."

작은 불꽃은 지오반니의 말에 동의하며 주변으로 지저분하게 흩어진 재를 끌어모았다. 그러곤 태워 버리려 쌓아 두었던 종이들도 입을 크게 벌려 죄 먹어 치웠다. 그 모습이 퍽 귀여웠던지 지오반니의 입가에 걸린 웃음이 짙어졌다.

"차라리 그편이 나을지도 몰라. 다시 뿔이 잘린다는 생각을 하면 끔찍해."

풀이 죽었는지 너울거리던 불꽃의 부피가 줄었다. 불꽃의 형상을 한 이 녀석은 본래 꽤 험악한 모습을 하고 있는 악마였다. 땅 아래서 악명을 떨치다 신의 사자使者에게 뿔이 잘린 모양인데 그것의 충격을 떨치지 못한 채로 지옥을 벗어나 지상 위에 정착했다. 간혹 자신의 악명을 무용담처럼 꺼내 놓곤 했는데, 마지막은 뿔이 잘린 비참한 결말로 끝이 났다.

"우리가 사악하다는 건 다 거짓말이야. 내 뿔을 자른 놈의 모습을 봤다면 생각이 달라졌을 거라고."

"선입견이 너무 극명하니까."

지오반니가 탐피를 달랬다.

"사람의 소원을 들어주고 그 대가를 받는 건 저 위의 놈들도 똑같잖아. 우리만 영혼을 취하는 게 아니야."

"너희가 계약의 대상자를 잘못 골라서 그렇잖아. 이상한 소원을 말하는 인간들만 만났으니까 그렇지."

기억이 흐릿할 정도로 꽤 오랫동안 알고 지낸 악마였지만, 이 집에 함께 살게 된 것은 그리 오래되지 않았다. 뿔이 잘린 녀석을 위로해 주다, 그길로 정말 집에 눌러앉아 버렸다.

"그래도 이해가 안 가. 우리는 사악하고 위에 사는 놈들은 아주 신성시하면서 받들잖아."

"……."

"위의 놈들은 말이야. 어느 때는 우리보다 더 사악해. 그 녀석들은 명분을 너무 중요시하거든! 죽일 때에도 명분을 내세워 죽이곤 하지. 녀석들은 우리를 보고 잔인하고 무식하다고 하지만, 그 녀석들이 더 잔인해!"

탐피가 흥분함으로 인해 주홍빛 불똥이 사정없이 튀었다.

이유 없는 죽임과 명분을 내세운 죽임이라. 아무래도 후자 쪽이 더 그럴듯해 보이는데. 하지만 지오반니는 불필요한 말은 아끼기로 했다. 지금은 탐피의 투정을 받아 줄 때였다.

"둘 다 멍청한 것 같기는 해."

"아니야. 멍청한 건 그 녀석들이 조금 더 멍청해."

"네가 그렇게 말한다면 그런 거겠지."

지오반니는 심드렁하게 탐피의 말에 동조했다.

"아, 정말. 그 녀석들 너무 싫어. 내 뿔을 잘랐다고…… 내 꼬리까지 자르려던 걸 간신히 도망쳤단 말이야."

제 뿔이 잘렸던 일을 생각해 내자 길길이 날뛰던 모습은 온데간데없고 우울해하는 녀석만 남아 있었다. 불평 아래에 깔린 것은 두려움이었다. 점차 탐피의 몸의 크기가 줄어들었다. 말소리도 작아졌다. 주황색의 불씨가 사그라지는 것을 보던 지오반니가 낮게 웃었다. 귀여운 녀석.

"자, 선물이야."

지오반니가 서랍을 열어 무언가를 탐피에게 던졌다. 탐피가 날름 혀를 길게 뻗어 얼결에 그것을 받아 냈다. 새까맣기만 한 돌 조각이었다.

"키든이 전해 주라던데."

"어어? 키든이?"

불만에 가득 차 있던 목소리가 놀라워하는가 싶더니 이내 기쁨으로 가득 찼다. 다시 한 번 불똥이 튀었다. 탐피가 기뻐하자 붉은빛을 내던 몸이 푸른빛으로 물들었다.

"얼마 전에 키든이 보내온 거야."

흥분으로 가득 찬 탐피는 으적으적, 단숨에 그 돌 조각들을 먹어 치웠다. 칼라로프 화산 근처에서 만들어지는 돌 조각들은 탐피가 가장 좋아하는 음식 중 하나였다. 그러자 순식간에 화기가 강해지며 그 많던 장작들이 모두 타 버렸다. 불꽃은 포만감에 가득 차 만족스러운 듯했다.

"미워할 수 없는 놈이야."

탐피가 감탄하며 입맛을 다셨다.

"그런데 칼라로프라니. 키든이 왜 그곳에 있지?"

"뭐…….. 워낙 종잡을 수 없는 놈이라."

그렇게 대답하면서도 지오반니 또한 의문을 감추지 못했다. 키든이 왜 고룡의 땅을 밟았을까. 어렸을 적, 그에게 당한 치욕과 몸에 입은 상처를 생각해서라도 키든은 그의 땅 근처엔 얼씬도 거리지 않아야 하는 것이 맞았다.

키든은 고룡을 무서워했다. 그럼에도 그에게 호기롭게 덤비는 것을 멈춘다는 것은 아니었다.

"무슨 사고라도 치는 건 아니지?"

탐피는 정말 그러겠냐는 듯 대수롭지 않게 물었지만 지오반니는 대답할 수 없었다.

"키든은 아직도 그러고 사는 거야?"

"그래."

"후회할 텐데."

여운이 가시지 않았던지 혀를 내밀어 입맛을 다시던 탐피가 걱정스럽게 말했다.

"키든은 정말 위험한 놈이야. 계속 그렇게 무모하게 굴다간 크게 당할 거라고. 가령 고룡에게 잡힐 수도 있겠고. 운이 정말 없다면 하르게니아에게 잡히겠지."

"그런 불길한 소리 좀 하지 마."

하르게니아의 이름이 탐피의 입에서 뱉어지는 순간 지오반니의 얼굴에 질린 티가 여실하게 나타났다.

"현실적으로 이야기해 주는 거야."

"키든의 욕을 하려거든 선물로 받은 건 뱉고 나서 하지그래."

"이봐, 내가 하는 건 걱정이라니까? 그럼 녀석의 행보가 정상이라고 생각하는 거야? 위험해. 위험하고말고. 그렇게 부수고, 빼앗고, 그러다 보면 어느 순간 정말 큰일 난다고. 미움을 많이 받으면 좋을 게 없는데 말이야. 제 힘을 너무 자신하면 좋을 것 없다니까. 정작 힘센 놈들은 과시하지도 않아. 과시하기도 전에 다들 알아보고 슬금 슬금 피하니까."

탐피의 말에 지오반니의 입술에서 깊은 한숨이 흘렀다. 키든의 문제라면 무조건 미루곤 했었던 것을 이제야 꺼내 보인 데에는 이유가 있었다. 그만큼 골치 아픈 일이라는 뜻이었다.

오랜 친구인 키든의 걱정을 해 보지 않은 것은 아니었다. 오만 방자하고 제멋대로인 녀석. 제 힘을 과시하고 성에 차지 않는지 닥치는 대로 죽이는 통에 자신을 비롯한 '가족'들의 걱정이 이만저만이 아니었다.

"칼라로프의 땅을 밟은 게 상당히 마음에 걸려. 고룡이 모를 리 없어."

거대한 날개로 하늘을 부유하고 때로는 정치와 전쟁에 커다란 영향력을 행사하는 용龍은 음지에 가려질 것을 원한 자간zagan과는 달리 수면 위로 떠오를 것을 선택했다.

칼라로프의 주인인 고룡 알케미나는 직접 협회를 설립해 평화와 힘의 균형에 대해 강조했고, 북해北海의 하르게니아는 에르만틴으로 흘러들어 인간의 아이를 낳았다. 또한 그 외에도 키에르는 동녘의 땅에 자리를 잡았고, 리 페레는 분쟁 지역에서 힘을 행사하곤 했다. 이것이 용이 말하는 대외적인 활동이었다.

하지만 그들과는 대립되는 존재들인 자간은 자신들의 모습이 드러나는 것을 원하지 않았다. 그래서 용과 같이 영향력을 행사하기보단 조용히 머무는 것을 택했다. 지오반니가 그러했고, 그의 동족인 탄탈로스와 아를리안이 그러했다. 되도 않는 인간 행세를 한다고 더러 비웃는 용들도 있었지만, 이것이 그의 일족이 선택한 방식이었다.

하지만 키든이 그 암묵적인 규칙을 어기고 있으니 이 얼마나 성가신 일이냔 말이다. 자간이라면 이를 가는 용이 가만 두고 볼 일이 아니었다. 고룡은 공식적인 자리에 있는 만큼 키든의 잘잘못을 따지길 원한다면 그리할 수 있는 이였다.

잠시나마 잊고 있었던 키든에 대한 걱정이 떠오르자 지오반니의 재색 눈이 어둡게 가라앉았다. 철없는 제 친구는 그 문제를 거론할라치면 자신을 세상에는 둘도 없는 잔소리꾼으로 만들었다. 일족 중 연장자인 아를리안도 그런 그를 저지하지 않았다. 씨알도 먹히지 않았고 제지할 사람이 없었기 때문에 더욱더 성난 망아지처럼 날뛰나 싶었다.

"이케 정신 좀 차려야 할 거야. 하르게니아는 너희들을 한 명이라도 치우고 싶어 해. 그건 고룡도 마찬가지지. 무력으로 부딪친다면 할 말은 없겠지만, 너희들은 모습을 드러내고 싶어 하지 않잖아."

탐피가 자못 심각하게 말했다. 고상한 척 얼굴을 굳히고 있는 눈앞의 녀석도 멀쩡하지는 않았지만, 녀석은 적어도 이성 있는 척은 곧잘 했다.

'철이 덜 들었다면 키든보다 더했을 놈이지.'

잔악함에 혀를 내두르고 기가 질릴 정도였다. 어찌 보면 키든보다 최악이라면 최악일 녀석이었다. 그럼에도 녀석의 잔인함이 부각되지 않는 이유는 지오반니는 키든과는 달리 제대로 된 이성이 박혀 있기 때문이었다.

"무엇이든 과하면 그르치는 법이지. 키든의 이런 작태가 계속되면 누가 나설지 빤하잖아."

"그래. 알지."

"알케미나는 만만한 녀석을 고를 거야. 그게 너나, 탄탈로스가 되지는 않겠지. 더 잘 밟을 수 있는 놈. 자신이 놓은 덫에서 빠져나갈 구멍이 없는 놈. 용은 서열에 민감한 만큼 짓누르고 싶어 해. 그리고 키든은 고룡보다 약하지. 고룡이 마음만 바꾸면 녀석의 머리를 날려버리는 건 일도 아닐 거라고."

탐피는 진심으로 우려했다. 키든이 제게 매년 선물을 보내오는 고

마음 때문도 있었지만, 진정으로 그들이 고통스러워하지 않길 바랐다.

"날씨가 따뜻해져서 그런가, 잠이 쏟아져."

인간도 아닌데 봄만 되면 졸리단 말이야. 탐피가 몸을 웅크렸다. 그리고 어두운 방 안에는 정적이 흘렀다. 음영이 드리워진 지오반니의 얼굴이 놀라울 정도로 무표정했다.

*　　*　　*

라즐리가 향한 곳은 널따란 호수가 자리한 산책로였다. 아직까지 그와의 만남을 이어 가는 라즐리는 그와 만난 횟수를 세다, 어느 순간부터는 그만두고 말았다. 지금까지는 할아버지의 눈을 피해 그와 만남을 가졌지만, 라즐리는 저의 할아버지가 이를 알기까지 그리 오랜 시간이 남지 않았다는 것을 알았다. 오클리 부인과 이어졌던 몇 안 되는 만남 또한.

그것은 어찌 보면 당연한 것이었다. 그는 자신을 아끼는 것만큼이나 제 주변에 지대한 관심을 쏟는 사람이었으니까. 다만 걱정되는 것은, 여태 만나던 사람이 오클리 부인이 아니라 웰시노 후작이라는 것을 아는 순간 그가 어떻게 반응할지였다. 무섭게 분노한다면 흔한 변명도 하지 못할 것이라는 것을 알았다.

제인은 매일 세 번 이상 걱정을 하곤 했는데, 그녀가 하는 말은 앵무새처럼 반복되곤 했다.

'각하께서 아시면 큰일 납니다. 좋아서 만나시는 건 아니시죠? 이제 시집도 가실 분이 외간 남자를 만나고 다니시면 안 됩니다.' 등등, 제인은 앞으로도 할 말이 굉장히 많아 보였다.

"제가 늦었죠?"

셔츠의 단추를 풀어 놓은 그에게서 여유로운 분위기가 묻어났다. 책을 보고 있던 지오반니가 앞에서 들리는 목소리에 반갑게 맞아 주며 책을 덮었다.

"오래 기다리지 않았습니다. 저도 오늘 좀 늦게 왔거든요."

"다행이네요."

챙이 넓은 모자를 탁자 위에 올려 둔 라즐리가 숨을 골랐다. 거의 뛰다시피 빠른 걸음을 했기 때문이었다. 빠르게 들썩이던 가슴팍이 조금은 잠잠해진 것을 본 지오반니가 단것이 잔뜩 담긴 그릇을 라즐리 쪽으로 밀었다.

단것을 끔찍이도 좋아하는 라즐리의 모습을 기억했기 때문이었다. 만날 적마다 탁자 위에 준비해 놓은 초콜릿들이 짧은 시간 만에 사라지곤 했다. 이 아가씨는 알고 있을지 모르겠지만, 지금도 숨을 고르며 제일 먼저 하는 행동은 물수건에 손을 씻고 초콜릿을 집어 먹는 일이었다. 다음으로는 크림이 잔뜩 얹혀 있는 빵, 시럽 가득한 정체 모를 무언가.

보고 있자니 절로 속이 쓰렸다. 이 아가씨는 여태 자신이 살아가면서 먹은 단것보다 많은 양을 고작 하루 만에 다 먹고 있었다.

"단거 안 좋아하세요?"

"질색합니다."

"적어도 우리는 먹을 것 가지고 싸울 일은 없겠어요."

우리. 친밀한 단어에 지오반니의 입매가 주책맞게 길게 늘어졌다.

"할아버지하고는 왜 그렇게 사이가 안 좋으세요?"

"공께서는 뭐라 하시던가요?"

오물오물. 라즐리의 입이 쉴 새 없이 움직였다.

"아니요."

"한데."

"좋은 친구가 생겼다고 소개시켜 주고 싶지만 이름만 들어도 이를 가시잖아요. 후께서도 그렇고."

"저는 공께서 그럴 의향만 있으시다면 충분히 좋은 관계를 유지시키고 싶은 생각이 있습니다."

"거짓말."

"이전과는 달리 생각이 바뀌었습니다."

"저 때문에요?"

"달리 이유가 있겠습니까?"

크림을 입에 묻힌 라즐리가 잠시 놀란 얼굴을 하더니 입매를 말아 올렸다. 그것을 닦아 주려 지오반니의 손이 라즐리에게로 향했다. 습관적인 것이었다. 그러다 그의 손이 허공에서 멈추었다. 제 앞에 앉은 아가씨의 호감이 남자로서가 아닌 것을 깨달았기 때문이다. 이번에도 실수를 하게 된다면 그럴싸한 변명을 찾기는 어려울 것 같았다.

"닦아 주시게요?"

"그러려고 했는데."

"했는데?"

"아직도 그럴 만한 관계가 아닌가요?"

지오반니의 눈이 보기 좋게 휘었다.

"제가 닦을게요."

역시. 지오반니가 머쓱해진 듯 제 턱을 매만졌다.

"낡은 정원을 사들였습니다."

"정원이요?"

"새로 꾸밀 것이 많아요. 지어야 할 것도 많고, 허물 것도 많고. 한 번 오시겠습니까?"

"저야 좋죠!"

들뜬 티가 확연한 얼굴이 고개를 빠르게 주억거렸다.

맛있는 음식들을 사이에 둔 두 남녀는 꽤나 즐거워 보였다. 주로 이 야기하는 쪽은 남자 같았지만 듣는 여자의 즐거워 보이는 목소리도 간혹 들려왔다.

그 둘을 지켜보던 남자에게서 한숨이 흘러나왔다. 라즐리를 이곳까지 안내한 마부였다. 이쯤 되니 꽤 심각하게 고민이 되는 것이었다. 과연 이것이 바람직한 만남인가. 저 둘의 만남이 정말 괜찮은 것일까, 하게 하는.

그는 깊은 고민에 빠졌다. 앞으로도 이러한 일들이 빈번하게 일어날 것 같아서였다.

* * *

"각하와 약속이 되어 있으셨습니까?"

색 바랜 금발의 남자는 제 앞에서 짜증 나게 재잘거리는 중후한 남자를 보며 혀를 찼다.

"각하?"

되묻는 소리에 집사가 고개를 갸웃거렸다.

"각하가 뭐지?"

"각하가 무엇이냐니……."

조용히 한숨을 내쉬는 남자가 금발의 남자를 위아래로 훑었다. 이런 남루한 차림의 여행객과 친분이라도 있는 것일까.

"너희들은 그 녀석을 그렇게 부르나? 꽤나 우스꽝스러운 이름이 아니냐."

"이름과 신분을 밝혀 주십시오. 약속이 없으신 분은 만나지 못합니다."

"내가 만난다는데 약속이라도 하고 와야 한다는 거야? 내 앞을 막은 놈들이 여태 무슨 꼴이 난 줄은 알아?"

심기가 불편해진 남자의 눈매가 매섭게 휘어졌다. 그리 좋아 보이지 않는 인상에 주름이 더해지자 배는 더 험악해 보였다. 그의 어깨에 있던 작은 짐승도 그르렁거리며 사나운 이를 드러냈다.

사내의 기세가 매섭긴 했으나 이 저택의 주인은 아무나 만날 수 있는 사람이 아니었다. 초라한 행색이 한몫한바, 그는 신분을 알 수 없는 이 남자의 고집이 계속된다면, 무력을 써서라도 쫓아내겠다고 다짐했다.

직업 정신이 투철한 집사는 비켜 주려 하지 않았다. 제 주인이 헤픈 웃음으로 대부분의 사람들에게 호감을 사고 다닌다 해도 이런 자들에게까지라니. 집사의 눈에서 못마땅함을 읽은 금발의 남자의 입이 씰룩거렸다. 사내가 손을 위협적으로 치켜들려는 찰나, 열린 문으로 마차가 들어섰다. 요란한 흙먼지와 말발굽 소리에 둘의 시선이 뒤쪽으로 향했다.

"아."

마차의 문이 급하게 열렸다. 그곳에서 내린 지오반니가 조금은 놀란 듯 잠시 멈췄다가 빠른 걸음으로 집사와 사내 쪽으로 다가왔다. 집사가 이 사내의 무례함에 대해 고하려던 찰나, 지오반니가 힘껏 사내를 껴안았다.

"키든."

내 오랜 친구, 오랜 벗. 그의 잔인함과 무모함에 욕하던 것이 며칠 전이지만, 실로 오랜만의 만남이었다. 그리고 동시에 안도했다. 아직까지 고룡의 손에서 무사한 친구의 모습에.

*　　*　　*

"이게 얼마 만이야?"

키든이 찻잔을 집어 들며 말했다. 옷은 완벽한 여행객 차림이었지만, 행동 하나하나는 우아하기 짝이 없었다. 첸은 그런 남자를 신기하다는 듯 쳐다보았다. 화려한 남자다. 눈부신 금발에, 연한 녹빛의 눈동자. 키가 크고 체격도 좋다.

하나 얼굴엔 짓궂은 장난기가 가득 배어 있음에도 불구하고 압도하는 무언가가 있었다. 곱상한 얼굴인데도 거친 태가 났다. 그는 이 위화감이 무엇인지 고민하다, 느껴지는 사나운 눈초리에 눈을 들었다.

"자꾸 기분 나쁘게 쳐다볼래?"

키든이 곧 으름장을 놓을 것처럼 입매를 비틀었다.

"사람 교육 좀 제대로 시켜야겠다. 어디 사람을 훑어."

"너만 하려고. 그만해. 자네는 나가 봐. 무슨 일이 있으면 부를 테니."

지오반니가 손을 들어 키든을 제지했다. 그가 분위기를 환기시키며 물었다.

"뭐, 보다시피. 잘 지내고 있잖아? 그 돌덩이는 탐피에게 잘 전해 줬고? 내가 아주 어렵게 구한 거야."

"잘 전해 줬어."

키든이 닫힌 문에 시선을 주며 말했다.

"같이 있으면 심심하진 않아."

"아직도 탐피라고 불러? 그런 귀여운 이름으로 불러 주면 난리가 날 텐데?"

"익숙해져야지 별수 있나. 내 집에 얹혀사는 건 그 녀석이니까."

지오반니의 말에 뒤편의 벽난로에서 장작을 먹어 치우던 탐피가 구시렁거리는 소리가 들려왔다.

키든은 무릎에 얌전히 앉아서 가르랑거리고 있는 고양이를 한번 쓰다듬었다. 고양이가 눈을 감고 그 손길을 느꼈다. 이마에 보석이 박혀 있는 영물이라니. 별 희한한 것은 다 봤지만 동물의 이마에 보석을 박아 넣는 악취미는 또 처음이었다.

"뭐야? 그건."

"체리."

"체리?"

"내 친구."

"별……."

지오반니가 혀를 찼다.

"그나저나 지오반니라고? 꽤나 재미있는 이름으로 불리고 있네. 귀족 행세라니……. 재미있던가?"

키든이 콧잔등을 찡그리며 짓궂게 웃었다.

"지루하지는 않지. 귀족 행세라니. 그렇게 말하면 섭섭해. 나는 이 자리에 오르려고 꽤 노력했단 말이야."

"노력?"

"그래."

"노력이라……."

키든이 아이 같은 얼굴을 하고 그 단어를 곱씹었다. 아무리 곱씹어도 입에 달라붙지 않는 낯선 단어였다.

"생소하네."

"나쁘지 않아."

"그 단어의 의미를 우리는 알았던가?"

"알아 가면 될 테지."

"그 단어의 가치를…… 우리가 깨달을 수 있다는 거야? 너는 그래?"

"트집 잡지 마라. 말하는 것하고는."

회빛깔의 눈이 키든에게 향했다. 무릎 위의 짐승을 소중한 듯 매만지고 있는 키든을 보는 그의 눈이 찌푸려졌다. 아무래도 잔소리를 시작해야 할 모양이다.

"그런데 너."

"응?"

"고룡의 땅을 밟았나?"

지오반니가 지끈거리는 두통을 누르며 물었다.

"그래."

"미쳤구나."

지오반니의 잿빛 눈이 거칠게 일렁였다.

"거기가 어디라고 가?"

"못 갈 곳을 간 건가?"

"적어도 네가 갈 곳은 아니었지."

"발 있는 놈이 마음대로 여행을 한다는데. 그것도 못 한다?"

"그런 뜻이 아니잖아. 꼬아서 듣지 마."

지오반니의 말에 날이 섰다.

"말은 바로 해. 그게 여행이야? 대체 그런 짓을 하는 목적이 뭐야?"

"또 잔소리야."

"네가 지나가는 곳마다 난리야. 의미 없는 살육은 그만해. 그런 건 아주 꼴불견이야. 힘을 과시하려거든 제발 조용한 곳에 가서 해. 고룡의 눈에 띄지 않는 곳에!"

오랜 시간 봐 온 친구였기 때문에 키든의 살육에 놀라울 것도 없었지만 지금은 몸을 사릴 때였다. 탐피가 경고한 것처럼 고룡이 움직일 날이 머지않았다. 빌미는 주지 않는 것이 나았다.

"그런 곳이 있긴 해? 고룡은 항상 우리를 주시해. 망할 하르게니아도 심심찮게 나타나곤 하지. 어린 탈리만도 건방지게 발톱을 세우고 말이야. 그들은 말이야. 자신들의 영향력을 행사해서 눈엣가시 같은 우리를 한 명이라도 이 땅 밖으로 치워 버리려고 해. 그게 용들이 이 세상에서 모습을 드러내고 대외적으로 활동을 하는 이유지."

"그럼 네가 성질 좀 죽이든가. 뭐가 그렇게 어려운 건데?"

소파에 늘어진 키든이 소리 내어 웃었다. 그 모습에 지오반니의 얼굴이 굳었다. 냄새는 나지 않을지언정 불과 하루가 채 지나기도 전에 피를 손에 묻히고 오는 길이었다.

"어려운 일이지. 지오반니, 내가 원하지 않아도 달려드는 쪽은 그쪽이라고. 나를 가만히 놔두질 못해요."

"말장난하자는 거야?"

그렇게 말하는 얼굴에서 짜증을 꾹꾹 눌러 담은 기색이 엿보였다. 성질을 고스란히 죽이는 지오반니의 모습에 키든이 못 볼 것을 본 양 눈을 찌푸렸다.

"꽤 고상한 척을 하네."

"뭐?"

"인간 흉내를 그럴싸하게 내고 있잖아."

"……."

"참고. 힘을 행사하기 전에 미리 생각하네. 뭐. 너는 예전부터 그랬지만."

나른했던 키든의 모습이 거짓말처럼 사라졌다. 그의 얼굴에는 짜증과 귀찮음이 뒤섞여 있었다.

"그렇지 않아도 가리온의 동태가 심상치 않아."

"아는 놈이 그래?"

"나를 끌고 가려는 놈들을 죽였거든."

가리온Garion. 누바라와 바아 왕국을 잇는 매우 큰 산맥인 칼라로프의 주인이 알케미나였다. 가리온은 그가 직접 설립한 협회였다. 평화를 위협하는 불온한 힘을 저지하고 생명을 존중하겠다는 것이 협회의 설립 취지였다. 멸종에 다다른 이종족을 기꺼이 붉은 날개로 감싸 안고 제 품에 안았다.

그는 현존하는 용들 중 인세에 가장 큰 영향력을 행사하는 용이었다. 라이만 급의 용으로, 현재 분류해 놓은 용의 성체 중 가장 큰 크기에 속했다.

이를 가는 하르게니아에 비해 꽤 냉철한 이성을 가지고 있었던 녀석.

키든의 살육이 도를 넘어섰다. 고룡이 화가 나도 이상하지 않을 상황이었다. 그가 '하늘과 맞닿은 섬'인 가리온을 저의 붉은 날개로 보호하고 있는 이상, 그곳에 속한 모든 이들은 고룡의 손과 발이었다. 제 사람들을 죽인 것에 가만 두고 볼 이는 아니었다.

"네가 애초부터 그런 의미 없는 살육을 안 했으면 됐잖아."

"아를리안이 나를 제지하지 않은 이유가 무엇이었는데."

"……."

"그것이 모든 것으로부터 결여되어 빌어먹을 힘밖에 남지 않은 우리들이 존재할 수 있는 이유였기 때문이다."

"변명이라고 지껄이는 게 그거야?"

"너는 이해하지 못하겠지. 하지만 죽이고, 부러뜨리는 것에 익숙한 이 나는 무엇으로 이 부족함을 채워 가며 살아가야 한단 말이냐?"

"생각보다 최악이다, 네놈은."

"일족의 특성이야 빤한 것을. 차라리 이것저것 이유를 갖다 붙여 죽이는 용보다는 내가 낫지. 나는 성자 흉내를 낼 생각은 없어. 네가 아무리 일족 내에서 별나다고는 하나 크게 다르지는 않지. 겁 많아서 죽이지 못하는 놈이 그딴 소릴 하면 이해라도 할 텐데. 너는 애석하게도 아니지."

키든이 지오반니를 조롱했다.

"가만히 숨죽이고 있어. 시기가 좋지 않아."

그런 키든을 무시한 지오반니가 단단히 경고했다. 용과 사이가 좋은 것도 아닐뿐더러, 저가 세운 기구의 관리자를 자처했으니 제 이름에 먹칠을 하지 않기 위해서라도 키든을 가만 두고 보지는 않을 것이다. 그는 언젠가 움직이고 만다. 저가 뜻하지 않아도 주위에서 쉴 새 없이 떠드는 입들을 위해서라도 말이다.

지금 그가 침묵하는 이유는 더 좋은 덫을 놓기 위해. 알케미나는 보다 더 완벽한 그림을 그리고 있었다.

"생각이 있는 놈이라면 그 억지는 다른 곳에다 풀었어야 했다. 알케미나의 세력 안에서 그럴 것이 아니라."

"그러니까 열심히 도망치고 있잖아."

"퍽이나."

즐기고 있는 건 아니고? 지오반니가 이를 갈며 물었다.

키든 정도는 너무나도 쉽게 제 발아래 둘 고룡의 힘도 알았다. 하지만 지오반니는 말을 아꼈다. 자존심이 센 제 친구는 이러한 모욕을 가만 넘기지 못했다.

무모한 건 예전이나 다를 바가 없었다. 알케미나가 움직이면 그와 힘겨루기를 해야 하는데, 그게 어디 쉬운 일이냐는 말이다.

"천하에 둘도 없을 철없는 녀석으로 만드는군."

"틀린가? 네가 하는 짓이 정상적이지는 않지. 절대로. 아를리안이 너를 말리지 않는다고 해서 네 행동이 절대 정상이라고 생각하면 안 돼. 네 행동이 옳다는 것이 아니라 누군가를 죽임으로써 삶의 이유를 찾는 너를 배려한 거다."

그런 아를리안 또한 옳다 말할 수는 없었지만, 수많은 동족의 죽음을 지켜봐 온 그녀는 어떤 식으로든지 남아 있는 동족이라도 지키고 싶어 했다. 그것이 설령 남의 생명을 앗는 것일지라도.

꼬리에 꼬리를 무는 생각에 그가 마른 얼굴을 쓸어내렸다.

"부탁이야. 얌전히 있어."

제발. 그의 간곡한 부탁에도 불구하고 언젠가부터 졸음이 쏟아진 얼굴을 숨기지 못한 키든은 잠에 들어 있었다.

＊　　＊　　＊

"앉아."

두 개의 찻잔에는 곧 김이 피어오르는 차가 담겼다. 쪼르륵. 그 소리를 멍하니 듣고 있던 지오반니는 피곤한 기색이 가득한 눈을 비볐다. 황제인 오키아와의 독대는 항상 긴밀한 것이 요구되고는 했다.

찻잔을 채우던 시종이 물러나자 방 안이 침묵으로 잠겼다. 그는 저를 은밀하게 부른 남자의 저의가 궁금했다. 근래에 제국은 평안하다. 무슨 일이 일어나도 이상하지 않을 만큼.

"피곤해 보이는군."

"늘 그렇지."

지오반니가 스스럼없이 말을 놓았다. 오키아와는 황제와 가신 이상의 인연을 맺었다. 둘의 관계는 친구이기도 했고, 군신의 관계이기도 했다. 때로는 도움을 준 자와, 도움을 받은 자로 명명되기도 했다. 하지만 누가 도움을 받고, 주었는지는 명확하지 않았다.

지오반니는 자신을 이곳까지 이끈 오키아에게 고마워했다.

"탄팔로 사막에 문제가 생긴 모양이야."

긴 감상에 젖을 틈도 없이 오키아의 말은 지오반니를 현실로 되돌려 놓았다. 오키아는 긴 말을 늘어놓는 대신 짤막하게 상황을 전달했다.

"뭐?"

지오반니가 말도 안 되는 것을 들은 듯 다시 되물었다.

"사막을 비롯해서 그 주변 마을이 쑥대밭이 되었다는군. 카비라 왕국에서부터 연락이 왔어."

"연락이라 하면."

"카비라 왕국의 남쪽 국경이 완전히 파괴됐어. 정말 말 그대로 폭격이라도 맞은 것처럼 말이야. 보란 듯이 국경에 위치한 작은 마을들만 죄다 부숴 버렸다지. 무려 열 개야. 이게 채 하루도 걸리지 않았어. 위쪽에서 아래쪽으로 내려가고 있다고 하니 우리도 피해 갈 수 없다는 말이지. 파괴된 마을에는 군대의 흔적도 없었다고 해. 목격자들에 의하면 하얀 섬광이 일어났다고만 하는데 그게 현실적으로 말이 안 되잖아."

인간은 아니다. 지오반니는 어쩐지 확신할 수 있었다.

"이건 알려져서는 안 될 문제야. 라스펠리아로 만든 작은 탑마저 부서졌어."

탑이라 부르기 거창한 그것은 돌무더기에 가까웠다.

"설마 그것마저 부서진 건가?"

"그래."

지오반니가 이마를 짚었다. 마법석인 라스펠리아는 유용한 구석이 아주 많았는데, 그것은 힘을 담는 '그릇'으로 아주 유용하게 쓰였다. 황제인 오키아가 탄팔로 사막을 정복했을 적 '기오테'는 제 몸을 수백 개로 나누어 수백 개의 라스펠리아에 넣어 뒀다.

그것은 기오테가 가지고 있는 힘들 중 아주 미세한 힘에 불과했으나, 자신을 공격한 존재에 대해 기오테가 침묵할지는 알 수 없는 일이었다.

"라스펠리아가 부서졌다니……."

지오반니가 주름진 미간을 쭉쭉 펴며 신음했다. 본능적으로 성가신 일이 생겼음을 짐작한 터다.

기오테와 공생하며 살아가는 제국은 기오테의 일이라면 무엇보다 민감하게 반응하곤 했다. 기오테의 힘을 위협하는 것. 위협하는 것이 가능한 또 다른 힘을 견제했다.

명백한 누군가에 의한 고의다. 고의적인 힘이 아니라면 할라모르의 힘을 두른 그것이 부서질 일은 없으므로. 누군가가 기오테의 힘을 단숨에 부수고 접근했다.

"이 일을 어찌해야 할까. 곧 누바라에서 라르기얀 황태자가 도착할 거야. 그리고 그는 누구보다 라제프에 관심이 많지."

서녘의 패왕이라 불리는 누바라 제국의 황제는 정령 '챠'를 부리고 누바라 제국과 국경을 맞댄 대 라제프 제국의 황제는 정령 '기오테'를 부린다. 또한 바아의 왕은 '후라'를 부린다. 챠의 힘을 빌리는 누바라 제국의 황태자가 힘을 잃은 기오테의 상황을 모를 리 없다는 소리였다. 자세한 것은 알지 못해도 무언가 이상하다는 느낌은 단번에 알아챌 것이다.

"아무래도 가 봐야겠어."

누군가의 농간이다. 의도적으로 행한 일. 누군가를 부르는 소리.

그는 들려오는 말을 천천히 정리했다. 누군가. 힘을 보아하건대 인간은 아니다. 동족. 아니라면 용.

하지만 용의 대부분이 깊은 산 속이나 땅, 그리고 심해深海 안으로 자리 잡았다. 아마 용들이 눈을 뜨고 활발히 활동할 시기는 빠르면 백 년, 최소한 이백 년은 지날 때였다. 지금 지상 위에 존재하는 용족은 고룡高龍 알케미나와 창룡蒼龍 탈리만, 그리고 분쟁지역에서 힘을 행사하는 리 페레, 아를리안과 대등하게 겨루는 하르게니아가 유일했다.

인간사에 밀접하게 관여되어 있는 알케미나가 가리온의 수장으로 있는 지금, 용이 벌일 일치곤 너무나 담대했다. 용의 행보에 대해서는 알케미나가 철저하게 관리하고 있으니 가능성이 낮았다. 에르만틴에 묶여 있는 하르게니아가 아무리 이해하기 힘든 성격을 가졌다고 해도, 그녀가 할 만한 짓도 아니었다.

그렇다면 개개인으로 활동하고, 제약에 묶이지 않은.

그런 짓을 벌여도 동족마저 저지하지 않을.

오래 생각하지 않아도 될 정도였다. 동족이다. 이런 무차별적인 힘을 휘두를 만한 이들은.

"기오테는 멀쩡한가?"

"그다지 문제가 있어 보이진 않던데."

오키아가 생각하듯 중얼거렸다. 지오반니가 고개를 끄덕였다. 라스 펠리아를 쌓은 돌무더기가 부서졌다고 해서 그에게 충격이 가해졌다면 체면이 말이 아니지.

화가 났을 터다. 그는 이런 것을 자애롭게 넘어가 줄 정도로 마음 넓은 이가 아니었다. 받았다면 무언가를 돌려줘야 할 만큼 그는 모든 일에 칼 같은 자였다. 이런 일에는 감정 호소 따위도 먹혀들지 않을 만큼 그에게는 파고들 틈이라곤 없었다.

'무얼 그리 고민하나.'

오키아가 무언가를 말하려 입술을 벙긋거리려는 순간 누군가의 목소리가 들려왔다.

'그대의 동족인 것을.'

들을 때마다 달갑지 않았다. 머릿속을 꿰뚫고 생각을 엿볼 것만 같은 위압적인 목소리였다. 용과는 달랐다. 기오테는 자간이 손을 뻗을 수 있다고 해서 닿지도, 용이 막아선다고 막아지는 존재가 아니었다.

사람들에겐 정령이라 불리며 라제프를 오래도록 수호한 기오테의 목소리였다. 그는 형체 없는 모습으로 오키아의 주위에 머물곤 했다. 간혹 자신의 존재를 알리려 바람을 불어 주곤 했는데, 기오테의 존재를 기민하게 알아차리는 오키아만이 느끼는 수준이었다. 그는 사물이나, 형체에 깃들어 모습을 보인 적은 없지만 때때로 그 귀한 목소리를 들려주곤 했다.

오키아는 그 목소리가 아버지의 것처럼 위엄 있고 어머니의 것처럼 다정하다고 했지만 지오반니는 차마 고개를 끄덕이지 못했다. 그들이 가지고 있는 차가움을 알아서였다.

지금 또한 기오테의 존재가 달갑지 않았다. 분명 제게 경고를 하려 나타난 것이겠지. 그것이 아니라면 자간을 싫어하는 쪽에 가까운 기오테가 그 귀한 목소리를 들려줄 리 없었다.

'자간. 용이 아니라.'

"······압니다."

'벌을 주어야 할까?'

다 죽어가는 목소리로 대답하는 지오반니에게 기오테가 물었다. 자신의 힘을 넣어 놓은 그릇을 부수고, 이내 위협하기까지 한 동족의 처벌을 두고 하는 소리였다.

"기오테라는 것을 몰랐을 겁니다."

'동족 중 그리 둔한 놈이 있었나? 힘의 성질에 대해선 꽤나 예민하다 자부하는 너희들이.'

"알았다면 멈추었을 테죠."

'그래도 멈추지 않았을 터다. 그대의 동족은 꽤나 겁이 없지 않나.'

지오반니는 입술을 깨물었다. 반박이라도 해 보려는데 그의 말 중 틀린 것이 없었다. 동족은 겁이 없었고, 고집스러운 면이 다분했다.

'그대도 다르지 않구나. 동족을 보호하려고 하는 것을 보면 말이야.'

"잘못되었습니까? 제가 알케미나였고, 기오테의 그릇을 부순 것이 용이었다면 알케미나 또한 그랬을 겁니다."

'알케미나는 애초에 그럴 여지를 두지 않았겠지. 내게로 동족의 죄가 넘어오기 전에 그의 선에서 벌을 내렸을 거야.'

"······."

'똑똑한 놈이니까. 그대보다 이성적이고.'

"제 앞에서 용을 두둔하심입니까."

얼굴은 보이지 않았지만 어째서인지 기오테가 웃고 있는 것 같다는 생각이 들었다.

'네 생각은 어떠하냐. 내가 네 친구를 벌줘야 함이 옳을까?'

"……."

'내게 참으라고 하지 않는 것을 보니 양심은 있는 모양이지.'

"참아 주실 것도 아니잖습니까."

'그렇담 네 손에 맡겨 볼까.'

기오테의 숨결이 지오반니의 뺨에 닿았다.

'그에 대한 처벌은 네게 맡기겠다.'

무슨 변덕으로. 지오반니의 눈이 물었다. 기오테의 의중을 파악하려는 그의 눈이 가늘어졌다.

'어수룩하면 재미없어. 내 마음에 들어야 할 게다.'

그럼 그렇지. 기오테의 짓궂음에 지오반니의 얼굴이 일그러졌다.

*　　*　　*

"옳지, 옳지. 잘한다!"

지오반니는 방 한구석을 차지해 요란스럽게 노는 친구 녀석을 바라보았다. 먹이를 줄 듯 말 듯 애태우는 키든과 그것을 먹으려 열심히 애를 쓰는 동물에게로. 재색 눈엔 숨길 수 없는 한심함이 담겨 있었다.

'저 녀석은 아까부터 저 짓이군.'

"너는 누굴 닮아서 이렇게 똑똑하니! 주인 닮는다더니 진짜 맞나 봐."

"주인을 닮았으면 멍청했어야지. 그 동물은 너보다 더 똑똑한 것 같은데."

그가 키든의 말을 정정했다. 저와는 달리 태평해 보이는 친구 녀석을 보고 있자니 심보가 고약해졌다.

"그런데 너는 무슨 일이기에 아까부터 그런 얼굴이야?"

"내가 뭘?"

"무섭잖아. 아까부터 계속 그런 표정 지을 거야? 체리가 겁먹잖아!"

키든의 호들갑에 지오반니는 기오테와 마주했을 때보다 더 예민해지는 자신의 모습을 발견했다.

"무슨 말도 안 되는 소리야? 저건 나를 쳐다본 적도 없어."

먹을 것으로 계속 장난을 치던 키든이 드디어 손가락을 물렸다. 고양이와 흡사하게 생긴 동물은 꽤나 약이 올랐던지 키든의 손에 있던 고깃덩어리를 다 먹어 치우고 나서도 계속 이를 갈고 있었다.

"키든."

"응?"

"사람이 죽었는데."

"네가 죽인 거야?"

찰나, 키든의 얼굴에 반가움이 스쳤다.

"아니. 들어. 칼에 베인 것도 아니고 활에 쏘이지도 않았어. 그런데 사람의 형체를 알아볼 수 없을 정도야. 녹아 버렸다는 것이 맞겠지. 이런 짓을 할 수 있는 사람이 얼마나 되지?"

그는 오키아에게서 들은 것을 죽 나열했다. 기오테는 범인을 제 동족으로 지목했고, 자신의 직감 또한 제 동족이라고 말하고 있는데, 제발 아니길 바랐다. 설명하는 지오반니의 목소리가 점점 작아졌다. 생각을 거듭할수록 확신하게 되는 것은, 정말 제 동족이 한 짓이라는 것이었다.

"마법사라면 가능하다고 보는데. 이론적으론 불이든 뭐든 다룰 수 있으니까."

키든이 잠시 고민하는 듯하더니 중얼거렸다.

"마법사를 제외하고, 단 한 명이 마을을 열 개나 부쉈다. 하루도 되지 않아서. 가능하다고 생각해?"

"무시무시한데."

키든이 휘파람을 불었다.

"혼자?"

"혼자."

"대단한 놈이야. 만나 보고 싶어."

"헛소리할래?"

키든은 체리라 부르는 짐승의 턱을 긁어 주며 생각에 잠겼다.

"확신할 수 있는 건 인간이 가질 수 있는 힘은 아니라는 거지."

"……."

"용이거나."

용이거나……. 키든은 답지 않게 생각에 잠겼다. 하루에 마을 열 개를. 저가 지나다니는 길목마다 보이는 것을 죄 부수고 다녔다는 소리였다. 제대로 심사가 뒤틀린 놈이 아니고서야 그런 짓을 할 놈은 몇 되지 않았다.

"동족이거나."

듣고 싶지 않은 답을 들은 지오반니의 미간이 좁아졌다.

"그래서 너는 동족을 의심하고 있는 건가?"

"조금은."

"확신하는 것 같은데?"

키든이 놀리듯 물었다. 저 같은 놈이 하나 더 있었구나. 웃음이 나오려는 찰나, 심각한 얼굴을 한 지오반니 덕분에 웃음을 목 뒤로 넘겼다.

"하지만 용은 아닐 것 같지?"

키든이 녹색 눈을 빛내며 물었다.

"그래. 알케미나가 두고 보지 않을 테니까."

"충분히 가능한 일이라고 봐. 그리고 동족이라면 꽤나 골치 아플 거야."

키든이 지오반니의 회색 눈을 바라봤다.

"동족임을 알 수 있는 건 같은 존재여야만 가능하지. 네가 동족이라고 의심한 순간 그건 동족이다."

지오반니도 그것은 알았다. 께름칙한 짐작은, 이 불쾌한 느낌은 틀린 적이 없었다. 우려하던 것은 형상을 갖추곤 제 눈앞에서 벌어졌다.

"한 가지 알려 주자면, 묘한 소문이 떠돌긴 해. 막내를 땅 아래 처박은 너를 가만두지 않겠다는 녀석이 있는 것 같더라고."

"막내?"

"일족의 막내에게 가차 없던 네 행동에 불만을 품은 녀석이 한둘이 아니었잖아. 시간도 꽤 흘렀을 테니 너를 설득하려 한 것이겠지. 그 계집은 더러운 성질머리와는 달리 힘은 가장 약하니까. 지금 꺼내 주지 않으면 정말 위험할지도 모르겠어."

아아. 지오반니가 무심하게 고개를 끄덕였다. 불쾌한 기분이 다시금 떠올랐다. 오래도록 잊고 있어 그 이름을 떠올리는 것도 한참이었다.

"그 계집을 걱정하는 거야?"

정말 위험할지도 모르겠다고 말하는 키든을 보며 지오반니가 물었다.

"응?"

"……."

"그럴 리가. 나는 나같이 버릇없는 년은 싫어해. 그년은 나랑 성격이 똑같아."

똑같은 것들은 서로를 알아본다고, 듣고 보니 둘의 성격이 꽤 비슷한 것 같았다.

"정말 찾아온 이유가 그 이유뿐인가?"

"나야 모르지. 하지만 일족의 후계가 끊긴 것이 한참이니, 종 보존을 위해 한 명이라도 늘리려면 그 계집을 꺼내 주는 게 맞다고 생각할 거야. 나라고 다르지 않아."

"……."

"하지만 동족은 너를 너무 모르지. 차라리 네 발아래서 애원했다면 넌 생각을 조금이라도 고쳐먹었겠지만, 시위라도 하듯 이러면 곤란하잖아."

키든이 얇은 입술을 말아 올리며 짧은 웃음을 계속해서 뱉어 냈다. 지오반니는 그의 말을 부정하지 않았다.

창문 너머를 응시하는 지오반니의 재색 눈이 차가워졌다. 그것이 품고 있는 본연의 색처럼.

*   *   *

사납던 바람이 부드러워지고 사막에 들어오는 자를 경계해야 할 맹수들이 누그러졌다. 사막에 도착한 남자는 마치 제집인 듯 익숙하게 주위를 둘러보았다. 사막을 걷는 모습, 아무것도 없는 주위의 황량한 모습에 당황하지 않는 남자는 오랜만에 그곳을 감상하는 듯했다. 죽음의 땅이라는 괴상한 별명이 붙었지만 남자에게는 눈을 감아도 원하는 곳에 도달할 수 있는, 가장 친숙한 곳이었다.

소문만 무성한 곳에 지오반니가 발을 내디뎠다. 기오테의 힘이 깃든 라스펠리아가 부서졌다는 소식을 들은 그는 모든 일을 미뤄 두고 탄팔로로 향했다. 오랜만이 아닌데도 사뭇 감회가 남달랐다.

마른 모래 냄새. 그것들이 가지고 있는 거칠함이 좋았다. 이 땅을 들쑤시고 다니는 것이 동족이라는 데에 생각이 많아지는 한편, 조금이나마 평온을 가져다주었다.

여전히 이곳은 더웠다. 뜨겁고, 메마르고 비었다. 죽음의 땅이라고 불리는 이유는, 끝이 보이지 않아서이기 때문일 것이다. 처음 발을 내디딘 곳이 이 사막이 시작된 곳인지, 닿을 듯 닿지 않는 저 너머가 이 땅의 끝인지 알 수 없었기에.

발에 치이는 건 오직 모래뿐이었다. 간혹 허리만 남아 썩어 가는 나무만이 보일 뿐이었다. 산 것이 살아가기에는 너무나 척박한 곳이었다.

"페루."

땅을 밟은 지오반니가 누군가를 불렀다. 아무것도 없는 이곳에, 있는 것이라곤 썩어 가고 있는 나무기둥이 전부인 곳에서, 그는 누군가를 부르고 있었다. 들려오는 대답은 없었다. 다만 바람이 곁에 잠시 머물렀다.

"페루."

남자는 재차 누군가를 부르고 있었다.

"노야 님!"

거짓말처럼 모래언덕 사이로 누군가가 열심히 달려왔다. 귀가 크고 얼굴이 작은 것이 짐승의 모양새를 하고 있었다. 선명한 검은 눈동자에 곧 지오반니가 가득 찼다.

짐승의 입에서 나온 이름에 그가 눈을 접었다.

"귀하신 분을 뵙습니다. 잘 지내셨습니까?"

"오랜만에 오는 이에게 친절해졌구나."

그것은 여우였다. 작은 몸집에 큰 귀, 날카로운 발톱. 그 동물은 놀랍게도 말을 하고 있었다. 남자가 그 동물에게 손을 내밀었다. 남자의 손에 올라탄 여우는 정말 반갑다는 듯 몸을 낮추고 꼬리를 흔들었다. 흙먼지가 날렸지만 남자는 개의치 않아 했다.

"별일은 없었고?"

"그렇다고 말씀드리진 못합니다. 노야 님께서 그렇게 신신당부하신 기오테의 마법석이 깨졌거든요. 죄송합니다."

"네 탓이 아니다. 동족이 다녀갔으니 그 정도는 감수해야지. 오늘은 그 일 때문에 온 것이니 마법석이 있는 곳으로 가자."

"그나저나 더 높아지셨습니다. 키가 더 커진 게로군요?"

페루라고 불린 사막여우는 그가 진정으로 반가운 듯 재잘재잘, 말을 멈추지 않았다. 그 말에 적당히 대답을 해 주면서도 지오반니는 주위를 살피며 경계하는 것을 멈추지 않았다.

"너무 조용한데."

"예에? 사막은 언제나 조용했습니다."

"그런 것이 아니라……."

이 괴이한 느낌. 조용한 침묵이 불길하게만 느껴졌다.

"동족이 다녀가지 않았나."

"비토르 님이세요."

비토르? 그의 미간이 대번에 찌푸려졌다. 비토르. 비토르. 키든이 짜증 날 정도로 속을 썩이는 녀석이라면, 비토르는 하염없이 꼬인 녀석이었다. 말이 통하지 않아도 멍청한 녀석이 낫다. 비토르처럼 꼬이고 꼬여 비뚤어진 녀석은 달갑지 않았다.

"비토르 님과 사이가 좋지 않으신 모양이죠? 난리도 이런 난리가 없습니다. 눈에 보이면 죄 죽이시는데 정말 무서웠어요."

"나를 찾던가?"

"찾는다는 말씀은 없으셨지만 이런 화풀이를 하고 다니시니 노야 님을 찾는 것이 아닐까요?"

"안 본 사이에 똑똑해졌구나."

지오반니가 기특하다는 듯 페루의 머리에서부터 등까지 부드럽게 쓸어내렸다. 비토르를 어떻게 막을까 고민하면서도 끝없이 펼쳐진 모래언덕에 안도를 얻었다. 이곳에 머물 때면 하릴없이 저 지평선을 바라보거나, 저 너머에는 무엇이 있을까, 라는 고민을 했었던 것 같다.

"비토르 님은 어찌하실 거예요? 무언가 불만을 품고 계신 것 같긴 한데 도통 알 수가 있어야죠."

"이유 같지도 않은 이유일 거다."

지오반니가 간단히 함축시켰다. 놈의 분노고 뭐고 왜 가만히 있는 기오테를 건드냐는 거다.

"하지만 기세가 보통이 아니시던걸요?"

"놈은 화가 날 때나 기분이 좋을 때나 똑같아."

"닥치는 대로 부수고 계시는데 그 기세가 무시무시합니다. 노야 님이 부르지만 않으셨다면 저는 한동안 굴 밖으로는 나오지 않을 생각이었습니다."

"부수고 있다고……."

그가 입매를 비틀었다. 지오반니는 느리게 움직이고 있던 발걸음에 속도를 붙였다. 빨리 녀석을 찾아내어 설득을 해야겠다고 생각했다.

"비토르……."

저 멀리서 모래바람이 강하게 불었다. 비교적 잔잔한 바람을 품고 있는 탄팔로에서, 저런 바람은 가당치도 않은 인위적인 것이었다.

"저기에 있는 것 같은데."

"전 가도 됩니까? 비토르 님은 여전히 무서우세요."

"그래."

지오반니가 페루를 모래 위로 내려 주자 누가 잡을세라 날래게 움직였다. 이 땅의 문지기 역할을 자처하는 짐승에겐 비토르는 버거운 존재였다.

소리가 점점 가까이 다가왔다. 동족은 동족을 알아보고, 가까운 거리 내에서 서로의 존재를 인지한다. 비토르도 예외는 아니었다. 사나운 모래바람이 불었다. 그리고 동시에 귀를 먹먹하게 할 소음도 함께 들려왔다.

바람을 찢어발기는 소리. 담담하던 지오반니의 얼굴이 괴롭게 일그러졌다. 그 힘이 얼마나 유난스럽고 대단했던지 비토르와 거리를 유지하고 있던 지오반니의 무릎이 폭 꺾였다. 무거운 공기에 눌려 손짓 하나하나가 둔해지는 기분이었다. 절로 더운 숨이 흘렀다.

제 땅에서 이 정도의 힘을 행사하는 걸 보니 절로 고까워졌다. 소리가 거둬지고 나서야 주춤거리며 몸을 추스를 수 있었다. 그는 부연 시야를 거두었다. 모래바람 사이로 거닐어 오는 비토르의 모습이 보였다.

"그만 화풀이해."

하늘이 음울하게 가라앉았다. 어두운 그림자가 빼곡히 가득 차 낮인데도 불구하고 하늘 아래는 빛이라곤 들지 않았다. 만물의 주를 이루는 그네들조차도 지상 위의 대단한 존재들이 부딪힌다는 것을 아는 모양이었다.

"오랜 친구."

"……."

"노야."

습한 바람결 사이로 긴 머리칼의 사내가 팔을 벌려 왔다. 자신을 벗이라 부른 남자와 마주 보고 선 지오반니에게서 들려오는 대답은 없었다. 과장된 몸짓으로 자신을 맞이한 남자와는 대조적으로 그는 팔을 꼬곤 긴 머리칼의 사내를 바라보았다. 무안하리만큼 담담한 지오반니의 반응에도, 남자는 웃는 낯으로 벌린 팔을 거둘 뿐이었다.

"여전히 네놈은 지루하고 재미없어."

"네놈도 여전히 막무가내구나. 이렇게 억지 부리는 것은 내가 제일 싫어하는 것인데."

"……."

"모르지 않을 녀석이."

지오반니가 단칼에 면박을 주었음에도 비토르는 상관없다는 얼굴로 말을 이었다.

"그거야."

"비토르."

말을 길게 늘이는 것을 원하지 않는 지오반니가 발을 내디뎠다. 발끝에서 이는 묵직한 힘으로 인해 그의 발 주위로 지면이 움푹 파였다. 먹구름이 걷힐 기미가 보이지 않았다. 금방이라도 비가 쏟아질 것 같았다.

제 오랜 친구를, 그리고 하늘 위를 올려다보던 지오반니가 낮게 혀를 찼다. 마른 땅을 적시는 비는 환영이지만 지금은 아니었다.

"놀자고 이런 짓을 하지는 않을 테고."

"언제는 진지하게 이런 짓을 벌였나?"

"오랜만의 재회다. 망친 이유가 무어냐."

용과는 달리 개개인으로 움직이는 자간은 의도하지 않고서야 같은 시간, 같은 땅을 밟는 일이 드물었다. 그러니 비토르의 이런 행동만 아니었다면 둘은 꽤 감동적인 재회를 했을지도 모르는 일이었다. 아를리안이 우습게도 그들을 '가족'이라는 이름으로 묶었지만 지오반니는 입 안에서 굴려지는 그 단어가 나쁘지 않았다. 그는 동족을 생각 이상으로 아꼈다. 그러니 서로에게 날을 세우는, 이런 식의 재회는 오지 말았어야 했다.

지오반니는 오랜만의 재회를 망친 비토르를 힐난했다.

"이런 짓을 하는 이유 뭐야."

"우리의 행동에 이유가 있었나?"

"다른 이의 땅을 밟으면서 이런 짓을 하지는 않았지."

"적어도 예우를 갖추어야 한다는 소린가?"

"가끔은 생각하고 해야 할 일들이 있다. 가령 네가 오늘 생각이 조금만 있었더라면 기오테의 힘이 깃든 마법석을 부술 생각 따위는 하지 않았겠지."

"생각 없이 한 거 아니야."

비토르가 눈을 길게 찢으며 웃었다.

"곤란하라고 한 거지."

"나를 곤란케 하려고?"

"그래."

"이 상황이 우스운가?"

지오반니의 얼굴이 대번에 굳었다. 순간 기오테가 속삭이던 웃음기 어린 목소리가 떠오른 탓이었다. 동족의 안위를 걱정하고 있던 자신을 비웃은 것 같아 그는 얼굴 위로 떠오른 분노의 기색을 숨기지 못했다.

"너를 곤란케 했을지라도. 내가 아는 너는 절대 나를 곤란하게 하지 않을 거야. 부순 건 나일지라도. 네가 온전히 감내하는 상황이 오더라도."

"……."

"너는 동족을 꽤 사랑하니까."

'그런 놈이잖나.'

비토르와 마주 선 지오반니의 얼굴이 비스듬히 기울어졌다. 마치 상대를 가늠하려는 듯했다.

"그 점을 너무 믿는 듯한데."

사랑하되 이 분노를 누를 수 있을까. 마치 조악한 믿음에 배신을 당한 기분이었다.

"똑똑한 기오테. 기오테는 네가 이런 녀석인 줄 안 모양이다."

"뭐?"

"네 말대로 나는 동족을 사랑하기 때문에 너를 곤란하게 하는 짓은 안 하지. 기오테의 직접적인 처벌을 바라지 않는다고 하니 내게 처벌의 권한을 맡기더군."

"……."

"그리고 나는 기오테의 말을 충실히 이행할 생각이야."

비토르의 목을 조른 채 지오반니가 그대로 그를 바닥으로 처박았다.

"내가 버릇없는 놈들에겐 꽤 인정머리 없이 구는 것을 몰랐던 모양이다."

"……."

"그 계집에게 했던 짓을 너라고 못할까 봐?"

지오반니가 지칭하는 계집은 일족의 막내를 두고 하는 말이었다. 오래전, 지오반니의 손에 저 땅 밑으로 떨어진 여자였다.

그녀의 되바라짐은 일족의 탓이 컸다. 귀여운 생김새로 막내의 자리를 꿰찬 여자에게 동족은 무슨 일에서든지 너그러웠던 것 같다. 하지만 그런 것이 지오반니처럼 인정머리 없는 이에게도 통했던 것은 아니었다.

그는 계집이 막내이건, 오래도록 후손이 태어나지 않은 일족들 사이에서 귀하게 태어났건, 신경 쓰는 남자가 아니었다. 그녀의 탄생에 기쁨을 같이 나누긴 했지만 그 정도가 전부였다. 일족의 씨가 말라 가는 것에 안타까워하고 절망했지만, 그 애처로운 마음이 버릇없는 막내의 모든 것을 넘어가 줄 정도는 아니었다.

땅 아래서 고생하고 있을 막내를 위해 탄팔로 사막까지 찾아올 정성도, 선처를 바라며 설득할 정도의 정도 없었다.

"동족을 땅속에 처박은 이유가 뭐냐."

"이유 없이 내가 뭘 할 놈은 아니지."

"이유 같지도 않은 이유였다!"

"내 분노에 네가 이유를 붙이나? 그 분노의 무게를 네가 정해?"

"……."

"가당치도 않은 참견이지. 그것은."

"하기야. 잔혹하기는 차마 입에 담을 수도 없고, 갓 태어난 어린것의 피를 뒤집어쓰는 것을 즐기던 것이 노야, 네가 아니었나."

“비토르.”

“네 발아래서 괴로워하던 인간 놈들을 즐겼어. 너는 담담한 체하고 있었지만, 네가 얼마나 잔인한 놈인지는 이 비토르가 잘 알지.”

자극적인 말을 쏟아내는 비토르에 아랑곳하지 않으며 노야가 입을 열었다.

“너와는 상관없는 일이다.”

“퍽 무관심한 얼굴이다, 노야.”

비토르가 불어오는 더운 바람에 눈을 감았다.

“아무튼 장난으로라도 이런 일은 벌이지 않는 게 좋겠다.”

“장난이라고?”

“네겐 장난일지 모르나 내가 속한 곳은 그렇지 않아.”

“노야, 동족. 내 잔인한 친구. 무슨 헛소리를 하고 있는 거야?”

비토르가 믿지 못하겠다는 듯 물었다.

“속해 있다고?”

“그래.”

“네가? 우리가? 약한 것들이 즐비한 이곳에 속해 있다고 말하는 건가? 이 무슨 역겹고 불쾌한 소린가!”

장난기 가득한 눈에 적대감 가득한 빛이 드는 것은 순식간이었다. 설득이라고 내뱉은 말이 비토르의 신경을 거스른 것이 분명했다. 그 미세한 변화를 알아챈 지오반니가 눈살을 찌푸렸다.

“이들이 너를 신으로 경배하고, 탄팔로에서 몇백 년을 썩다 보니 정말 수호신이라도 된 양 착각이라도 들던가.”

“말이 길다.”

“탄팔로를 신의 정원이라고 신성시 여긴다 하여 그리 변하나? 너도 알겠지만 탄팔로만큼 피를 취한 땅도 드물다."

하하. 마르게 웃은 비토르가 그의 목을 움켜쥘 듯 손을 뻗었다.

"불쌍한 친구. 허상에 매여 있구나."

"허상이라 할지라도 달 터."

험상궂은 기세와는 달리 거칠기보단 부드럽게 감싸 쥔다는 표현이 맞았다. 곧 인간의 것처럼 말랑한 살의 감촉이, 그리고 그 안으로 존재할 자잘한 뼈들이 느껴졌다.

"그렇게 인간들을 아끼는 녀석이 동족을 처박아?"

"케릴을 말하는 모양이지."

"기억은 하는 모양인데."

비토르가 입술을 짓씹으며 빈정거렸다.

"이렇게 요란을 떠는데 기억은 해 줘야지."

"제대로 돌려놔라. 케릴은 어려. 그리고 일족의 마지막 핏줄이야."

"나는 일족을 아끼지만 건방진 것은 질색이야. 기각한다."

그가 제 목을 감싸 쥔 비토르의 손에 힘을 실었다.

"일족의 후손이 끊긴 것을 생각해 둬야 할 필요가 있다. 제대로 돌려놔. 케릴이 잘못된다면 일족의 원망을 감당할 수 없을 거다."

"잘못된다는 건 무슨 뜻이냐."

"……."

"죽기야 할까 봐?"

지오반니가 우스운 것을 들은 양 낮게 웃었다.

"죽지 않는 것을 우리는 잘 알지, 비토르. 그 꼬마 녀석도 어리지만 일족이다. 우리의 동족. 죽지 않는다. 살점을 뜯어 먹히고 뼈가 부러지고 날카로운 것에 꿰뚫려도 멀쩡해. 잘 알지 않나. 우리가 괴물인 것은 너도 알고, 나도 알고, 그 어린 녀석도 알아. 죽지 않아. 우리가 이곳에 존재하는 것만큼이나 당연한 소리지."

"……."

"그리고 내가 그 어린년을 죽이지 못하리라는 것쯤은 알 거다."

건방진 작태에 몇 년을 땅속에 처박더라도. 제 땅의 것들을 망쳐 놓더라도 그 분노가 가족을 해칠 정도는 될 수 없다는 소리였다. 아를리안과 탄탈로스가 일족의 안위를 걱정하고 비토르가 막내를 내신해 제 땅을 밟을 정도의 수고로움을 감내하는 것만큼이나 자신도 '가족'의 울타리 안에 있는 이들을 사랑하고 생각했다.

다만 사랑한다고 하여 모든 것을 참아 준다는 소리는 아니었다. 케릴에 대한 분노는 아직 식지 않았다. 그 분노가 식을 즈음이 되면 자신도 퍽 사람 좋은 얼굴을 하며 저 아래서 꼴이 말이 아닐 막내의 손을 잡고 직접 지상 위로 끌어 올려 줄 것이다.

지오반니의 말이 영 마뜩잖았던지 차갑게 비죽인 비토르의 적색 동공이 세로로 쭉 찢어졌다. 지오반니가 미처 그를 말리기도 전, 비토르의 악력이 그의 숨을 강하게 조였다.

"건방지게. 여기서 지금 나하고 싸우자는 거야?"

지오반니가 재차 물었다. 그는 비토르의 분노에 대해서 전혀 수그러들지 않았다. 오히려 제 영역에 와서 흙먼지를 날리는 남자를 보는 지오반니의 눈에 마땅치 않은 기색이 읽혔다.

"적당히 해, 노야."

비토르의 눈이 붉게 달아올랐다.

"별 이유 같지도 않은 것으로 비석을 부순 건가?"

"별 이유 같지도 않다고? 네놈이 제정신인 이상 감히 동족에게 그런 짓을 벌이나?"

"까부는 것은 버릇을 고쳐 놔야지. 너도 마찬가지야. 화풀이할 곳을 잘못 찾은 듯해."

비토르의 몸이 천천히 땅속으로 묻혔다. 끌려 들어갔다는 표현이 더 옳을 것이다. 미처 제대로 인지하기도 전이었다. 모래 위를 밟고 올라선 남자가 웃었다. 지오반니의 눈 아래 있다는 것에 짜증이 치밀었던지 비토르의 얼굴이 사정없이 구겨졌다.

"너도 말조심하는 게 좋겠다."

"뭐?"

"일족의 막내처럼 그 꼴이 나기 싫으면. 나이 먹은 이가 고생하면 보아 주기 힘들어."

명백한 조롱이었다. 그의 조롱에 참지 못한 비토르가 짐승 같은 포효를 내질렀다. 비토르의 분노에 사막이 요란하게 울렸다. 모래가 잘게 흩어지고 땅속 깊이 숨어 있던 동물이 도망가고 굴에 숨어 있던 동물도 제집을 버리고 도망간다. 하늘을 나는 새조차도 날갯짓을 세차게 놀리며 한시바삐 벗어나려 했다. 하지만 땅속에 몸이 옭매인 비토르가 할 수 있는 것은 그뿐이었다.

"비토르."

바람처럼 모래가 움직인다. 재빠르게 주인을 겹겹이 둘러싸고 안전한 거리를 확보했다. 달려들던 비토르의 발이 모래에 파묻혔다. 서서히 비토르의 몸이 점점 모래 속으로 파묻혔다.

"재차 경고하겠다."

비토르의 눈에서는 여전히 붉은 기가 가시지 않았다. 얼마나 분했는지 날카로운 눈을 한 노란 눈동자가 죽여 버리겠다, 찢어 버리겠다 외치고 있는 듯했다. 있는 힘껏 몸을 비틀어보지만 움직일 틈도 주지 않았다.

"까불지 마. 참아 주지 못해."

남자는 강하기에 아무렇잖게 그런 말을 내뱉을 수 있었다. 흠잡을 데 없는 강함. 누군가에게 꿇려 보지 않고 상처 입지 않았다는 것은 남자의 강함을 증명하는 것이었다. 그리고 누구보다 저 자신이 강하다는 사실을 끔찍이도 잘 알고 있었다.

"내가 케릴을 저 아래에 처박은 이유를 몰라서 묻나? 어린것이 머리통을 쳐들고 까불기에 철이 없거니 봐주려 했다. 분수를 모르고 주제를 넘은 것은 그 계집. 제 힘을 믿고 오만했던 것도 그 계집이었다."

"너는 일족을 아낀다 말하면서 지나치게 과한 감이 있다."

"가치 없는 것들은 아끼지 않아."

그의 차가움에 기가 질릴 정도였다. 비토르가 기가 찬 웃음을 뱉었다.

'이놈, 진심이다. 마음만 먹는다면 지금도 가능할 거야.'

노야는 성정이 잔인했다. 간혹 자비로운 척을 했지만 그건 절대로 자비로운 것이 아니었다. 포악한 것에 가까웠다. 자비로운 얼굴을 하는 것은 저가 아끼고 취할 것에만. 그렇지 않은 것은 잔인하게 먹어치우거나, 찢어발겨 버리는 것뿐이다.

세상만사 자신과는 관련이 없는 듯했지만 그 누구보다 관심이 많았다.

"그 아래서 머리 좀 식히고 나와."

자비라도 베푼 양 말했다. 인간들이 지겹게 말하는 탄팔로의 신이라도 된 것처럼. 저가 알고 있는 동족은 없었다. 그 대신, 저가 전혀 모르는 얼굴을 한 남자는 있었다. 자비롭고 온화한 얼굴. 새하얀 태양 아래서 있는 남자는 곧 그 빛에 녹아들 듯했다. 눈이 아릴 만한 강렬한 빛. 놈의 말대로 하늘 위의 신의 모양새와 비슷한 것 같기도 했다.

＊　　＊　　＊

"아가씨, 손을 조금 내밀어 주세요. 예. 그렇게요."

라즐리는 까무룩 고개를 떨구면서도 말 잘 듣는 아이처럼 손을 내밀었다. 그녀에게는 너무 이른 시간이었다.

"피부가 더 고와지셨어요. 목욕제를 바꾼 것이 효과가 있는 모양입니다."

여자는 짧게 라즐리를 훑으며 이곳저곳을 살폈다. 제일 먼저 여자의 눈에 띈 것은 지저분한 손톱 끝이었다. 정해진 날마다 잊지 않고 찾아와 아직까지도 교육을 소홀히 하지 않는 여자는 마렌이라 불리는 이였다.

"사막 여행은 즐거우셨나요?"

"짓궂은 질문만 하세요."

"소식이 닿지 않는다는 소문이 돌아 걱정을 많이 했어요."

"그런 분이 한 번도 찾아오지 않으셨어요?"

"번거로워하실 테니까요. 지금은 멀쩡하시고요."

마렌이 유쾌하게 대답하며 라즐리의 속눈썹 끝에 아슬아슬하게 맺힌 물방울을 거두었다.

"점점 어머니의 모습을 닮아 가십니다."

"비슷한가요?"

"많이 닮으셨어요."

마렌의 얼굴이 부드러워졌다. 잠시 생각에 잠겼다. 적색의 머리칼. 사막의 보석, 잔바크를 닮은 호박색 눈동자. 나이 어릴 때부터 보아 온 아가씨는 자랄수록 제 어미를 빼닮아 갔다. 아버지를 닮은 것이라곤 웃을 때 휘어지는 눈과 분위기 정도일까.

그녀는 자랄수록 전장을 누비던 여자의 모습과 찍어 내듯 닮아 갔다. 이렇듯 오랜만에 볼 때면 소스라치게 놀랄 만큼.

"부인."

"예."

부인이 멍하게 답했다. 그녀의 눈이 홀린 듯 눈앞의 어린 아가씨를 담았다. 잠에서 완전히 깨지 못했지만 저를 부르는 목소리는 또렷했다.

"시간이 좀 흐른 것 같은데."

"……."

"아직도 생생해요."

"무엇이요?"

"제가 일곱 살 때를 기억하세요?"

"그럼요."

부인은 부러 쾌활하게 대답했다. 아가씨의 일곱 살이 꽤나 불행했던 것을 기억한 탓이다. 시간이 많이 흐른 지금에도, 섣부른 농담으로 담을 수 없는 나날이기도 했다.

"모두가 울고 있었거든요."

십 년이 넘게 흐르고 까마득한 어렸을 적임에도 불구하고 라즐리는 그때의 일을 누구보다 잘 기억했다. 할아버지가 무슨 얼굴을 하고 있었고, 숙부가 얼마나 참담해했는지. 하지만 기억나지 않는 유일한 것은, 과연 자신은 무슨 얼굴을 하고 있었냐는 것이다.

"부인은 어떻게 생각해요?"

"글쎄요."

"나는 아직도 선명하답니다. 할아버지는 울고 계셨고, 할머니는 그길로 이 집을 떠나셨죠. 그리고 아버지의 방은 출입이 금지되다시피 했고."

출입이 금지되다시피 했음에도 불구하고 그 방은 사람들의 눈에 가장 잘 띄는 곳에 위치해 있었다. 다만 집 안의 누구도 그 방에 대해서는 일절 입을 다물 뿐이었다.

"저는 할아버지의 몹쓸 취미를 보고 말았어요."

"몹쓸 취미라면……."

"아버지의 방이요. 그 방은 말이에요. 아버지가 살아 계실 적과 달라진 것이 하나도 없었어요. 심지어 식어 버린 찻잔도 매일 아침 새로 채워져요. 시계는 멈춰 있고, 아버지가 읽다 만 책의 페이지 수도 똑같죠. 심지어 테이블 위에 아무렇게나 놓여 있을 법한 커프스도 그 자리를 지키고 있어요."

목선을 따라 가슴골로 떨어지는 물방울들을 손끝으로 훑는 라즐리가 마르게 웃었다.

"내 아버지가 죽기 전과 다름없이. 방의 주인만 있다면 이상할 것이 전혀 없는 모습으로 말이에요."

"……."

"마치 지금이라도 방의 주인이 돌아올 것처럼."

그녀는 언젠가 봤던 그 방을 기억했다. 정말 방의 주인이 자리해 있을 것만 같은 기시감. 괴이함. 그것은 털을 곤두서게 할 정도의 놀람이었다. 그 방을 처음 봤었던 날은 열셋. 할아버지가 자리를 비우던 날이었다. 아무도 열어 보지 못한 상자를 연 기분. 그리고 그곳에 자

리한 것이 왜인지 모르게 무서움으로 다가왔다. 그 이후로 방문을 열
생각은 해 본 적이 없었다.

"이게 정상은 아니죠. 그리움이라 하기엔 넘치고, 또 그렇다고 해도
가볍게 볼 수는 없으니까요."

"……."

"하지만 그런 할아버지를 탓할 수는 없어요. 부모를 잃은 제 슬픔
과, 자식을 잃은 슬픔이 절대 같을 수는 없고, 그 슬픔이 저보다 작다
고 할 수 없기 때문에."

지쳐 보이는 눈이 들릴 듯 말 듯 중얼거렸다.

"누굴 원망해야 할지 모르겠어요."

"아가씨."

"좀 더 명확했으면 좋을 텐데."

누구를 원망하면 좋을까. 전쟁을 무리하게 강행한 황제를? 건국왕
할라모르가 만든 법전을?

부모를 죽음으로 이끈 것들은 많았다. 하지만 어느 것 하나를 붙잡
고 분노를 토해 낼 수는 없었다. 그때의 상황이, 그때의 사람들이 한
데 겹쳐 무엇 하나 명확하지 않았으므로.

"하지만 그런 할아버지를 이상하게 여길 수는 없었어요. 저 또한 그
리워하는 건 똑같잖아요."

"……뭐라 위로를 드려야 할지 모르겠어요."

"부담을 드렸나요? 부인은 그저 들어주시기만 하면 돼요."

라즐리의 몸 전체가 물속에 잠겼다. 일렁이는 물결 사이로 애처로
운 눈을 한 여자가 보였다. 이대로 잠겼으면 좋겠다. 저를 답답하게
죄어 오는 물속에서 안식을 찾을 줄이야.

3. 가리온

인간은 실리를 앞세워 정당한 살인을 주장했다. 무자비한 살육을 행하니, 그들의 오만방자함에 재능이 있는 자들과 인간이 아닌 자들이 손을 잡았다. 그들은 '하늘과 맞닿은 섬'인 가리온에 본거지를 만들고 섬 아래 모든 생명체의 중죄를 논한다 하는 취지에서 최초로 세계 기구를 만들었다.

그러곤 칼라로프 화산을 지배하는 고룡 알케미나를 기구의 지도자로 삼았다.

*   *   *

"알케미나 님."

문명과는 완전히 단절된 곳, 땅과 하늘 사이의 경계에 위치한 가리온에서는 매일 매일이 불만의 연속이었다. 하지만 요즈음은 그 정도가 조금 심해졌다. 구름 한 점 없는 하늘을 멍하니 올려다보던 사내는 흡사 조르는 것과 같은 말을 묵묵히 듣고 있었다.

그는 이 소란에 불을 지핀 남자에 대해서 생각했다. 그리고 이내 생각 끝에 다다랐다. 참아 주었다. 오랜 시간을.

이 분란을 일으킴에 겁이 났고, 이제는 감당키 어려운 싸움을 시작하지 않기 위해.

"일을 이리 두고 보시면 안 됩니다."

"……."

"키든의 살육이 도가 지나치고 있습니다. 가는 곳마다 피바다입니다. 대지가 고통스럽다 울고 그곳의 생명력이 말라 가니 통탄스러울 뿐입니다. 키든을 막으셔야 합니다. 엄중한 벌로 다스리셔야 합니다."

남자는 소리 높여 말하는 여자의 말에 대답하는 대신, 흐르는 물결 위로 둥둥 떠다니는 꽃 하나를 집었다. 물기가 축축이 밴 꽃에 코를 가져간 그의 눈이 나붓이 접혔다.

"향이 좋아."

제 일이 아닌 양 태평한 모습에 눈앞에 있던 여자가 미간을 찌푸렸다.

"알케미나 님!"

"신타, 네 말은 아주 잘 들려. 조금 목소리를 낮춰도 될 것 같은데."

"이렇게 태평하실 때가 아닙니다."

느리게 발걸음을 옮기는 알케미나의 뒤에 따라붙은 신타가 쉬지 않고 조잘거렸다.

"누가 태평하다던."

"지금, 알케미나 님이 그러합니다."

펙 당돌한 말이었다. 가리온에 존재하는 이들 중 자신의 말에 따박따박 받아칠 자는 없었다. 용의 날개 아래 보호받는 그들은, 자신을 경외하면서도 두려워했다. 존경하고 찬미하는 한편 조심스럽게 몸을 사리는 그들을 모르지 않았다.

그런데도 괜찮았다. 다른 이들이 지껄였다면 목을 졸랐을 터, 이상하게도 이 아이에게만큼은 모든 것이 너그러웠다.

"그래? 나는 생각이 꽤 많은 편인데."

"수장께서 고민을 거듭하시는 동안 협회의 전사들은 불구가 되었거나 죽었습니다."

"나를 탓함이로구나."

자신을 힐난하는 어조에도 알케미나는 수그러드는 기색 없이 웃는 얼굴을 하고 있었다.

"어느 정도는요."

신타라 불린 여자가 지지 않고 받아쳤다.

"더 꾸짖지 않고."

"장난을 하자는 것이 아닙니다. 파견된 기구의 전사들을 키든이 또 죽였습니다. 가리온의 소환을 받아들이지 않는다는 뜻이 아니고서야 그리 무자비한 살육을 벌일 수는 없습니다. 알케미나 님의 뜻에 거스른다는 뜻이기도 합니다."

"너는 내가 뭐라도 되는 줄 알지만 나는 그렇게 대단하지 않아. 키든은 나와는, 혹은 너와 달리 제약에 묶이지 않은 이들 중 한 명이다. 내가 무슨 수로 그를 저지하지?"

"그렇다면 계속 지켜보시겠어요?"

"……."

"그가 발을 내딛는 곳마다 스러지지 않는 곳이 없어요. 가장 문제는 이유 없이 그러한 짓을 벌인다는 거죠. 가리온은 평화를 꾀하고자 생긴 곳입니다, 알케미나 님."

"가르치려 들지 마라."

알케미나는 차갑게 말하면서도 자신이 건져 올린 꽃을 신타의 귀 옆에 꽂아 주었다.

"기구를 세우고 지도자가 된 이유는 용의 존재가 개입해 그들에게 경각심을 주기 위해서였다. 내 힘으로 찍어 누르려 함은 아니었지."

"……."

"힘을 행사한다면 돌아오기 마련이다. 언젠가는 말이지. 그러니 키든 또한 제 한 일에 벌을 받을 터."

키든을 막는 것은 어려운 일이 아니었다. 어린놈에게 겁이야 얼마든지 줄 수 있었고, 먹히지 않는다면 신타의 말처럼 힘으로 누르면 되었다. 제약에 묶인 몸이라 하나 그것이 자간과 용의 사이에서도 통하는 것은 아니었다.

비상식적으로 사이가 최악인 둘의 관계에서, 한낱 종이 문서가 제어장치가 될 수는 없었다.

"힘으로 누르라는 뜻이 아닙니다. 키든 같은 자는 막으셔야 한다는 소리였습니다."

"이것 또한 지나갈 일이다."

그는 단호했다.

"개입할 일이 있고 그렇지 않은 일이 있어."

알케미나의 말에 신타는 입을 꾹 다물고 말았다. 오랫동안 지켜봐 온 그는, 정말 저 땅 아래의 일에 개입하는 것을 끔찍해했기 때문이었다.

가까이에서 그의 옆을 지키고 있던 여자는 키든의 살육과 지도자의 사정에 대해서 고민하기에 이르렀다.

"키든이 자간이기 때문입니까?"

"부정하진 않겠다. 키든의 행보에 대해서 그의 동족은 막아서지 않았어. 묵과하겠다는 뜻이지. 그들마저 침묵한 일에 용이 나서는 건 상당히 위험한 일이야."

신타는 겪어 보지 않았기에 싸움의 참상과 폐해를 알지 못했다. 알케미나는 멈추어진 싸움에 감사할 때가 종종 있었다. 그는 다시 겪게 될 그 일을 감당할 자신도 없었지만, 무엇보다 지금의 평온을 걷어 내고 싶지 않았다. 겁쟁이가 된 이유는 지킬 것이 생기면서부터였다.

죽어 가는 검은 날개의 아이를 거둔 이래로, 부피를 늘려 가는 것은 두려움이었다. 그는 미간을 모으고 항변하는 여자를 바라보았다.

'겁쟁이가 된 것은 너를 거두고 나서부터인 것을.'

막연하게 생기기 시작한 이 감정은 때로는 상상 속에 자신을 가두어 끈질기게 괴롭혔다. 이 평온이 깨어지고, 혼란 속에 휘말릴 아이가 떠올랐다. 정의감에 잔뜩 점철된 저 얼굴이 절망으로 일그러지고, 그 괴로움에 무릎 꿇는 것을 볼 수 없었다.

그랬기에 쉬이 움직일 수 없는 것이다. 자신이 자간의 약점을 쥐고 흔들 수 있는 것처럼, 그들 또한 그러지 못하리라는 법은 없었으니까.

자신이 그렇게 생각하는 것처럼 신타는 그들에게 좋은 먹잇감이었다. 그리고 그들이 신타의 존재를 알아, 자신을 휘두른다면 여지없이 휘둘릴 것 또한 알았다.

"그를 막을 수 있는 자가 있다고 생각하느냐?"

"없습니다. 그러니 가리온에 기구를 세운 저희들만이 할 수 있는 일입니다. 또한 고룡께서만이 가능하신 일입니다."

정의심에 불타오르는 어린 생명. 알케미나는 그 용감함을 높이 사 주었다. 하지만 용감할 뿐, 딱 그뿐이었다.

'무모함은 쓸데없어.'

"나는 그가 분명 강하다고 말했었다. 경고했었어. 그리고 말렸었지. 그럼에도 너희들은 무모한 짓을 벌여 아이들을 그에게 보냈어. 결과는 어떠했지? 아이들은 모두 죽었다. 시체라도 온전했느냐?"

"알케미나 님."

"말하라. 온전했더냐? 누구인지 알아보지 못할 정도로 상하지 않았니. 너는, 그 아이들이 무슨 심정으로 죽어 갔는지 느낄 수 있느냐? 나는 감히 느끼지 못한다. 살육자 앞에서 공포를 느껴 가며 죽어 가는 그 아이들의 심정을, 감히 나는 느낄 수도 이해할 수도 없다."

여자의 얼굴이 새하얗게 질렸다. 그럼에도 단단한 눈빛은 거두지 않았다. 곧 울 듯한 얼굴을 하고 있으면서도 고집스럽게 입을 다문 모양새가 우스웠다.

"저는 아이들의 원수를 죽이겠습니다. 키든을 잡아들여 가리온의 본보기로 세울 겁니다."

"신타."

알케미나의 나른한 몸 주변으로 새 한 마리가 날아들었다.

"키든은 그들의 동족이 아니고서야 막을 방법이 없다. 그들의 동족이라고 해서 키든 같은 놈만 있는 것은 아니야. 곧 그의 행동을 저지할 자가 나타날 게다."

"그때까지 기다리라는 말씀이세요?"

"그것이 현명할 때도 있지."

"저는 그리하지 못합니다. 질서가 깨지고 있지 않습니까. 균형이 깨집니다. 저는 더 이상 지상의 생명들이 죽어 가는 것을 보지 못하겠습니다."

"과하면, 누군가 저지하기 마련이지. 누군가 한 명은 반드시, 그를 막는다."

긴 머리칼의 사내가 손에 들고 있던 붉은 꽃을 가볍게 털었다. 그리고 나른히 나무에 기대고 있던 몸을 일으켰다. 거대한 그림자가 움직였다. 신타라 불린 여자의 그림자를 한참이나 덮고도 남을 크기였다.

"저를 지상으로 보내 주십시오. 키든을 원합니다. 그의 처벌을 원합니다. 제가 하고 싶습니다."

어리석은 아이. 하지만 이 우직함 또한 저가 좋아하는 것이었다.

"불허한다."

"알케미나 님!"

"네가 뭘 할 수 있다고."

그가 차갑게 일갈했다.

"너 또한 그의 손에 죽은 기구의 전사들과 똑같은 꼴이 될 게다."

"어째서 저보고 참으라고만 말씀하세요?"

"그걸 아는데도 나보고 너를 보내라는 게냐? 내게 꽤 잔인한 짓을 하고 있지 않느냐."

찰나 키든의 손에 무참히 찢길 아이를 상상했다.

"내가 이렇게 몸을 사리는 이유를 모르지는 않을 거야."

"또 저 때문이라고 말씀하시는 겁니까?"

"그래."

알케미나가 고민하지 않고 대답했다.

"저를 핑계 삼지 마세요!"

"핑계?"

제 감정을 핑계 따위라고 말하는 아이가 괘씸하면서도 화를 낼 수 없었다. 이 아이는 제게 그런 존재였다.

"너를 거두고, 더 이상 목숨을 위협받고 싶지 않다는 네 말에 이 가리온을 만들었다. 안락한 집도 주었지. 내가 겁을 먹는 이유를 진정 모르나? 자간과 다시 싸움이 시작되면 이 모든 것은 사라지게 된다."

"……."

"나는 그게 무서워. 진정으로. 네가 이 보호를 받지 못하게 되는 순간 벌어질 모든 일들이."

그 최악의 상상들은 때로는 꿈으로, 일상생활에서 제 생각의 틈을 파고들기도 했다.

"하지만 내가 네 고집에 이겼던 적이 있던가. 떼를 쓰는 것 말고 쉬운 방법이 있을 게다."

"……."

"말해 보렴. 너도 알고 있지? 네가 한마디만 하면 나는 어쩔 수 없이 네 부탁을 들어줄 게다."

신타의 투명한 하늘빛의 눈동자가 일렁였다. 눈에 담긴 것은 눈물이 고일 정도로 짙은 분함이었다.

"도와주세요."

잔뜩 짓씹힌 신타의 입술이 움직였다. 그와 동시에 알케미나가 쓰게 웃었다. 애초에 저 고집을 이길 수 있을 리 없었다.

"더."

"자비를 베푸세요. 이 땅 위의 것들을 위해."

"잘못 알고 있는 것이 있는 듯해. 이 땅 위의 것들은 내겐 너무 시시한 것들이지. 차라리 너를 봐서 도와 달라 하는 것이 설득하기엔 빠를 거야."

"……."

"너를 들먹이면 나는 키든을 네 발 아래 꿇릴 터다. 원한다면 그를 영원히 땅속에 처박을 수도 있겠지. 네가 원하는 것이 그것이라면."

신타가 고민하지 않고 입을 열었다.

"저를 보셔서라도."

제게 애원을 하는 목소리. 알케미나가 낮게 웃었다. 그러고는 고개를 숙여 신타의 입술에 짧게 입을 맞췄다. 이내 떨어진 눈물을 머금은 그가 젖은 눈에 제 입술을 눌렀다.

"그래."

알케미나가 신타를 지나쳐 정원을 나섰다. 조용하던 가리온에 소란이 일었다. 칼라로프의 고룡, 알케미나가 지상으로 내려갈 준비를 하고 있었다.

*　　　*　　　*

"적색의 구름……."

지오반니가 조용히 읊조렸다. 곤란한 기색이 가득 스민 얼굴이 탁자를 두드렸다. 그의 눈이 습관적으로 하늘을 향했다. 이상할 것 없이, 흔하디흔한 푸름이 자리하고 있었다.

하지만 저가 며칠 전에 본 하늘은 저런 색을 띠고 있지 않았다. 불길한 붉음. 모든 것을 찢어발길 듯한 난폭한 바람과 내리꽂히는 붉은 벼락뿐이었다. 흔하지 않다는 것은 변수가 생긴다는 뜻이었다. 계산 밖의 일은 골치 아플 뿐이다.

붉은 번개. 붉은 것. 붉은 날개. 고룡…… 생각이 그곳까지 미치자마자 그의 얼굴에 초조함이 스몄다. 가리온에서 오랫동안 몸을 뉘이고 있던 녀석이 몸을 움직이는 것이 예삿일은 아니었다. 그를 그렇게 만들 무언가가 생겼다는 것. 그리고 그것이 제 친구라는 데에는 이견이 없었다.

"무슨 걱정이라도 있으세요?"

"예? 아, 아닙니다."

적색의 구름 따위, 알 게 뭐라고. 키든이 자초한 일이니 손을 떼겠다고 마음먹었지만 쉽사리 그럴 수 없었다. 그러다 손님을 앉혀 두고 자신이 꽤 오랜 시간 동안 생각에 잠겨 있었다는 것을 깨달았다.

"중요한 일은 다 끝내셨어요?"

"대충은요."

그가 남아 있는 잔상을 털어 내며 대답했다.

"시간이 늦었는데."

"제가 있는 게 불편하세요?"

"그런 뜻이 아니라……."

"할아버지께서 지방에 나가 계시거든요. 원래라면 상상도 못 할 이야기예요. 특히 당신과 만나는 것은요."

지오반니의 입꼬리가 보기 좋게 올라갔다. 곧 나직한 웃음을 흘렸다. 낮은 울림이 썩 듣기 좋은……

"탄팔로 사막에 다녀왔습니다."

"사막이요?"

사막이라는 소리에 편한 자세로 등을 기대고 있던 라즐리가 몸을 일으켰다. 흡사 왜 저는 데려가 주지 않았냐는 얼굴이었다.

"예."

"그곳에 무슨 일이라도… 아니, 곤란하면 말해 주지 않으셔도 돼요."

정황은 알 수 없었지만 실례를 범할 정도로 궁금하지는 않았다.

"곧 알게 되실 테니 말씀드리겠습니다."

공작이 아껴 그의 업무를 옆에서 보좌할 정도라고 하니 라즐리의 귀에도 어렵지 않게 들어갈 이야기였다.

"기오테의 마법석이 부서졌습니다."

"기오테의?"

연한 호박색의 눈동자가 커졌다.

"그게 가능한 일이에요?"

"불가능할 일도 아니죠."

그건 또 그러네요. 수긍하는 라즐리의 얼굴에선 여전히 놀란 기색이 다분했다. 기오테의 마법석. 탐야크 후작이 생산하는 라스펠리아 수백 개로 만든 마력의 집약체. 그것을 황제가 왜 탄팔로에 두었는지는 알 수 없었지만 제국을 수호하는 기오테의 힘이 깃든 것만으로도 탄팔로가 꽤 중요한 역할을 한다고 볼 수 있었다.

"그래서 그것을 손보러 잠시 탄팔로에 다녀왔습니다."

"다행히 잘 마무리 지으신 것 같네요."

비어 있는 라즐리의 잔에 와인을 채워 준 지오반니가 마저 제 것에도 채웠다.

"황도의 영애들이 후작님의 이야기를 많이 하는 건 아시나요?"

"예?"

"인기가 정말 좋아요."

눈이 그렇게 황홀하고, 목소리가 너무 근사하다고. 라즐리는 티파티에서 들은 것을 여과 없이 말했다. 물론, 영애들이 무슨 얼굴을 하고 있었는지도 덧붙였다.

"그렇게 면전 앞에서 말씀하시면 뭐라고 말씀을 드려야 할지 모르겠습니다."

"정말 대단하셔서요. 앞으로 티파티 같은 모임에 자주 참석해서 무슨 이야기를 했는지 알려 드릴게요."

"굳이……."

굳이 그러실 것 없다고 말하려던 지오반니가 말을 멈췄다. 잔을 빠른 속도로 비워 낸다 싶더니 취기가 도는 듯싶었다. 지오반니가 붉은 얼굴을 말없이 바라보았다.

"리모레의 연서도 받으셨다고 들었어요."

그렇게 말하며 눈을 감는 라즐리의 눈에 피곤함이 한가득이었다.

"예."

"그리고 파티에 가신 것도요."

"생각보다 많은 것들을 알고 계십니다."

"제가 아니라 영애들이요. 인기가 좋으셔서 그래요."

"압니다. 제게 관심 같은 것은 없으시다는 것 정도는."

"어? 그건 아니에요."

라즐리가 눈을 동그랗게 뜨고 항변했다.

"저보다는 사막에 관심이 많지 않습니까."

"그건 뭐라 변명할 수가 없네요."

"피곤해 보이십니다."

하지만 들려오는 대답은 없다. 한참 눈알을 굴려 가며 생각하던 라즐리가 드디어 입을 뗐다. 꽤나 긴 침묵이 흘러간 후였다.

"오늘."

"예."

"아침에, 할아버지께서 제 혼처에 대해서 말씀하셨어요."

결혼을 앞둔 이라고 생각되지 않을 만큼 심드렁한 반응이었다. 마치 남 일을 말하는 투였다.

지오반니가 잔잔히 웃었다. 그러고 보니 머지않았다. 이 아가씨가 성년이 되고, 결혼을 하는 것이. 대부분의 여자들이 성년이 될 즈음 천천히 준비를 했다. 라즐리에게는 지금이 그 시기였다.

"저는 할아버지가 골라 주시는 사람이랑 같이 살아도 별문제 없다고 생각했었거든요. 근데 막상 그래야 한다고 생각하니까 복잡하네요."

"싫으십니까?"

그가 웃는 낯으로 물었다.

"좋을 것도 싫을 것도 없다고 생각해요. 저를 비롯한 다른 사람들도 대부분 이런 식으로 시집을 가니까. 저만 특별할 수는 없잖아요. 예상하던 부분이었고."

"아가씨께서 덜 불행해지셨으면 좋겠습니다."

"아…… 고마워요."

또 한 번 느껴지는 이, 기묘한 무언가. 그녀는 대체 무엇인지 가늠할 수 없었다.

"원하지 않는다면 조금 더 생각해 보시는 것도 좋은 방법입니다."

"왜요?"

"덜 불행해지는 방법을 찾을 수 있을지도 모르니까요. 아가씨께서 불행해지는 것을 원하지 않습니다."

그는 대수롭지 않게 말했다.

"본 후는 아가씨께서 진정으로 행복해지길 원합니다."

라즐리의 눈이 가늘어졌다. 저것이 조금의 사사로움도 담기지 않은 말 한마디였음에도 불구하고 입가가 늘어지는 것을 막지 못했다.

＊　　＊　　＊

붉은 벼락이 내리꽂혔다. 검붉은 빛이 하늘을 뒤덮고 붉은 빗줄기가 거세게 몰아쳤다. 이런 괴이한 일은 이틀 동안 이어지다 오늘, 새벽녘이 되어서야 멈추었다.

벼락이 내리꽂힌 곳은 풀 한 포기 남지 않았고, 거센 빗줄기는 모든 것을 휩쓸고 내려갔다.

용이 땅을 방문했다. 하늘과 가장 가깝게 맞닿아 있던 이가 기꺼이 땅으로 발걸음했다. 그 힘에 먼저 반응한 것은 기오테였다. 소식을 들은 학자들이 몰려와 용이 발걸음한 이유를 추측하고 나섰다.

그가 가리온의 수장이 된 이후로 땅으로 내려온 것은 두 번째였다. 첫 번째는 날뛰는 제 동족을 막기 위해 나선 것이고, 지금은……. 그 이유를 어렵지 않게 추측할 수 있었기 때문에 비바람이 멈춘 후에도 지오반니의 얼굴을 좀처럼 나아지지 못했다.

알케미나의 존재가 신성시되고 우상시되는 것은 그가 용이기 때문이었지만 그보다도 인간과 밀접한 관계를 맺고 있는 정령들 때문이었다. 나라를 수호하는 정령인 라제프의 기오테, 누바라의 챠, 그리고 바아의 후라가 알케미나가 가리온의 지도자가 되는 데에 동의했다.

그는 오키아와 식사를 하면서도 이 땅을 밟은 이유에 대해서는 함구했다. 오키아도 굳이 묻지 않았다. 알케미나는 그런 존재였다. 이 땅의 모든 것들의 상위의 존재.

"키든!"

지오반니가 젖은 머리칼을 쓸어 넘기며 빠른 걸음으로 방으로 들어섰다. 그의 부관이 수건을 건넸지만 그의 눈은 방 안을 샅샅이 훑고 있었다.

"키든은."

그가 차갑게 물었다.

"친구분께서는 외출하셨습니다."

"지켜보라고 말했던 것 같은데."

지오반니가 날 선 눈으로 말했다.

"지켜보라고만 하셨죠. 죄를 지은 것도 아닌데 무력을 행사할 도리가 있습니까? 제 몸에 손을 대면 다 죽여 버리겠다고 얼마나 난리를 치셨는데요?"

"……내가 봐."

부관의 억울한 얼굴을 망연히 바라보던 지오반니가 화를 억누르며 말했다. 부관을 물린 지오반니가 벽난로 앞으로 다가갔다.

"탐피, 네가 말해 봐."

들려오는 대답이 없자 지오반니가 자세를 낮췄다. 항시 자리를 지키던 불꽃이 없었다. 그의 손이 잿더미로 향했다. 축축한 물기가 느껴졌다. 젖어 있는 잿더미와 장작마저 모두 젖은 것을 보자 지오반니의 얼굴에 낭패가 스몄다.

그는 거의 식어 버린 벽난로에 손을 가져갔다. 온기가 거의 없는 것을 보니 꺼진 지 시간이 꽤 지난 것 같았다.

"일어나. 자고 있을 때가 아니야."

그가 몸을 낮추곤 불씨가 사라진 곳에 숨결을 불어넣었다. 그것을 부풀리듯 손으로 감싸 쥐었다. 그럼에도 정신을 차릴 기미가 보이지 않자 다시금 숨결을 불어넣었다. 몇 차례 반복되자 물기 가득하던 벽난로에 불꽃이 피어올랐다.

"사, 살았다."

탐피가 거친 숨을 몰아쉬며 중얼거렸다. 기력이 없는 것인지 몸의 부피가 이전만 못했다. 상태가 영 나빴던지 탐피가 골골거리며 앓는 소리를 내었다.

"키든은?"

"그 망할 자식이 내게 물을 끼얹고 갔어."

"뭐?"

"내가 그렇게 나가지 말라고 신신당부를 했거든! 하지만 잔소리하지 말라며 물을 붓더라고! 무려 세 번씩이나! 정말 죽는 줄 알았어."

탐피가 울먹이며 몸을 웅크렸다. 차가운 물이 쏟아지는 기억을 더듬으며 진저리를 쳤다.

"망할 놈. 녀석은 정말 멍청해!"

탐피가 이를 갈며 소리쳤다.

"내가 잔소리꾼이 된 기분이었다니까. 정말 멍청한 놈이야. 다시는 말도 섞기 싫어."

"이 자식이……."

지금이 어느 때인데. 고룡이 가리온을 비우고 아를리안을 비롯한 동족 모두가 그의 존재에 숨을 죽이고 있는 지금, 왜 그 녀석만 아무렇지도 않느냔 말이다. 도대체 뭘 믿고.

"고룡에게 발견되고 말 거야."

"끔찍한 소리는 그만둬."

"고룡의 기운이 지척에서 느껴져. 그가 키든 한 명을 잡지 못할 것 같아?"

그의 눈이 창문 밖을 향했다. 비가 쏟아지고 있었다. 다시 한 번 내리꽂히는 붉은 벼락. 적색의 구름.

지오반니는 고민하지 않고 방문을 나섰다.

*　　*　　*

"체리야, 맛있지? 이거 진짜 맛있다."

나무에 끼워져 파는 고기를 먹는 키든이 어깨에 올라타 있는 체리에게도 건네주며 물었다. 짐승이 우는 소리로 답했다. 한결같았지만 키든은 계속해서 말을 걸었다.

"여태 이런 즐거움을 몰랐다니. 먹는 즐거움을 몰랐어, 내가 몰랐지."

그의 어깨에 익숙하게 올라가 있는 체리가 기분 좋게 울었다.

"여태 죽이는 게 최고로 재밌는 줄 알았거든."

그런 말을 아무렇잖게 내뱉은 키든이 잘 구워진 고기를 크게 베어 물었다. 아, 너무 맛있어! 그가 감탄하며 야무지게 턱을 움직였다. 콧노래를 흥얼거리는 키든은 체리에게도 남은 고기 반점을 나눠 주며 황도에서 다소 거리가 먼 호숫가를 거닐었다.

그는 친구 녀석이 정착하고 있는 곳을 눈에 담았다. 그 녀석은 무엇에 홀린 것일까. 무엇을 담았고 무엇을 아끼는가.

그의 눈엔 하등 특별할 것 없는 곳이었다. 작은 세상을 만든 사람들은 너무나 나약한 존재들이었고, 종내 바스러질 곳. 사막을 떠날 정도의 가치가 있는 곳이냐 묻는다면, 잘 모르겠다. 이곳의 번잡스러움이 그를 홀렸는지, 어디에도 속하지 못하는 소외감이 정처 없이 그를 이끌었는지.

웃음기를 거둔 키든은 먹먹함에 잠시 미간을 찌푸렸다. 어느 것에도 속하지 못하는 소외감과 배울 곳 없어 결여된 감정이 불러온 참상은 끔찍했다.

누군가는 기약 없이 헤매며 자신이 속할 곳을 찾았고, 누군가는 채워지지 않는 갈급함을 피로 채웠다. 또한 누군가는 하릴없이 언제 끝날지 모르는 시간을 세었고, 저주가 끝나길 바라면서도 완전히 사라지는 것에 대한 불안감을 안고 살아갔다.

이 얼마나 비참한 말로인가. 그는 분명 자신들의 끝이 아름답지 않으리라는 것을 알았다. 제 손에 묻힌 피들의 원통함이 그리 만들 것이다.

또한 벌써 죽었어야 할 몸이 버젓이 살아 움직이니 감히 시간을 거스름이다. 그러니 끝 또한 순탄치 못하리라.

"키든."

자신을 부르는 소리에 키든이 복잡한 생각을 멈추곤 눈을 들었다. 그러고는 마뜩잖음에 이마를 살살 문질렀다. 참으로 이상하지. 이름을 불리는 것만으로도 바짝 몸이 조여들었다. 느껴 본 적 없는 괴이함이었다. 그는 목 근처를 배회하는 서늘함에 입매를 굳혔다. 제 주인의 심기를 읽었는지 작은 들짐승이 본능적으로 털을 세웠다.

"오랜만이야, 키든."

적색. 붉은 것. 붉고, 붉고. 이 특유의 이질감. 키튼은 그것을 단박에 알아챘다. 짐승이 털을 바짝 세우듯 그 또한 온몸의 털들이 죄다 곤두서는 것을 느꼈다.

"……고룡?"

"알아봐 주는구나."

"……."

"나랑 할 말이 많지?"

'빌어먹을.'

태연자약한 알케미나의 모습과는 대조적으로, 키튼이 저도 모르게 뒤로 물러섰다. 목울대가 크게 울렁였다. 가리온에 박혀 있던 저 용이 내려올 정도라면 마음을 단단히 먹은 듯한데.

키튼이 가리온의 그림자 아래서 그리도 잔인무도할 수 있었던 이유는 고룡은, 절대로, 인간들의 땅을 밟지 않을 것이라는 확신이 있었기 때문이었다. 저 남자는 자비롭고 공명정대한 것과는 별개로 몸이 귀찮은 일에 손수 나서지 않았으니까. 자간과 다시 싸움을 시작할 것이 아니라면 여태 그러했듯 그는 눈을 감아 줬어야 했다. 그로서는 자간과의 마찰이 달가울 리 없었다.

지오반니에게는 과장을 부풀려 별 이상한 소리를 지껄였지만 상대도 봐 가면서 까불어야 한다고, 고룡은 농담으로라도 그리 쉽게 볼 만한 존재는 아니었다.

크릉 크릉. 어깨 위의 작은 짐승이 울었다. 제 주인과 마찬가지로 숨기고 있던 이를 드러내고 적의를 드러냈다.

"꽤 맹랑한 것을 들고 다니네. 제 주인과 똑 닮았어."

알케미나의 주위로 붉은 기가 스멀스멀 올라왔다. 키튼은 저것을 아주 잘 알았다. 아주 오래전, 저 불꽃에 타 버린 살덩이는 아직도 거무죽죽한 빛을 띠고 있었다. 완전히 회복되지 못해 쭈그러든 모습을 한 채로. 그 상처가 다시금 쑤시는 듯했다.

다시 한 번 그 불꽃 속에서 비명을 지르는 것은 사양이다. 키든이 체리를 가방에 집어넣었다. 그제야 자신을 걱정했던 친구의 모습이 떠올랐다.

'그래, 그 무뚝뚝한 녀석이 허투루 걱정을 해 줬을 리가 없는데.'

차라리 녀석의 집에 박혀 있었더라면 이렇게 맞닥뜨릴 일은 없었을 터다.

"떨지 마라. 그리 떨면, 내가 여기까지 온 보람이 없잖아."

"늙은이가……."

"그래. 도망은 다 친 거냐?"

뒤로 물러선 키든을 보며 알케미나가 희미하게 웃었다. 그가 제 담뱃대를 툭툭 쳤다. 그로부터 생겨난 열기로 인해 주위가 검게 그을리고 있었다. 화기가 짙어졌다. 푸른 불꽃 너울이 넘실거렸다.

"나이만 먹었지 저보다 어린것들을 괴롭히는 악취미는 여전해."

"벌벌 떠는 주제에 헛소리나 지껄이지 말고."

"……."

"빌어 보련. 혹시라도 아니. 울기라도 하면 물러나 줄지. 혹시 모르지. 내 다리 사이를 기어 보기라도 하면 동정심을 베풀지."

고룡이 이리도 여유롭고, 저를 놀리고 있음에도 불구하고 한 마디도 하지 못하는 이유는 그의 힘이 훨씬 우위라는 것을 알았기 때문이다. 본디 일족은 짐승에 가까워, 본능적으로 누가 더 강한지 알곤 한다. 하나, 안다고 해서 몸을 수그리며 긴다는 것은 아니었다.

"팔이 잘리면 잘렸지 네 다리 사이를 기진 않아."

"통하리라 생각하고 뱉은 말은 아니었다."

물러서던 발걸음이 다시 앞으로 나아가는 것을 보며 알케미나가 웃었다. 순식간에 주위가 시퍼런 불길로 가득 찼다. 키든의 안색이 희게 질렸다. 고룡의 불은 속 안의 내장을 다 태울 정도로 뜨겁고, 얄궂었다.

'그래도 이러나저러나 끌려가는 건 똑같아.'

그는 긍정적으로 생각했다.

"네게 끌려갈 바엔, 죽는 것이 낫겠다."

"네가, 그렇게도 쉽게 죽였던 이들처럼?"

"……."

"쉬이 죽을 수 없는 것이 너희들이었지."

새파란 불길이 키든을 집어삼켰다. 엄청난 수증기가 피어오르면서 시야가 부옇게 흐려졌지만, 키든은 주저 않고 몸을 움직였다. 하나 그를 간단히 제압한 알케미나가 저가 품고 있는 불꽃의 온도와는 달리 차갑게 웃었다.

"주위에서 걱정해 주지 않던."

타는 듯 제 팔 부근에서 작열하는 고통에 키든이 비명을 내질렀다. 언젠가 자신이 죽였던 누군가와 비슷한 비명인 것 같기도 했다. 그들과 비슷한 소리로, 비슷한 얼굴로, 비슷하게 몸부림치며 알케미나의 아래서 무너졌다.

"그렇게 겁 없이 굴다간 호되게 혼이 날 거라고."

알케미나가 떨어진 담뱃대를 주웠다. 부러진 담뱃대를 보며 그가 혀를 찼다. 꽤 아끼던 거였는데. 곧 뼈가 부러지는 소리가 선명히 들려왔다. 키든의 팔 한쪽을 손쉽게 곤죽으로 만들어 버린 그가 실소했다.

"이 같잖은 힘으로."

"……."

"과시 따위를 하나."

"……."

"겨우. 이 힘 아래서 그리도 많은 생명을 밟고, 죽이고, 눈요깃거리로 여겼다."

키든의 멱살을 잡아 올린 알케미나가 하얗게 질린 채로 바들바들 떨고 있는 남자와 눈을 맞췄다. 거뭇하게 타 버린 팔에 빠르게 새살이 돋아나는 것을 보며 알케미나가 눈을 휘었다.

"퍽 괴물이라고 부를 만해."

그러곤 다시 힘을 주자 새살이 채 돋기도 전에 키든의 팔이 타 버렸다. 새살이 돋아남에 반복되는 것은 그 강도가 더한 고통이었다. 견딜 수 없는 괴로움에 키든의 몸이 고꾸라졌다.

"봐라."

"……."

"지금 네 눈이, 네 고통이, 네가 죽이던 이들의 것임을."

"너야말로."

눈은 한가득 겁을 집어먹었음에도 불구하고 키든은 기가 찬 듯 웃고 있었다.

"위선 떨지 마."

"뭐?"

"무슨 이유에서, 네가 이리 우러름을 받고, 높다란 자리에 오르게 되었는지는 모르겠지만, 내가, 네가 가지고 있는 본성을 모를 성싶던가."

"상황 파악 못하지."

"수틀리면 무자비하게 먹어 치우는 놈이……. 너는 말이야, 그따위 변덕만 안 부렸어도 나는 눈에 들어차지도 않았을 거야."

"주제 파악도 못해."

"내가 누구를 죽이고, 무슨 짓을 해도 너는 신경 쓰지도 않았을 거라고."

키든은 알케미나의 잔인함에 가까운 무관심을 알고 있었다. 그는 누군가가 부추기지 않았다면 직접 몸을 움직이지도 않았을 터였다. 그가 자간과 용 사이에 일어날 싸움을 염려하는 것은 나중의 일이었다. 그는 수많은 생명을 꺼뜨리는 키든의 행동에 대해 깊게 생각해 보지 않았고, 옳고 그릇됨으로 나누지도 않았다. 그의 철저한 무관심은 그런 것이었다.

"근데 지금 누가 누구의 편에 서서 장난질이야. 나를 죽이라고 누가 부추겼어? 너를 이렇게 만든 것은 계집인가? 나는 네 무관심에 대해서 잘 알아. 마치 감정이 결여된 우리들과 비슷하잖나. 네가 누군가의 아픔에 공감해 줄 만한 착한 놈은 아니지. 내게 죽임당한 이들을 애도하는 척 나를 벌하려 하지 마. 더러운 위선 덩어리 주제에! 착한 척도 적당히 해야 봐 줄 만한 거야. 이 비린내 나는 새끼야!"

키든의 목 줄기를 틀어잡은 알케미나가 그대로 그를 바닥으로 내동댕이쳤다. 그 충격으로 배를 감싸 쥔 키든이 파들파들 떨리는 눈을 들었다.

"그만 입 다물어. 재미없어."

남은 한쪽 팔마저 부러뜨린 알케미나가 다시 한 번 혀를 찼다. 그의 앞에 쭈그려 앉아 눈을 맞춘 알케미나가 비식, 입술을 말았다.

"말은 당차게 지껄였어도 결과는 다르지 않아."

키든이 밭은 숨을 내쉬는 와중에도 서슬 퍼렇게 독이 오른 눈을 감추려 들지 않았다. 얼마 지나지 않아 숨넘어가는 소리가 흘러나왔다.

"아직 한참은 이르다 말했잖아. 적어도 내게 설욕하고 싶다면 노야를 불러와라. 탄팔로의 노야 말이야. 그 녀석이라면 나도 시시하지는 않을 터다."

키든의 턱뼈를 으스러뜨릴 듯 세게 잡은 알케미나가 낮게 경고했다. 철딱서니 없는 것. 알케미나가 몸을 일으키더니 키든의 머리채를 잡았다. 곧 눈앞에서 붉은색의 빛이 터졌다.

아픈 이가 공간을 넘나드는 것은 매우 위험한 일이었지만, 이 어린 것의 건방짐은 좋게 봐 줄 수 있는 것이 아니었다. 공간 속에서 몸이 찢긴다면 이 녀석의 운이 좋지 않은 것이고, 무사히 가리온에 도착한다면 이 녀석이 운이 좋은 것이다. 알케미나는 길게 고민하지 않았다.

그가 키든의 머리채를 단단히 잡고는 붉게 요동치는 곳으로 발을 들였다.

*　　*　　*

그는 알케미나의 힘의 흔적을 좇았다. 파편처럼 부서진 것의 자취를 밟아 다다른 곳은 사람이 없는 한적한 호숫가였다.

그는 몸을 낮춰 검게 그을린 부분을 손끝으로 훑었다. 비가 내렸을 텐데도 확연하게 온기를 띠고 있었다.

알케미나와 마주했다면 도망쳤을까. 잡혔을까.

'잡혔겠지.'

그는 오래지 않아 고민을 멈추었다.

"알케미나."

지오반니가 한숨 섞인 목소리로 알케미나의 이름을 읊조렸다. 곧 닥쳐올 가리온의 일들이 어렵지 않게 예상이 되었다. 번거로울 것이다. 알케미나를 설득하는 일은.

알케미나가 자간과의 싸움을 걱정하면서도 직접 움직인 이유는 모든 것을 감안하겠다는 뜻이었다. 그리도 겁을 냈던 싸움을 시작하려는가.

치미는 짜증에 그가 입술을 씹었다. 키든이 당한 흔적이 여실한 곳에서 벗어나려던 그의 어깨에 짐승 한 마리가 날쌔게 올라앉았다. 홍옥을 이마에 박아 넣은 짐승, 키든이 항상 옆에 달고 다니는 이름 모를 짐승이었다.

제 주인이 아니라면 시선도 주지 않을 것 같던 짐승은 지오반니의 어깨 위에서 눈물을 그렁그렁 매달고는 한참을 울었다. 주인을 잃은 모습이었다.

그는 답지 않은 친절을 베풀어 작은 동물을 안아 올렸다. 네 주인은 무사할 테니 걱정하지 말라는 말도 덧붙였다.

*　　　*　　　*

"지오반니."

벽난로에서 양초의 얇은 심지로 몸을 옮겨 간 탐피가 가벼운 불티를 날리며 입을 열었다.

"응. 말해."

탐피가 지오반니의 눈치를 조심스럽게 살피다 그의 품 안에 있는 동물에게로 시선을 내렸다. 키든이 항상 체리라 부르며 지겨울 만치 데리고 다니던 짐승이었다. 돌아와서도 얼마나 꺼이꺼이 앓는 신음을 내던지 저 작은 것이 애처로워 보이기까지 했다. 키튼이 아닌 지오반니와 붙어 있는 것을 보면 키튼의 신변에 문제가 생겼다는 것 같은데. 그럼에도 궁금증을 참지 못해 물었다.

"키튼 말이야."

"……."

"영 돌아오질 않네. 시간도 늦었고. 뭐, 어디서 무슨 일을 당할 녀석은 아니지만 말이야. 무슨 일이 생긴 건 아니지?"

자신이 염려한 일이 아니길 바라며 탐피가 눈을 굴렸다.

"고룡과 키튼이 만난 모양이야."

"……세상에."

예상하지 못한 일이 아님에도 직접적으로 지오반니의 입에서 나오는 말에 탐피는 놀라고 말았다. 키튼의 행동이 도가 넘어 고룡에게 끌려가는 것은 수없이 상상했던 일임에도 불구하고 지금 그는 굉장히 놀란 상태였다.

"그, 그래서?"

"가리온에 연락을 해 봤어."

"가리온에?"

"고룡과 함께 있다더군."

그렇게 조심하라고 말했는데 말이야. 그가 음울하게 중얼거렸다.

"지금 그 말은……."

탐피가 채 말을 잇지 못하고 입을 다물었다. 고룡과 함께 있다는 것은, 며칠 전부터 계속되던 이상 현상이 정말 그의 영향이었다는 것이다. 몰아치는 붉은 비, 그리고 내리꽂히는 붉은 벼락. 힘의 마찰로 인

해 벌어지는 공간. 지오반니도 느끼고 있을지 모르겠지만 지오반니와
고룡의 힘이 본능적으로 부딪쳤다.

"끌려갔다는 거야?"

"그래."

"그걸 너한테 친절히 알려 줬다고?"

"물어보는데 대답해 주는 것 정도야."

탐피는 그 흔한 위로의 말조차 건넬 수 없었다. 무엇보다 지금은 위
로 따위를 건넬 상황이 아니었다. 버릇처럼 얼굴을 쓸어내리던 지오반
니가 주먹으로 책상을 내리쳤다.

"짜증 나."

"어어, 그럴 만하지."

"……가리온으로 가야겠다."

"뭐? 혼자?"

탐피가 놀라서 물었다. 고룡은 그리 만만한 상대가 아니었다. 시퍼
런 불을 몸에 두른 남자. 그리고 그 온도를 견디며, 어둠을 살라 먹는
불길 속에서 사는 남자였다.

괜히 화산 칼라로프를 제 거처로 삼은 것이 아니었다. 그는 그 불길
속에서도 유일하게 살아남을 수 있는 용이었다.

그들의 일족 중에서도 손에 꼽히는 힘을 자랑하지 않았던가. 그의
여유로움은 괜한 곳에서 기인된 것이 아니었다. 하르게니아가 몇 해
전 인간의 새끼를 낳고 에르만틴에 정착했기 때문에 지금으로선 고룡
에 대항할 수 있는 자들이 없었다. 비교하자면 아를리안과 탄탈로스에
게도 지지 않는다. 그들보다 약하다 한들 쉽게 먹힐 용은 아니었다.

"아를리안과 탄탈로스도 살아?"

"알아."

"말도 안 돼. 지오반니. 장난이라기엔 너무 일이 커졌잖아? 미친 거야? 아를리안이 무슨 짓을 할지 몰라서 그래?"

"알지."

그들의 일족 중에서도 연장자라 불리며 자간을 빚어낸 신 타미르를 대신해 '어머니'라 불리는 아를리안은 동족을 상하게 하는 것은 두고 보지 못했다.

그녀는 자애로운 얼굴을 하고 있으면서도 하르게니아 못지않은 흉포함을 보이곤 했다. 내보이지 않았다 뿐이지 그 사나움은 이루 말할 수 없을 정도였다.

"그런데도 지금 그렇게 여유로운 이유가 뭐야?"

"내가 아를리안을 막아서야 한다고 생각해?"

"나중을 위해서라면."

"키든의 죄의 무게를 정하는 건 우리야. 녀석의 처분도 우리가 해."

"지오반니."

"우리 일이야."

그의 말에 넘실거리는 탐피가 입을 다물었다. 아를리안은 기꺼이 지오반니의 분노에 동조할 것이다. 용 못지않게 멈춰졌던 싸움이 다시 시작되는 것은 그녀도 바라지 않을 테지만, 필요하다면 굳이 물러설 이유가 없다고 판단할 것이었다.

"……아를리안은 화가 많이 나 있을 거야."

"그래."

"정말 가리온이 남아나지 않을지도 몰라. 고룡이 현존하는 용들 중 최상위를 다투고 있다지만 아를리안에 미치지는 못해. 아를리안에게는 고룡은 그냥, 그냥, 어린아이일 뿐이라고!"

아를리안은 이 일을 그냥 넘기지 않을 터다. 그녀는 키든처럼 인간의 세상 속에 발을 들이지도 않았으니 그들이 규칙에 매일 일도 없다. 그러니 가리온의 뜻에 따를 이유도 없다는 것이었다. 제약 없는 이를 고룡이 어떻게 다룰지도 의문이었다.

그녀와 탄탈로스는 일족 내에서 가장 오래 산 이들 중 한 명이었다. 힘이 세월과 비례하지는 않지만 순수한 힘을 좇는 지오반니의 일족들이 아를리안을 어머니로 인정한다는 것에는 분명 이유가 있었다.

"정말 나는 이해할 수가 없어. 케 일족이라면 그리도 무모해지고 억지를 부리는 너희들이."

"다 이해하고 살 수는 없지."

"……그런 말이 아니잖아. 잘못한 것을 덮어 주는 너희들의 이기적인 모습들을 말하는 거야. 키든은 확실히 잘못했어. 사소한 장난이라기엔 너무 많은 이들이 이유 없이 죽었잖아. 그 녀석의 손 아래서! 철커하게 가지고 놀다가 부숴 버린 것은 그놈이야. 이건 덮어 주고 말고 할 문제가 아니야."

하고 싶은 말들이 많았던 모양인지 탐피의 입에선 구구절절한 사실들이 둑처럼 쏟아져 나왔다.

"인간이 만든 세상에 들어왔으면 그들의 규율에 따르는 게 맞아. 그리고 그 규율에는 가리온과, 고룡이 행사하는 힘까지 포함되어 있어."

"……."

"누차 경고를 했으면 알아먹어야지. 그놈 잘못이라고!"

탐피의 말이 맞았다. 인간의 규율로 이루어진 곳에 들어온 우리들은 마땅히 그들이 만든 것에 맞춰야 했다. 하지만 먼저 그것을 깬 것은 키든. 제 친구 녀석의 장난이 불러온 결과가 이만치 커다랬다.

"우려했잖아. 예상한 일이었어. 녀석의 일에 고룡이 나서는 것 정도는."

"그리고 난 내가 분노하고, 아를리안이 분노한 것까지 예상했지."

"너희들은 최악이야. 예상했다면 막았어야지. 키든이 그런 녀석이었다면 막았어야 함이 옳았어. 소외되고 결여되었다는 건 핑계일 뿐이야. 억겁의 시간에 미쳐 사람을 죽인다는 게 말이나 돼?"

"네 말이 맞아. 우리의 실수야. 핑계이고, 옳지 못한 일이지."

지오반니는 성난 얼굴을 하고 있는 탐피의 말에 동의했다. 투명한 잔에 든 자줏빛의 술을 가만히 들여다본 지오반니의 입에서 김빠지는 웃음소리가 새어 나왔다.

"하지만, 탐피."

"······."

"일족은 그래."

그는 목을 축이는 대신 그것을 탐피에게 부어 주었다.

"키든은 소중한 가족이야. 몇 남지 않은 우리들에게 더없이 소중해. 모두가 그 녀석에게 손가락질을 하고 비난을 일삼는다고 해도, 우리의 결정이 바뀌지는 않을 거야."

"······."

"우린 잃고 싶지 않을 뿐이야."

잃고 싶지 않아. 무서워서 그래. 지오반니가 탐피에게, 그리고 자신에게 주입시키듯 중얼거렸다.

그래, 잃고 싶지 않을 뿐이다. 감정이 결여되어 있다고 말하면서도 가족을 잃는 슬픔은 알았다. 그리고 슬픔과 함께 오는 감정의 부산물들을 이겨 내기 어렵다는 것도 알았다.

키든의 죄가 가볍지 않으리라는 것을 알아서 더욱이 그러했다. 이렇게 억지를 부려서라도 막지 않으면 정말 그 슬픔을 목전에서 마주할까 모두가 겁을 집어먹고 있었다.

"우리는 더 이상 가족의 죽음을 감당하지 못할 거야."

"제멋대로야. 너희는, 정말 최악이라고."

탐피가 가래 끓는 소리를 내며 험악하게 으르렁거렸다. 탐피는 지오반니를 비롯해 이 제멋대로인 일족이 얼마나 최악인지 알았다. 결핍되었고 모순되었다.

"천성이 그러한 것을."

"겁쟁이들."

그의 얼굴에 미약하게 미소가 떠올랐다. 옳지 못하다고 욕을 하고, 비겁하다고 욕을 해도 상관없어. 하지만 너희들이라고 해서 다르다던가. 이러한 순간이 오고, 상황을 바꿀 힘이 충분히 있다면, 너희들의 선택 또한 크게 달라지지 않음을 안다.

*   *   *

하늘과 맞닿은 곳. 용의 힘에 의해 부유하는 땅, 가리온. 간혹 땅 아래로 내려앉아 쉬어 간다는 이야기가 들려오지만, 떠도는 소문들 중 하나일 뿐이다. 숨 쉬는 것들 중 가장 커다란 날개를 가지고 있으며, 누구보다도 하늘 위의 존재들에 근접하다고 알려진 고룡의 존재로 인해 가리온의 명성은 더할 나위 없이 높아졌다. 또한 그를 지도자로 세운 기구 또한 세가 강해졌다.

가리온은 알케미나를 지도자로 세우고 각 종족의 족장들을 부의장으로 세운 곳이었다. 붉은 용이 지도자로 군림하며 가리온을 구성하고 있는 종족들은 다양했다. 이제는 거의 찾아볼 수 없는 요정, 인어를 포함한 다양한 종족들이 가리온에 터를 잡으며, 죽어 가던 종족 보존에 힘쓰고 있었다.

저 아래와는 완전히 차단된 또 하나의 나라. 그들은 가리온을 그렇게 불렀다. 고룡의 은혜를 입고, 고룡의 날개에 가려져 어미의 뱃속처럼 안온한 곳. 그의 존재로 인해 해롭게 하는 존재도 없을뿐더러 소란이라고는 존재하지 않는 곳이었다.

그랬기 때문에, 가리온의 지축을 커다랗게 울리는 소리에 모두가 놀란 것은 당연했다. 균형을 이루고 있던 곳에, 다른 무게가 더해져 기울어지는 느낌.

"도착을 잘못했네."

푸른 눈을 굴리는 여자가 작게 중얼거렸다.

"퍽 아름다운 곳이야."

그리 말하는 여자가 한 발 내디뎠다.

"어때? 아름다운 곳이지?"

"용의 힘으로 굴러가는 곳. 특유의 비린내. 진동해서, 역겹다."

여자의 물음에, 목석처럼 가만히 서 있던 남자가 짤막하게 대답했다. 여자는 그의 대답에 꽤나 만족했던지 남자의 입에 짧게 키스했다.

"나도 같은 생각이야."

"용은, 날개를 찢으면 힘을 쓰지 못한다."

남자의 입에서 차가운 한숨에 흘러나왔다. 여차하면 찢을 기세. 진정하라는 듯, 여자가 그의 뺨을 매만졌다. 어느 샌가 숲 속 여기저기

서 자신들을 관찰하던 시선을 모를 리 없던 그녀가 입매를 끌어올리
며 말했다.

"용을 봐야겠다."

내 가족에게 해를 끼친 고룡을. 웃는 낯과는 달리 여자의 눈이 서늘
한 기운을 품고 있었다.

* * *

회의장 안으로 들어오는 두 명을 어렵지 않게 알아봤는지, 여기저
기서 급하게 숨을 들이켜는 소리가 들려왔다. 가장 상석에 앉아 있는
알케미나와, 그의 아래 놓여 있는 열두 개의 의자들이 크게 들썩였다.

"오랜만이야."

여자가 까마득히 높은 천장을 올려다보았다. 하늘과 맞닿아 있다
몇 번 치켜세워 주니, 정말 네가 하늘 위의 신이라도 된 것처럼 행동
하는구나. 여자가 혀를 찼다.

"인사라도 해 주지 그래."

"아를리안."

여자의 이름을 부르는 알케미나가 눈가를 찡그렸다. 입 안에서 절
로 쳇소리가 나는 듯했다. 여자의 이름을 듣자, 여기저기서 목 졸린
신음을 흘렸다. 용과는 천적이라 알려진 자간. 알을 깨고 나오는 용들
과는 달리 누구의 태를 빌려 태어나는지조차 알지 못하는 불길한 이
들을 두고 이르는 말이었다.

자간이라 불리는 것들 중 '어머니'라 불리는 존재가 있다. 신의 땅
에 발을 들였으며 그들을 배알한 자. 타미르의 나무 아래서 휴식을 취

한 여자. 흉포한 자간들이 기꺼이 몸을 낮추고 따른다는.

또한 그녀의 힘은 알케미나를 넘어선다는 하르게니아와 견주어도 밀리지 않았다. 실제로 하르게니아는 자간을 이 땅 밖으로 쫓아내야 한다면서도 아를리안의 이름은 입에 담지 않았다. 그녀는 논외대상이었다. 그런 이가 아를리안이었다. 소문으로만 듣던 여자가 눈앞에 있었다.

"이제야. 건방지게. 연장자 대하는 예의는 가르침 받지 않은 모양이다."

"탄탈로스."

붉은 눈이 어둡게 가라앉았다.

아를리안이라 불린 여자가 입매를 비틀었다. 상석에 앉아 있는 알케미나를 올려다보는 것이 탐탁지 않았기 때문이다. 일족은 본능적으로 위를 올려다보는 것에 익숙하지 않았다.

"이… 이, 무슨 무례한 짓이란 말인가! 이곳은 가리온의 성역이다. 너희들이 함부로 들어올 만한 곳이 아님을!"

"그러니 할 말만 하고 간다는 것이 아니냐."

아를리안이 뻐근해지는 어깨를 가볍게 주물렀다. 회의장 안의 공기 자체가 저항력이 강했다. 몸을 내리 짓누르는 통에 조여드는 숨통은 고사하고 움직이는 입가조차도 뻣뻣했다.

"내놔."

"무엇을요."

"가져간 것."

그녀는 훔쳐 간 물건을 되돌려 받겠다는 듯 간단하게 말했다.

"내게 돌려주어야 할 것이 있지 않니."

"……."

"못해도 머리통은 부숴 놓았을 터이니, 나는 걱정이 이만저만이 아니란다."

"무엇을 말씀하시는지 모르겠군요."

알케미나의 너스레에 아를리안의 푸른 눈이 차갑게 굳었다.

"어린놈이 건방은. 혼이 나 봐야 정신을 차릴 테지."

"키든은 살육을 행하고 다닌 중죄인입니다. 가리온에서 처리하는 것은 마땅한 일임을."

"동족의 일은 우리가 알아서 해. 분수를 몰라 그러나. 적당히 까불어. 주제넘게 참견할 일이 아니라는 것쯤은 알아야지."

"아를리안."

"입을 찢어 주랴."

아를리안을 친숙하게 부르는 알케미나의 모습이 영 마뜩잖았던지, 탄탈로스의 눈이 사납게 휘었다. 탄탈로스가 서늘한 눈을 한 채로 그를 응시했다.

"키든은 살육을 행한 죄인입니다. 죄목이 상당히 심각한 죄인이죠."

"우리의 일이라고 누차 말했다."

"그래요. 그렇게 자랑스러워하는 당신들의 일입니다."

"……."

"적당히 했으면, 눈을 감아 주었을 겁니다. 녀석의 손에 죽은 이가 몇인데 아직도 우리의 일이라고만 하십니까."

아를리안과 알케미나 사이로 미세한 파장이 일었다. 고룡이 힘을 행사하려 하자 아를리안이 본능적으로 그 힘에 반응했다.

"생각이 있다면 영향력을 행사하는 내가 있는 곳에서만큼은! 그 철없는 놈을 말리셨어야 했습니다. 제가 언제까지 모른 척해 주어야 할까요? 저는 이 기구의 수많은 이들이 죽어 감에도 키든의 죄를 묻지 않았습니다. 당신도 알다시피, 내가 키든을 저지하고 누름으로써 다시 시작될 용과 자간의 싸움을 감당할 자신이 없었기 때문이죠. 차라리 협회에 속한 이들이 키든의 화풀이감으로 죽는 것이, 다시 시작될 당신들과의 싸움보다 낫다고 생각했어요. 나는 거기까지 생각했습니다."

"······."

"하지만 이제 어디까지 참아 줘야 할지 모르겠군요. 감당하지 못할 거라면 이 세계로 발을 들이질 말았어야지. 잘못을 하면 벌을 받아야 합니다. 그에 상응하는 대가를 치러야 하죠. 다른 이들은 키든처럼 제 기분대로 살지 못할까 봐요? 누구든지 할 수 있는 일을 왜 많은 사람들이 참는 줄 아십니까? 정해진 규칙이 있기 때문입니다. 나이 어린 아이라도 이게 옳고 그른지는 알죠. 키든이 한 짓은 말입니다. 아주 잘못된 겁니다, 아를리안."

자색의 눈을 가진 남자가 서늘하게 덧붙였다. 그에게 키든은 꽤나 눈에 거슬리는 자였다.

알케미나는 평화를 위한다는 이유로 협회를 세운 이후 많은 우러름과 경외심을 받아 왔다. 그가 협회의 지도자로 앉자 동족은 기꺼이 알케미나의 체면을 위해 행동거지를 조심하고 크고 작은 분란들을 스스로 잠재우곤 했다. 또한 알케미나의 존재에 위세를 떨치던 많은 나라들이 몸을 사리며 자신들이 뿌려 놓은 그릇된 씨앗들을 거두어들이는 모습들도 보였다. 그 모습에 알케미나는 기꺼워했다. 비록 가리온을 세운 이유가 평화를 위한 것은 아니었으나, 자신에 의해 질서가 잡히는 것 같았다.

하지만 키든은 어떠했나. 그런 그의 존재일랑은 무시하고 겁 없이 활개를 치지 않았나. 가리온의 자신을 철저히 무시하고 그에게 속한 이들을 무자비하게 죽였다.

"저는 그렇게 공명정대한 놈이 아닙니다. 자간과의 마찰을 피하기 위해 키든의 살육을 눈감아 준 것처럼. 하지만 정도가 지나쳤죠. 눈감 아 줄 수 없을 정도로. 이제는 다시 생각해 봐야겠습니다. 아무리 생각 을 거듭해도, 녀석으로 인해 깨질 모든 규칙과 질서가 너무나 아까워."

분노 서린 말에도 아를리안은 건조한 눈으로 알케미나를 응시할 뿐 이었다.

"끝인가?"

"뭐라고요?"

그녀는 가타부타 변명하지 않았다. 키든이 벌인 짓을 감싸지도 않 았다.

"키든을 원한다 말했다. 돌려 달라고 누차 말했어."

그녀는 마치 알케미나의 말은 듣지 못한 양 말했다.

"돌려주지 않으면요."

"네 목이 꺾일 준비는 되어 있고?"

"상당히 무섭습니다만, 제 생각을 번복할 생각은 없습니다. 저는 이 기구를 세운 창립자로서 그를 벌할 권리가 있죠. 도가 넘는 것은 무엇 이든 좋지 않습니다."

"싸울 것이 무섭다던 놈이."

"그러니까 적당히 신경 건드리면서 녀석을 감싸야지."

알케미나가 이를 갈았다. 저 힘은 키든의 힘을 몇 배로 웃돌고 있었 다. 그만이 아니라, 아래에 앉아 있는 다른 이들도 그녀의 힘을 알기 때문에 함부로 나서지 못하고 있었다.

강함이 수명과 비례하지는 않는다. 하지만 저 여자는 조금 예외였다. 힘의 서열로 치자면 노야보다 위였고 세월에 비하자면 감히 가늠할 수도 없었다.

"가리온을 부숴야 말을 바꿀 놈이겠구나."

기이이이잉. 천천히 발걸음을 내딛는 아를리안의 주위로 공기가 찢어지는 듯한 울음소리가 들려왔다. 정말로 부딪치려는 모양이구나. 알케미나는 여자의 힘을 얼마나 막을 수 있을지 가늠했다. 그리고 정말 목이 부러질 상상을 했다.

알케미나가 쓰게 웃는 순간, 탄탈로스가 그런 아를리안을 잡아 저지했다.

"너까지 나를 막아?"

이번에는 정말 짜증이 났는지 아를리안의 눈이 가늘어졌다.

"멈춰 봐. 다른 방법이 있을 거야."

여태 읽을 수 없는 얼굴로 상황을 본 탄탈로스가 입을 열었다. 그의 시선을 따라, 아를리안의 눈도 회의장의 문 쪽으로 향했다. 탄탈로스가 누군가의 이름을 읊조렸다.

그립고도 반가운 이름이었다.

"노야."

회의장 안으로 한 남자가 들어섰다.

기뻐하는 아를리안과 탄탈로스와는 대조적으로, 회의장 안에 침묵이 내려앉았다. 소란스러움 대신 긴장으로 얼룩진 침묵이었다. 얼굴이 흙빛으로 변한 부족장들 중, 누군가에게서 비명 대신 기침 세례가 쏟아져 나왔다.

"노야!"

노야에게 달려가 포옹을 하는 아를리안의 푸른 눈에는 그리움과 재회의 반가움이 가득했다. 아를리안의 등을 쓸어내린 노야가 아를리안을 살며시 밀어내고 옆에 있던 탄탈로스와도 깊게 포옹했다.

이런 일 때문이 아니라면 그들은 쌓인 이야깃거리를 풀어놓느라 정신이 없었을 것이다.

"노야…… 알케미나 님, 노야예요. 그마저 이곳에 오다니요."

"노야는 키든의 절친한 친구지. 아를리안이 왔으니 그 또한 오는 것이 당연하지 않나."

'노야는 결코 키든을 포기하지 않을 거야. 할 수 있는 것은 다 해 보겠지.'

알케미나는 무의식중에 생각했다. 그는 저 노야라 불리는 남자가 얼마나 영악하고 끈질긴지 잘 알았다. 탄팔로의 악신惡神. 혹은 군신軍神으로 추앙받았던 사내. 날것의 눈을 한 사내.

저 괴상한 일족이 세 명이나 모였다. 지금 저들이 무력으로 부딪혀 키든을 데려가겠다며 협박을 해도 전혀 이상할 것이 없었다.

"가리온을 붉은 날개로 기꺼이 감싸 안으신 용. 적赤의 고룡 알케미나. 인사드리겠습니다."

"붉은 날개 아래서 보호받을 자. 환영하네."

거창한 인사에 알케미나가 조소했다. 노야가 아니라, 다른 이가 저런 과장 섞인 인사를 해 주었다면 귀엽다 여겨 줬을 터다. 얼마 만이던가. 그보다 높은 상석에 올라앉아 있는 알케미나가 가만히 잿빛 눈을 가진 남자를 내려다보았다. 지금 저놈이 제 친구를 위해 나를 구슬리러 온 모양이구나.

"들어. 이리 찾아온다 해도 키든은 풀어 줄 수 없어. 키든의 죄가 많은 건 너희들도 인정했지 않나. 가리온이 무엇을 위해 존재하는지 모르지는 않겠지. 이리 찾아와 억지를 부리면 곤란해. 돌아가. 가리온의 뜻은 변함없다."

그가 손을 저으며 한숨을 내쉬었다.

"너희들이 그리 잃고 싶지 않은 네 일족. 간절했다면 필사적으로 지켰어야지."

"……."

"세상물정 모르는 철부지로 자라게 한 것도 너희들이고, 그런 철부지를 세상에 풀어 놓은 것도 너희들이다. 우리들의 경고를 받았음에도 불구하고 대책을 준비하지 않은 것은 너희들이 아니던가. 그런데 이제 와서 이리 나오면 곤란해."

감흥도 끝이다. 노야의 얼굴을 보는 순간, 장난질이 동했던 마음이 거짓말처럼 싹 사라졌다.

"너도 알다시피 일족은 씨가 말랐다."

"구차하게 동정받을 생각이라면 좋은 주제를 골랐다."

"받을 수 있다면 받아야지. 네 마음을 움직일 수 있다면."

"그럴 일은 없을 거다."

알케미나가 단호하게 말했다.

"자비를 베풀 생각은."

"있을 리가."

잿빛 눈이 시릴 정도로 맑았다. 괴물인 주제에, 꽤나 순수한 눈을 하고 있었다.

"네가 키튼의 처분에 대해 나와 이야기하려면."

"……."

"적어도 고개는 숙이고, 무릎 정도는 꿇어 줘야 내가 네 갸륵한 마음을 봐서라도 생각이 바뀌지 않겠어?"

"상황 파악 못하고 호기를 부리나."

"생각 없이 힘으로 밀어붙이는 순간, 정말 싸움이 시작되리라는 것을 잊지 마. 나만이 염려함인가? 너희들 또한 다르지 않음을 알아."

아아. 그렇지. 노야라 불리는 사내가 순순히 인정했다. 그가 회의장에 모인 이들을 죽 둘러봤다. 오랜 시간 그들을 면밀히 살피던 노야의 시선이 별안간 알케미나에게로 다시 닿았다.

"그렇다면 이쪽에서도 뭐 하나 잡아채고 협상을 해 봐야 할 것 같은데."

"뭐라고?"

"너도 키든을 잡고 자꾸 협박을 하잖아. 너는 죽일 수 없으니, 너만 믿고 있는 이놈들을 다 죽이면 될까."

"이 새끼가……."

알케미나가 잇새로 사나운 욕설을 토해 냈다.

"아, 맞아. 너는 이 녀석들의 목숨 따위는 안중에도 없었지. 협박을 해도 소용이 없고……."

"……."

"용이라는 것들이 그렇지. 그럼 무얼 걸고 협상을 해야 할까. 무얼 걸어야, 네놈이 동할까, 응?"

마르게 웃는 지오반니의 모습에, 여태 침착함을 유지하고 있던 알케미나가 테이블을 내리쳤다.

"굽힐 것 같지는 않고."

"……."

"유치하게 힘겨루기라도 해 볼까."

"말장난은 사양이야."

"전부터 궁금하기는 했었다. 우리들도, 너희들도 철저하게 힘을 좇는 미련한 종족들이지. 그러니 붉은 날개로 명성이 자자한 네놈의 힘이 어디까지일지 궁금하긴 했었거든."

"노야."

"키든을 곤죽으로 만들어 놓은 녀석이 몸을 사려?"

노야가 이죽거렸다.

"키든이 당한 것을 네놈이 갚겠다는 소리로밖에 들리지 않는다."

"제대로 들었어."

"……"

"네가 지금은 고고한 체하지만 뿌리가 어디 가랴. 그 본연의 것은 우리와 다르지 않다는 것을 알아. 여태 부수면서 살아오던 놈이 거처를 만들고, 갖가지 이유로 이들을 감싸는 이유를… 나는 알 것도 같은데."

패를 쥐고 있는 것은 분명 가리온일진대, 이리도 위축되는 이유를 도무지 알 수가 없었다. 노야와 닿은 가리온의 촘촘한 결계가 예민하게 반응했다. 그러다 그의 힘을 견디지 못하고 공중으로 와해되었다.

"무, 무, 무엄하다. 이곳은 용께서 계신 신성한 가리온이다. 키든의 죄를 그 무엇과 바꿀 수 있다고 보는가. 키든의 손 아래에서 죽어 가는 생명을, 그 무엇과 바, 바꿀 수 있다고 생각하는가, 노야!"

알케미나의 아래에 앉아 있는 누군가가 용기 내어 외쳤다. 말은 더듬는 주제에 기세 좋게도 저를 향해 소리치는 말에 그가 무시하곤 말을 이었다.

"계집이 생겼구나."

그의 말에 알케미나의 얼굴이 차게 굳었다. 알케미나는 당황한 얼굴을 숨기지도 못하고, 부정의 말도 뱉지 못했다.

"누구일까."

"노야."

"시끄럽게 떠드는 저 녀석부터 죽여 볼까."

"……."

"아니면, 네가 그렇게 싸고도는 년을 죽여 볼까."

신타. 죽어 가는 날개족의 아이를 거두었다. 그리고 이 가리온은 그녀를 위한 안식처였다. 허울 좋은 말로 만들어 내어 그럴싸한 이름을 붙였지만 사라져 가는 날개족을, 엄밀하게 말하면 그곳에 속한 아이를 위해서 집을 마련해 준 것이었다.

"네가 우리를 죽이는 것보다는, 내가 그 계집을 찾아내는 것이 더 빠르겠지."

시간이 흘러도 저 새끼는 변한 것이 없었다. 여전히 악랄해. 후에 들려오는 노야의 말에, 탁상 밑으로 알케미나의 손이 초조하게 쥐어졌다 펴졌다.

"물어 주고 있질 않나. 키든을 벌하는 것과, 내가 그 계집의 목을 잡아 트는 것 중에서."

"……."

"뭐가 더 빠르고, 쉽고, 애가 탈지 생각해 봐라."

빈정거림이 가득한 물음에 알케미나의 눈이 숨겨지지 못한 채로 여실히 떨렸다. 답은 정해져 있었다. 키든이 죽는다 한들 녀석이 저보다 괴로워할 리 없었다. 저 잔인한 놈이.

"빨리 말해. 그리 한가롭지 않다."

"너."

"계집이 죽든, 키든이 죽든, 어느 한 명은 죽을 터다. 칼라로프의
용."

알케미나의 입에 조소가 어렸다.

'그래, 저 영악한 것이 못할 짓이 아니지. 미친 저놈은 분명히 할
거야.'

무엇보다 저희들끼리의 울타리가 강하지 않았던가.

"대신 명확히 일러두마. 녀석이 향후 삼백 년간은 이 땅을 밟지 않
기로 약속하지."

"지켜지지 않는다면."

"그땐, 네 결정을 존중해. 죽이든 살리든 관여하지 않겠다."

지오반니의 눈이 위로 향했다. 그는 알케미나의 침묵을 곧 긍정으
로 받아들였다.

"불쌍한 놈에게 자비를 베풀어 줬으니, 가리온은 앞으로도 주욱 안
온히 살겠지. 네 날개 아래에서. 수고해."

회색 눈이 좌중을 둘러보며 말했다. 말 한마디 한마디가 조롱이고
비웃음이었다. 알케미나의 손등에 푸른 핏줄이 불거져 나왔다.

'건방진 족속.'

오만함이 하늘까지 닿았으니 언젠가는 피를 보게 되리라.

*　　*　　*

"아직은 괜찮은 모양이지?"

탄탈로스는 뜻 모를 말을 했다. 그럼에도 지오반니는 어렵지 않게

알아들었다.

"글쎄."

"참으면 좋지 않아."

"버텨 볼 생각이야."

둘은 모호한 대화를 주고받으며 시간을 죽였다.

태연자약하게 말하는 듯해도 지오반니는 전혀 괜찮지 못했다. 그저 알케미나의 앞에서 저가 괜찮지 않다는 것을 보여 주기 싫을 뿐이었다. 쓸데없는 자존심이라고 생각했지만 아직도 이러한 치기는 본능처럼 앞서곤 했다.

"다시는 오고 싶지 않은 곳이야."

"올 일이 없길 바라야지."

가리온은 경계하고자 만든 섬이었다. 지키고자 했고 보호를 받고자 했다. 고룡은 자신이 허락한 이가 아니고서야 외부인의 출입을 철저히 금지했는데, 그 중엔 자간 또한 속해 있었다. 그러니 오늘은 자신을 막는 힘에 부딪치고 고룡의 힘에 정면으로 맞선 셈이었다.

가리온에서 고룡에게 반反하는 존재는 없다. 그랬기에 이곳의 모든 것은 저항이 배는 질기고 거셌다. 고룡에 맞서는 존재가 처음이기에 본능적으로 반응하는 것이었다. 그런 곳을 억지로 뚫고 들어왔으니 몸이 멀쩡할 리 없었다.

온몸을 누르는 힘. 다리가 꺾일 정도는 아니었지만 몸이 둔해지고 숨이 턱턱 막혔다. 이곳에 가만히 서 있는 것만으로도 그러했다. 절로 불쾌해지는 기분. 지오반니에게서 더운 숨이 흘렀다.

지오반니가 점점 제 숨을 죄어 오는 불쾌한 기분에 날이 서 있을 즈음, 방문이 열렸다.

"데려가."

알케미나가 턱 끝으로 키든을 가리켰다. 의식을 잃은 채로 질질 끌려오는 키든은 이미 성하다고 할 수 있는 상태가 아니었다.

"너……."

"죽이려던 것을 살렸다. 이 정도는 감수해야지."

지극히도 당연하다는 듯한 말투에 지오반니의 얼굴이 잠시 멍해졌다. 그래. 살았지. 죽지 않았다. 하지만 살려 준 것에 감사하기라도 해야 한다는 양 구는 알케미나의 태도에 지오반니의 미간이 대번에 구겨졌다.

"짧은 시간 안에 많은 짓을 했구나."

"끌려올 때부터 혼이 좀 났거든. 너도 알다시피 녀석의 건방짐이 꽤 대단하지. 그걸 보아 넘겨 줄 수 없을 정도로."

"……."

"정말 죄 부러뜨리려던 것을 널 봐서 참은 거야."

힘을 쓰지 못하도록 손목을 채운 족쇄. 눈을 가린 천. 벌어진 입술 사이로 앓는 신음이 새어 나왔다.

"잘도……."

이런 짓을 했네. 거무죽죽하게 탄 어깨를 보는 지오반니의 눈이 서늘했다. 고룡의 불. 모든 것을 살라 먹고 그 안의 것까지 좀먹는다. 몸을 못 쓴다거나 하는 것은 아니었지만 살을 파먹는 불길이니 온전하다고 할 수 없었다.

키든이 고룡과 만나는 것이 처음은 아니었다. 키든이 아주 어렸을 적 고룡의 불에 어깨를 심하게 덴 적이 있었다. 한동안 사라질 기미가 보이지 않던 상처가 조금은 나아졌다고 좋아하던 것이 엊그제 같았는데, 불에 덴 상처가 사라지기도 전에 다시 한 번 고룡의 화기가 침범했다. 고룡이 새긴 평생의 치욕이었다.

"키든."

그가 몸을 굽혀 키든의 몸을 조심스럽게 살폈다. 거의 타 버린 옷 사이로 보이는 것은 어깨를 비롯해 몸 곳곳을 덮은 화기였다. 지오반니의 손이 닿자 키든이 몸을 비틀었다. 녀석에게는 익숙지 않은 고통이었을 터다. 뼈가 부러지고 살이 타고, 주기만 한 고통을 되레 받는 것은.

"편의를 봐 주는 건 이번뿐이야."

문가에 기댄 알케미나가 부루퉁하게 중얼거렸다.

"편의?"

"용이 자간을 살려 보내는 것이 편의지. 내가 아를리안은 어쩌지 못하겠지만… 적어도 저놈은 무리 없지."

힘의 우위는 명확하게 판가름 났다.

"얼른 데리고 가. 이 땅에 남아 있는 용은 몇 없지만 가까운 북해에는 하르게니아가 있어. 무슨 일인지 근래 들어 가리온을 방문하는 횟수도 늘고 있고. 누님이 안다면 난리가 날 거야. 아를리안과 부딪치게 해 봤자 좋을 거 없잖아."

"하르게니아가 북해에 있다고?"

"그래. 그러니까 제발 가 버리라고."

용은 몸체의 크기와 힘이 비례한다. 용 중에서도 몸체가 크다고 알려진 알케미나보다 더 큰 용이 존재했는데, 그것이 하르게니아였다.

알려진 용 중에서 몸체가 가장 크며, 라이만 급의 용. 유독 그 여자는 자간을 보면 눈이 뒤집히곤 했었다.

"하르게니아는 나도 못 막아 줘."

"친절한 척은."

"귀찮은 거야."

알케미나가 뻐근해지는 뒷목을 매만지며 말했다.

"키든을 추방할 땅은 어느 곳인가."

"추방이란 말은 어울리지 않는다."

"추방이지. 완벽한. 용의 힘과 지도자의 권한으로 놈을 내쫓았으니."

"서녘의 마라그로 보낸다."

"마라그?"

알케미나가 바람 빠진 웃음을 흘렸다. 마라그. 용의 힘이 완전히 단절되어 손 한 번 뻗칠 수 없는 곳이었다. 자간과 한창 싸움을 진행할 때, 자간은 용의 유해로 벽을 만들었다. 용의 피로 경계를 그었다.

보란 듯이 한 짓이었다. 자간에 의해 죽은 용들의 살과 뼈로 만든 곳이 마라그였다. 용의 피는 땅의 생명력을 갉아먹고 이어 그곳을 죽였다.

용은 감히 접근할 수 없는 곳이었다. 접근할 수 있었다 해도 자간의 고약한 심보가 깃든 곳에 발걸음할 리는 없었다. 발 디딜 곳 따윈 없을 줄 알았는데 마라그로 보낼 생각을 할 줄이야. 용의 뼈와 피로 물든 땅이야말로 휴식을 취하기에 적절한 곳은 없었다. 녀석만 아니었더라면 한동안 마라그는 떠올리지 않을 뻔했는데. 어쨌든 그들에게는 치욕스러운 기억의 한 조각이었으니까.

아무튼 마라그라면 키든 녀석에게는 휴양지가 될 것이었다.

"영악한 놈. 사라져. 두 번 보기에는 짜증 나는 얼굴이다."

알케미나가 문을 열었다. 그러자 문 앞에서 둘의 대화가 끝나기만을 기다렸던 아를리안이 알케미나를 빠르게 지나쳤다. 서늘한 기세가 북해의 차가움 못지않았다.

"내가 그래서 겁 없이 까불지 말라고 했지."

알케미나의 발자국 소리가 멀어지자 지오반니가 사납게 이를 갈았다. 여차하면 제 친구를 씹어 먹을 태세에 아를리안이 그 둘을 중재하려 입을 열었다. 하지만 지오반니가 더 빨랐다.

"고룡은 너한테 충분히 기회를 줬어."

지오반니는 키든의 눈을 가렸던 천을 거칠게 풀어냈다. 들이닥치는 빛에 눈을 가늘이는 키든의 멱살을 끌어올린 그가 흡사 짐승처럼 이를 드러냈다.

지오반니는 알케미나가 베푼 같잖은 친절을 생각했다. 친절. 자비. 절대로 용들에게 받을 만한 것들이 아니었다.

"그랬다면 멈췄어야지."

그가 턱을 불거져 나올 정도로 세게 물었다.

"끝까지 도망갈 자신이 없었으면 눈에 띄지 말든가!"

"노야, 진정해."

탄탈로스가 지오반니와 키든 사이로 몸을 밀어 넣으며 흥분한 지오반니를 말리려 했다.

"내가 처박혀 있으라고 하면 한 번쯤은 그 이유부터 생각했었어야 하는 거 아닌가? 왜. 내가 구구절절 네놈에게 그런 소리를 했었던 것 같은데? 정신이 제대로 박힌 놈이라면 한 번쯤은 생각을 해 봤어야지. 생각하기 싫으면 그러는 척이라도 해야지! 알케미나에게 이기지 못하리라는 걸 알았지! 그런 놈이 겁 없이 고룡이 있는 땅에서 같잖은 살인이나 하고 다녀?"

"……."

"심심해서? 할 일이 없어서? 아니겠지. 내가 아무리 할 일이 없어도 네놈에게 그런 말을 하지는 않았을 거야."

"……."

"내가 하는 말이 우스워? 너랑 시시한 농담 따먹기나 즐기는 줄 알아? 이 멍청한 자식아!"

아를리안이 이마를 짚었다. 지오반니를 말리고, 상처 가득한 키든을 달래 줘야 한다고 생각했지만 정작 할 수 있는 것은 한숨을 내쉬거나 답답한 속을 어찌할 줄 몰라 발만 동동 구르는 것들뿐이었다.

"오늘이 얼마나 큰 치욕이었는지 생각해. 용에게 끌려가 된통 당하고 그가 존재하는 땅을 밟을 수도 없게 됐어."

할 수 있었던 것이라곤 겨우 이런 정도. 친구 녀석을 겨우 빼내어 몇백 년 동안 마라그로 추방하는 것이었다.

*　　*　　*

사위가 어두워졌음에도 라즐리는 행동을 서두르지 않았다. 상당히 늦은 시간에 만나자는 남자의 청을 거절하지 않은 데에는 그와의 만남이나, 대화가 꽤나 유쾌했기 때문에서였다. 호의적인 감정이 깔려 있지 않았더라면 받아들이지 않을 약속이었다.

"술 드셨어요?"

"냄새가 나나요?"

"심한 정도는 아니에요."

이전보다 웃는 횟수가 늘어났다든가, 그의 주변 분위기가 풀어진 느낌이 든 것은 아마도 술 때문인 것 같았다. 기분 좋게 취한 그가 입매를 늘였다.

밤공기를 타고 그가 입을 열 때마다 흘러나오는 숨에선 엷은 술 향기가 배어 있었다. 다디단 향이었다.

호숫가 근처를 거닐다 적당한 곳에 자리를 잡았다. 제게 마련된 것이라곤 엉덩이를 깔고 앉을 남자의 재킷이 전부였다. 남자가 베푸는 배려이기 때문일까. 이런 식의 배려도 꽤나 매력적인 것 같아 라즐리는 흔쾌히 그의 옆에 앉았다.

"고민 있으시구나."

"고민까지는 아닙니다."

항상 눈을 휘던 남자가 웬일인지 우울한 얼굴을 하고 있었다. 그가 입을 다물자 라즐리도 함께 침묵을 지키고 있어야 할 것만 같아, 그녀는 잠시 입을 다물었다.

그러다 흘끗, 그를 훔쳐보는 횟수가 늘어 갔다.

문득 낮보다는 밤에 더 어울리는 자라 생각했다. 우아한 행동거지와 어울릴 법한 웃음을 지을 때에는 마냥 빛나는 사람이라고 생각했고, 빛에 가까운 이라고 생각했다. 하지만 이제 보니 그는 빛보다는 어둠에 어울릴 법한 사람이었다.

"친구들을 만났어요. 좋지 않은 일이 있었습니다."

"묻진 않을게요."

"……."

"자리라도 피해 드려야 할까요?"

"혼자보다는 둘이 낫습니다."

라즐리는 그가 울적한 이유를 묻지 않았다. 그렇지 않아도 비밀이 많아 보이는 남자, 캐내어 묻는다 해도 대답해 주지 않으리라는 것을 알았기 때문이었다.

"오늘은 뭘 하셨습니까?"

울적하다고 한 남자는 예의 그렇듯 다른 이의 하루를 챙겼다. 그 배려가 새삼스럽게 느껴졌다.

"늦잠을 잤어요. 그 후에는 마렌 부인의 수업을 들었고. 드레스를 여러 벌 바꿔 입었죠. 할아버지와 티타임을 함께했고. 책을 읽다 잠에 든 것 같아요. 그 후에는 피아노를 가르치기 위한 이가 왔어요. 그리고……."

"……."

"만나자고 하진 않을지, 후작님의 편지를 기다렸죠."

나른하게 풀린 눈이 라즐리에게 향했다. 기특하다고 칭찬이라도 해줘야 할까. 잠시 생각했다. 그녀의 하루 중 조금이라도 부피를 차지한다는 것은 크나큰 변화였다. 그런 변화가 꽤 기껍게 다가왔다.

"정말이에요. 후작께서 생각하시는 것 이상으로 저는 이 만남이 재미있어서. 그래서 그 편지 한 통을 놓칠까 조마조마했었어요."

"조금 더 일찍 연락을 드릴 걸 그랬군요."

지오반니가 실소했다.

'이 만남이 재미있어서.'

그 짧은 문장에선 여태 수많은 만남에서 흔하게 느낄 수 있었던 호감이란 감정을 느낄 수 없었다. 그저 정말 재미있기 때문에. 마치 자신을 친구처럼 여기는 행동이었다. 친구가 되자던 말을 곧이곧대로 받아들일 줄은 몰랐다.

"그건 그렇고……."

그가 비스듬히 고개를 기울였다.

"정령을 다루십니까?"

"……네?"

라즐리가 미처 당황한 얼굴을 숨기지 못한 채로 물었다. 그대로 드러나는 날것의 얼굴이었다.

"기오테의 몸에서 떨어져 나온 것들이 간혹 있습니다."

"무슨 소리를 하시는지 저는 잘 모르겠어요."

"거짓말에 능숙해지셔야겠습니다."

그의 눈이 라즐리의 어깨로 향했다. 정확히 그가 말한 정령이 있는 곳이었다.

"전부터 보이기에 말씀드리는 겁니다. 아는 척을 할까 말까 했는데."

"……."

"곤란하십니까?"

"……이런 농담은… 네. 아무래도요."

"기오테의 몸에서 떨어져 나온 작은 조각이라고 해도 큰 힘을 가지게 되죠."

"……."

"아가씨의 주위를 맴도는 정령은 아무래도 기오테의 일부분인 듯하군요."

"장난이 심하세요. 기오테의 존재를 눈으로 볼 수 있는 자는 없어요."

"없죠. 그래서 정령을 다루는 하르미안 가문이 이런 아가씨를 몰라봤을 테고, 리 사라 또한 몰랐을 가능성이 큽니다."

"그런데 후작께서는 어떻게 보이신다는……."

"간혹 존재합니다. 돌연변이 같은 존재들이."

라즐리는 한참을 망설이다 입을 뗐다. 이런 이야기는 정말 아무에게도 해 보지 않았던 것이었다. 그 지루한 시간을 지오반니는 천천히 기다렸다.

"아리엘의 영향인가요?"

그는 더듬더듬 그녀의 모친 되는 이가 누구인지 생각해 냈다. 사람들은 그녀가 휘두르는 창을 '라지노예프'라고 불렀지만, 그녀의 힘의 근원은 기오테에게서 떨어져 나온 작은 조각으로부터 기인된 것이었다.

아리엘. 죽은 프레야 가문의 장자와 함께 전쟁에 참여했다가 함께 죽은 여자였다. 그리고 제국의 전성기의 중심에서 그 광영을 함께 누리고 피를 뒤집어쓴 여자. 자신의 기억 속에 잔존하는 여자에 대한 기억은 그랬다.

자신의 기억에, 그리고 모든 이들의 기억 속에 남아 있는 여자의 모습은 그것이 전부였다.

"아주 적은 확률이긴 하지만 정령이 인간의 곁에 머무르기도 하죠."

작은 조각이라도 기오테의 모든 것이 담겨 있었다. 잔인함으로는 용에 뒤지지 않을 기오테의 조각이 아무런 대가 없이 이 아가씨의 주변에 머물러 있는 것은 말이 되지 않았다.

"그저 눈에 보이는 게 전부예요."

라즐리가 마지못해 실토했다.

"말을 걸 수도 있을 텐데."

"······."

"저 정도의 형체라면 부탁도 할 수 있겠군요."

"정말 아시고 그런 말씀을 하시는 거예요? 추측인 거예요?"

"전자입니다."

정령은 후대로 이어지는 재산 같은 것이 아니었기 때문에 아리엘의 영향을 받았다고 할 수도 없었다. 태고의 존재들인 그들은 그리 자비롭지 않았다. 기오테의 성정을 지녔다면 더욱이.

모친이 아리엘이었으니 인연이야 맺을 수 있었을 테지만 머무는 것에 강제할 수는 없었을 테니 선택은 오롯이 저 정령의 몫이었다.

자의적으로 곁에 남는 것을 원했다. 정말 흔치 않은 경우였다. 아리엘의 부탁이 있었더라도 들어주지 않았을 일이었다.

"잘못된 건가요?"

"당연하다고 할 수는 없습니다."

얼굴을 보니 거짓말을 하고 있는 것 같지도 않았다. 지오반니가 생각에 잠겼다. 뭘까. 이 말도 안 되는 궤변은.

그들은 대가 없이 움직이며 내리사랑처럼 내어 주는 존재들이 아니었다.

"마음만 먹으면 도와줘요. 딱히 저한테 바라는 게 있는 것 같지도 않고요."

아무런 대가도 치르지 않고 정령을 부린다고 말하고 있는 건가. 한숨 비슷한 것을 흘린 그가 나직이 웃었다. 이 말도 안 되는 일이 철저하게 비밀로 지켜진 것이 다행이라고 생각하며.

"알고 있는 사람이 몇이나 되죠?"

"몇 되지 않아요."

"저를 끝으로 아무도 몰랐으면 하는데."

그녀의 모친인 아리엘이 힘을 가짐으로 인해 무슨 꼴을 겪었는지 알기 때문에 염려했다. 여자의 인생은 그리도 쉽게 망가졌다. 부족이 망하고 제국으로 흘러들어 왔을 때부터 순탄하지 못했지만, 그녀의 상황은 그 후로 더 불행해졌으면 불행해졌지 나아지지 않았다.

그녀는 떠밀리고 휩쓸렸다. 그리고 끝내 죽음에 다다랐다.

나노아 제국에 의해 짓밟혀 사라진 부족에서 마지막으로 살아남은 여자. 그런 여자에게는 과분할 정도로 융숭한 대접이었으나 결코 융숭하다고 말할 수 없었다.

제국이 화려한 황금 잔에 술을 부어 취해 갈 수 있었던 것은 그 여자의 덕분이었고, 황제가 금으로 칠한 계단을 거닐 수 있었던 것은 그녀의 희생이 있었기 때문이었다.

강한 힘은 좋으나, 너무 강하다면 그것은 독이야. 이 힘은 여자에게 독이었다.

"술을 걸어 드리겠습니다."

무엇으로부터 나온 친절인지 알 수 없었다.

"우린 서로의 비밀을 지킬 이유가 있으니까."

대단하지도 않은 이유로. 자신이 괴물이라는 것은 굳이 숨길 필요 없는 것임에도 불구하고 이유를 갖다 붙였다.

그는 찻잔 근처에 놓인 라즐리의 손을 제게로 잡아끌었다.

"어떻게요?"

"아주 쉽습니다. 염원이 깃들고 소리를 타고 흘러나오면 완성이라고 할 수 있죠. 누군가 기오테의 조각에 대해서 알아보면 모르는 척하는 겁니다."

손바닥에 낙서를 하고 있는 것 같기도 했고, 그만이 알고 있는 글자를 쓰고 있는 것 같기도 했다.

"지금처럼 다 드러나는 얼굴은 하지 마시고."

"……."

"묶이고 묶이는 겁니다. 그리고 당분간 저 정체 모를 것의 존재도 감추는 것이 좋겠습니다."

철컹. 사슬을 묶었다. 검은 물체가 몸부림치는 것을 억눌렀다.

철컹. 두 번 묶고, 그 위를 단단하게 더 묶었다. 몸부림칠 틈조차 주지 않았다.

"당신…… 눈이……."

지오반니가 하는 행동을 집중해서 지켜보는 라즐리는 더 이상 말을 잇지 못했다. 짐승의 눈. 세로로 길게 찢어진 동공을 보자 라즐리가 저도 모르게 물러나려 했다. 하지만 그에게 잡힌 손이 빠지지 않았다. 설상가상으로 그가 힘주어 제게로 끌어당겼다.

"무서우십니까?"

짐승의 것. 기괴하다 생각했다. 하지만 그 기괴함마저 누를 정도로 아름답다고. 그것에 대한 공포가 듦과 동시에 든 생각이었다.

"사람의 탈을 쓰고 인간 행세를 하는 제게 두려움을 느끼십니까."

이것이 두려움이던가. 아니, 그것과는 미묘하게 다른 무언가였다.

"끝났습니다."

라즐리의 손을 놓아준 그가 자리에서 일어섰다. 빛을 밝히는 램프가 꺼진 탓이었다.

"정말 친절하시네요."

램프를 쇠 걸이에 거는 지오반니의 등을 바라보는 라즐리가 떨리는 목소리로 말했다.

"괴물치고는 말이죠."

그가 유쾌하게 대답했다.

"모두에게 친절하세요? 저한테 해 주신 것처럼요."

아무에게나 이런 과한 친절을 베풀어 주냐고, 연한 눈이 묻고 있었다.

"글쎄요."

그는 예의 그 웃음을 지으며 말했다.

"나름이죠. 모두에게 그렇지는 않습니다."

그는 담백하게 대답하곤 설탕이 가득 묻은 붉은 젤리를 접시에 담아 가져왔다.

"비밀이 생겼네요."

"비밀이라고요?"

들켜도, 들키지 않아도 상관없다는 얼굴을 한 주제에. 그 모순에 라즐리가 허탈하게 웃었다.

"그런 모습을, 이렇게 보이셔도 돼요?"

"안 될 것이 있나요."

여전히 손이 잡힌 채였다. 지오반니는 세심하게 그녀의 손바닥을 살폈다.

"어떻게 기오테의 모습을 볼 수 있는 거죠?"

라즐리는 그런 사람이 있다는 말은 듣지 못했다. 기오테는 황제의 정령이었다. 그가 아닌 다른 이들에게는 보이지 않으니 눈으로 존재를 확인하지 못할뿐더러, 그렇기 때문에 오키아를 제외한 이들에게 기오테의 존재는 허상과도 비슷했다.

"말씀드렸잖습니까. 간혹 인간이 아닌 것처럼 저 같은 돌연변이가 존재한다고."

그가 라즐리의 손바닥에 둥글게 원을 그리며 눈을 접었다.

4. 루스토의 땅

금발이 허리께에서 구불거리는 여자가 혀로 입술을 훑었다. 그녀가 빛깔 좋은 과일과 술잔을 집을 때면, 손목에 가득 매달려 있는 장신구들이 소리를 내며 떨었다.

"미하엘, 저것을 보십시오."

그녀에게 불린 사내가 하늘을 올려다보았다. 보이는 것은 눈을 아릴 정도의 푸름이었다.

"이곳이 기오테를 부린다죠. 바람의 기오테. 우리의 '챠'와 비교해 보면 어떤가요?"

"글쎄."

"불꽃이 쉬이 꺼지겠습니까. 바람이 멎겠습니까."

"바람 앞에 흔들리지 않는 불길은 없다."

"……"

"하나, 쉬이 사그라지지 않는다. 그 바람을 모두 먹어 치우고 나서야 꺼질 터다. 죄 살라 먹고 난 후에."

제 오라비의 대답이 썩 마음에 들었는지 여자의 입가에서 낭랑한 웃음이 퍼졌다. 사내의 시선이 하늘에서 거둬질 줄을 몰랐다. 드넓은 동대륙을 지배하고 죽음의 땅, 탄팔로 사막까지 거머쥔 나라.

태고의 프린시피오가 제 팔을 잘라 낸 곳에서 태어난 시조翅鳥 루스토가 숨결로 빚어 눈물로 비옥하게 만들었다던 땅.

"아바마마께서 부리시는 것과, 라제프의 황제가 부리는 이 정령. 어떠세요? 이곳의 황제는 꽤나 그럴듯한 모양을 꾸며 내지 않습니까?"

그의 눈은 가볍게 떠드는 동생에게 시선도 주지 않고 하늘에만 박혀 있었다. 기오테의 나라. 차에 견줄 만한 힘.

부친의 대에서는 라제프와의 관계가 최악으로 치달았다. 그것은 오키아가 탄팔로 사막이라는 거대한 땅덩이를 취했을 때부터 야기된 일이었다. 아직까지는 불모지였고, 밝혀지지 않은 것들이 많은 미지의 땅이라지만 오랜 시간 공을 들인다면 무엇이 발견되지 못하랴.

그곳은 신전이 세워진 곳답게 유적이 많은 곳이었다. 금제의 마법으로 둘러진 땅. 모든 것이 비밀인 그 땅을 라제프가 취했다. 밝혀진 것 없는 땅이었지만 후에 탄팔로는 라제프에 막대한 부와 자원을 가져다 줄 금덩어리였다. 부친과 다르지 않게 미하엘 또한 그렇게 생각했다.

그때부터 부친은 이를 갈았다. 부친은 탄팔로의 모든 것을 탐냈다. 밝혀지지 않은 비밀이 그곳에 묻혀 있다고 믿고 있었다.

사실 부친은 그 땅의 비밀 따위는 상관없을지도 몰랐다. 그저 라제프가 더 귀한 것을 가지고 있는 것 같으니 눈이 뒤집혔을 뿐이다.

"부친께선 탄팔로를 탐내신다죠."

"입방정 떨지 마라. 이곳이 어디라고 입을 함부로 놀려."

남자의 시린 벽안이 여자를 사납게 질책했다. 하지만 여자는 개의 치 않고 잔에 들어 있는 포도주 한 모금으로 마른 목을 축였다.

"제가 거짓말을 했나요?"

"엘리노라, 입조심해라."

"아바마마뿐만이 아니라 제위의 주인들이라면 탄팔로를 탐내곤 합니다. 그들은 바보같이 그 땅이 많은 것을 가져다줄 거라고 생각하기 때문이죠."

"네 생각은 아니더냐?"

"저는 그 땅이 불길하기 짝이 없어요. 신의 땅은 함부로 건드는 게 아니랍니다, 미하엘. 실제로 그 땅에 발을 들인 이들이 흔적도 없이 사라진 것을 생각한다면 말이에요. 라제프가 그 땅을 취했지만 오키아 는 그 땅을 쓰지 않고 있어요. 발굴 작업도, 금제를 풀려는 시도도 하 지 않고 있죠. 패망한 나노아의 땅에 걸린 금제를 풀려고 모든 나라들 이 달려드는 이때에, 탄팔로는 너무나 조용하죠. 그 막대한 부를 온전 히 취할 수 있음에도 오키아는 움직이지 않아요."

이 땅 위엔 많은 것들이 존재했다. 나라를 수호하는 정령, 산처럼 거 대한 몸체를 가지고 있는 용. 그러니 신 또한 존재할 수 있다고 믿었다.

"그것이 무슨 뜻이겠습니까? 오키아는 그 땅을 어쩌지 못하는 겁니 다. 혹은 너무나 불길하여 그러고 싶지 않다거나. 오키아는 아바마마 처럼 욕심 많은 이죠. 부친에 버금가고, 미하엘에게 지지 않는. 의견 이라곤 하나 맞지 않는 아바마마와 미하엘의 생각이 처음으로 맞았던 것이 무엇입니까."

엘리노라가 고양이처럼 사납게 올라간 눈꼬리를 휘었다.

"탄팔로에 대한 욕심을 내비친 것이 아니었습니까."

그녀는 웃음을 멈추지 않았다. 누바라가 탄팔로를 갖기 위해 시도하지 않은 것은 아니었다. 하지만 탄팔로가 정말 신의 것이라는 소문이 사실이기라도 한 것처럼, 땅은 누구의 발걸음도 허락하지 않았다. 마치 저희들이 눈이 발개져 달려드는 꼴이 우습기라도 한 양, 적나라한 욕심을 알기라도 한 것처럼 말이다.

그런 땅이 별안간 라제프에 귀속되었다. 놀라지 않을 수 없었다. 부친은 이를 갈았고, 그보다 조금 더 이성적인 미하엘은 생각을 바꾸었다. 라제프와 척을 지려는 부친과는 달리 미하엘은 친선을 도모했다. 라제프와 공생하는 것이야말로 탄팔로의 땅에 조금 더 다가갈 수 있는 일이라 믿었고, 오랜 후, 챠의 수호가 사라진 누바라가 맥을 이어갈 수 있는 방법이라고 생각했다.

엘리노라가 생각하는 미하엘은 굉장히 이성적인 사람이었다. 수년 동안 부친의 이해할 수 없는 경계와 수많은 죽을 고비에서 살아남은 남자였다. 죽음을 피하는 데에 노련했다. 그의 인생에서 천운이니, 하는 것 따위는 없었다.

제 오라비는 생각했고, 계획했으며, 그것을 치밀하게 실행에 옮겼다.

"탄팔로를 취하고 싶습니까?"

"그럴 수야 있다면 좋겠지만 그게 목적은 아니야."

"라제프와 친구가 되시려고요?"

"그래."

"아바마마께서 허락하실 리 없습니다."

"무엇을 하실 수 있을까. 나를 막을 수 있을까."

미하엘이 담담하게 대꾸했다.

"최고의 선물이 되겠구나."

"……."

"그리 이를 갈았던 라제프와 어깨를 나란히 하고 웃는 꼴을 보게 된다면, 눈 감으실 날, 그것이 최고의 선물이 되질 않겠느냐."

부자 사이에 오갈 말은 아니었다. 둘의 관계를 모르지 않는 엘리노라가 쓰게 웃으며 고개를 휙 돌렸다.

"바사."

"예, 황녀 마마."

"영 맛이 없는 것들을 가져다 놓으니 식용이 동하질 않지 않니."

동생의 변덕을 지켜보는 남자의 눈이 다른 곳으로 향했다. 오키아, 기오테, 탄팔로. 그리고 제 어미를 닮아 붉은 머리를 했을 여자. 많은 것들이 라제프에 있었다. 취하고 싶은 것, 취해야 할 것, 반드시 손에 쥐고 흔들어야 할 것들이 죄 모두.

모든 것을 쥐고 돌아갈 터다. 오랜 시간 참았던 갈증이 참을 수 없게 되었을 즈음, 그는 라제프를 방문했다. 무엇으로도 마른 속을 적실 수 없었다. 얼굴깨나 반반하다던 계집들도, 입을 잔뜩 만족스럽게 한 음식들도. 제 발아래서 스러져 가던 나라들도, 그리고 그들의 피에 젖은 어마어마한 양의 황금이 제 발치에 쌓였을 때에도. 사람 하나는 어렵지 않게 홀릴 것들인데도 그의 짜증은 나날이 늘어 갔다.

그럼에도 채워지지 않는 것이 있었다. 배고픔에 시달린 이처럼 예민해졌다.

"오라버니의 말씀대로 황제께서 부리는 정령이란 실로 엄청나군요. 오해하지 마세요. 이것은 진심이랍니다."

"그래…… . 대단하지. 대단하고말고."

엘리노라가 음울한 미하엘의 분위기를 환기시켜 보고자 주제를 바꾸었다. 미하엘은 자격지심으로 뭉친 부친과는 달리 라제프에 대한 부러움을 숨기려고 하지 않았다. 좋은 것은 인정했고, 대단한 것도 인정했으며, 좋지 않은 것은 기탄없이 비탄했다. 그는 감탄 비슷한 것을 내뱉은 것도 같았다.

사내의 시선은 한참 동안이나 하늘에 머물러 있었다. 강한 힘을 싣고 온 돌풍이 뺨을 스쳤다.

*   *   *

"재미있는 일입니다, 웰시노 후."

테라스에 기대어 있는 지오반니의 곁으로 누군가가 다가섰다.

"탐야크 후께서도 파티에 참여하셨는지 몰랐습니다."

"내게 관심이 없으니 모르는 것은 당연합니다."

탐야크라 불린 남자가 넉살 좋게 받아쳤다. 남자의 팔목에서 정체 모를 빛을 흩뿌리는 것, 현재 알려진 마법석 중 가장 높은 등급인 오칼이었다. 그런 것을 저를 치장할 도구로 쓰는 것은 이 남자가 유일할 것이다. 황후의 부친보다는 마법석을 생산하는 광산의 대부분을 거머쥐고 있는 대부호로 더 많이 알려진 남자였다.

"즐기지 않고 청승이라니."

"뭐…… ."

귀찮으니까. 지오반니는 말을 아꼈다. 그럼에도 얼굴에 그대로 나타나는 기색에 탐야크 후작이 웃었다. 날씨가 따뜻해졌다고는 하지만 아직도 밤바람은 찬 기운을 품고 있었다. 꽤 오랫동안 테라스를 지키고 있었는지 지오반니의 주위가 서늘했다.

"프레야 공께서 웰랑부레의 씨앗을 후께 넘기셨다지요."

"소문이 멀리도 퍼졌군요."

"아직도 많은 사람들이 재미있어하는 이야기랍니다."

"프레야 공께서 들으셨다면 기함할 일이거늘."

몇 차례 의미 없는 말들이 오갔다. 말을 꺼내는 것은 탐야크 후작 쪽이었고, 예의상 고개를 끄덕이는 것은 지오반니 쪽이었다.

"수다가 느셨군요."

"나이가 드니 그렇습니다. 영 눈치 없이 계속 떠들고 있질 뭡니까. 하지만 본 후같이 재미없는 사람이 떠들어도 재미있게 만들 수 있을 만큼 라르기얀의 방문은 우스운 일이지요."

"라르기얀……."

지오반니가 그 이름을 조용히 곱씹었다.

"즐거운 것은 나누고, 함께 떠들어야 더욱 재미있는 것이 아니겠습니까."

"제가 좋은 말동무가 되어 줄지 모르겠습니다."

온통 라르기얀의 이야기였다. 미하엘 고드릭 폰 라르기얀. 누바라 제국의 1황자이며 현 황위계승서열 1위의 적통 후계자였다. 그를 본 것은 몇 년 전이었지만, 그때의 무례함이나 건방진 작태가 선명했다. 그와 마주한 것은 고작 며칠에 지나지 않았지만, 그 며칠은 미하엘의 모든 인상을 판가름하게 되는 중요한 날들이었다.

제위에 오르기에 있어서 썩 구색이 맞춰진 남자. 짧은 문장이 함축하고 있는 것처럼 미하엘은 흠집 없는 혈통과 똑똑한 머리를 가지고 있었고, 제 입맛대로 사람을 휘두를 줄 아는 꽤 영악한 남자였다. 감정에 휘둘리는 현 황제보다 이성적인 미하엘이 더 높은 평가를 받고 있지만, 지오반니는 미하엘 같은 이가 제 뜻대로 되지 않으면 얼마나 볼썽사납게 변하는지 알았다. 어린아이처럼 고집을 부리고, 소리를 지르고, 앞뒤 가리지 않고 달려들 터다. 여태는 그의 뜻대로 대부분의 것들이 이루어졌으니 표가 나지 않았을 뿐이었다.

다른 이들이 보지 못하는 것을 볼 수 있는 것은 당연했다. 그만큼 오랜 시간 속에서 많은 이들을 봐 왔기 때문이었다. 그렇기 때문에 미하엘 같은 부류들을 잘 알았다.

그런 남자가 제국을 방문했다. 지금도 남부 아래에서 누바라와 충돌이 일어나고, 앙숙만도 못한 두 나라의 사이를 생각한다면 시기상조였다.

"라르기얀이 직접 왔더군요."

지오반니가 먼저 입을 뗐다.

"애가 탄 얼굴을 저리 쉽게 보여서야."

"누바라 쪽에서는 애가 많이 탈 겁니다. 마법사 양성에 많은 돈을 쏟아 붓고 있지 않습니까?"

"그렇다고 해서 편의를 봐 줄 필요는 없고."

주도권을 쥔 것이 자신이라는 것을 안 탐야크 후작이 입꼬리를 말아 올렸다.

"라르기얀은 많은 것을 바꾸고 싶어 합니다."

"이를테면."

"라제프와의 관계라든가."

"그것이야말로 말도 안 되는 일임을."

지오반니의 말에 탐야크 후작이 껄껄 웃었다. 그에게는 대단히 우스운 일인 모양이었다. 그와 대조적으로 지오반니는 감흥 없는 얼굴을 유지하고 있었다.

"바꾼다고 될 일이던가."

"그래도 노력하는 모습이 가상하죠."

"제 아비처럼 되지는 않겠다?"

"확실히 라르기얀은 현 황제와 다릅니다. 더 이성적이고, 더 계산적이고."

"그리고 더 차갑고. 후와 내가 나열한 것들을 죽 봐. 어디 인간하고 어울릴 법한 것들이 하나쯤이라도 있나?"

지오반니는 그의 말을 부정하지 않았다. 탐야크 후작의 말대로 미하엘에게 인간적인 면모와 어울릴 법한 것은 없었으므로.

"누바라는 라제프와의 친교를 통해 마법석을 얻는 일이 수월해지는 것을 원하고 있습니다. 바아에게 우선권을 준 것에 굉장히 약이 오른 모양입니다."

"그건 바아와 프레야 가문이 정략을 맺어서야. 바아는 오래도록 라제프와 친선을 유지하고 있지. 형제의 나라이니 그럴 수밖에. 실제로 바아가 우리로 인해서 득을 취하는 것이 많은 것처럼, 우리도 바아로 인해 득을 취하는 것이 많지 않나."

"……."

"그러니 상부상조지. 하지만 누바라가 우리에게 줄 것은 무엇인가? 없다고 말할 수는 없지만 바아만큼의 득이 된다면 나도 마법석을 기꺼이 그들에게 풀었을 걸세."

두 나라가 이렇게 불안한 관계를 유지한 지도 꽤 오랜 시간이 흘렀다. 정확히는 오키아가 탄팔로 사막을 정복하면서 세를 불려 가던 때부터였을 것이다. 눈에 보이지 않던 견제가 표면적으로 드러난 것도 그때부터였다.

"부탁을 하는 것도 애가 닳은 것도 누바라지만 라르기얀은 절대 수 그리지 않을 겁니다."

"부탁이 아니지. 라르기얀은 거래를 하려고 하는 걸세. 직접 라제프 를 방문한 것도 거래의 목적이지. 절대 저가 불리한 쪽으로 이루어지 는 않을 거야."

가만히 탐야크 후작의 말에 동의하며 고개를 끄덕이는 지오반니의 입에서 한숨이 흘렀다. 귀찮은 라르기얀. 성가신 놈은 꼭 귀찮은 일을 만들고 만다.

"자네도 알다시피 라르기얀은 그런 놈이야."

"그를 잘 아시는 듯합니다."

"후께서 그를 아는 것 정도. 그 이상은 아니야. 후께서도 라르기얀 이 어떤 놈인지는 알고 있겠지."

많이 만나 보지 않고, 많은 대화를 나누지 않고, 많이 겪어 보지 않 더라도 그 사람이 어떤 유의 사람인지 알 때가 있다. 라르기얀이 그런 경우였다.

"아무래도 라르기얀은 라제프에서 무언가를 얻어 갈 생각이더군."

"무언가라면, 마법석 외에 더 있습니까?"

"거래 이상의 것. 바아처럼 더 끈끈한 것으로 묶여 있길 원해."

"꽤 의미심장하군요."

바아처럼 정략을 원한다는 소린가? 어린놈이 욕심은 많고 야망도 크다. 하지만 어려울 것 없는 소리였다. 오키아의 뜻이 미하엘과 같다 면 충분히 가능한 일이었다.

"폐하께서는 다행히 슬하에 황녀 마마가 없으시군요."

"굉장히 다행스러운 일이지."

"……."

"나 같아도 곱게 키운 딸자식, 라르기얀 같은 놈에게는 못 줄 거야. 황제로서는 완벽한 재목일지는 모르나 사람에게는 그리도 정 없는 이가 아닌가."

그렇다고 해서 라르기얀이 한쪽으로 결핍되었다든가 지나치게 감정이 없다든가 하는 사람은 아니었다. 그는 희노애락에 충실한 남자였다. 다만 지나치게 계산적이고 잇속을 차린다는 것이 그의 차가움을 부각시켰다.

"황녀 마마가 없다고는 해도 없는 방법은 아니야."

"폐하께서 입양을 하시겠습니까."

"귀족의 자녀를 입양할 수도 있고. 방법은 많지."

"……."

"그리고 심심찮게 거론되는 것이 프레야의 아가씨야."

이번에는 지오반니가 놀란 얼굴을 했다.

"라르기얀은 그녀를 염두에 두고 있어."

"프레야 공께서 허락하시겠습니까."

"그럴 일은 일어나지 않겠지만 사람 일이 또 알 수 없는 거니까."

"왜 황자가 영애를 염두에 두고 있는지 모르겠군요."

"프레야는 라르기얀이 원하는 완전무결한 혈통이기 때문이야. 이젠 티아의 적통 왕녀의 핏줄이 흐르고. 개국공신의 혈통이 자리해 있는. 바아의 왕비와도 혈연으로 묶여 있지. 그녀가 가장 아끼는 조카이기도 하고."

지오반니가 눈 부근을 매만졌다. 곧 유려한 입매가 그림처럼 움직였다.

"하지만 프레야 가문의 장자가 누바라와의 전쟁으로 죽었습니다. 사람 일은 알 수 없는 것이지만 둘의 결합은 절대로 일어날 수 없는 일이기도 하죠."

"그렇지. 나는 그이가 고집을 끝까지 부려 줬음 해."

여태 그와의 대화에서 이렇다 할 의견을 내놓지 않은 지오반니에게서 예상치 못한 고집스러운 대답이 흘러나왔다.

탐야크 후작이 제 잔에 남아 있는 술을 입 안으로 털어 넣었다.

"라르기안에게 남아 있는 숙제겠지. 그뿐만이 아니라 라제프와 누바라에게."

지오반니가 코웃음을 쳤다. 그러곤 단호하게 말했다.

"풀지 못할 겁니다. 평생."

고약한 심술이 들었다. 모르긴 몰라도 네 녀석이 그 여자를 취하는 일은 없을 것이라고. 유치한 확신을 하면서.

*　　*　　*

"그 이야기 들으셨어요? 벤이 또 하녀를 임신시켰다는군요. 칼루야 백작께서 굉장히 화를 내셨대요. 혼담이 오던 가문과도 혼담이 파기되었다는군요."

"저런."

누군가 물고 온 주제에 수군거림이 일었다. 일정한 주기 없이 이루어지는 티파티는 라즐리가 가장 귀찮아하는 것 중 하나였다. 놀라울 정도로 남의 소식에 대해서 꿰뚫고 있는 아가씨들이었지만 당최 관심이 가질 않으니, 라즐리는 찻잔의 문양만 노려볼 뿐이었다.

주제만 바꾼다면 이 티파티에 조금이라도 흥이 돋을 것 같았다.

초대를 거절할 핑곗거리도 떨어졌거니와 귀찮은 모임이라고는 해도 이들에게서의 완전한 고립은 꽤나 골치 아픈 일이었다.

이 대화에서 욕을 먹고 있는 벤이라는 남자는 칼루야 백작가의 두 번째 아들이었다. 명망 높은 가문의 유일한 흠집. 하지만 그런 이가 한둘이려고.

여색을 심하게 밝혀 임신시킨 여자들만 해도 열 명이 넘었는데, 그 일로 일 년 전에 지방으로 보내졌다고 들었는데 다시 돌아온 모양이었다. 제 버릇 남 못 준다더니 그 몹쓸 짓을 일 년 동안 고치면 사람일까.

"다시 황도로 돌아오다니… 정말 망측한 일이에요. 끔찍하다고요!"

이렇듯 벤에 대한 황도의 영애들의 반응은 냉담했다. 좋은 집안의 배경이 있다고 하지만 벤이 보여 준 망나니 같은 행동이 고쳐질 것이라고는 누구도 생각하지 않기 때문이었다.

"아버지께서 혼담을 추진하고 계시는데 눈에 차는 곳이 없어요."

누군가 한숨으로 시작한 푸념은 전염이라도 되듯 둥근 테이블에 모인 여자들에게로 옮겨 갔다.

칼루야 백작의 둘째 아들 벤을 시작으로 해서 황도에 있는 귀족들이 영애들의 입에서 오르락내리락했다. 수많은 이름들이 나왔지만 얼굴이 떠오르는 이는 단 한 명도 없었다.

"리모레가 웰시노 후작께 연서를 보냈다고 하더군요."

"어머나!"

"이럴 수가!"

영애들의 말에 간단히 추임새나 넣어 주고 있던 라즐리의 눈이 커졌다.

'연서를 줬다고? 연서? 리모레가 누구였지?'

콧등을 매만지던 라즐리가 기억을 더듬었다. 오며 가며 마주친 것이 전부인… 푸른색 눈이 보석처럼 빛나던 여자였던 것 같은데.

"리모레는 혼담이 파기되었다고 들었는데요?"

"그러니 연서를 보낸 것을 자랑처럼 떠들고 다녔겠죠."

"이렇게 짧은 시일 내에 웰시노 후작께 연서를 보낸 이유는 대체 뭐란 말이에요?"

"리모레의 성격을 잊으셨어요? 그 괄괄한 성격 탓에 혼담도 물 건너간 걸 거예요. 후작께서 피곤해하실 이유가 더 늘었군요. 말 많은 영애의 연서라니 정말 무례하기 짝이 없어요."

"하지만 걱정하실 것은 없을 것 같아요. 연서를 받으셨다고는 해도 후작께서는 원래 여인들에게 친절하시지 않습니까. 연서를 받아 준 것에 큰 의미가 담겨 있을 리가 없지요."

상황이 벤의 임신에서 리모레를 비난하는 내용으로 바뀐 것은 순식간이었다. 사나워 보이는 눈매가 거슬렸다느니, 조신한 몸가짐도 다 꾸며 낸 것이었다느니, 혼담이 파기된 내용을 저들끼리 추측하기에 바빴다.

"하지만 후작께서는 연서를 받으신 후에 리모레가 초대하는 파티에도 가셨는걸요?"

라즐리는 자신이 지오반니를 마지막으로 만났던 것이 언제였는지 생각했다. 손가락을 하나둘 굽히던 라즐리가 눈을 동그랗게 떴다. 그가 잠시 일이 생겨 황도를 비운다 했었던 것이 벌써 열흘 전이었다.

"웰시노 후작께서는 정말 황도에서 가장 멋지신 분이세요. 혼담이 파기된, 흠이 있는 리모레 영애가 차지하기엔 너무 아까운 분이시라고요!"

"리모레가 후작님 눈에 들어차실 분이세요? 저는 절대 아니라고 보는데요."

리모레 따위가? 이곳에 모인 여자들은 저마다 입술을 짓씹으며 분하다는 듯 중얼거렸다. 마치 모두가 그의 옆자리를 노린 듯한 모양새였다. 절대 인정하지 못하겠다는 표정들이 눈에 들어왔다.

"그 근사한 눈동자 색을 보신 적이 있나요?"

누군가 호들갑을 떨며 말했다.

"사실 후작께서 유명한 것은 그 얼굴 때문만은 아니죠."

"저도 가끔은 그분의 얼굴 때문에 속이 다 상해요."

라즐리는 이 영애들이 말하는 것처럼 그에게서 대단한 것을 찾아보려 생각에 잠겼다. 그녀가 그를 높이 쳐주는 것은… 우선은 이따위 지루한 대화보다 그와의 대화가 훨씬 더 유쾌하고 재미있기 때문이었다.

"대단한 것이 뭔데요?"

"어머."

"모르셨어요?"

끝내 답을 찾지 못한 라즐리가 물었다. 경악에 가까운 눈빛들이 박히자 라즐리가 어색하게 웃었다.

"후작께선 뛰어난 술사세요."

"네?"

"폐하께선 그분을 국경 인근으로 자주 보내시곤 하죠. 몇 년 사이에 누바라와의 마찰이 잦아졌기 때문이에요. 그렇다는 건 그분을 믿는 것이 분명하다는 것일 거고요. 곧 툰바라크의 정벌에도 그가 참여하게 될지도 모른다 하더군요."

"······의외네요."

'책만 읽는 사람인 줄 알았는데.'

"그러고 보니, 프레야 영애께서는 웰시노 후작님과 인연이 있지 않나요?"

"예. 뭐어······. 인연이랄 것까지는 없어요."

부러움과 질타가 섞인 눈빛이 부담스러워진 라즐리가 곤란한 얼굴을 했다. 사막 길에서의 일을 말하는 듯했다. 물론 그 일로 인해 인연이 닿은 것은 맞았다. 긴 시간은 아니었지만 그와의 만남을 유지하고 있고. 이 여자들처럼 사내로 느껴지지 않는다는 전제하에서였지만. 라즐리는 뒷말은 굳이 꺼내지 않기로 했다.

"후작님이 구해 주셨다면서요? 어쩜! 그분의 품에 안긴 기분은 어떠셨어요?"

"품에 안긴 기억은 없는데요."

소문보다 빠른 것은 없다고, 빠르게 퍼진 것도 모자라 와전된 모양이었다.

"저는 그때 의식이 없었기 때문에 그분의 얼굴을 보지도 못했어요. 다들 그런 눈으로 쳐다보실 것 없답니다. 감사인사를 한 것이 전부예요."

그럼 그렇지. 안도한 그들의 속내를 어렵지 않게 읽은 라즐리가 쓰게 웃었다.

그렇게 탐이 나는 남자였던가. 손이라도 잡았다고 했으면 돌이라도 맞을 뻔했다. 그렇게, 지루했던 티파티는 끝을 보이고 있었다. 남의 이야기가 가장 재미있는 것이라지만 그들에게 별 관심이 없는 라즐리는 자리를 지키고 있는 것만으로도 곤욕일 수밖에 없었다.

장장 남의 이야기만 두 시간이 넘도록 했다. 하여튼 대단한 아가씨들.

*　　*　　*

그림자가 소리 없이 방 안으로 스며들었다. 검은 그림자는 침묵을 갉아먹고 고요함을 밟고 나타났다. 모든 어둠이 그의 앞에 조아렸다. 저희들의 몸을 짓이기고 기꺼이 밟아서는 존재를 나무라지 않았다.

기척 없이 나타난 형체 없는 존재에도 오키아는 놀란 기색 없는 얼굴로 그를 맞았다. 탁상 위의 불에 가까이 다가갈수록 윤곽이 뚜렷하게 잡혔다. 흔들리는 불빛에 이지러지기를 수차례였다.

"지오반니."

오키아의 부름에 흐려지던 형체가 제대로 잡혔다. 불빛에 드러나는 얼굴이 지독히도 찼다. 지오반니는 제 몸을 뒤덮다시피 한 흙먼지를 털 생각도 하지 않은 채 업무에 집중하는 오키아를 바라보았다.

자신에게는 시선 한 번 주지 않는 오키아를 보며 지오반니의 입술에 비딱한 미소가 걸렸다. 지오반니가 느리게 움직이는 깃펜을 쥐었다. 그러고는 단숨에 부러뜨렸다. 종이 위를 움직이던 펜이 부러지면서 서류 위를 날카롭게 그었다. 그제야 오키아의 시선이 위로 향했다.

"내가 지금 어딜 다녀온 줄 알아?"

"모를 리가 없잖아. 그렇게 떠들썩하게 일을 벌여 놓곤."

"……."

"그렇게 거칠게 할 필요는 없었어."

"뭐라고?"

지오반니는 드물게 화를 내고 있었다.

"지금은 라르기얀 황자가 이곳을 방문했고 그는 현 황제와는 달리 라제프와 우호적인 관계를 원하지. 그러니, 이런 소란은 나도, 그도 바라지 않아."

"내가 눈감아 줬어야 하는 것이 옳았다?"

"한 번 정도는."

"네놈은 알고 있었구나. 그 사람들이 죽을 걸 알았어! 그런데도 내게 말하지 않았고."

"그건 미안하게 생각해."

말과는 달리 미안하다는 기색이 아니었다. 마치 분노를 누르고 모른 체했어야 하는 것이 당연하다는 양, 그렇게 말하고 있었다.

최소한의 예의가 있었다면 조금이라도 눈썹을 접고 앓는 소리를 내야 했다. 그는 여태 가련하다 생각했던 눈앞의 남자에게 처음으로 분노가 치밀었다.

탄팔로가 위치한 국경 인근에서 빈번하게 발생하는 일이 누바라와의 충돌이었다. 하지만 오늘처럼 마을을 연달아 친 적은 처음이었다. 그리고 많은 사상자가 나왔다. 그들은 자신이 보살피는 이들이었다. 배고픔에 허덕이는 자에게 빵을 물려 줬고, 목이 마르다 하는 이에게 샘을 내어 줬다.

"하지만 지오반니."

"말해."

"내 입장도 생각해 줬으면 해. 지금은 아주 중요한 시기라고. 내가 이러한 사실을 너한테 말해 줬다면 너는……."

"차라리 나와 합의점을 찾았으면 조금 더 나았겠지. 내가 그 새끼들을 죄 죽이지 않아도 됐을지도 모르잖아."

탄팔로 인근을 침범하던 누바라의 군사들을 죽였다. 제게는 당연한 일이었다. 탄팔로에 누군가 해를 끼친다는 것은 상상할 수 없는 일이었다. 그랬기에 탄팔로를 제멋대로 망치던 동족을 땅구덩이에 처박았다. 그런 자신이 누바라의 사람들에게 자비를 베풀 리 없었다.

내일 즈음이면 신의 노여움을 샀다는 허무맹랑한 소문이 퍼질지도 모르는 일이었다. 탄팔로는 소문 많은 땅이니 충분히 가능한 일이었다.

"내가 너희들의 사정을 왜 생각해야 하는데."

"뭐?"

"내 분노를 참아 줄 정도로 너희들의 일이 내게 중요한가? 그래? 내가 보살피는 그들의 죽음이 하찮다는 건가?"

"그런 말이 아니잖아."

"그런 말이 아니면!"

그들에게서 받은 사랑을 되갚는다는 것은 어찌 보면 불가능한 일이었다. 그들의 사랑과 신뢰는 파도 파도 마르지 않는 샘물이었기 때문에, 자신은 그들의 사랑을 되갚지 못하리라. 그 사랑과 신뢰는 실로 지대했으므로. 그들을 배고픔에서 구해 내고 위협으로부터 막아 주는 것은 그들이 자신에게 준 것에 비한다면 발끝에도 미치지 못하는, 아주 하찮은 것이었다.

"탄팔로는 내게 귀속된 땅이야."

"알아."

"그 땅 위의 것들은 내가 사랑하는 것들이지."

"그것도."

"저주받은 놈일지라도 힘의 비호를 받고 있지. 난 그들을 보호할 이유가 있어. 내 것이기 때문에. 내가 태어났을 때부터 내 것이었기에 그래. 나는 전쟁으로부터, 기근으로부터, 위협하는 모든 것들로부터 탄팔로를 보호해. 그래서 그들이 그 척박한 땅에서 살아남을 수 있었던 거다, 오키아."

"······."

"수많은 위협에서 살아남을 수 있었던 거야. 내가 사랑하는 것들이기 때문에."

이유는 거창하지 않았다. 그저 그의 것이기 때문에. 그 이유 때문이라도 그 땅 위의 것들은 죽지 않고, 괴로워하지 않을 이유가 있었다.

"지오반니."

"내 것이다."

"라르기얀에게는 내가 잘 말해 보겠어. 그도 갈등을 원하지는 않을 거야. 그러니까······."

"내 것이기 때문에 그 땅 위의 것들은 죽지 않아야 했어!"

일종의 의무감과 비슷한 것이었다. 나라를 부흥으로 이끌어야 할 왕의 의무감과도 같았다. 제 자식에게 내리사랑을 베푸는 부모의 애정과도 같았다.

자신에게 무한의 애정을 주고 자신을 의지하는 그들을 저버릴 수 없었기에 오랜 시간 보살폈다. 타미르와 같은 신은 아닐지라도, 그에 근접한 존재였기 때문에.

약한 그들이 목이 마르다 하며 비를 쏟아 내고, 배가 고프다 하면 양식을 놓아 주었다. 두려움에 떨면 그 앞을 막아서 그들을 해하려 하는 것을 기꺼이 잘라 냈다.

자신에게 그들은 그런 존재였다. 한없이 보살피고, 그들이 그러했듯 사랑을 베풀 수밖에 없는.

오키아가 목이 졸리기라도 한 듯 밭은 숨을 내쉬었다.

"라르기얀이 이 땅에서 멀쩡히 살아 돌아갈 것 같아?"

분노의 화살이 여지없이 미하엘에게로 향했다.

"그놈은 가장 비참하게 죽을 거야, 오키아."

그것은 마치 자신을 향한 경고인 것 같기도 했다.

*　　*　　*

"기다리게 될 줄이야……."

벽에 걸린 시계를 군이 보지 않아도 어둠이 깔린 밖이 시간이 여실히 지났음을 알려 주고 있었다. 등을 꼿꼿하게 펴고 책을 읽던 것도 잠시, 라즐리는 긴장을 풀곤 제집처럼 몸을 편하게 뉘었다. 그러기를 한참이었다. 오래 기다릴 필요는 없었는데, 조금만 더 기다려 보자던 것이 그녀를 늦은 시간까지 머물게 했다.

시간이 흐를수록 뾰족해지는 눈이 문가를 확인하는 횟수가 빈번해졌다. 라즐리는 생각에 잠긴 듯 눈을 굴렸다. 남자에게 다다다 쏟아낼 말들을 정리하는 중이었다. 하지만 곧 그런 생각도 멈추었다. 만나야 나무랄 것이 아닌가.

아무래도 오늘은 만나기 어려울 것 같았다.

'오늘은? 아니지. 앞으로는.'

그제야 자신과의 약속을 잊은 남자에게 섭섭함과 괘씸함이 밀려들었다. 그와의 약속이 있을 때면 며칠 내내 설렌 기분으로 잠에 들곤 했다. 당일이 되면 다른 약속보다 더 신경 써서 치장을 하는 것도 같았다. 그러니까, 그와의 만남이 즐거운 것이다.

'그러니 얼뜨기처럼 몇 시간 동안 그를 기다리고 있지.'

생각지도 못한 순간, 인정해 버리고 말았다.

오늘은 더욱이 그랬다. 거의 매일같이 보다시피 한 남자를 보지 못한 지 열흘이 훨씬 지나 있었기 때문이었다.

말 한마디에 기분이 좋아지고 그저 예의일 뿐인 행동 하나에 의미를 부여하고 말았다.

'곤란한데.'

낮은 한숨을 흘리는 라즐리가 잘 다듬어진 손톱 끝을 매만졌다.

"아가씨, 죄송합니다. 아무래도 각하께선 많이 늦어질 것 같아, 송구하나 다음에 방문해 주시면……."

"당장은 그러고 싶은 생각은 없네요."

라즐리가 옆에 놓인 모자를 들고 자리에서 일어섰다. 그가 약속을 지키지 않아 불쾌한 것보다, 제 감정이 그에게로 기우는 것 같아 불쾌했다. 그는 자신에게 어떠한 감정도 품고 있지 않았기에 그랬다.

사실 가슴속에서부터 스멀스멀 올라오는 뜻 모를 감정이 이것 때문만은 아니었다. 며칠 전 티파티에서 뜻밖의 리모레의 소식을 들었을 때부터, 그가 그녀의 장단을 맞춰 주는 것을 알았을 때부터 시작된 무언가였다. 라즐리는 이 감정을 어서 끝내야겠다고 생각했다.

한쪽의 감정만 기운다면, 약속을 기다리는 것은 오늘이 아니라 앞으로도 계속될 것이다. 그의 옆에 있는 수많은 여자들의 모습과 다를 것 없이. 그런 구차한 관계는 사양이었다.

한껏 바닥을 치는 기분 덕분인지 남자에 대한 흥미마저 식는 것 같았다. 차라리 이대로 식어 버렸으면.

안절부절못하는 시종을 지나쳐 문고리로 손을 뻗으려는 순간 문이 열렸다.

"아······."

남자가 놀란 눈을 했다.

그를 뒤따르던 집사가 라즐리의 얼굴을 보곤 방금 전까지만 해도 말을 더듬으며 제게 고하던 시종과 함께 빠르게 물러났다.

순식간에 닫힌 문과 그 앞에 선 남자를 번갈아 바라본 라즐리가 헛웃음을 지었다. 변명을 해 보라는 얼굴이었다. 분명 오늘 약속을 잡은 것은 그였고, 라즐리를 오랜 시간 동안 기다리게 한 것도 그였다.

"기다리셨습니까?"

"꽤 많이요."

태연한 물음에 라즐리의 눈썹이 올라갔다.

"연락이라도 주셨다면 좋았을 거예요."

"제가 오늘은 정신이 없어 미처 생각지 못했습니다."

친한 사람이든, 그렇지 않은 사람이든, 누구에게서든지 우선순위가 아니라는 것은 꽤나 실망스러운 일이었다. 그리고 그것은 남자의 태연자약한 태도가 더해지자 야트막한 분노로 변했다.

"그것 또한. 사람을 시켜서 못 해 주실 일은 아니었죠. 적어도 이렇게 기다리게 하지는 않았을 거예요."

벽난로에서 나무 따위를 야금야금 먹고 있는 탐피가 신기하다는 듯 눈을 둥그렇게 떴다. 지오반니에게 비아냥거리는 여자는 처음이었다. 그가 기다리게 한 여자는 꽤 많았지만 누구도 불만을 표하지 않았고, 남자의 부재에 대한 것은 대화에 담지 않았다. 지오반니가 와 주었다는 것만으로도 그들은 만족하는 듯했으니까.

"비켜 주세요."

지오반니는 자신보다 키가 작은 라즐리를 가만히 내려다보았다.

"그럼 배웅해 주시겠어요?"

이번에도 답이 없었다. 화를 억누른 라즐리가 그를 지나치려 하는 순간, 꽤 힘이 실린 손이 팔을 붙들었다. 그러곤 지나치려는 여자를 자신의 앞에 세워 놓았다.

"지금… 뭐 하시는 거예요?"

"있다 가십시오."

"제가 왜요?"

"이대로 가시면 며칠 동안 말도 안 걸어 주실 것 같아 드리는 말씀입니다."

"며칠 동안? 앞으로 계속이라는 생각은 안 해 보셨고요?"

짜증이 스민 눈이 잡힌 팔을 한 번, 그리고 다음으로는 지오반니를 올려다보았다. 이 손을 떼어 달라는 눈빛이었다. 그럼에도 거두려는 기색이 보이지 않자 라즐리의 입술에서 기가 찬 한숨이 흘러나왔다.

"후작님."

"……."

"이 손 좀 치워 주시겠어요? 제발."

조금은 초조해 보이는 얼굴을 한 지오반니가 머뭇거렸다. 버둥거리며 그의 손에서 벗어나려는 데도 그는 고집스럽게 잔뜩 흐트러진 여자를 놓지 않고 있었다.

"진짜 왜 이러세요!"

"제가 어떻게 해야 화가 풀릴까요?"

"이런 일이 있을 때는요."

"……."

"미안하다고 사과를 하는 거예요. 연락 한 통 없었던 당신을 몇 시간 동안이나 기다린 제 화를 풀어 주려면 최소한 그 정도는 해 주셔야죠."

라즐리는 잘못을 저지른 아이를 훈계하듯 말했다.

"미안합니다."

"이런 식의 사과는 상대를 더 불쾌하게 할 뿐이고요."

처음으로 라즐리의 눈에 적대감이 스몄다.

"다음에 봬요."

기약 없는 약속이었다. 차라리 더 구차해지는 관계로 발전하기 전에 끝을 내야겠다는 생각도 들었다.

"정확히 언제."

"뭐, 뭐라고요?"

그의 물음에 당황한 라즐리의 목소리가 커졌다.

'뭐가 이렇게 당당해. 늦은 주제에 다음을 기약하는 뻔뻔함이라니.'

"정하고 가십시오."

"지금 굉장히 막무가내인 건 아세요?"

"압니다."

빛이 거의 없는 방 안에서는 장작이 불에 먹히는 소리만이 들려왔다. 이런 상황만 아니었더라면 엉망이 된 남자의 얼굴을 보며 걱정 따위를 해 주었을지도 몰랐다. 하지만 라즐리도 그의 기분에 대해 물어 봐 줄 기분이 아니었다.

"아시는 분이."

"내일은."

"내일은……."

왠지 모를 강압적인 어투에 라즐리가 말을 더듬었다. 짤막한 문장이었음에도 힘이 실린 듯한 기분이었다.

"내일 볼까요?"

그녀에게 맞춰 주는 듯싶으면서도 대답은 정해져 있었다. 지오반니의 동공이 길게 찢어졌다. 라즐리의 눈이 찌푸려질 정도로 손에 실린 악력이 강해지고, 자연스레 그 눈을 보게 만들었을 때에는 이미 그가 바라던 대답이 흘러나오고 있었다.

"괜찮……."

"……."

"을, 것 같기도, 하고……."

'분명 방금 전까지만 해도 화를 냈었던 것 같은데.'

라즐리는 알 수 없는 기분에 고개를 끄덕였다.

*   *   *

도망치듯 제 아귀에서 빠져나가는 모습을 망연히 바라본 지오반니가 입술을 깨물었다. 빈손을 쥐었다 편 그가 낮게 욕지거리를 내뱉었다.

평소라면 여자의 기분을 구슬릴 방법을 찾아냈을 것이다. 하지만 늦은 시간까지 오키아와 언성을 높이고 온 탓인지 여자의 기분을 풀어 줄 인내심이 남아 있지 않았다.

답지 않게 조급해했고, 억지를 부렸다. 머리를 지배한 건 이 여자는 지금 이 방을 빠져나가는 순간 지금과 같은 관계일 순 없다는 생각. 그런 단편적인 생각들만이 떠올랐을 뿐이다. 여자의 일그러진 얼굴이 그런 것들을 말해 주고 있었다.

여자를 잡고 있던 손만 뗀다면 빠르게 달음박질해 벗어날 것을 알

왔다. 이 관계를 망치고 싶지 않았다. 작열하는 땅에서 그녀와 마주했던 순간 떠오르던 기억의 파편들이 그를 희열케 했다.

붉은 머리의. 자신을 섬겼던. 제게 귀인이 될 것이라는.

한데 모인 기억은 주인을 찾기라도 한 것처럼 반응했다. 그러니 자신은 여자와의 관계를 더 깊게 만들 생각은 있어도 그만두고 싶은 생각은 없었다.

"저 여자가 어려워?"

탐피가 야금야금 장작을 갉아먹으며 물었다.

"아니야."

"그렇담 왜 그런 식으로 행동해?"

탐피는 벽난로에서 양초의 얇은 심지로 몸을 옮겨 가며 심드렁하게 물었다.

지오반니는 뱀의 모습을 한 자간이었다. 그들은 용과는 달리 일정치 않은 모습으로 존재했다. 그것은 동물의 모습이기도 했고 신을 닮은 사람의 모습이기도 했다. 간혹 형체가 없는 자도 있었지만 깃들 수 있다면 어느 모습으로든 존재할 수 있었다.

오래도록 산 뱀은 사람의 마음을 움직이는 눈을 가지고 있었는데, 그것의 요사스러운 힘이 지오반니에게까지 옮겨 왔다. 뱀 모습을 한 일족이 사라진 것이 지오반니가 태어나기도 전이었으니, 갈 곳 잃은 그들의 힘이 지오반니에게 덕지덕지 붙어 버린 걸지도 모를 일이다.

많은 여자들이 그에게 홀리듯 머무는 것은 화려한 껍데기에도 이유가 있을 테지만 본능적으로 뱀의 사특한 힘에 끌린 탓이다. 그들은 미혹하고 탐하는 것에 능했다.

지오반니는 그 힘을 좋아하지 않았다. 사람과의 관계에서 진실함을 바라는 그로서는, 뱀의 힘에 인연을 잇는 것이야말로 진실하지 않다고 생각했기 때문이었다.

그런 녀석이 여자를 상대로 힘을 행사했다. 조금만 어르고 달래면 어렵게 않게 넘어올 것 같았는데. 무슨 변덕에서인지 그렇게 멀리하던 힘으로 여자를 제게로 이끌었다.

그리고 긍정의 대답이 나오는 순간 안도하던 얼굴이 스쳤다. 좋지 않은 징후였다.

"왜 홀리기까지 하냔 소리야. 별로 안 좋아했잖아."

"그런 적 없, 아, 빌어먹을."

그가 문고리를 세게 내리쳤다.

"성격 나오는 것 봐."

탐피가 혀를 차며 고개를 절레절레 저었다. 저 포악한 뿌리가 어디 가나 했었다.

"볼만하던데. 네가 거울을 봤어야 했어. 네 얼굴이 어땠는지."

"입 좀 다물어."

"싫다고 하면 아주 물어뜯을 기세던데."

"그만 까불지."

지오반니의 경고에 탐피가 겁먹은 척을 하며 몸을 말았다.

"여자한테 쩔쩔매는 건 처음 봐."

"처음이니까."

"마음이 바뀌기라도 한 거야? 사랑놀음이라도 해 보려는 거냐고."

심지에서 벗어난 탐피의 몸이 공중으로 흩어졌다 다시 모였다. 곧 지오반니를 놀리듯 그의 주변을 배회하며 둥글게 돌았다. 정신없기 짝이 없었다. 지오반니를 놀리려는 기색이 다분했다.

"정말 인간 행세를 하려는 모양이네. 탄탈로스가 봤으면 머리를 쥐어박았을 거야."

"그랬을지도 모르지."

"키든이 봤다면? 가장 멍청한 놈이라고 한참 동안 비웃고 갔을걸."

"맞아."

"비토르가 봤다고 생각해 봐. 일주일은 내내 배를 잡다 쓰러졌을 걸!"

그러니까, 이건 지오반니를 놀리려 한 소리였다. 그의 진심 어린 대답을 듣기 위해서가 아니라.

"왜."

"응?"

"안 돼?"

들려오는 뜻밖의 물음에 정신없이 그의 주위를 빙글빙글 돌던 탐피가 몸을 멈추었다.

"사랑놀음 한번 해 보겠다는데 안 되는 거냐고."

"……야, 야, 무슨 농담을 그렇게 진지하게 해?"

"북해의 하르게니아도 남자에 미쳐 용이 아닌 인간의 새끼까지 낳았지."

"야."

"그런데 네가 말하는 사랑놀음이 뭐 그리 유난스러운 일이라고."

음습한 한기가 그의 입에서 흘러나왔다. 어둡게 가라앉은 눈에 담긴 것은 질척이는 덩어리째였다.

그 모습이 아를리안을 바라보는 탄탈로스의 것과 닮아 있어 탐피는 충격을 금치 못했다.

＊　　＊　　＊

"몸에 좋지 않으십니다."

"늙은이 걱정은."

담배에 불이 붙여지는 것을 본 그의 아들이 걱정스럽게 말했다. 리온이 죽고 후계 위를 물려받을 녀석이었다. 재가 미처 탁상 위로 떨어지기 전, 피델은 재빠르게 재떨이를 놓아 주었다. 정확히 재가 떨어지는 곳으로였다.

"라즐리는?"

"부쩍 외출이 잦습니다."

"친구가 생겼다지."

"마음에 드실 이는 아닐 겁니다."

"빌어먹을 웰시노라는데 마음에 들 리가."

녹색 눈이 여지없이 일그러졌다. 요 며칠 수상스레 행동하는 것이 미심쩍기는 했었다. 답지 않게 길게 말을 하더라니. 한데 웰시노일 줄이야. 그 웰시노. 이어져야 할 인연이 아니었다. 사막에서의 인연은, 저가 지오반니에게 웰랑부레의 소유권을 건네주는 순간 끝났어야 했다.

프레야 가문과 웰시노 가문의 사이가 이렇듯 어그러지게 된 이유에는 지오반니의 만행이 컸다.

자신에게서 파라듈 무역권을 빼앗아 보란 듯 화를 돋우며 사사건건 제 일에 훼방을 놓았을 때부터였다. 이제는 남자의 낯짝을 보고 있노라면 정체 모를 분노가 피어오르곤 했다. 지금 제 건강에 가장 치명적인 것을 꼽으라면 지오반니를 꼽을 수 있었다. 사소한 말장난에 휘둘리고 온 날이면 열을 식히지 못해 차게 적신 물수건을 이마에 얹곤 끙

끙거리며 앓고 있어야 했다.

웰랑부레의 소유권을 넘긴 그날은, 며칠을 뒤척이며 잠을 제대로 이루지 못했다. 속에서 끓는 열기를 감당해 낼 길이 없었다. 그럼에도 빚을 지는 것은 더 참아 낼 수 없어 속이 문드러져만 갔다.

"어떻게 하시겠습니까?"

"네 생각은."

"필요치 않다면 자르는 게 맞겠지요. 혹여나 라즐리가 사사로운 마음을 품을까 걱정입니다. 웰시노 후는… 아버지께서 아시다시피 황도의 많은 여자들과 소문이 좋지 않습니다. 그 순진한 아이는 아무것도 모르고 마음을 주고 말 겁니다."

"그렇담 자르는 것이 맞겠지."

제너의 얼굴에 피곤한 기색이 스몄다.

"놈이 라즐리를 만나고 있다는 것은 썩 마음에 들지 않은 일이지만 깊게 신경 쓸 일은 아니야."

"지켜보시겠습니까?"

"당분간은."

길길이 날뛰는 제 모습을 즐기는 지오반니에게 재미있는 꼴을 안겨줄 생각은 없었다. 굳이 지금 잘라 내지 않아도 자연스럽게 나가떨어질 놈. 라즐리가 성년이 되고 나면 집안에 걸맞은 사람을 만나게 될 테니 기억에서 잊힐 사람이었다.

그렇게 만들 자신이 있었다. 그 아이의 모든 인연과, 곁에 있는 사람 모두가 자신의 손을 거쳤다. 허락지 않은 불필요한 이들은 모두 사라진 것처럼 그 또한 그리되리라.

"생각보다 라르기얀이 빨리 도착한 것 같은데."

제너가 다른 주제로 분위기를 환기시켰다. 라즐리와 지오반니의 일은 더 이상 신경 쓰지 않아도 된다는 판단에 의해서였다.

미하엘의 방문 일정이 앞당겨졌다. 계승 서열 바로 아래의 제 여동생까지 동행한 그들의 저의가 무엇인지 알 것 같았지만 미심쩍은 부분이 많았다.

"제위에 오를 것을 생각해 빠르게 움직이고 있는 듯합니다."

"마법석에 대한 권한을 넓혀 달라 했었지."

"탐야크 후께서 결정하실 일이겠죠."

"그런 것을 보면 지금의 황제와 다르긴 하지. 어린놈이 머리도 좋고 추진력도 빨라."

"라르기얀은 현 황제와 다릅니다. 머리가 좋은 것뿐만이 아니라 라제프와 우호적인 관계를 유지하려고 노력하고 있죠."

확실히 지금의 누바라와 다른 행보였다. 보이는 칼을 휘두르느냐, 감추냐의 차이였지만 꽤 커다란 차이였다.

"그래 봤자 승냥이의 새끼인 것을. 나도 사람인지라 녀석의 핏줄에는 후한 점수를 못 주겠단 말이지."

지긋지긋한 악연이었다. 아들을 죽인 나라이기 전에 끊임없이 마찰을 빚던 나라. 그리고 아들 내외를 죽인 후에는 가늠키도 어려운 증오와 분노가 덮쳤다.

"라제프와 우호적인 관계를 맺기 위해 꽤 깊게 생각한 듯합니다."

"무얼 보고."

"누바라의 황후는 라제프의 사람이 될 것이라는 소문이 공공연하게 떠돌고 있어요."

피델의 말에 노년의 남자가 기가 찬 웃음을 뱉었다.

"이를 테면… 누바라를 끔찍이도 싫어하는 이와의 결합이 가장 효과가 좋겠군."

"그런 것을 통해 자국의 반응을 극대화시키려 하는 것은 맞습니다."

확실한 무언가를 보여 주려는 것이다. 오랜 시간 이어져 온 불화와 우려를 누르는 데에는 그만한 좋은 방법이 없었다.

"라제프의 사람……. 라르기얀 성정에 하자가 하나라도 붙은 이를 원할 리 없고."

"그래서 암암리에 떠도는 소문이 라즐리죠."

빠르게 담배를 태운 그가 다시 한 개비를 꺼냈다.

"라즐리라……."

"……."

"스스로 불길 속으로 뛰어드는 모양새구나."

그가 자조했다. 미련하고 미련한지고. 이 악연의 끝을 보려는 미하엘이 패씸하면서도 이 복수를 시작할 기회를 주는 그에게 잠시나마 감사했다.

"떠밀지 않았는데 그런 짓을 하는 건 웬만한 담으로는 하지 못할 일이지. 세상사 저 뜻대로 되는 일은 없음에도 불구하고 이 짓을 하는 데는 저가 하는 일에 굉장히 확신이 차 있다는 걸 거야. 라즐리에 관한 일이 아니라면 대단한 포부라고 해 줬을 거야. 자고로 사내라면 욕심도 있고 야망도 있어야지."

"……."

"하지만 모든 것은 적당할 때가 그럴싸해. 도가 넘으면 꼴이 우스울 수밖에."

그러니 네 꼴도 만만찮게 웃길 것이라. 라르기얀이 비웃음 살 것을 상상하자 그의 입에서 호탕한 웃음이 터졌다.

"너도 알다시피 내가 네 형의 죽음을 겪음으로써 얼마나 겁이 많아졌는지 알지 않니."

제 이름 뒤에 붙는 거창한 수식어들은 많았다. 프레야 가문의 주인. 회색 곰이 수놓인 깃의 수장. 전쟁을 승리로 이끈 영웅. 저는 제 이름과 함께 따라붙는 수식어처럼 대단한 사람이었고, 응당 그 권리를 누릴 만한 사람이었다.

하지만 그런 화려함, 찬란함은 더없이 부질없는 것이었다. 아들의 죽음 앞에서는. 모든 것이 소용없는 것이라고. 환한 빛으로 가득한 곳에 불순물이 섞였다. 그리고 그 작은 존재는 찬란함을 좀먹고, 종내 나락으로 떨어뜨렸다.

"나는 라즐리가 아무것도 몰랐으면 하고 바라. 라지노예프에 관한 일도, 아리엘이 부렸던 기오테의 조각. 가능하다면 허영심에 물들어 아무것도 모르기를."

"그러기엔."

"그러기엔 그 아이는 생각이 많고 영리하지."

그는 라즐리가 어린 나이, 제 부모의 장례를 무슨 눈으로 바라봤는지 알 수 없었다. 그러니 무슨 생각을 하고 있을지도 알 수 없었다. 다만 그 어렸던 아이가 할 수 있었던 눈은 아니었다고 생각했다.

"내가 정신이 나갔다 한들 그 핏줄과 섞일까."

절대 그런 일은 없지. 놈의 무례함에 화가 치밀었다. 그 피를 손에 묻히는 날은 있어도 섞이는 일은 없을 것이다.

"이놈이고 저놈이고……."

하나같이 짜증 나는 부류라 속이 끓었다. 그가 눈을 찡그렸다.

*　　*　　*

　　라제프를 방문한 황태자 일행을 위해 파티가 열렸지만 아무래도 지오반니는 황태자에게 일절 관심이 없는 것 같았다. 지오반니에게 이끌려 테라스까지 오게 된 라즐리가 눈썹을 매만졌다.

　　모든 것은 물 흐르듯 유연하게 흘러갔다. 그것은 마땅하게 당연하게 느껴지는 것들이었다. 그런데도 이 당연함이 느껴질 때면 피어오르는 미심쩍은 무언가가 있었다. 그때 분명히 자신은 화를 내고 있었던 것 같은데. 지독히도 화가 나고 어처구니없어했던 것 같았는데.

　　모든 것이 흐리게 번진 그림처럼 느껴졌다. 화를 내고 있었나? 자신은 그에게 화가 나 있었나? 무엇 때문에? 불확실한 것이 한두 가지가 아니었다. 분노의 이유 또한 명확하지 않았다. 그때 자신이 무섭게 화를 내고 있었다는 것도 의아하게 느껴졌다.

　　그로부터 두어 번의 만남을 가졌지만 이상하게 느껴지는 것은 아주 잠시일 뿐이었다.

　　"귀찮다고 생각하고 계시죠?"

　　"무엇이 말입니까?"

　　"이 자리요."

　　"좋지는 않죠."

　　귀찮은 일이니까. 그가 덧붙였다. 그의 눈은 한 시간 전에도, 지금도, 지루한 빛을 띠고 있었다.

　　"그런데 정확히 뭐예요?"

　　"뭐가 말입니까?"

　　"짐승?"

"아주 잘못 짚진 않으셨네요."

"괴물?"

"가깝죠."

"이런 질문 하면 귀찮으세요?"

"귀찮았다면 무시했을 겁니다."

정확히 말하자면 이 아가씨가 귀찮은 것이 아니었다. 라즐리가 보이는 집착은 귀여운 축에 속했다. 다만 구구절절 설명하고 이해시켜야 하는 일이 귀찮은 것이었다.

"사람이에요?"

"짐승은 아니잖습니까."

지오반니의 말장난에 라즐리의 눈이 뾰족해졌다.

"당신이 말하는 돌연변이라는 게 뭐예요?"

"지금 그게 궁금하십니까?"

"그럼 뭐가 궁금하겠어요?"

"뭐……."

그가 잠시 입을 벙긋거렸다. 다른 것을 궁금해할 수도 있지. 제게 호감을 품고 다가오던 여자들이 궁금해하던 것처럼. 좋아하는 음식이라든가, 취미라든가. 그리고 은근하게 다음을 기약하는 날까지.

이런 종류의 대화가 아니라.

"아가씨처럼 기오테의 조각을 볼 수 있는 정도? 남들이 보지 못하는 것을 보니 돌연변이랄 수밖에요."

"지금 뭐 하시는……."

"정확히 여기 있었잖아요."

지오반니가 보란 듯 라즐리의 어깨를 세게 움켜쥐었다.

"그리고 지금은 이곳에 있군요."

그의 손이 라즐리의 뒤통수를 향했다. 얼결에 감싸 쥐는 것 같은 묘한 자세가 되자 라즐리의 몸이 단단하게 굳었다. 곧 한 발자국 물러서려는 라즐리의 머리를 세게 잡아 누른 그의 손이 신경 쓴 티가 역력한 라즐리의 머리칼을 헤집었다.

"제 손을 피하는군요."

"그렇게 무서운 얼굴로 잡으려고 하시는데 저라도 도망가겠어요."

"아니요. 그 정령이 아니라 영애께서."

아. 짤막한 신음이 흘렀다. 당황한 얼굴에 당황한 목소리. 그것이 우스워 지오반니가 입매를 말았다.

"제, 제 머리는 어떻게 하실 거예요?"

더 곤란하게 하고 싶은 것을 참으며 지오반니가 곤란하다는 듯 눈을 조프렸다.

"추궁하지 않을게요. 대신 자세하게 설명해 주세요. 궁금하잖아요. 내내 궁금했어요."

"……."

"저를 못 믿으시는 거예요? 아무에게나 말하고 다닐 만큼 입이 가볍지는 않은데."

"그렇다면 영애께선 저를 믿으십니까?"

"짧은 시간 동안 많은 건 아니지만 파악할 수 있는 게 몇 가지는 있어요. 그중엔 후작님의 입 무게도 포함이에요."

"무거워 보이던가요?"

"가벼워 보이지는 않던데요."

다른 이에게 누군가의 비밀을 나불거릴 만큼의 오지랖이 없어서이기 때문일 것이다. 입이 가벼워 보이지 않는 이유는.

"잡아뗄 수도 있었던 제 비밀을 후작님께 말씀드린 이유는 믿기 때문이었어요."

"……."

"그런데 아직 저는 못 믿으시겠어요? 아, 그럴 수도 있을 것 같긴 해요."

지오반니가 웃음을 터뜨렸다. 신뢰를 유지할 만한 사이도 아니거니와, 짧은 시간 사이에 이 아가씨가 생각해 낸 변명이 꽤 귀엽게 들렸기 때문이었다.

"비밀을 나눈 사이니까 물어볼 수도 있다고 생각했는데 지나쳤나요?"

아무 대답이 없는 지오반니의 얼굴에 아차 싶었는지 라즐리가 조심스럽게 물었다.

"제가 사람이 아니라는 것을 정말 믿으세요?"

그가 제 손에 의해서 엉망이 된 머리칼을 손으로 빗어 주며 물었다. 뺨에 달라붙은 머리카락을 떼어 주고, 뒤통수를 쓰다듬는 행동에 소름이 돋았다.

"네?"

"일단 저를 협박하는 아가씨부터가 믿고 있질 않으시잖아요."

"그렇지 않아요. 제가 분명 봤잖아요. 그 눈은 절대, 사람이 할 수 있는 눈이 아니었어요."

"잘못 보신 걸 수도 있습니다."

"……아닌데?"

"그럴 수도 있다는 겁니다."

그가 눈을 접었다. 친절을 가장한 무언가였다.

"사실 제 부탁 같은 건 통하지도 않을 거라는 건 알았어요."

"저도 꽤 절박합니다. 알려져서 좋을 게 없으니까요."

"들켜도 상관없다는 얼굴을 하고 계시잖아요."

"그럴 리가요."

그것은 분명 사실이었다. 자신은 지금 생활에 꽤 만족하는 중이었고 그만둘 생각이 없었다.

"아."

지오반니가 라즐리의 머리칼에서 손을 떼는 순간 누군가가 테라스로 들어섰다.

"할아버지."

지오반니와는 철천지원수라고 알려진 프레야 공작이었다.

"여기서 무엇 하고 있느냐."

"아, 잠깐 이야기를 좀."

"저와 이야기 중이었습니다."

라즐리와 지오반니가 동시에 말했다. 그리고 동시에 얽히는 눈까지. 그것마저도 마음에 들지 않는 모양인지 제너의 눈매가 사나워졌다.

'꼭 나쁜 짓을 하고 있었던 것 같아.'

"하잘것없는 이야기일 것을."

단칼에 지오반니의 말을 자른 제너가 당황한 얼굴로 서 있는 라즐리를 불렀다.

"라즐리."

그 짤막한 부름만으로도 제너의 기분이 좋지 않다는 것을 느꼈던지 라즐리가 몸을 틀었다. 둘의 만남으로 주변의 온도가 급격하게 내려가는 착각마저 들었다. 장난스러운 분위기는 온데간데없었다.

"공, 이야기 중입니다."

제녀의 눈이 지오반니에게 잡힌 손으로 향했다.

"아직 멀었고."

지오반니가 라즐리의 손을 잡았다. 커진 눈이 지오반니를 향했다. 라즐리가 손을 빼내려 하자 그가 깍지 낀 손으로 다시 맞잡았다. 그가 풀지 않는 이상 단단하게 죄인 손은 풀릴 수 없었다.

"기다리실 것이 아니라면 먼저 가셔야 할 듯싶습니다."

라즐리의 몸이 휘청거렸다. 말로만 듣던 앙숙지간이 무엇인지 눈앞에서 목도했기 때문이었다. 직접 눈으로 본 둘은, 생각보다 더 살벌하고 좋지 않은 관계였다. 목을 조르고 이리저리 잡아 틀어도 전혀 이상할 것이 없는 분위기였다.

"오 분."

제녀가 시계를 보며 유연하게 받아쳤다.

"기다리지."

* * *

말 위에 앉아 있는 사내의 눈에 지루함이 스쳤다. 국가 소유지의 사냥터에는 이례적으로 사람들이 들끓었다. 사실 들끓었다는 표현은 옳지 못했다. 그저 조금 많아졌을 뿐이었다.

지오반니는 사냥을 좋아하지 않았다. 이렇게 시시할 수도 없지. 자고로 사냥이란 도망칠 곳을 넓게 열어 주고 팔딱팔딱 뛰는 것을 잡아야 하는 것이다. 저가 사냥감이라고 생각지 못하게. 궁지에 몰려 겁에 질린 것을 잡는 것은 정말 재미없는 일이었다.

사냥의 묘미는 이런 것이 아니라고 투덜거리며 그가 고삐를 다시 잡아 쥐었다.

"웰시노 후작."

저를 부르는 소리에 사내가 얼굴을 들었다.

"프레야 공."

주름진 눈가 사이로 녹색 눈동자가 매서워졌다. 저 능글능글한 얼굴. 근사하다던 목소리마저 어느 것 하나 마음에 드는 구석이 없었다.

"라즐리에게 친구가 생겼단 것이 자네일 줄이야."

"사막에서의 인연이 운 좋게 이어진 덕분이죠."

"내가 후에게 웰랑부레의 소유권을 건네준 이유는 라즐리를 도와준 답례의 표시도 있었지만 이런 일을 방지하는 것까지 포함된 것이었어."

그 황무지에서 생긴 인연. 끊겼어야 할 인연이 맞았다. 자신의 손을 타지 않은 인연이기에 더욱 고까웠다. 생각지도 못했던 인연이었고, 바라지 않은 남자였다.

"내가 그 아이에게 만들어 준 인연들 중에 후는 없었네."

"세상사 모든 것이 공의 뜻대로만 흘러가지는 않습니다."

"그렇기야 하지. 하지만 그 변수, 막을 수 있는 것이 가능하다면 나는 막을 의향이 있네. 그리고 나는 후를 막을 수 있지."

"제가 끼어들 일은 아니지만."

"그렇다면 아무 말 말아."

"제가 그렇다고 말을 멈출 놈입니까?"

지오반니는 남자가 가장 싫어할 만한 웃음을 골라 지었다. 너쯤이야 아무것도 아니라고 말하는 남자를 보니 다시 한 번 못된 심술이 고개를 내밀었다. 저 확신에 찬 얼굴을 단숨에 뭉개고 싶다는 고약한 심보. 그리고 고약한 심보가 듦과 동시에 어젯밤, 제 손에 부드럽게 얽히던 머리칼이 떠올랐다.

"많은 것들이 정치와 가문에 의해 결정되고, 그것에 의해 휩쓸린다지만 사람 한 명과의 인연 정도야 자신이 결정할 수 있죠."

"자네라면 달라지지."

"인형 따위가 아니라면 그 정도는 할 수 있다고 생각합니다."

"뭐?"

"손바닥 안에서 움직일 인형을 원하시는 게 아니라면 이런 간섭은 조금 지나치지 않습니까."

"누차 말했듯이 자네가 끼어들 일이 아니지."

"이제 입을 다물도록 하죠."

할 말은 다 하고 입을 다무는 작태에 제너의 입술이 눈에 띄게 떨렸다.

"공께서 걱정하시는 것과는 달리 저는 아무런 짓도 하지 않았습니다."

"……"

"아직은요."

제너의 표정이 사납게 변했다.

"만나지 않았으면 하네. 그 아이 이제 성년이 되어 혼인을 해야 하니까. 불미스러운 소문이 나면 곤란하지 않은가."

"……"

"특히 자네와의 소문은 바람직하지 않아."

지오반니는 눈앞의 나이 든 남자를 바라보았다. 한 발 앞으로 다가온 제너가 그를 향해 낮게 경고했다. 나이가 들었으나 건장한 체격과 묵직한 위압감은 젊을 적과 다르지 않았다.

"주의해서 듣겠습니다."

눈매가 유순하게 풀어지며 대답하는 지오반니가 썩 마음에 들지 않았는지 제너의 미간이 종잇장처럼 구겨졌다.

'이놈은 항상 이런 식이란 말이지. 계집들에게나 통할 법한 웃음을 지어.'

그가 혀를 차며 말 머리를 돌렸다.

"사냥은?"

"이제 시작인 것 같습니다."

지오반니도 말 머리를 돌렸다. 라일이 조용하게 한숨을 내쉬었다. 공작과의 만남이라니. 오늘은 아무래도 사냥 운이 좋은 않을 모양이었다.

사냥을 시작하는 거대한 뿔피리 소리가 들려왔다. 말들이 날쌔게 내달렸다. 그들과는 달리 설렁설렁 말을 움직이는 지오반니의 눈에 귀찮음이 한가득했다. 시작도 하기 전 지루해진 참이었다.

여기저기서 둔탁한 소리가 들려오는 것을 보니 벌써부터 경쟁이 붙은 모양이다. 너도나도 질세라 활시위를 당기는 모습이 그려졌다.

"오늘은 작은 놈이나 잡아야겠군."

"욕심을 좀 가지시는 게 어떠십니까."

라일의 푸념에 그가 고삐를 잡아당기며 말을 멈췄다.

"자고로 사내는 큰 욕심을 가져야 해. 이런 시시한 것에 말고."

"다른 분들은 모두 경쟁이 붙었는데……."

"그러니 얼간이들이지. 쓸데없는 것에 열 올리기는."

"항상 말씀드렸지만 누가 들을까 무섭습니다."

들으라지. 그가 작게 코웃음치며 말했다.

"어디쯤 있을 것 같아?"

이럴 때, 라일은 가장 난감했다. 사냥터에서 보이지도 않는 동물을 어느 쪽에 있냐고 물으시면 뭐라고 대답해야 하나? 하지만 자주 있는 일인 듯 그의 부관은 익숙하게 대답했다.

"오늘은 저기, 그, 오른쪽에 있을 것 같은데요."

"자네는 감이 좋아."

"아니요. 제 감은 정말 형편없는 것 같습니다."

그러니 그만 여쭤 보세요! 그 말을 덧붙이기도 전에 지오반니가 빠른 속도로 화살을 걸었다.

이 사람이 때로는 엉뚱하고 감당할 수 없기는 해도, 몸을 쓰는 일에는 꽤 탁월한 편이었다. 여자들과의 잠자리에서는 알 수 없었지만, 곁에서 보아 온 활 솜씨는 그랬다. 항상 망설임 없이 활시위를 당겼기 때문에 맞지 않을 것이라고 생각했던 활은, 정확히 짐승의 목을 꿰뚫곤 했다.

약한 동물은 목을 꿰뚫었고, 덩치 큰 짐승은 다리를 노리곤 했다. 곧 공기를 빠르게 찢고 지나가는 소리가 들려왔다.

퍽-!

어수선한 소리가 들려오는 것을 보니 가까스로 화살을 피한 동물이 도망친 모양이었다.

"화살에 힘을 실으시면 안 됩니다."

"왜?"

"동물이 온전하지 못하잖아요. 질 좋은 가죽을……."

얻어야 하잖아요. 말이 채 끝나기도 전에 지오반니가 활시위를 놓았다. 부연 아지랑이가 일며 주위의 공기가 술렁였다.

"애초에 가죽에는 관심도 없었는데."

"예에."

지난번 목이 완전히 날아간 동물이 얼마나 끔찍했는지 기억하는 라일이 건성으로 대답했다. 가죽은 고사하고 그런 끔찍한 모습이라니. 그 장면이 꽤 인상적이었는지 며칠 내내 선명하게 떠올랐더랬다.

그를 말린 것은 가죽 때문이 아니라 순전히 자신의 비위를 위해서였다.

"오늘은 영 못 맞추시네요."

"혼내는 건가?"

지오반니가 다시 활을 당겼다.

"사냥은 틀린 것 같아."

"이제 시작입니다!"

"지겹게 말한 거지만 이런 사냥은 흥미 없어."

그는 고개를 저으며 활을 거두었다. 일말의 미련 없이 말 머리를 돌리자 라일이 더 이상 말을 잇지 못하며 그의 뒤를 따랐다.

"나가시자고……."

흥미 없던 남자가 별안간 움직이지 않자 라일이 고개를 길게 빼곤 앞을 살폈다.

"조용히 해 봐."

둔탁한 소리가 들려왔다. 라일은 지오반니가 시선을 두고 있는 곳을 바라보았다. 풀숲에 가려져서 보이지 않는데도 지오반니는 마치 무언가 보이는 양 뚫어지게 주시하고 있었다.

"뭐가 보입니까?"

"뭐가 날아올 것 같지."

"예?"

날아오긴 무얼. 라일이 또 헛소리를 하시냐 입을 떼려는 참이었다.

"대단한데."

"대체 뭐가 말입니까?"

순간 지오반니의 손이 라일의 머리를 세게 잡고 꽉 눌렀다.

"악!"

예고치 못한 힘에 하마터면 말 위에서 떨어질 뻔했다. 말의 목에 볼썽사납게 팔을 두르지만 않았더라면 그는 필시 바닥을 구르고 있었을 것이다. 라일이 억울한 얼굴을 들었다.

라일이 당황한 얼굴로 자신을 막아선 지오반니의 등과 제 뒤에 있는 나무의 허리를 움푹 파고든 화살을 차례로 바라보았다.

"대체!"

"계속 숙여."

라일은 이때만큼은 상관의 명령을 철저히 따랐다. 또다시 제 뒤에 있는 나무에 화살이 박히는 소리를 들으며 그가 실눈을 떴다. 실로 매서운 소리였다. 공기를 가르는 소리가 가히 죄 찢어발기는 듯 날카로웠다. 저것이 몸에 박힌다면 팔 한쪽 정도는 어렵지 않게 불구가 되리라고 생각했다.

"각하. 이, 이게."

라일은 떨리는 목소리로 지오반니를 불렀다. 평소에는 걱정 많고 무슨 생각을 하는지 알 수 없는 사람이었지만 이때가 아니라면 언제 의지한단 말인가.

하지만 제 앞에 있어야 할 상관이 보이지 않았다.

"각하?"

"그만 떨고 내려와."

라일의 눈이 그제야 아래쪽으로 떨어졌다.

"뭡니까? 떨어진 거예요?"

"그래. 자네를 구하고 내가 굴렀지."

"이, 이런."

라일은 황망함을 감추지 못하고 안장 위에서 급히 내려왔다. 아무리 자신이 매번 그를 한심하게 여기고 투덜거리는, 거칠 것 없는 부관이라 하지만 상관이 구르고 자신이 보호를 받다니. 이건 바뀌어도 단단히 바뀌었다.

"괜찮으십니까?"

"괜찮아 보여?"

멀쩡해 보이긴 하는데. 라일이 미심쩍은 눈을 했다.

"다치신 곳은 없어 보이는데."

"내일이 되면 죄 쑤시겠지."

"제가 미흡하여……."

"마음에도 없는 소리 그만하고."

무안하리만치 라일의 말을 잘라먹은 지오반니가 턱 끝으로 수풀 너머를 가리켰다.

"누가 쏜 겁니까?"

"글쎄. 누구일까."

그가 울긋불긋 열이 오르는 뺨을 매만졌다. 손에 묻어 나오는 것은 피였다. 급격한 짜증이 일었다. 머리끝까지 치솟는 불쾌함. 찢긴 옷자락과 먼지투성이가 된 옷, 그리고 제 상처까지 생각한 지오반니의 입가가 비뚜름하게 말렸다.

"각하, 피가, 피가 나는데요?"

붉은 것이라면 질색을 하는 부관은 금방이라도 울 것 같은 얼굴로 지오반니에게 가까이 붙어 상처를 살폈다.

"자네보다 내가 더 잘 아니까 호들갑 떨지 마."

지오반니가 화를 누르며 발걸음을 뗐다.

화살을 날리는 정확성과 굵은 나무를 반이나 파고든 순간적인 파괴력은 그들이 가지고 있는 힘들 중 꽤 우수한 편에 속했다.

하지만 그런 사소한 것들을 칭찬해 줄 만큼 제정신이 아니었다. 이 힘의 주인이 얼마나 무심하고 차가운 자인지 대충이나마 파악이 되어서였다. 짐승이건, 사람이건, 제 활에 맞는 이가 누구인지는 상관없는 무심함을 가지고 있었다. 그렇기에 이렇게 무차별적으로 힘을 남발할 수 있었던 것이다.

"아."

수풀 사이에서 몸을 드러낸 남자의 감상은 짧았다. 제 화살에 맞은 것이 사람이라는 데에 난색을 표할 뿐이었다.

"사람이 다칠 뻔했습니다!"

"그렇군."

남자는 무심한 눈을 하고 있었다.

"사과하지."

남자는 형식적인 예를 갖출 뿐이었다. 그의 무감한 눈은 마치 그곳에 있던 지오반니를 되레 탓하는 듯도 했다.

"화살에 맞은 것이 짐승이 아니라 아쉬우십니까? 전하."

"짐승이라면 더 좋을 뻔했지."

미하엘 고드릭 폰 라르기얏. 그리 자주 보는 사이가 아닐 텐데도 어쩐지 프레야 공작보다 더 보기 고역스러운 남자였다. 만난다는 것이 하필 이놈일 건 뭐란 말인가.

"사람이 있는 줄은 몰랐는데."

"저도 화살에 맞을 줄은 몰랐습니다."

"실수인 것을."

라일의 얼굴이 그의 무례함을 참지 못하고 붉어졌다. 지오반니가 느리게 라르기얀을 관찰하듯 훑었다. 저 얼굴. 저 말투. 특유의 오만함.

이렇게 반갑지 않을 수가 있을까. 그렇게 사이가 좋지 않던 프레야 공작도 간혹 반갑다고 느껴질 때가 있는데, 이놈은 몇 년 만에 봐도 정이라곤 들지 않을 얼굴을 하고 있었다.

소문의 라르기얀을 이렇게 빨리 보게 될 줄이야. 그를 위한 파티에 참여하기는 했지만 그저 얼굴을 비춘 것이 전부였다. 라즐리가 프레야 공작과 함께 자리를 떠나자마자, 그도 얼마 있지 않아 저택으로 향했으니 그가 미하엘의 모습 중 본 것이라곤 잘 빗어 넘긴 머리뿐이었다.

"상처가 났군."

"예."

"흉 지지 않길 바라."

미하엘은 그대로 등을 돌렸다.

"무슨 저런 사람이 다 있습니까?"

"저 종자가 원래 그래. 망나니의 핏줄이 어디 가려고."

"……."

"건방지고. 내세울 것 없는 주제에 똑똑한 척은 다 하지."

"그렇습니까?"

"사과라고는 할 줄도 몰라. 덜 배워 먹은 모양이지."

지오반니가 미하엘을 신랄하게 비웃었다.

"황자를 정말 싫어하시는군요?"

라일이 놀란 얼굴을 했다. 그는 종잡을 수 없는 사람이었지만, 사적인 감정으로 누군가를 거침없이 비난할 남자는 아니었다.

"지금 남 욕을 하고 계실 때가 아닙니다. 피가 멈추지 않습니다."

"흉 지면 곤란한데."

라일이 건넨 천이 벌써 붉은 물이 가득 들어 있었다. 지오반니는 닦는 것을 멈추기로 했다. 신경질적으로 상처를 지혈하고 있던 천을 바닥으로 던진 그의 낯빛이 차가웠다.

"각하?"

"아파."

"어서 말에 오르십시오. 치료가 급할 것 같습니다."

사실 어느 순간부터 뺨을 데우는 열기와 아픔이 느껴지지 않았다. 처음이 아니었다. 제게 귀속된 땅을 침범하고 망가뜨린 것에서부터 지금까지.

그는 미하엘에게 갚을 것이 꽤 많다고 생각했다. 저 견고한 얼굴을 괴로움으로 얼룩지게 하는 것을 봐야 이 분노가 조금은 가라앉을 듯했다.

"……건방진 새끼."

분명 웃고 있었지. 말 등에서 떨어지는 순간 웃고 있었던 남자를 잊을 수 있을 리 없었다.

지오반니가 미하엘이 지나간 자리를 한참 동안이나 서서 지켜보고 있었다.

"친구를 만나기로 했어요. 들어오지 말아요."

오늘만큼은 늘 그래 왔던 것처럼 할아버지께는 비밀로 해 달라는 소리를 하지 않았다. 당부하지 않아도 모두 그의 귀에 들어갈 것임을 알기 때문이었다.

어쩌면 반항심에서 비롯된 무언가일지도 몰랐다. 항시 감시에 가까운 관심을 받고 있다는 것을 알면서도 묘하게 뒤틀린 속내. 이제는 조금 질려 가는 참이었다. 라즐리는 조용히 고개를 숙이는 마부를 지나쳐 숲길을 따라 걸었다.

구불거리는 숲길을 걷다 보면 넓은 호수가, 그리고 스러져 가는 작은 오두막집이 나왔다. 들려오는 소리라곤 저가 밟고 있는 발자국 소리뿐이었다. 나뭇가지와 흙이 밟혀 자아내는 소리. 오랫동안 물이 나오지 않아 말라붙은 분수대와 목이 부러진 조각상은 한껏 으스스한 분위기를 조성하고 있었지만 그것들마저도 이 고즈넉한 풍경에 녹아들었다.

오랜 시간을 걷자 낡은 저택이 모습을 드러냈다. 관리하지 않은 마당이 사람이 살 것 같지는 않아 보여 그 앞에서 기웃거리다, 제 허벅지까지 오는 잔풀들을 걷어내며 앞으로 나아갔다.

"어……."

사람이 살지 않는 줄 알았는데 그것도 아니었던 모양이다. 자세히 보니 사람을 맞이하기 위해 불을 밝힌 채였다. 라즐리는 홀린 듯 저택 안으로 들어섰다. 저택 안은 거의 비었다고 하는 것이 맞았다.

누군가 사용했을 식탁과 식기 도구, 그리고 먼지가 가득 쌓인 카펫이 을씨년스럽게 저택의 자리를 차지하고 있었다. 계단을 오르자마자 삐그덕거리는 소리에 라즐리가 소스라치게 놀랐다.

여러 방을 둘러봤지만 별다른 것이 없었다. 빈 방이나, 그것도 아니라면 침구가 있는 것이 전부였다. 그러기를 한참이었다. 방을 둘러보는 것을 포기한 라즐리는 깨끗하게 치워 둔 방 하나를 발견하곤 창가에 기대어 앉았다.

"아."

문 앞에서 멈추는 발자국 소리에 라즐리가 반가운 얼굴로 고개를 돌렸다.

"누구……."

놀라움 다음엔 덜컥 무서운 생각이 들었다. 그림자에 가린 남자가 지오반니가 아니라는 것은 확실했기 때문이었다.

그림자가 거둬진 후, 보이는 의외의 얼굴에 라즐리의 눈이 커졌다. 그녀는 며칠 전 남자를 위해 열렸던 파티를 기억해 냈다. 기억나는 것이라곤 눈부신 금발과 차가운 인상의 얼굴뿐이었다.

"라르기얀…… 황자가 아니십니까? 이곳엔 어쩐 일이세요?"

"영애에게 볼 일이 참 많은데 만날 기회가 주어지지 않더군요."

그의 목적이 저라는 것을 알자 유순했던 라즐리의 눈이 매서워졌다.

"제가 이곳에 있다는 건 어떻게 아셨어요?"

"뭐……."

"미행하신 건가요?"

"심각하게 생각하지 마십시오. 물어보면 가르쳐 주지 않는 자들이 없더군요."

"그것 참 애석한 일이네요. 전하에게는 도움을 주었지만 제게는 무례를 범했으니 가차 없이 자르는 것이 맞겠죠."

잘 닦인 유리창으로 미간이 한껏 모인 라즐리의 얼굴이 비추어졌다.

"돌아가세요. 제 집도 아닐뿐더러 이런 만남은 불쾌해요."

"……."

"더욱이."

누바라의 핏줄이라면. 라즐리는 치미는 욕지기를 애써 넘겼다.

"제 집이 아니라 감히 앉으라고 청하지는 못해요."

"서 있는 것은 익숙합니다."

기묘한 침묵이 이어졌다. 남자는 아무렇지 않아 보이는데, 어쩐지 좌불안석이 된 것은 라즐리 쪽이었다. 남자와 한순간도 함께 있고 싶지 않았다. 남자가 가지고 있는 모든 것들이 싫었고, 주변 공기를 차갑게 하는 남자의 존재도 마뜩지 않았다.

"누가 전하를 이곳까지 이끌던가요?"

이 라제프까지 당신을 다다르게 한 이가 누구냐고 묻고 있는 것이었다.

"랜더스 후작이라고 해 두죠."

"랜더스……."

랜더스. 오래전 누바라의 황녀와 정략혼인을 맺어 후작 위를 받은 남자였다. 그리고 후의 작위를 받기 전, 황제의 동생이자 라제프의 세 번째 황자인 남자였다.

"제 이야기를 하셨겠군요."

"꽤."

"꽤 알은체를 많이 하던 분이긴 하셨어요. 제 부친 되는 이와 친한 친구라도 된 양 굴었더랬죠."

"……."

"그 우정이 얼마나 부질없고 말뿐인 것이었나를 알아 버리고 말았지만."

나이가 비슷해 부친과 친했다던 남자는 친선을 위해 누바라와 정략혼을 한 황자였다. 그리고 황자가 누바라의 갑옷을 입고 적진에 있었을 때에는 모든 것이 뒤틀리고 난 후였다.

부친은 친구에 의해 죽었고, 황자는 공을 인정받아 진귀한 하사품과 영지를, 그리고 유명세를 얻었다.

"라제프와 우호적인 관계를 유지하기 위해선 프레야를 구슬리는 것만큼 효과가 큰 것은 없다고 말씀하시던가요?"

"……."

"아니면 두 번 정도는 나라를 팔아도 괜찮다고 하시던가요."

"랜더스 후작은 누바라의 충신입니다. 그를 욕보이는 것은 제 앞에선 그다지 좋은 일이 아니죠."

"전하의 충신이 모두에게 좋은 사람일 수는 없답니다. 전하의 충신은 제게 한없이 원망스러운 사람일 뿐이죠. 제 어머니가 자국에선 영웅이고, 전하의 나라에선 사악한 마녀라 회자되듯이."

"애석할 뿐입니다."

미하엘이 건조하게 내뱉었다.

"이런 식으로 대화하세요?"

"……."

"정말 사람을 불쾌하게 하시는 데에 일가견이 있으신 듯하여 드려본 말씀이에요."

연한 호박색의 눈동자가 미하엘을 담았다. 그러곤 망설임 없이 가시같이 뾰족한 말을 거침없이 내뱉었다. 놀랄 정도의 뚜렷한 적개심이었다. 굳이 감추려 들지도 않았다. 오히려 내비쳐 담담한 얼굴의 미하엘을 당황케 하는.

"랜더스 후작께선 잘 지내고 계세요?"

"그럼요."

"다행이네요."

날 선 얼굴은 그대로인 채로 라즐리가 물었다.

"잘 사셔야죠. 나라를 팔아 그 자리에 오르셨으니 천수를 누리셔야 하지 않겠어요?"

적나라한 적의감에 대꾸해 줄 말이 없었다. 그는 어디 해보라는 양 표정 없는 얼굴로 라즐리를 바라볼 뿐이었다.

"그러니 라르기얀 전하께선 그분들을 잘 보살펴 주세요. 오래오래 사시도록."

무릎을 굽혀 인사할 뿐 그대로 미하엘을 지나친 라즐리가 문을 열었다.

"제 이야기는 끝이에요. 본의 아니게 제 할 말만 했네요. 하지만 제게 실례를 범했으니 이 정도는 넘어가 주실 거라 믿어요."

불청객 취급을 받는 것은 그리 유쾌한 일이 아니었다. 미하엘은 열린 문을 가만히 바라보았다. 여자의 환심을 사는 것은 그른 듯싶은데. 그가 짧게 고민했다.

"나가 주세요."

"마지막은 아닐 겁니다. 시간은 많으니까."

"그 시간이 전하와 제게 허락된 시간은 아닐 거예요."

지지 않고 받아 내는 말에 미하엘이 낮게 웃었다. 그러다 그의 웃음 섞인 얼굴이 의아해하며 고개가 돌아갔다. 여자의 시선이 자신이 아니라 묘하게 비껴간 것을 느꼈기 때문이었다.

"……웰시노."

미하엘의 얼굴이 굳었다. 자신과 비슷한 얼굴로 응시하는 남자 또한 굳은 얼굴을 하고 있었다.

"그 얼굴은 제가 해야 맞는 것이 아닐까 싶은데."

"……."

"제 집이니까요."

그러고 보니 이 집의 주인이 누구인지 생각해 보지 않았다. 이 남자라는 것은 더더욱.

미하엘이 비뚜름하게 입매를 말아 올렸다. 다정해 보이는 지오반니의 얼굴이 여자에게로 닿았다. 자신이 기억했던 뱀같이 얍삽한 모습은 없었다. 까마귀처럼 교활한 얼굴 또한 감추었다.

그 여자는 저가 취해야 할 것인데. 벌써부터 뺏기기라도 한 양 불쾌함이 느리게 몸을 타고 퍼졌다.

*　　*　　*

"주인 없는 집을 먼저 구경하고 말았네요."

"구경해 달라고 초대한 겁니다."

"여긴 뭐예요?"

"버려진 정원을 샀습니다. 아직 손볼 곳이 많지만. 낡은 저택은 새로 꾸며야 할 것 같고 손볼 곳이 많습니다."

라즐리는 그가 이끄는 대로 저택을 나섰다.

"비가 오는군요. 다시 들어가야 할 것 같은데."

"이 정도는 괜찮아요."

망설이는 지오반니에게 웃어 보인 라즐리는 개의치 않아 하며 발걸음을 뗐다. 부슬비였다. 지오반니는 제 겉옷을 건네줬지만 치마의 끝자락이 젖는 것까지 피할 수는 없었다.

"또 친절하세요."

"저보다는 영애께서 덜 젖는 게 나을 겁니다."

"얼굴은 왜 그러세요?"

"사냥터에서 꽤 무리를 했죠."

상처를 되새길 때마다 미하엘에 대한 살의가 치솟곤 했다. 하지만 그마저도 여자의 손이 뺨에 닿자 거짓말처럼 희미해졌다. 이 저택에서 얼굴을 마주했을 적부터 애써 눌러 담은 화가 여자의 손 아래서 그리도 쉽게 말랑해지고 전에 없이 물러졌다.

그는 그녀의 손에 안식을 찾은 듯 눈을 감았다. 그래서 뺨에 닿은 손이 멀어지고, 온기가 사라져 갈 때는 앓는 소리를 참아 내야만 했다.

"묻지 않으세요?"

그가 온기에 취해 흐느적거릴 즈음 라즐리가 침묵 끝에 입을 열었다.

"무엇을 말입니까?"

미하엘의 방문을 예상하지 못했을 텐데도 지오반니는 미하엘에 대해서 묻지 않았다. 궁금함을 참지 못한 쪽은 라즐리였다.

"라르기얀이 왜 여기까지 왔는지 묻지 않으세요?"

"저 때문일 리는 없고. 영애 때문이겠지요."

지오반니는 문 앞에서 마주한 미하엘의 얼굴을 떠올렸다. 자신만큼이나 황당한 얼굴을 하고 있었지. 대체 왜? 집 주인은 자신이고, 그는 불청객이었을 뿐인데.

"라르기얀 황태자가 영애께 관심이 있다는 건 알고 있습니까?"

"그래요?"

"놀라지 않으십니다."

"저한테 관심이 있는 게 아니라 제 가문에 관심이 있는 거 아닐까요? 이젠티아의 핏줄이라든가. 누바라는 라제프 말고도 이젠티아에 관심이 많아요."

"아무렇지 않은 듯 말씀하시는군요."

"아무렇지 않긴요? 사람을 도구로 보는데 불쾌하지 않을 리가요. 그저 다시 보지 않을 사람이니 무시하는 거죠."

그렇다면 좋겠지만 라르기얀은 저가 여기까지 찾아올 정도로 집착을 보인 사람을 쉽게 포기할 정도로 끈기 없는 남자가 아니었다.

그는 호기롭고 진보적인 성향인 사람이었다. 그렇기 때문에 제 아비와는 달리 라제프와의 좋지 않은 관계를 개선시키려 적극적으로 나섰고, 많은 것을 바꾸고 싶어 했다.

그가 변화를 주려는 것들 중, 누바라와 프레야의 관계도 포함되어 있었다. 그는 티끌 없는 혈통을 낳는 동시에 해묵은 감정이 조금씩 나아지길 원했다. 많은 사람들이 생각한 것처럼, 프레야와의 관계가 나아진다면 라제프와의 우호적인 관계에 있어서 대단히 긍정적인 효과를 줄 것을 의심치 않았다.

"관심사가 그렇게 되면 만날 적마다 굉장히 지루할 것 같아요. 그 사람은 저한테 관심 있는 게 아니잖아요. 따분한 관계가 될 거예요."

"저와는 그렇지 않으시고요?"

"우리는 관심사가 꽤 비슷해요. 그리고 무엇보다 후께서는 저한테 무얼 바라시지도 않고 말이에요."

관심사……. 무얼 말하는지는 모르겠지만 확실한 것은 이 도도하고 경계심 많은 아가씨의 환심을 샀다는 것이었다.

"공께 혼이 나셨을 텐데."

"왜 혼이 났는지는 알고 계세요?"

"계속 만나도 되는 건지 묻는 겁니다. 제가 썩 내키지 않는 것 같으시니."

"안 된다 해도 아쉬울 것 없는 얼굴을 하고 계시면서."

결코 그렇지 않았다. 께름칙한 힘을 빌려서라도 이 여자를 묶어 놓을 자신을 안다면, 여자는 이렇게 말할 수 없을 것이다.

"혼이 나지는 않았어요."

"그럼."

"아직은 아무 말씀도 안 하셨어요. 두 가지겠죠. 당분간은 지켜보시겠다거나, 후께서 신경 쓸 만한 가치가 없다거나."

"둘 다이겠군요."

그의 대답에 라즐리가 호탕하게 웃었다. 작은 손이 손뼉을 치며 웃다, 어깨에 걸쳐 준 옷이 흘러내렸다. 지오반니가 그것을 다시 걸쳐 주며 단단히 여며 주었다.

"고마워요."

그리곤 비에 젖어 뺨에 달라붙은 머리카락도 떼어 주었다.

"이건 과한 친절이죠."

"과한 친절인가요?"

"네."

"작은 배려 정도라고 생각해 주셨으면 좋겠습니다."

웃는 낯으로 그의 손에서 벗어난 라즐리가 눈을 휘었다.

"풍경이 좋아요."

"그래서 사 들인 거지만요."

라즐리가 벗어나자 지오반니가 무안해진 손을 거두었다.

"실례가 되지 않는다면 종종 찾아와도 될까요?"

"혼자라면."

"앞으로 라르기얀이라는 혹은 달고 오지 않을게요."

지오반니는 망설임 없이 대답했다. 한 명 정도야 괜찮을 거라고 생각하면서.

*　　*　　*

"미하엘, 차 맛이 어떠세요?"

"톨소레 산이 아니냐."

"예. 라제프의 것은 영 제 입맛에 맞지 않아서요."

"나는 그런 생각이 들지 않으니 네가 까다로운 것이겠구나."

"이곳의 모든 것은 제게 맞지 않아요. 마음에 드는 것도 없죠. 예를 들어서 이런 음식부터 해서… 창밖의 풍경 모두요. 모두가 지루하기 짝이 없어요."

확실히 엘리노라의 취향과 거리가 멀긴 했다. 그녀는 지극히 화려한 것을 좋아하는 누이였다. 이름을 기억하지도 못할 보석들을 옷에 주렁주렁 매단 드레스를 입곤 황궁을 거닐었다. 그리고 그것을 귀족의 부인들이 따라하기까지는 일주일이 채 걸리지 않았다.

그에 비해서 누바라의 옷은 누이의 입장에선 퍽 단조롭고 지루한 옷이었을 터다. 그녀가 좋아하는 보석을 죄 매달고 다니지 않았으니까.

밀려드는 지루함에 미하엘이 눈을 깜빡였다. 빠르게 식어 버린 찻물이 텁텁하게 느껴졌다. 붉은 과일 하나를 집어 먹은 엘리노라가 자신과 똑같은 눈으로 저를 바라보았다.

그 눈을 보고 있노라면 이상한 감상에 젖곤 했다. 반가움 같은 기분은 아니었다. 그저… 정체 모를 위화감이 느껴졌을 뿐이었다. 저런 눈을 하고 사람을 마주했던가.

문득 든 생각에 미하엘이 눈가를 찡그리며 엘리노라의 시선을 피했다.

"황제께 청을 넣을까 생각 중입니다."

"청이라니?"

"이제 와 제가 이 먼 곳까지 오라버니를 따라나선 이유를 모른다 하진 않으실 테지요."

그녀의 말에 미하엘이 아는 체를 했다.

"아아."

"……."

"무언가를 두고 왔었다 했지."

엘리노라는 여행 따위를 좋아하는 이가 아니었기 때문에 애초부터 아무 이유 없이 자신과 동행할 사람이 아니었다. 라제프에 호기심이 동한다는 이유는 애초에 믿지도 않았다.

라제프에 호기심이 동했다면 그녀는 라제프를 여행한 수십 명의 사람을 끌어모아 그들의 경험담을 듣는 것을 택했을 것이다.

"웰시노 후작 말입니다."

"웰시노?"

그는 잿빛 눈의 사내를 어렵지 않게 떠올릴 수 있었다. 최근에 마주

쳤던 사냥터의 일이 아니더라도, 남자는 쉽게 잊을 만한 사람은 아니었다.

먼저로는 눈에 띄는 외모가 그러했고, 두 번째로는 거무튀튀한 눈빛 속에 드러나는 음습함이 그러했다. 꽤나 불길한 눈을 하고 있었다. 빛이라고는 한 점 들지 않을 만큼.

남자는 어둠이었다. 그곳에 가까웠다. 빛이 스며든다 해도 남김없이 잡아먹어 치울 모습이 어렵지 않게 그려지는 자였다.

그 외에도 남자가 사람들의 머릿속에 오래도록 기억되는 이유는 많았다.

또한 오래전 남자를 마주했을 적과 마찬가지로 불길한 느낌은 여전했다.

"네가 탐난다고 했던 것이 웰시노였느냐?"

"예."

엘리노라는 라제프에 아주 귀한 것이 있다고 말하곤 했다. 여태 들뜬 얼굴로 시작되었던 이야기의 주인공이 웰시노였다는 것을 알았다면 들어 주기도 전에 말을 잘랐을 것이었다.

"이 오라비는 그것도 모르고 네 수다를 들어 주고 있었구나."

"재미있다고 하셨잖아요."

"웰시노의 이야기였다면."

"……."

"나는 네가 이곳에 온다고 했을 때, 강제로라도 막았을 거야."

"그가 마음에 들지 않으세요?"

"마음에 들어야 할까?"

'그런 놈을?'

미하엘의 눈이 사납게 물었다.

"무슨 사이라도 된다는 것이냐?"

"제가 일방적으로 쫓아다니는 것을요."

하. 농담으로라도 들어 주지 못할 말에 미하엘이 고개를 돌렸다.

"황도의 수많은 여성들처럼. 저도 그중의 하나랍니다."

"장난칠 생각 없다."

"정말입니다."

"그 녀석을 진정으로 원하느냐?"

미하엘의 한숨 섞인 물음에 엘리노라의 눈이 남자를 홀리기라도 할 것처럼 반달로 휘었다. 동생에게서 들려올 대답을 알았다. 장난으로라도 이곳까지 올 동생이 아니었다.

"진정으로 원합니다."

"그리 보는 눈이 없어서야."

미하엘은 제 동생을 이해하지 못했다. 지금은 후작의 신분으로 높다란 자리에 앉아 있는 남자였지만, 오래지 않은 과거로 거슬러 가 보면, 그는 애초부터 신분이 불분명한 자였다. 캐내고 캐내어도, 알 수 있는 것들이 없었다. 그에 관해서 알 수 있는 것이라곤 대부분의 사람들이 아는 것 정도. 나이와 성별, 누구에게 입양되었으며 하는 시시한 것들이었다.

출생지도 모르며 친부모가 누군지도 알 수 없었다. 그저 십 년도 더 전에 씨가 마른 웰시노 후작가에서 양자를 들였다는 정보뿐이었다.

"알 수 없는 자다."

지오반니를 정의할 수 있는 가장 좋은 말이었다.

"나는 그자가 마음에 들지 않아. 천한 놈에게 후의 작위를 내리고,

좋은 것을 먹이고, 입히고. 그렇다고 해서 그놈이 본래부터 그랬다는 것은 아니지. 사람이란 운도 좋아야 하지만 태생으로 타고나는 것 또한 중요하단다."

"양자로 들였다는 것 때문인가요? 저는 괜찮습니다. 그가 과거에 천한 자였다 해도 개의치 않아요. 지금은 후작의 작위에 있는 자가 아닙니까. 아바마마께 잘 말씀드리면 될 거예요."

"지금 내가 네 의중을 물었다던."

"그럼……."

"곧 제위에 오를 내가 황가의 일원으로 맞을 수 없다 하였어."

엘리노라가 놀란 눈을 하고 미하엘을 바라보았다. 제 오라비가 저렇게 말하는 이유는, 그가 제위에 오를 날이 머지않았기 때문일 것이다.

그는 부친과는 다른 남자였다. 황제의 재목에 더할 나위 없이 어울리는 남자였지만 그렇기에 차가울 수밖에 없는 사람. 그의 하나밖에 없는 동생이라 편의를 봐 주고 있지만 그마저도 아니라면 목 한 번은 졸렸을 것이었다.

"알 수 없는 자이니만큼 그리도 불길하고, 께름칙할 수가 없다. 그는 분명 알 수 없는 자다. 신분이 불분명해. 어디서 구르다 왔는지 도둑질을 하고 살았는지 아는 자가 없어. 그것이 정상이라고 생각하느냐?"

그의 말에 엘리노라가 항변하려 했지만 곧 입을 다물었다. 그녀는 자신의 입에서 나오는 이야기였기에 미하엘이 듣는 시늉이라도 한다고 생각했다. 실제로도 그러했다.

그는 차가운 사람이기도 했지만 모친을 제외한다면 유일한 가족으로 여기는 여동생에게는 꽤 따뜻한 사람으로 보이고 싶었으므로.

"사람은 족적이 있어야 하지. 무엇을 하고 살았는지, 어디서 나고 자랐으며 하는 것들 말이다. 거슬러 올라갈 수 있어야 해."

그는 다소 거만하게 턱을 들곤 말했다.

"흔적이 있어야 하는데 놈은 그렇질 않아. 놈이 웰시노 후작에게 거둬졌다는 것 말고는 알려진 것이 있느냐? 사람이라면 그럴 수 없어. 그 전의 일을 모두가 모른다."

"……."

"알고 있는 것은 지오반니가 거둬지고 난 후, 웰시노 후의 자리에 올랐을 때부터지. 마치 놈이 웰시노 가문의 장자고, 당연한 순리대로 그 자리를 물려받은 것처럼 말이다."

당연하다는 것은 없었다. 길바닥에서 구르다가 왔을지도 모르는 놈이 후작이 되었다. 그 과정이, 모든 것이 당연할 수 없었다. 그럼에도 지오반니의 주위는 이상하게 돌아가고 있었다. 그 괴이함을 누군가는 느껴야 함이 마땅하건만 모든 사람들이 천치인 양 굴고 있었다.

"그런 자를 황가의 일원으로 맞으라고?"

"오라버니, 저는 진정으로 그를 원합니다. 지오반니, 그 남자가 좋아요."

"원하고 말고의 문제가 아니지. 알 수 없는 자라 하였어. 모든 것이 거짓인지 누가 알까! 지껄이는 말 또한 거짓임을 네가 어찌 알 수 있으려고!"

하나, 아무리 제가 이렇게 언성을 높이고 말리려 한다 해도 미련하고 고집 센 제 동생에게 먹히지 않는다는 것 정도는 알았다. 엘리노라는 가지고 싶은 것이 있으면 하늘만을 향해 뻗어 있는 나뭇가지처럼 앞만 보고 내달렸다.

그녀는 어려서부터 가지고 싶은 것을 모두 손에 쥐고, 먹어 보고,

눈으로 보아 왔기 때문에 자신이 갖지 못한다는 뜻을 이해하지 못했다. 그런 일은 존재할 수 없을 것이라고. 그것은 하나밖에 없는 딸을 위한 아바마마의 넘치는 애정 때문이었다.

엘리노라는 아무리 대단하고 귀한 것이라도 자신이 어떻게 하면 그것들을 손에 쥘 수 있는지 영악한 계집애답게 알았다. 그렇기 때문에 사람을 간혹 물건의 개념으로 이해하는 것 같았다. 웰시노 후작이 바로 그런 예 중의 하나였다.

"제가 갖고 싶다면 바란 대로 됩니다."

그 끝이 파멸이고, 부서지고, 저가 다치게 된다 하더라도.

"미련한 내 동생."

미하엘이 제 시선을 피하는 엘리노라의 턱을 잡아 돌려 세웠다.

"너무나도 미련하고 멍청한 꼴이라 도저히 봐 줄 수가 없구나."

그가 엘리노라만이 들을 수 있을 정도로 작은 목소리로 속삭였다.

"필히 그는 네 간절한 마음을 짓밟을 것이다."

"그것 또한 제가 감당할 일입니다."

"곱게 자란 네가 그 무정함을 어찌 견딜 수 있을까. 그 녀석은 네 생각만큼 착한 녀석이 아니지. 순순히 아귀에 잡힐 녀석도 아니고. 아마 너는 눈에 들어오지도 않을 터다."

엘리노라는 말없이 고개를 끄덕일 뿐이었다. 그 고집에 미하엘은 낮게 코웃음 쳤다. 후회하는 날이 올 테지. 눈물로 얼굴을 적시며 세상에 이보다 슬플 일이 없다는 양 굴 터다.

"그러고 보니 그 계집과는 만나 보셨습니까?"

"만나는 봤지."

"어떻던가요?"

"글쎄……."

파티장에서는 뒷모습만 본 것이 전부였으니 다 쓰러져 가는 저택에서의 만남이 첫 만남이라고 할 수 있었다. 관계가 매끄럽지 못한 것이 아쉬웠지만 신경 쓸 부분은 아니었다.

나긋나긋해진다면 더 좋았겠지만 아니라 해도 상관없었다.

"소문만 무성한 여자였지 않습니까. 분명 느끼신 바가 있으실 텐데요."

"닮았던데."

미하엘이 무의식적으로 말했다. 생각지도 못한 말에 듣는 엘리노라보다 미하엘이 더 당황한 얼굴을 하고 있었다. 그녀의 딸로부터 아리엘의 흔적을 찾고 있는 자신의 모습을 발견한 것은 꽤 충격적인 일이었다.

하지만 기껍기도 했다. 여자의 흔적을 찾을 수 있음에. 그것을 좇기라도 할 수 있어 어쩌면 다행이라고 생각하고 있었다.

그는 표정을 급하게 갈무리하곤 다시 말을 이었다.

"아리엘의 붉은 머리칼."

"그것 참 짓궂달까요."

"그 여자의 눈."

"……."

"적개심. 차가움. 남자를 닮은 눈매. 뭐 하나 빼다 박지 않은 것이 없더구나."

"고역스러우시겠습니다."

"그렇지는 않아. 다만 묘한 기분이 들긴 들더구나."

여자의 눈을 보는 순간 떠오르던 것은 아리엘의 잔상. 부친과 엘리노라는 여자를 떠올리면 그녀가 낙인처럼 찍고 간 두려움과, 불길처럼 타오르던 붉음의 흔적을 기억하겠지만 그는 그러한 것들보단, 언젠가 자신에게 구원을 바랐던 눈을 기억해 냈다.

자신까지도 이해할 수 없는 모호한 감정. 아직까지도 잔류하는 감정의 찌꺼기들이 대체 무엇인지 궁금했다. 그것은 그녀가 죽은 이후에도 해결되지 않은 난해한 문제였다. 그것의 답을 알고 싶어 발걸음했다.

끝낼 때가 되었다. 방심한 틈을 타 제 머릿속을 비집고 들어오는 여자의 모습을, 지긋지긋할 정도로 반복되는 여자의 모습을 기억하는 것을 이제는 그만두어야 했다.

"너무 닮았거든."

"끔찍한 모습이에요. 보기 겁이 날 정도군요."

"정말 닮았단 말이지……. 속을 뻔했지 뭐야."

"아바마마께서 보신다면 기함하시겠군요."

"기절할지도 모르는 일이지."

미하엘이 비딱한 웃음을 지었다. 아리엘이라면 끔찍해하던 부친이 떠올랐다. 두려움에 벌벌 떨며, 자신의 몸을 깊숙이 숨기던 남자였다. 여자가 숨은 자신을 발견이라도 할 것처럼 천을 머리끝까지 눌러쓰던 사람. 그 한심한 이가 자신의 부친이었다.

아리엘이 누바라로 끌려왔을 때에도 겁이 나 똑바로 쳐다보지도 못하지 않았던가. 반편이도 그런 반편이가 없었지. 그는 짧지만 강렬하게 스치는 기억을 떠올리며 차게 웃었다.

"살려 줄까 물었었지."

"아리엘에게요?"

"그래."

"미하엘은 동정심이 많아서 큰일이에요."

미하엘은 철이 들 즈음, 아리엘을 마주하던 것을 잊지 못했다. 악명이 자자한 여자. 붉은 마녀. 괴물. 여자에게 붙여진 이름은 많았다. 여자의 힘을 저어한 누바라는 입에 재갈을 물리고, 눈을 가렸으며, 마지막에는 손을 잘랐다.

비명을 내지르는 것도 잠시, 그 차가운 곳을 쩌렁쩌렁하게 울릴 정도로 호탕하게 웃었었다. 웃음소리와는 대조적으로 괴롭게 일그러지는 입매. 흐릿한 기억 속에선 분명치 않은 것들만 남아 있었다.

'그 여자, 울고 있었나? 웃고 있었나?'

"그래서 뭐라 하던가요?"

"거절했지."

"자존심은."

엘리노라가 비아냥거렸다. 하지만 미하엘은 엘리노라의 이죽거림에 동조해 줄 수 없었다. 여자는 내내 뜻 모를 말만 중얼거렸었다. 끝내야 한다면 자신이 끝내야 한다고. 그러니 죽여 달라 했었다.

여자의 죽음 따위로 인해서 변할 것은 없었다. 그래야 하는 것이 맞았고, 그렇다고 생각했다. 하지만 거짓말처럼 그녀의 죽음으로 전쟁은 멈추었고 라제프는 하락세를 걸었다. 지금도 그 위세가 대단하다곤 하지만 이전만 못한 것이 사실이었다.

그들은 아직도 아리엘의 흔적을 좇았다. 그녀가 만든 황금의 길을, 번영의 길을 그리워했다. 꿈길을 헤매듯 그 길을 찾아 나서려 했다.

"찝찝한 것은 변하지 않아요. 아리엘의 딸을 누바라의 황궁으로 들인다는 것은."

"……"

"그 여자가 누바라를 어떤 지경으로 만들어 놨는지 알고 계시지 않습니까? 피바다였지요. 앗아 간 목숨은 셀 수도 없이 많았고요."

푸른 산양이 그려진 깃이 전쟁의 선두에 설 때면 여지없이 모래 폭풍이 불었다. 여자는 바람을 몰고 와 모든 것을 잡아먹었다. 힘의 차이가 너무나도 극명해 비통했다.

챠의 불길이 바람에 먹혀 스러져 간 후에 보이는 것은 붉은 머리칼이었다. 그리고 아가리를 벌리는 지옥이었다.

"그 여자를 죽였을 때, 환호하던 누바라를 생각해 보십시오. 한 달 동안 끊이지 않는 함성과 기쁨 속에 축제가 계속되었습니다. 그런데 그 여자의 딸을 황후로 맞아들인다는 것은 이해할 수 없어요. 미하엘의 치세에 좋지 않은 영향을 줄 겁니다. 민심이 동요하고, 소란스러워질 거예요. 저는 미하엘의 이름에 흠집이 나는 것을 가만 두고 볼 수 없어요. 더욱이 그 여자 때문이라면."

"프레야를 들이는 것 또한 아바마마의 뜻이다. 라제프와 친선을 맺기에 이보다 더 좋은 조건의 여자는 없지."

"언제부터 아바마마의 말씀에 귀 기울이셨습니까?"

"살가운 짓이라곤 해 본 적이 없으니 이런 때 시늉이라도 해 주어야지."

농담이라고 뱉은 말이나 웃음기라곤 전혀 느껴지지 않았다. 그는 농담으로라도 부친의 의견을 존중할 만한 이가 아니었기 때문이었다.

"라제프와의 관계를 개선시키려는 노력을 왜 하시는지도 모르겠습니다."

"언젠가 빛이 다할 자국을 위해서."

"……."

"챠가 떠날 것을 걱정하는 우리와, 기오테가 떠날 것을 우려하는 오키아. 똑같은 걱정을 안고 있지. 상황도 비슷하고 말이다.”

그의 말에 엘리노라의 눈썹이 슬그머니 올라갔다. 챠와 맞서는 기오테를 완벽히 부리며 나라의 조화를 꾀하는 황제. 루스토의 숨결이 자리한 나라. 불길 머금은 날개가 감싸 안고, 종래에는 죽음의 땅, 탄팔로 사막까지 닿게 해 줬다.

그 날개는 어디까지 닿을 것이며, 언제까지, 번영의 길로 인도해 줄 텐가.

“아바마마의 뜻이더라도 미하엘이 말씀드린다면 강요하지 않으실 겁니다.”

“나도 반대하지 않아.”

“미하엘.”

“여자는 나를 좀 더 빛나게 해 줄 테다.”

“그렇지 않을 겁니다.”

“그녀의 혈통이 그러하지.”

“그 여자보다 나은 혈통은 얼마든지 찾을 수 있어요. 원하신다면 이 젠티아의 왕녀도 있죠. 누바라의 황후 자리를 마다하지는 않을 겁니다.”

미하엘은 잠시 고민했다.

“하지만 엘리노라.”

“예.”

“그 여자는 붉은 머리를 가지고 있지 않지 않느냐.”

“……예?”

엘리노라가 한 박자 늦게 대답했다. 비이성적으로 무언가에 집착하는 오라비의 모습은 상당히 좋지 않은 징후였다.

“탄팔로의 색을 지닌 눈도 계집에게만 있는 거지.”

"그만하세요, 미하엘."

"나는 무엇보다 황후의 관을 쓴 이가 아리엘의 딸이었으면 좋겠거든."

"지금."

"붉은 머리칼을 하고. 그 여자와 빼다 박은 얼굴을 하고. 그래. 나를 싫어한다면 더 좋겠구나."

"지금 무슨 말씀을 하고 계신 겁니까."

모르는 이가 들었다면 제정신이 아닐 거라 생각했을 것이다. 그리고 자신 또한 미하엘이 정상처럼 보이지는 않았다.

"미쳤다 생각하지 말아 주렴. 진심이다."

이번에도 농담기라고는 전혀 없는 얼굴이었다. 그는 무엇이든 우스갯소리로 말하는 법이 없었기에 엘리노라의 얼굴이 파삭, 일그러졌다.

* * *

어두운 곳에서 볼 적보다 더 심각해 보이는 상처에 라즐리가 앓는 소리를 냈다. 널따란 정원을 둘러보는 것을 멈춘 라즐리는 키가 큰 나무 밑에 자리를 잡고 그의 얼굴을 살펴보았다.

근사한 얼굴에 새겨진 상처마저도 거친 티가 나 굳이 흠이라곤 할 수 없었지만 그것과는 상관없이 길게 부어오른 상처가 꽤 심각해 뵀다.

"이렇게 심각한 줄 몰랐어요. 얼굴에 흉은 남지 않겠죠?"

"상처가 깊어서 확신할 수 없군요."

상처 주변을 쓰는 손가락이 조심스러웠다. 숨결이 오가는 거리가 가까웠다. 이런 유의 접촉은 과한 것이라 피하지 않았나. 하지만 아무래도 좋았다. 뺨에서 느껴지는 가는 손가락의 감촉이 애태울 만큼 감질났다. 그가 좀 더 뺨을 기울였다.

제 손과는 달리 거칠거나 투박한 느낌이 없었다. 가느다랗고 부드러운 것은 제게는 없는 것. 그 따뜻함에 닿으면 저도 모르게 현실과 잠의 경계를 넘나들곤 했다.

"먼젓번에 봤을 때에는 이 정도는 아니셨는데."

"시간이 지나면서 계속 부어오르더군요."

화를 참지 못해 상처를 그냥 둔 것이 화근이었던 모양이다. 미하엘의 건방진 작태만을 생각하고 있어 상처는 방치되기에 이르렀다.

부어오르는 상처를 치료하는 것보다 급한 일은 미하엘에게 어떻게 되갚아야 속이 시원할까 하는 생각이었고, 멀쩡한 이성을 지배했던 것은 말에서 떨어진 저를 내려다보는 미하엘의 모습이었다. 냉랭한 눈은 떠올리는 것으로도 분노를 부추겼다.

"누구 짓이에요?"

"혼내 주실 건가요?"

"그런 건 아니지만."

"사냥터에서 잠시 라르기얀 황자와 부딪쳤습니다."

"싸우기라도 하셨어요?"

"짐승 대신 노려지긴 했죠."

미하엘. 미하엘……. 그는 그 이름을 혀로 굴렸다. 무리 없이 굴려지는 이름은 썩 좋은 느낌이 아니었다.

자랐던 환경이 황자의 것과는 어울리지 않게 치열했던 남자였다. 아버지인 황제의 견제를 내내 피할 수 없었고 여동생인 엘리노라와는 비교되는 삶을 살아왔다.

황제의 총애라면 다음 제위에 올라야 할 사람은 그의 여동생인 엘리노라였다. 그런 엘리노라가 공식적으로 계승에 관한 포기권을 내비치자 미하엘은 그녀를 밟고 올라섰다. 수많은 전쟁에서 혁혁한 공을 세웠고, 나이 어릴 적부터 수많은 죽음 앞에서 살아남았다.

좋지만은 않았던 그의 유년 시절이 그를 이렇게 만든 걸까. 자신이 쏜 활에 사람이 다쳤지만, 그런 것엔 아랑곳하지 않는 무관심함. 얼굴을 스친 것이 아니라 목을 관통한다고 해도 죄책감 하나 내비치지 않을 남자였다.

무언가의 결핍이었다. 그것은 자신이 가지고 있는 결핍과 공허함과는 근본부터 달랐다. 자신의 것이 메마르다면 미하엘의 것은 끔찍한 분노로 차 있는 것.

"그런데 이렇게 다치셔서 어떡해요?"

"다 나을 겁니다."

그러고는 뺨에서 손을 거두려는 라즐리의 손을 다시 붙잡아 제 뺨으로 가져갔다. 떼려는 것을 지오반니가 다시 붙잡았다.

"지금……."

뭐 하시느냐, 라는 말이 차마 이어지지 않았다. 제 손을 가볍게 덮는 남자의 큰 손에 놀랐고 두 번째로는 손을 죄는 강한 악력에, 그리고 마지막으로는 느른하게 풀어진 눈매에 놀랐다.

큼지막한 손에 거의 가려지다시피 한 손을 내려다보는 라즐리의 얼굴이 붉어졌다.

"피곤하세요?"

"기분이 좋아서."

이런 행동과 말로 홀리면 누군들 안 넘어오나 싶었다. 어딜 가나 그가 중심 화젯거리가 되는 이유를 알 것 같았다.

"주무실 것 같으세요."

"서서 잠들지는 않을 겁니다."

라즐리는 고개를 절레절레 저으며 정신을 차리곤 그의 손에서 제 손을 뺐다.

"그런데 제가 이렇게 골라도 되나요?"

"신경 쓰이십니까?"

"아무래도 후께서 지내실 곳이잖아요. 제 취향대로 해도 되나 싶어 서요."

"아무럼 칙칙한 제 취향보다는 영애의 취향이 낫겠지요."

어쩐 일에선지 그의 낡은 정원을 다시 꾸미는 데에, 라즐리도 동참 하게 되어 버렸다. 조각상을 고르는 것부터 사소한 커튼의 색을 고르 는 것까지.

묘하게 선을 넘고 있다는 생각이 들었다. 이렇게 무관심한 남자였 던가? 저의 공간에 다른 이의 손길이 타는 것을 꺼릴 수 있음에도 불 구하고 그는 개의치 않아 했다. 그럼에도 그의 부탁을 거절하지 않은 것은 꺼리는 사람이 있는가 하면 그렇지 않은 사람도 있는가 보다 했 기 때문이었다.

"그리고 그 핑계로 자주 놀러 오시면 좋고요."

"제가 놀러 오는 것이 좋으세요?"

"적어도 심심하지는 않습니다."

"후의 부탁이라면 후를 재미있게 해 줄 여자들은 많아요."

"그들은 재미있을지도 모르겠지만 제가 재미없다는 것이 문제겠죠."

그의 말에 라즐리가 곤란하다는 듯 코를 찡그리며 웃었다. 다른 여자들과 조금은 특별하게 대해 주는 것 같아 단것을 물려 준 것처럼 기분이 좋아졌다.

특별하다고 말해 주는데 어떻게 기분이 좋지 않을 수가 있을까. 넘지 않을 것 같던 선을 그는 너무나도 쉽게 넘고 있었다. 딱딱한 경어 속에 숨겨진 것은 다정함. 그리고 다정함을 가장한 알 수 없는 무언가. 말로 정의하기 어려웠다.

그가 예의를 고수하고 공손한 말을 함에도 절대 공손해 보이지 않는 이유는 아마 그 때문일 것이다.

그는 친절한 사람이 아니었다. 그것은 자신이 예민하다거나, 사람의 다른 면모를 볼 수 있다거나 해서 생긴 느낌은 아니었다. 그는 다정함을 가장하는 주제에 묘하게 그 온기와는 거리가 있는 사람이었다. 다정한 눈을 하고, 손등을 조심스럽게 맞잡는 행동을 한다고 해서 숨겨지는 것이 아니었다.

"번잡스러운 일을 도와주셨으니 영애의 공간도 마련해 놓도록 하겠습니다."

"정말 과한 친절이네요."

"부담스러우십니까?"

지오반니가 가면을 쓴 듯 잘 정돈된 얼굴로 물었다. 문득 그런 상상을 했다. 지나치게 담담한 얼굴이 뭉개지고 절박해하는 얼굴은 어떨까 하는. 초조하게 굴고, 쫓기듯 불안에 눈을 떨고. 그리고 여유 없는 얼굴을 하곤 성마르게 얼굴을 쓸어내리는 그의 모습을 말이다.

아마 그럴 수 없겠지. 저 여유로운 얼굴을 무너뜨릴 수 있는 일은.

"라르기얀 황자가 프레야 공작을 찾아뵙는다고 하던데."

"할아버지를요?"

"모르고 계셨습니까?"

"전혀요."

놀란 기색이 역력했지만 제 일이 아니라는 듯한 투였다. 벌써 그러한 일로 귀족들의 입방아가 거셌다. 누바라와 프레야의 결합이 몰고 올 득과 실을 견제함이다.

오키아는 누바라와 프레야의 결합으로 얻을 것들을 긍정적으로 받아들여 라르기얀을 선택할 것이고, 귀족들은 프레야가 안을 크나큰 득을 견제할 것이다.

하지만 십여 년 전, 그의 아들과 며느리가 누바라에 의해서 잔인하게 죽임을 당하고, 프레야 공작이 아들의 죽음으로 오열하는 것을 보아 온 사람들은 그 둘의 결합을 상상조차 하지 못했다. 이해관계가 얽혔다 할지라도 최악이고, 가장 최악이 될 것이었다.

프레야 공작은 욕심이 없는 사람은 아니었지만 라르기얀이 가져다 줄 것은 그의 흥미를 동하게 하지 못할 것이다. 그는 가진 것이 많기에 그랬다.

라르기얀이 쥐여 줄 것들이 제아무리 귀하고 세상엔 둘도 없는 것이라 해도, 그런 것들을 위해 자신이 아끼는 손녀딸을 내어 주지는 않을 터다. 그는 라르기얀이 줄 것 외에도 가진 것이 많았다.

"그는 쉽게 포기할 남자가 아닙니다."

"그를 아세요?"

"이야기해 본 적은 있죠. 두 해 전, 누바라에 사절단으로 파견되었을 때입니다."

"어떻던가요?"

"저는 황자를 싫어하니 객관적으로 말씀드리지는 못합니다."

"왜 싫어하시는데요?"

라즐리의 물음에 지오반니가 잠시 입을 다물었다. 싫은 이유야 거창하지 않았다. 건방지고, 저가 제일 잘났다고 생각하는 부류이기 때문일 것이다. 무엇보다 싫은 것은 미하엘의 눈. 일족보다 더 차갑고 가차 없는 눈을 보며 말을 섞고 있노라면 화가 치밀었다.

"제가 정 없는 부류를 싫어합니다."

"후께서도 정 많은 이는 아니세요."

"그렇다고는 해도, 영애에게는 아닐 겁니다."

그의 말에 라즐리의 눈꼬리가 폭 접혔다. 매사 그의 입에서 나오는 말은, 계집들을 기분 좋게 할 말이 수두룩했으므로. 줄기차게 들어오는 그의 사탕발림에도 기분이 꽤 고양되었다.

"또……."

"……."

"그렇게 말씀하시네요. 습관이신 게 분명해."

"그것 또한 아무에게는 아닐 거고요."

지오반니는 어깨를 으쓱하는 것으로 마무리했다.

"황자가 왜 공을 만나는지 궁금하지 않으십니까?"

"궁금해야 할까요?"

지극히 당연하다는 듯한 물음에 되레 할 말을 잃은 것은 지오반니 쪽이었다.

"저는 라르기얀 황자가 하려는 일에 대해서는 알고 싶지 않아요."

"……."

"저와는 하등 상관없을 일일 테고, 아니라 하더라도 응해 줄 생각은 없으니까요."

불어오는 바람에 모자가 날아갈까 염려한 라즐리가 모자를 꾹 눌렀다.

"그러니까 우리는 라르기얀 황자를 신경 쓸 게 아니라, 이 정원을 얼마나 쓸모 있게 만드는지 고민해 보도록 해요."

라즐리가 제 허리춤까지 자란 풀을 손으로 훑으며 말했다. 치맛자락을 말아 쥐곤 앞서 걷는 라즐리를 지오반니가 말없이 따라나섰다.

*　　*　　*

"어딜 갔다 오는 길이냐?"

"이상한 버릇을 가지고 계시더라. 다 알면서 물으세요."

문 근처에 서 있던 시종에게 모자와 장갑을 건네준 라즐리가 대수롭지 않게 말했다. 그런 그녀의 반응에 집사가 눈치를 살피며 땀이 배어 나오는 이마를 초조하게 닦았다.

그는 축축하게 젖어 오는 손을 꽉 쥐었다 폈다 하는 것도 잊지 않았다. 라즐리의 가벼운 일탈은 그들에게 좋지 않은 영향을 미치곤 했다. 주인의 기분에 좌지우지되는 집 분위기에 라즐리의 영향은 매우 커다란 비중을 차지하고 있었다.

라즐리는 지오반니와 만남을 주욱 이어 가고 있었다. 그것을 숨길 생각도 하지 않은 채 보란 듯 밀회를 즐겼다. 오늘 또한 이루어진 가벼운 만남은 늘 그랬듯 주인의 귀에 들려왔다. 그로부터 긴 시간이 흘렀으니 주인의 신경은 자연스레 날이 서 있었다.

"그런데 얼굴이 왜 그러세요?"

"내가 뭘."

"험악하셔서요."

라즐리가 능청스럽게 물었다. 그녀가 나가 있는 동안 무슨 일이라도 있었던 모양인지 방 안에 있는 이들의 낯빛이 모두 검게 죽어 있었다.

"몰라서 묻는 게야?"

"웰시노 때문인가요?"

"잘 알면서 놀리는 것 좀 보라지."

"손님이 왔었어요?"

라즐리가 아직도 치우지 않은 찻잔을 보며 물었다. 라르기얀이 다녀간 것일까.

찻잔은 가져오기 전과 다름없이 새것이었다. 찻잔에 입도 가져다 대지 않은 손님은 말린 과일에 몇 번 손을 가져가는 것으로 성의를 보였을 것이다. 그러고는 깔끔하게 제 손을 닦았을 테고.

이상하게도 그러한 모습들이 그린 듯 눈에 그려졌다.

"그래. 왔다 갔지. 넌 웰시노를 만나고 오는 길이냐?"

"후작께서 낡은 정원을 사셨거든요."

라즐리의 눈짓에 금방 테이블 위가 치워졌다. 말린 과일부터 시작해 그릇에 잔뜩 담긴 비스킷이 빠르게 치워지고, 그녀의 앞에 갓 우려낸 차가 내어졌다.

"정원을 새로 단장하고 계시는 게 재미있어 보여서 저도 함께 한다고 했어요."

"시킬 사람이 없어 그런 조잡스런 일을 네게 부탁해?"

"직접 꾸미고 싶다고 하셔서. 그리고 시킨 게 아니라 제가 하겠다고 한 거예요. 저 혼자만 하는 게 아니라서 꽤 재미있어요."

아마 그가 새 저택을 제게 바쳤다고 해도 지금과 같은 마뜩잖은 얼굴이 바뀌지 않으리라는 것을 알았다.

"혼을 내실 줄 알았는데."

"혼을 내도 네가 반성하는 기색이야 보이겠느냐?"

"뭐가 그렇게 마음에 안 드세요?"

"녀석의 모든 것이라고 해 두마."

라즐리는 이해가 안 간다는 듯 고개를 저으면서도 수긍해야 했다. 며칠 전, 테라스에서 둘의 관계가 얼마나 좋지 않은지 직접 목도하지 않았는가. 할아버지는 물어뜯을 준비를 하고 있었고 웰시노 후작은 찔러 넣을 준비를 하고 있었다.

그와 할아버지가 잘 지냈으면 하는 바람이었다. 제게는 좋은 사람이었으니까.

"네가 좋다면 친구 사이로 남는 정도는 허락하겠다. 나는 여전히 마음에 들지 않지만."

"남녀 사이에 친구가 어디 있어요?"

"라즐리."

그가 경고하듯 라즐리의 이름을 한 자 한 자 끊어 뱉었다. 그녀는 여전히 장난기가 짙게 밴 얼굴을 하고 있었다.

"나는 녀석과 네가 만나는 것을 허락해 주는 것만으로도 많이 참고 있는 거야."

"할아버지의 생각보다, 그리고 가문 사람들의 생각보다 웰시노 후작은 꽤 괜찮은 사람이에요."

"그런 생각이 들었다는 것은 그놈이 네게 꿀에 발린 소리를 했다는 것이겠고."

"할아버지의 말씀처럼 말은 잘해요."

계집들이 좋아할 소리를요. 라즐리는 그가 했던 말들을 생각해 보며 중얼거렸다.

"방금 라르기얀이 다녀갔다."

"아."

"마주치지 않았느냐?"

"다행스럽게도요."

라즐리는 놀랍지 않은 얼굴로 고개를 끄덕였다. 지오반니가 사들인 낡은 정원에서 그를 마주했을 때가 스쳤다. 상상과 다르지 않았던 남자였다. 오만했고, 무례했으며, 욕심 많던.

"그런데요?"

"왜 다녀갔는지 묻지 않는구나."

"궁금하지 않아요."

"……."

"왜 궁금해야 하나요?"

"그거야……."

"저와 결혼을 생각하고 있는 남자이기 때문에 궁금해야 하나요?"

소파 뒤에 몸을 묻고 있던 제너가 연한 눈을 들어 라즐리를 바라보았다. 길길이 날뛸 것이라고 예상했던 아이는 담담한 눈을 하고 있었다.

"저와 관련되어 있는 일이라고 해도 할아버지 선에서 자르실 것을 알아요."

"……."

"제가 신경 쓸 일은 만들지 않으실 테죠."

"그럴 테지."

그는 미하엘의 얼굴을 떠올렸다. 현 황제와는 달랐던 남자. 그보다 더 이성적이고 영리해 보이긴 하나 어떤 의미로는 더한 새끼였다. 이루고 싶은 것도 많고 야망도 있는데, 그것이 호기로워 좋게 보아 줄 것은 아니었다. 그의 욕심은 다른 이들을 갉아먹고 죽인 후에야 이루어질 것들이었다.

"내게 결혼 이야기를 꺼내던데."

"그래요?"

"……."

"그것 또한 할아버지 선에서 잘라 낼 것을 알아요."

라즐리는 무심하게 제 목걸이를 매만지며 말했다.

"무엇이 그렇게 욕심난다던가요? 그분은."

"하나하나 읊어 주랴?"

"라르기얀 황자가 방문할 정도로 대단한 것은 없다고 생각해요."

그저 보아 줄 것이라곤 가문이 전부라고 생각했다. 하지만 저보다 조건 좋은 이들은 많았다. 굳이 라제프를 들쑤실 이유가 없었다.

"이젠티아 왕가의 피가 섞이고, 개국공신 가문의 혈통이 자리해 있으며, 저를 자국 내에서 가장 좋은 위치로 만들어 줄. 티끌 한 점 없는 혈통. 그리고 너와 놈 사이에서 태어날 혈통이 앞에서 말한 것들을 죽 이어 가겠지."

"……."

"귀하고. 흠 하나 없는."

입 안을 적시는 찻물이 그리도 썼다. 비아냥거리는 것이었음에도 웃는 낯을 유지하고 있던 라즐리의 얼굴이 서늘해졌다.

"그리고 그런 너의 존재가 자신에게 더 높다란 곳, 더 높다란 명성을 가져다줄 것이라고 생각하지. 그것이 라르기얀이 보는 네 가치다."

"제 가치가 그 정도로 대단한 것이었네요. 그런데 그 사람."

"……"

"제가 그런 가치이기 전에 제 어머니가 누바라에서 죽인 사람 수를 생각해 본다면 다시 생각하셔야 할 것 같은데."

여태 얕게 웃고 있었던 제너의 얼굴이 굳었다.

"저 또한 어머니와 같은 붉은 머리칼을 물려받고, 똑같은 눈 색을 물려받아 기오테의 조각을 부리잖아요."

"기오테의 조각에 대해선 입 다물어라. 너는 그 힘에 대해서는 모르는 거야."

제너는 누가 들을 것처럼 낮게 속삭였다.

"아직도 누바라의 사람들은 붉은 머리칼을 보면 바지를 적신다고 하죠."

"……"

"황자도 그런 추한 꼴을 보일까 염려스러워요."

담긴 것은 조롱. 짙은 적개심. 자신이 웰시노 후작을 대하는 유가 아니었다.

"저는 부모의 죽음에 대해서 모르고 있는 것이 아니에요. 모른 척할 뿐이지."

조금 헝클어진 듯한 머리칼을 정리하며 라즐리가 일어날 채비를 했다. 얼굴에 드러나는 감정은 아니었지만 무심해 뵈는 눈은 그렇지 않았다.

"그러니까… 그 역겨운 누바라의 종자들 좀 치워 주셨으면 좋겠어요. 얼마나 지나야 담담해질지 모르겠지만 저는 아직 그렇게까지는 못해요."

라즐리가 자리에서 일어서자 긴장된 분위기가 거짓말처럼 느슨해졌다. 멍한 얼굴을 하고 있던 제너가 제게 불어오는 바람에 흠칫 놀라며 몸을 들썩거렸다.

눈으로 볼 수는 없지만 그것은 분명 기오테. 아리엘이 부리던 기오테의 조각이었다. 정신 차리라며 저를 한껏 놀리고 간 듯한 기분이었다.

                    *   *   *

라르기얀 황자가 마법석인 라스펠리아에 대한 우선권을 확보하고 싶다는 입장을 내비쳤다. 그렇게 된다면 프레야 공작의 딸인 아그넷이 바아의 왕과 정략혼을 하면서 마법석의 우선권을 가지게 된 바아와 충돌을 피해 갈 수 없을 것이었다.

또한 미하엘은 우호적인 관계를 이루기 위해서는 바아와 비슷한 것으로 묶여야 한다고 이야기했는데, 바아와 같은 정략혼을 입에 담았다. 그리고 이야기의 주제에 자연스럽게 나온 이름은 프레야였다.

그 집안의 적령기의 여자라곤 한 명밖에 없는 것을 알았다. 프레야와 누바라는 맺어질 수 없다. 둘이 섞이는 날은 아마 꽤 오랜 시간이 지난 후일 것이다. 맺어질 수 없는 연에 여지를 두고, 그것을 이루려 하니 라르기얀 황자의 제안은 황제를 난감케 하기에 충분한 것이었다.

그리고 그 시기와 맞물려, 묘한 소문이 돌았다. 누바라의 황녀가 웰시노 후작에게 청혼서를 보내고, 그가 그것을 받아들일 것이라는. 정확히 정해진 것은 없었지만 기정사실이나 다름없었다.

"그래도 대충 집무실은 정리된 것 같아요."

"고생하셨습니다."

"당분간 더 고생해야겠지만요."

라즐리는 천천히 그의 집무실 안을 훑으며 거닐었다. 대대적인 수리였다. 저택의 외관만 그대로 두었다 뿐이지 안의 것은 거의 뜯어고쳤다 해도 무방했다. 삐그덕거리며 바닥이 우는 소리는 온데간데없고 푹신한 카펫 밑으로 느껴지는 것은 단단함이었다.

"그런데 정원은 왜 사신 거예요? 그것도 이렇게 손 많이 가는 정원을요."

"손 가는 일을 좋아합니다."

"아아, 그런 취향이셨구나."

사서 고생하는 사람. 그렇게 생기지는 않았는데.

"이렇게 직접 꾸미시는 분은 처음 봐요."

"남의 손이 닿는 것은 께름칙한 일이라."

"저는 남이 아니고요?"

"특별한 사이죠. 비밀을 공유한."

또였다. 저에게는 기오테의 조각이 비밀이었지만 남자가 사람이 아니라는 것은 비밀이 아니었다. 그것은 그날 밤, 서로의 비밀을 까발린 후 표정의 차이에서 확연히 드러났다.

제 얼굴은 분명 어둠 속에서도 놀란 기색이 역력했을 테고, 남자는 재미있는 것을 들은 양 은근한 웃음을 짓고 있었다. 무엇보다 남자가 사람인지 아닌지도 알 수 없었다. 그는 묻는 것을 피하거나 모른다고 하는 법은 없었지만 쉽게 제 이야기를 하지 않았다.

"그럼 당신 이야기를 더 해 봐요."

"제 이야기를 말입니까?"

"한 번도 해 주신 적이 없잖아요. 저야 뭐, 다 알고 계실 이야기이고."

"재미없으실 겁니다."

"당신만큼 재미있는 사람도 없더라고요."

지오반니는 잠시 고민하는 듯했다.

"이상하게 사람들이 당신 이야기를 몰라. 뛰어나고 재능 있고, 친절하고, 잘생기고. 뭐 하나 빠지지 않는 건 알겠는데, 이상하잖아요."

"무엇이."

"아무도 당신이 과거에 무얼 했는지 모르거든요."

그것은 조금이라도 그에게 관심이 있는 사람이라면 의아하게 여기는 것들이었다. 다만 드러내지 않을 뿐이었다.

흔적이 없는 사람이 존재할 수는 있는 건가. 남자에게는 모두가 가지고 있을 법한 흔한 것이 없었다. 마치 그의 존재가 웰시노 가문으로 입양되면서 새로이 태어난 것처럼.

"그래요?"

"이런 말은 좀 실례인가요?"

"상황에 따라 그렇게 들릴 수도 있겠군요."

"죄송해요."

전혀 미안하지 않은 얼굴을 하곤 라즐리가 말했다.

"듣고 싶으신 이야기라도 있으십니까?"

"정확히 정체가 뭐예요?"

그날처럼 날것의 눈을 하고 있지는 않았지만 눈을 접는 모습에서 묘하게 기시감을 느낀 것 같기도 했다. 라즐리는 그가 사람이 아니라는 쪽으로 생각이 바뀌었다. 짐승의 눈을 하고 있던 남자의 모습을 덮을 수는 없었기에.

"사람?"

"……."

"괴물? 표현이 좀 그랬나요?"

"적절하군요."

이렇게 사람 같은 괴물도 있나. 시간이 지나면 지날수록 그가 누구인지, 대체 어떤 존재인지 궁금했다.

"그날 제가 분명히 잘못 본 게 아니라면."

"……."

"……사람은 아닌 것 같거든요."

사람이 아니라고 한다면 꽤 놀랄 것 같지만 대수로울 것도 없었다. 설산雪山 우첸바라에는 용이 잠들어 있고, 북해에는 라이만 급의 용인 하르게니아가 터를 잡고 있으며, 부유하는 섬인 가리온엔 칼라로프의 고룡이 거처하고 있다.

또한 자국은 바람의 기오테를 부리며, 옆의 누바라는 불의 챠를 부리고, 동부의 바이는 빛의 후라를 부린다. 온통 주위가 용이고, 정령인데 이 남자 한 명이 사람이 아니라 한들 그렇게 놀랄 것도 아니라는, 그런 생각이 들었다.

"더 친해지면 알려 드리겠습니다."

"친해지면? 저희 친한 거 아니었어요?"

"계속 선을 그은 것이 누군데."

"그건."

아무래도 이 남자가 말하는 '친하다'의 의미와 자신이 말하는 '친하다'라는 의미는 다른 것 같았다.

"뭐예요?"

지오반니가 단칼에 자른 말로 인해 잔뜩 부풀려진 기대감이 홀쭉해졌다. 풀이 죽은 라즐리가 그가 품 안을 뒤적거리는 것을 가만히 바라보았다. 곧 그가 자색 상자를 내밀었다.

"약소하지만 선물입니다."

"정원을 꾸며 준 것에 대한?"

"그렇다고 해 두죠."

"그런 의미로 받을 정도로 궁핍하지 않아요."

"다른 의미를 붙여 보는 것도 나쁘진 않을 겁니다."

라즐리가 상자를 열며 물었다.

"어떤 의미요?"

"붙이기 나름이겠죠."

"이런 것도……."

"흔히 베푸는 친절은 아닙니다."

그가 라즐리의 말을 자르며 말했다.

"쉽게 생각해 보시면 될 것 같습니다."

"……."

"많은 시간을 들여 물건을 고르고 마음에 들지 안 들지 걱정하고."

"……."

"그게 흔히 베풀 수 있는 친절은 아니잖아요."

'어…… 이건 뭐지.'

방금까지 그를 놀리며 짓궂게 웃고 있던 라즐리가 이번에는 당황한 얼굴로 그를 마주 보았다. 무어라 대답해야 할지 모르는 라즐리의 입이 벙긋벙긋거렸다.

"일단… 감사해요."

저를 바라보는 눈과, 달콤하게 뱉는 말에 정신이 없는 라즐리는 상자 안에 든 팔찌가 어떻게 생겼는지, 얼마나 화려한지는 나중에 차차 눈에 담기로 했다.

"그런데 한가롭게 저와 놀고 있어도 되는 거예요?"

"안 될 것이라도 있습니까?"

"황녀가 청혼서를 보냈잖아요."

"아."

라르기안이 프레야의 사람을 황후로 맞는다 했을 때, 저가 보였던 반응이 이러했을까. 남자는 남의 일을 들었다는 양 무심하게 눈을 깜빡였다.

그의 모습은 퍽 단조로워 보는 이마저 대수롭지 않다는 착각마저 들었다. 하지만 황녀인 엘리노라가 청혼서를 보내온 것은 황도의 영애들을 들썩일 정도로 화젯거리였다.

제위에 오를 뻔했고, 그의 오라비만큼이나 큰 힘을 행사하는 황녀와의 결혼이 이루어지기만 한다면 그의 가문은 무엇을 가질 수 있을까.

"오늘 아침 부관이 말했던 것 같긴 합니다."

"좋아서 소리라도 질러야 하는 거 아니에요?"

"좋아해야 합니까?"

"보통은 좋아하니까."

지오반니의 반응에 라즐리는 또 한 번 당황한 얼굴을 했다. 무조건 좋아해야 할 필요는 없지. 그는 고개를 갸웃거릴 뿐이었다. 재색 눈동자에는 흔하디흔한 일말의 기대도 담겨 있지 않았다. 당사자의 반응을 보니 호들갑을 떠는 저가 더 이상하게만 느껴졌다.

"지금보다 더 누리고 산다 해도 별 감흥은 없을 겁니다."

"왜요?"

"누릴 것은 이미 다 누렸고. 그것이 더 커다랗고 대단한들, 그 차이를 느끼진 못할 테니까요."

문득, 정말 이상한 사람이라고 생각해 버렸다. 더 커다랗고 빛나는 것을 본능적으로 좇는 것이 우리가 아니던가. 손에 쥔 권력과 부가 커다랗다 한들, 더 큰 것과 그 이상을 바라는 것이 당연한 것이 아니냔 소리다.

"결혼도 거절하실 생각이세요?"

"해도, 하지 않아도 그만입니다."

정말 상관이 없어 보여 놀랐다.

"그래도 섭섭하네요."

"무엇이 말입니까?"

"결혼을 하게 되면 저와의 만남은 자제하셔야 해요. 정원 일이 마무리되면……."

그래야겠지. 시일이 가까웠다. 말을 이으려던 라즐리가 입을 슬며시 닫았다.

"그렇게 되는 건가요?"

"아무래도요."

지오반니의 손이 테이블 위를 천천히 두드렸다. 그는 짧게 생각을 마쳤다.

"그럼 하지 않으면 되겠군요."

"네?"

고개를 든 라즐리의 얼굴이 우스꽝스럽게 변했다.

"하지 않겠다고 말씀드렸습니다."

"저 때문에요?"

라즐리가 펄쩍 뛰었다.

"예."

"남의 앞길 막고 싶진 않아요."

"말씀드렸잖아요."

그가 비딱하게 입매를 말아 올렸다.

"해도 그만. 하지 않아도 그만."

"지금 후작님의 말씀은 저 때문에 안 하겠다는 소리로 들려요."

"우선순위를 두는 겁니다."

"……."

"저는 영애와 만나는 것이 황녀와 결혼하는 것보다 더 좋습니다."

왜 이상한 기분이 드는지 모르는 일이다. 마치 고백을 받은 기분에 라즐리의 얼굴이 붉어졌다.

"그게 문제라면 확실하게 해 두죠."

그가 자리에서 일어나 라즐리에게 다가왔다. 긴 손가락이 닫힌 상자를 열고 그 안에 자리한 팔찌를 들어 올렸다.

"황녀와의 혼인은 없고."

"……."

"이 만남은 계속될 거고."

팔에 차가운 금속이 닿고 단단한 손이 팔을 감싸 쥐었다. 대답할 여지 같은 것은 애초에 주지 않았다.

똬리를 틀고 숨통을 조였다. 아가리를 벌렸다. 잡아먹으려는 모양새. 그 안에서 여자가 할 수 있는 것은 없었다.

*　　*　　*

그는 눈을 동그랗게 뜨곤 벌어지는 입을 다물지 못하던 여자의 모습을 생각하며 웃음을 흘렸다.

"각하."

"응."

"파이셀 부인이 찾아……."

"뫼시게."

라일이 말을 채 잇기도 전에 지오반니가 잘랐다. 라일이 굳은 얼굴로 방을 나서자 지오반니의 시선이 창문 너머로 향했다. 규칙적으로 들려오는 말발굽 소리가 멈추고, 문이 열리는 소리, 그리고 단숨에 시끄러워지는 저택 내부의 소리에 귀를 기울였다. 목소리의 톤이 높은 여자였었기 때문에 그녀가 몇 마디 하지 않았음에도 여러 사람의 소리가 섞인 듯했다.

며칠 내내 자신을 끔찍하게 괴롭혔던 여자의 방문이 또 이어지려는 모양이었다. 양부라 불리던 남자가 죽고 후작 위를 계승할 때, 누구보다 못마땅한 얼굴을 하고 있던 여자를 기억했다.

그녀는 마지못해 오라비 되는 이의 유언을 받아들이는 듯했지만 장례 전날까지만 해도 유언장을 찢어 버리겠다던 여자였다. 노발대발하는 목소리가 복도 끝까지 들려올 정도였기 때문에 저택 내에서 그녀의 황망한 목소리를 듣지 못한 사람은 없었다.

그녀는 성격이 좋지 못했던 오라비는 무서워했지만 자신에게는 거칠 것이 무엇이냐는 양 굴었다. 사실 그녀의 횡포가 눈에 띄게 늘어날 즈음, 양부가 했던 것처럼 소리를 지르고 미친 척할 생각도 해 보지 않은 것은 아니었다. 그래야 여자의 방문도 없어질 테고, 깎아내리는 말 따위는 할 엄두도 내지 못하겠지.

하지만 그러지 않은 데에는 여자의 방자함이 어디까지 갈지 궁금했기 때문이었다. 그것이 신기하게도 즐거움으로 다가왔다. 그러니까, 저 우스운 여자의 신기한 행동이 어디까지 갈지 호기심이 일었다는 소리다.

사람을 보내지 않고 방문하는 일도 빈번했고, 귀띔도 하지 않은 채 여자와의 만남을 주선하기도 했다. 게다가 여자치곤 괄괄한 성격은 자신이 할 말은 다 쏟아 내겠다는 주의였기 때문에 대단히 무례한 언사도 서슴지 않았다. 물론 양부 되는 이가 살아 있을 적에는 상상도 할 수 없는 일들이었다.

그녀는 욕심이 많은 여자였다. 양부가 살아 있을 적에도 수많은 마찰이 오갔는데, 그것은 모두 여자의 영역싸움에서 비롯된 것이었다. 여자는 제 오라비가 죽고 나서도 자신이 앉아 있는 자리를 포기하지 못했는데, 그런 그녀를 견제하지 않은 이유는 자신 또한 이 자리에 큰 미련이 없었기 때문이었다.

빼앗기지는 않을 테지만, 여자가 달라고 주저 없이 제 속내를 비친다면 충분히 생각해 볼 일이었다. 라즐리의 말처럼 이런 자리는 좀 더 욕심 있고 야망에 부푼 이들이 앉는 것이 맞았다. 욕심과 야망은 종내 이 자리에 안주하는 것보다 가문을 부흥으로 이끌 것이다.

"오셨습니까?"

"얼굴이 더 좋아 보이시는군요."

그것은 여자가 제게 건넬 수 있는 최고의 예의를 담은 인사였다.

"고모님도요. 잘 지내셨습니까?"

도리스라고 했나. 지오반니는 가물가물한 기억 속 여자의 이름을 간신히 기억해 냈다.

"웰랑부레의 소유권을 얻으셨다고요."

"그렇습니다."

"그 사업을 레너드에 맡겨 보심이 어떻습니까."

"레너드에게……."

그는 말끝을 흐렸다. 애초에 프레야 공작이 흥미를 가지고 있지 않은 사업이었다면 절대 관심이 가지 않았을 웰랑부레의 존재였다. 그렇기에 라즐리를 도와준 답례로 받았을 때에도 그의 것을 가져왔다는 것에 흡족해했었을 뿐 이 사업에 손댈 수 있다는 것에 기뻐한 것은 아니었다.

제게로 온전히 넘어온 웰랑부레였지만 여태 잊고 살았었다. 후에 라일이 넌지시 이야기를 꺼낸다면 대충 마무리할 요량이었다. 하지만 그것은 그것이고, 이 사업을 멍청한 레너드에게 맡긴다는 것은 또 다른 문제였다. 그가 말아먹은 일들을 생각한다면 사촌이라 하더라도 과분했다.

"글쎄요."

"아까우십니까?"

"아까운 것과는 사정이 다릅니다."

레너드에게 줄 바에야 차라리 프레야 공작에 다시 돌려주는 것이 나을 정도였다. 녀석은 정말 조기교육을 받았다고는 생각되지 못할 만큼 멍청했으니까.

"사촌에게 해 주지 못할 일이 무엇입니까."

"공과 사를 철저하게 구분한다는 주의는 아니지만 레너드의 경우에는 생각을 많이 해 봐야겠죠."

"뭐라고요?"

"고모님을 생각해서, 그리고 레너드를 생각해서 제가 그에게 준 일
은 많았습니다. 모두 크고 굵직한 일들이었죠. 하지만 그가 그 일을
잘해 냈냐 하면… 그건 아니지 않습니까."

그에게 이 가문의 부흥을 이끄는 일은 그다지 중요한 것이 아니었
다. 하지만 적어도 적자가 나는 일은 피하고 싶었다.

"지오반니."

"예."

"그 일을 레너드에게 주세요. 후께서는 관심도 없는 일이 아니었습
니까."

"관심이 없는 일과, 말아먹는 일은 다릅니다, 고모님."

"내 아들을 그렇게 저평가하지 말아요."

"저평가가 아니라 저는 제대로 보고 있는 겁니다."

도리스의 눈이 뾰족해졌다. 레너드가 크고 작은 사업들은 많이 망
쳐 왔다지만 그것이 지오반니의 입으로 나오자 더없이 고까워졌다. 그
의 입에서 나올 말은 아니었다.

어디서 구르다 온지 모를 소년을 양자로 들이고, 그는 단숨에 작위
를 승계했다. 오라비는 슬하에 자식이 없었다. 하지만 그는 오래전 탄
팔로 인근에서 머물렀을 적을 들먹이며 여자와 밤을 지새웠다고 주장
했다. 그 여자가 밴 것이 지오반니라고. 증거가 없으니 그의 입에서
나오는 말들이 증거였고, 흔적이었고, 사실이었다.

신분은 천하기 이를 데 없었으나 웰시노의 피가 흐르니 데려오는 것
은 당연했다. 작위를 승계할 때까지 반대하지 못했던 것도 그 탓이었다.

하지만 그것이 진실일까. 도리스는 수년을 생각했다. 아니, 아니다. 오라비는 거짓을 말한 거야.

제 오라비인 윌레오는 매우 결벽증이 강했던 남자였기 때문에 제 씨앗을 남기는 것을 극도로 피했던 남자였다. 마흔이 넘어갈 때까지 결혼하지 않았고, 곁에 여자 한 명 두지 않았던 것이 그가 아니었던가. 사람을 붙여 본 적도 있었다. 그는 사창가의 여자를 안지도 않았다. 그저 일하고, 먹고, 자는 의식주의 생활에만 충실한 것이었다.

그랬기에 도리스는 그 작위와 막대한 부가 레너드에게 오리라 믿어 의심치 않았다. 여러 문제로 윌레오와의 사이가 극으로 치달았지만 가장 가까운 혈육이라곤 레너드가 전부였기 때문에 못마땅해도 줄 수밖에 없다고 생각했다.

그가 죽음을 앞둔 며칠 전, 지오반니를 데려올 때까지는 그랬다. 혈육보다 남이 나았다고 생각한 것일까.

하나 그 얼마나 안일한 생각이셨는지. 당신이 데려온 것이 어떤 유의 사람이었는지 눈을 감기 전에 보셨어야 했는데.

"지금, 내 앞에서."

"레너드를 욕하고 있는 것이 아니라 사실을 말씀드리는 겁니다, 고모님."

'뱀같이 교활하고. 짐승의 눈을 하고 있는 것을 보셨어야 했어요, 윌레오. 당신이 이 집안에 들인 것을 보세요.'

도리스는 죽은 윌레오의 관을 꺼내서 그를 원망하고 싶었다. 저 더러운 피를 끊을 길이 없다는 것이 분했다. 레너드가 이 자리를 잇지 못하면 이대로 윌레오의 피가 이어지는 것은 불가능했다. 이 뱀 같은 남자는 제 새끼를 낳을 것이고, 그 자식들이 이 자리를 이어 가겠지.

그것이 고까워 미칠 것 같았다. 이 자리는 이런 근본 없는 이한테 돌아갈 자리가 아니었다.

복수라면 제대로 된 복수였다. 윌레오는 스스로 제 살을 파먹었다. 스스로 피를 철철 흘리며 웰시노의 피를 끊은 것이다. 새로운 피가 수장의 자리에 올랐다. 섞이는 것이 피라지만 저것은 너무나 낯설고 비천하지 않은가.

"고모님."

고모. 조카. 이 생경한 단어들이 다 무엇인가. 윌레오가 아니었다면 그리 부를 일은 없었을 것이다. 평생을 마주칠 일이 없겠지. 저놈은 낮은 진창을 구를 테고, 자신과 레너드는 높다란 자리에서 고고함을 지키며 머물렀을 것이다. 저 입에서 나오는 말들이 끔찍했다.

"예."

"저는 여태 레너드에게 많은 일들을 맡겼습니다. 하지만 웰랑부레의 일은 조금 생각을 해 보도록 하죠."

완전한 거절은 아니었다. 마음에 들지는 않았지만 나쁘지 않다고 생각하며 도리스도 더 이상 그 이야기에 대해서는 말을 아꼈다. 얌전한 체하지만 성미 고약한 남자의 성질을 더 이상 긁어 봐야 좋은 결과가 나올 리 없다는 것을 알아서였다.

"황녀의 청혼서를 받으셨다지요."

"예."

"좋은 일이 아닐 수 없습니다."

"기꺼우십니까?"

"그렇다마다요."

지오반니가 고개를 갸웃거렸다.

"하나 거절할 일인 것을요."

"뭐, 뭐라고요?"

도리스가 놀라 탁상을 쳤다. 이것은 어쩌면 오라비인 윌레오가 처음 지오반니를 데려왔을 때보다 더한 충격이었다.

"이게 무슨 소립니까? 황녀의 청혼을 거절하다니요!"

"애초에 받아들일 것이라 생각하진 않으셨을 텐데."

"가문의 부흥을 위해선 마땅히 하셔야 할 일입니다!"

그는 여전히 무심한 눈을 하곤 말을 이었다.

"흥미 없는 것은 딱 질색입니다. 황녀는 꽤 지루한 사람에 속하죠."

"이것이 개인의 의향으로 선택할 문제입니까? 당연히 하셔야지요. 당연한 일인 겁니다, 지오반니. 후께서 잘 모르시는 듯합니다. 레너드만 해도 열다섯 살의 나이에 결혼을 했죠. 하지만 그것은 모두 가문을 위한 것이었고, 지금 황녀의 청혼서는……."

또 지루한 설교가 이어질 모양이었다. 지오반니는 귀찮은 눈을 하곤 손을 들어 그녀의 말을 막았다.

"고모님께선 본 후가 가문의 부흥 같은 것을 위해 이 몸 하나 희생할 사람으로 보이십니까?"

"……."

"이기적인 제가 희생 같은 걸 할 리가 없죠."

"그래서 지금 그 말도 안 되는 소리를 하시는 겁니까! 이기적인 것과 이것은 다른 문제죠. 당연히 해야 할 일이라는 것이 있습니다!"

도리스의 고함에도 지오반니는 고개를 까딱거릴 뿐 물러서는 기색이 없었다.

"그 결혼을 하는 일은 없을 겁니다."

"지오반니!"

"내게 강요하지 말아요."

입술을 말아 올리면서도 재색 눈은 차가운 빛을 띠고 있었다.

"저는 여태 고모님의 비위를 맞추려 노력이란 것을 꽤 했습니다. 레너드를 지지했고, 그에게 막대한 사업을 몇 번이나 건네주었죠. 그리고 지금 기별 없는 방문에도 최대한 참고 있어요. 내 집을 제집 드나들듯 하는 고모님의 행동도 상당히 오랜 시간 동안 참아 주고 있질 않습니까."

"……."

"손바닥 위에 두고 굴리려 생각하지 마시란 소립니다."

유려한 눈매가 휘어질 즈음, 그가 넌지시 문을 가리켰다. 나가라는 소리 없는 축객령이었다.

5. 득과 실

　미하엘과 마주 앉은 오키아가 곤란한 얼굴을 하곤 이마를 매만졌다. 그는 자신보다 훨씬 어린 남자를 눈에 담았다. 미하엘. 누바라의 다음 제위를 이을 남자. 지금의 황제보다는 말이 통할 것 같은 사내.

　오키아는 미하엘을 정치적인 관계에 대해서 그 가치를 높이 샀다. 이성적인 판단은 합리적인 결과를, 그리고 꽤 부드러운 관계를 유지시켰다. 가감 없이 적대감을 내보이던 그의 부친을 떠올린다면 장족의 발전이었다.

　하지만 지금 미하엘이 꺼낸 말은 애초에 받아들일 수 없는 문제에 속했다. 고려해 볼 문제와, 고려해 볼 가치도 없는 문제 중 미하엘의 제안은 후자에 속했다.

　"이어질 수 없는 관계지."

오키아가 단칼에 잘라 말했다. 라제프를 방문하기 전, 편지를 보내온 미하엘의 뜻이 이런 것일 줄은 꿈에도 몰랐다. 프레야 공작과 인연을 맺고 라즐리와의 결혼을 입에 담는 미하엘이 가히 정상으로 보이지 않았다.

프레야 공작과 누바라가 무슨 악연으로 얽혔는지는 그가 모르지는 않을 터. 확실히 짓궂었다. 도를 넘는 행동에 오키아의 눈이 일그러졌다.

"어째서입니까?"

"어째서냐고? 그걸 짐에게 묻는 건가? 자네가 그 이유는 더 잘 알겠지. 짐과 장난을 하러 이 먼 길을 방문한 건가?"

"……."

"두 나라가 오래전부터 사이가 좋지 않다는 것은 전제에 두지 않더라도 많은 이유가 섞이지 않았나. 이를 테면 아리엘. 그리고 프레야 가문을 이어 받을 후계자. 그 둘을 누바라가 죽였지."

그 일들을 다시 되짚어 주는 오키아로서도 고역스러웠다. 그 둘의 죽음은 프레야 공작이 아니더라도, 그에게는 큰 수치였고 죄책감이었으며, 끔찍한 과오에 속했으므로.

"아리엘은 죽었고. 폐하께서 말씀하신 후계자도 죽었군요."

"그런데."

"두 나라를 방해할 것은 없다고 보는데 무엇이 문제입니까?"

"……자네가 말한 것들이 모두 문제일세."

오키아는 잠시 말을 잇지 못했다. 저것이 사람의 입에서 나올 소리라던가? 미하엘이 말한 것들이 있는 이상 두 나라는 절대 우호적인 관계가 될 수 없었다. 프레야 공작이 허락지 않을 테고, 그의 분노를 또 한 번 사는 것은 오키아 쪽에서도 사양이었다.

"머리 좋은 자네가 잊을 리는 없을 테고."

"그 둘이 라즐리라는 여자의 부모라는 것 말입니까?"

"그래."

"나라와 가문의 이익보다 죽음에 대한 분노가 더 우선시된다……."

미하엘이 당최 이해가 가지 않는다는 얼굴을 하곤 고개를 비스듬히 기울였다.

"그런 감정 팔이를 할 줄은 몰랐군요. 꽤 어리석은 자들이 할 법한 선택입니다."

"라르기얀."

"냉정하게 상황을 본다면 말입니다. 이 결혼이 가져다줄 것들이 굉장히 많다는 것을 모르지 않지 않습니까."

"더 이상 말을 삼가게. 죽은 이들을 욕보이지 말아."

오키아의 경고에 미하엘이 고개를 끄덕였다. 하지만 예의상의 행동일 뿐이란 것을 알았다.

"저희는 좋은 관계가 될 수 있을 겁니다. 충분히 가능하죠."

"가능하다?"

오키아가 잔을 둥글게 돌리며 물었다. 비아냥거리는 투가 반, 진정 궁금하다는 투가 반이었다.

"제가 제위에 오르는 순간, 많은 것이 바뀔 겁니다. 그중 하나가 라제프와의 관계입니다. 이 결혼은 라제프와 누바라를 부흥으로 이끌 겁니다. 지금보다 훨씬 더 나은, 더한 광영을 누릴 테고. 아리엘이 가져다준 것의 이상을 누릴 테죠."

그의 말대로라면 큰 이득이 아닐 수 없었다. 남부에서 몇 년 동안 지속되던 누바라와의 마찰과 탄팔로에서 시작되는 무력 충돌을 없애는 것으로도 많은 비용을 아낄 수 있었다.

그의 말처럼 단번에 부드러운 관계가 될 수는 없었지만 시간과 공을 들인다면 바아와의 관계처럼 되지 못할 것이 무엇인가 싶었다. 이야기만 잘 풀린다면, 지금 우호적인 관계까지는 아니더라도 이를 드러내며 싸우지는 않을 것이다.

"오래지 않은 후에는 패망한 나노아의 땅덩어리를 먹으려 온갖 것들이 달려들 겁니다. 누바라와 라제프, 그리고 동부의 바아, 몸을 불려 설산 너머의 에르만틴, 세가 이전만 못하다곤 하나 여전히 건재한 이젠티아까지요."

"먼 일을 입에 담는군."

"먼 일일까요?"

냉랭한 기운을 품고 있는 벽안이 물었다.

"먼 일이지만 일어날 일입니다."

"······."

"그리고 머지않아 일어날 일이죠. 나노아의 늙은 마법사가 나노아의 모든 땅에 제 목숨을 바쳐 금제를 둘렀습니다. 비밀 가득한 곳은 외부인을 허락지 않고 모든 것을 걸어 잠갔죠. 에르만틴은 그 땅을 무척이나 탐내고 있어요. 라제프에는 마법석을 생산하는 광산의 주인인 탐야크 후작과 우수한 마법사들이 많고, 누바라도 뒤늦게 양성에 들어갔다고는 하나 에르만틴에 미치지는 못합니다."

그 일은 마법석을 생산하는 광산의 주인인 탐야크 후작도 충분히 걱정하는 일이었다. 똑같은 마법석이 주어진다고 해도 라제프의 마법사들이 발현하는 힘과, 에르만틴의 힘이 현저하게 차이가 나기 때문이었다.

"용인 하르게니아가 그들의 양성에 직접 심혈을 기울입니다. 용이 지니고 있는 고대의 마법은 능가할 도리가 없죠. 우리는 우려하고 있질 않습니까. 그 고대의 마법이 이어질 핏줄이 태어난다는 것에 말입니다."

"……."

"하지만 우리의 바람과는 달리 용은 살바토르 공작의 아이를 낳았죠. 그녀에게서 태어난 라 살바토르의 남자는 그 천재성을 인정받아 자리를 굳건히 하고 있습니다. 생각할 수도 없는 공을 그가 세웠고, 많은 것들을 만들어 냈습니다. 많은 나라들이 하르게니아의 핏줄을 견제합니다. 그리고 나아가선 그 피가 이어질 것을 염려합니다. 그 핏줄을 끊어 낼 도리가 없다면 우린 에르만틴을 무엇으로라도 견제할 방법이 필요합니다."

에르만틴이 절대로 그 땅을 갖게 할 수 없다는 것이 미하엘의 생각이었다. 그는 라제프보다 에르만틴을 견제했다. 용이 가진 힘을 두려워했으며, 그 핏줄이 에르만틴에서 이어진다는 것에 큰 불만을 가지고 있었다.

"나노아의 땅을 갖게 될 가장 유력한 곳은 에르만틴과 이젠티아. 하지만 저희 두 나라가 태도를 조금만 달리하면, 그 땅은 저희 것이 됩니다. 저희가 힘을 합친다면 그럴싸한 그림이 그려지죠. 그리고 금제가 잔뜩 둘러진 나노아의 땅은 분명 우리를 더 높은 곳으로 이끌 겁니다."

"……."

"어쩌면 아리엘로부터 도래한 황금기에 못지않은."

오키아의 눈이 처음으로 흥미를 띠었다. 그녀가 가져다준 황홀한 것이 무엇인지 가장 생생하게 느끼던 이가 저였음을. 그녀가 저의 입지를 확고히 해 준 덕분에 지오반니를 얻었고 종래에는 그의 땅을 손에 넣었다.

손에 넣었다는 표현은 옳지 않았지만, 저와 지오반니를 제외한 모든 이들은 그렇게 알고 있으니 그것이 맞는 말일 터다.

"그리고 이 그림이 완벽해지기 위해서는 프레야라는 이름이 필요합니다. 누바라와 라제프를 이어 줄 끈은 프레야가 가장 명확하죠."

오키아가 턱을 쓸었다. 완전히 허무맹랑한 소리는 아니었다. 아리엘로 시작되었던 황금기가 프레야로 다시 시작된다는 것은 굉장히 흥미로운 일이었다. 누바라에 의해 그녀가 죽지만 않았더라도, 미하엘의 판단이 현명하게 들렸을 것이다.

"그리고 머지않은 가까운 날, 저와 프레야의 피를 이은 혈통들은 나아가 라제프와의 관계를 더욱 견고하게 만들 겁니다."

"말은 쉽지."

내뱉기는 쉽고, 생각하기도 쉽고, 행하는 것까지는 어렵지 않다. 그후에 밀어닥칠 것들이 감당할 수 없을 뿐. 지난날의 자신이 그러하지 않았나. 미하엘을 마주하고 대화를 나눌 적마다 그날 일들이 불현듯 떠오르곤 했다. 입 안이 절로 썼다.

"황자께선 간과한 것이 있어. 그대는 프레야 공작이 가지고 있는 그 증오의 크기를 감히 상상도 못할 거야."

"……."

"자식을 잃었지 않나. 황자의 나라에."

그는 프레야 공작이 무너지는 것을 목도했다. 산같이 거대하고 바다같이 넓어 무너질 일도, 마를 일도 없다고 생각했다. 그런데 그런 남자가 무너졌다. 자식의 죽음에 무너졌고 비통함으로 얼굴을 적셨다. 오열했던 남자. 잔상처럼 스몄다. 평생 잊을 수 없는 기억이었다.

"프레야의 장자와 아리엘이 죽었는데 문제가 될 것이 무엇이냐고?"

오키아가 허탈한 웃음을 흘렸다.

"여태 그대와 말한 것들을 욕심내는 것은 나와 그대뿐이지. 프레야 공작은 나노아의 땅 따위에는 관심이 없어. 라제프와 누바라의 결합에 대해서도 굉장히 냉소적이지. 그에겐 이렇다 할 만한 욕심이 없는데 그것을 위해서, 그에게 희생을 권하는가?"

"······."

"무슨 권리로?"

그래. 무슨 권리로, 그에게 또 한 번의 희생을 강요하는가. 아들 내외의 죽음을 눈감고 침묵했다. 충신을 저버렸다. 그것 또한 득이라고 생각했기 때문에. 그러한 생각은 지금에도 변함없었다. 그때로 돌아간다고 해도, 제 선택은 조금도 달라지지 않으리라는 것을 알았다.

"자네가 제위에 오르고, 집권하는 시기에 황후가 된다는 건 아주 좋은 일이야."

그런 생각이 들자 본능처럼 술잔으로 손이 갔다. 그렇게라도 하지 않으면 악몽이라도 꿀 것 같은 불안한 느낌이 들었다.

"내가 아는 라르기얀은 그 누구보다 욕심 많은 남자이기 때문에 이상적인 국가를, 그리고 현 황제보다 강한 황권을 쥘 사람이거든. 그리고 그대 곁에 있을 여자를 누구보다 빛나게 만들겠지."

미하엘은 그렇듯 욕심 많은 사람이었다. 자신뿐만이 아니라, 그가 쥐고 있는 모든 것들을 빛나고 화려하게 꾸며 조금이라도 부족해 보이는 것을 바라지 않았다.

그러니 라즐리는 누바라의 어떤 여성보다 귀한 것을 걸치고, 귀한 것을 먹을 것이며, 라르기얀의 권력 못지않은 대접을 누릴 것이다.

오키아는 누바라와 사이가 좋지 않은 것과는 별개로 미하엘을 인정했다.

욕심 많고 야망 있는 것은 현 황제와 다를 바 없는 모습이었지만 미묘하게 달랐다. 감성적으로 일을 해결하는 현 황제와는 달리 미하엘은 똑똑하고, 이성적으로 모든 것을 판단했다. 그리고 그러한 것들은 누바라의 부흥을 이끌 것이다.

"하지만 짐에게는 달콤할 법한 제안이 통하는 사람이 있는 반면 통하지 않을 사람도 있다는 것을 알아야 해."

"……."

"프레야 공작이 그렇지."

지금 가장 아쉬울 것이 없는 사람이 프레야 공작이었다. 그 또한 욕심이 없다고 말할 수는 없었지만 라르기얀과 섞이느니 무언가를 잃는 쪽을 선택할 것이었다. 잃는 것이 다행이라고 생각할 정도로 라르기얀이라는 이름은 그에게는 불필요한 것이었다.

"자네의 힘을 빌려 더 높다란 곳, 더 많은 것을 누리고 싶을 정도로 욕심 많은 사람이 아니야. 자네가 가져다주는 것이 아니더라도 그의 발밑에는 차고 넘칠 것들은 많아."

"……."

"사람, 돈, 집, 가족, 명성."

"그렇다면 뺏으면 되는 걸까요?"

미하엘은 대수로울 것 없다는 얼굴로 여상하게 물었다.

"그건 또 내가 허락할 수 없지. 말을 삼가게."

오키아가 고개를 저었다. 간혹 감정이 결여된 것 같다는 느낌을 종종 받았다. 께름칙한 기분. 빼앗고 죽이는 것을 아무렇잖게 말하는 미하엘이 정상이라고 말할 수 없었다. 어쩌면 인간이 아닌 지오반니보다 더한 차가움이었다.

"사람 마음이라는 것이 내 마음대로 되는 일은 아닐세. 마음을 돌리는 건 황자의 몫이야."

허락이랄 것도 없는 허락이 떨어졌다. 미하엘의 얼굴에 찬웃음이 번졌다.

*　　*　　*

이블린은 여섯 명의 형제와 수많은 방계혈족들 중 유일하게 여인의 몸으로 검을 잡았다. 프레야의 장자에 버금갔던 그녀의 무력과 부친에게 교육받은 지략은 남부의 산티야 성을 굳건한 요새로 만들었다.

한 해에만 스무 차례가 넘는 누바라와의 충돌이 일어남에도 불구하고 적군이 성문 너머로는 한 번도 발을 들여 본 적이 없었다는 산티야의 주인이 이블린이었다.

"라르기얀이라니요!"

이블린이 분노를 이기지 못하고 벼락같은 고함을 내질렀다. 책상을 세게 내리친 탓에 그 위에 가지런히 올려진 음식과 찻잔이 넘어질 듯 거세게 흔들렸다.

"그 빌어먹을 놈이 무슨 꿍꿍이랍니까!"

"네가 소리 지르는 통에 내 두통이 멎질 않는구나. 조금 조용히 해 봐라."

퍽 태평해 보이는 목소리에 이블린의 얼굴이 붉어졌다.

"아버지, 참고 계실 때가 아닙니다. 라즐리와 라르기얀의 결합이 과연 옳다고 보십니까? 그 아이가 이 소식을 듣는다면 차라리 말똥이나 치우는 자와 결혼한다고 할지도 모릅니다."

눈을 크게 뜬 여자가 이를 갈며 욕지기를 내뱉었다. 그래도 제 성질만큼은 잘 다스리던 리온과는 달리 그의 여동생은 성정이 불같은 여자였다.

"언성을 낮춰라."

"낮출 수 있는 일이어야 낮추지요! 화를 다스릴 수 있는 일이어야 다스릴 수 있는 겁니다."

"네가 소리를 질러 봤자 좋아할 녀석은 라르기얀이야."

주름진 눈가 사이로 보이는 눈동자가 담담했다. 이블린은 답답하다는 듯이 제 가슴을 탕탕 쳤다. 진한 금발을 거칠게 쓸어 올린 그녀가 입술을 뭉그러뜨렸다.

"바아로 시집간 동생이 이 소식을 듣는다면, 몇 년간 보지 못한 딸의 얼굴까지 보게 되시겠군요. 이그닛의 성격이 저보다 더했으면 더했지 덜하지는 않지 않습니까. 그리고 제가 했던 것처럼 고래고래 소리부터 지르겠죠!"

"나라고 이 상황이 기꺼워 입을 다물고 있는 줄 아느냐?"

"그럼 적어도 저처럼 소리라도 지르세요. 그렇게 아무렇지 않은 척하시면 제가 화가 났는지 아닌지 어떻게 알아요? 라르기얀은 미쳤어요! 세상에 둘도 없을 미친놈이라고!"

지나친 적의감이 묻어 나왔다. 이블린은 굳이 그것을 감추려 하지 않았다.

"차라리 라르기얀이 라즐리를 진심으로 마음에 품었다면 이토록 화가 나지는 않았을 겁니다. 하지만 아리엘을 좋아해 제 아비의 앞까지 막았던 놈이, 라즐리를 좋아하는 것이 정상이라고 보세요? 차라리 정치적인 이유라고 했으면 그 새끼는 원래 그렇게 영악한 놈이라 그렇다 여겼을 겁니다. 어디서 좋아한다고 제 감정 팔이를 하고 있단 말입니까!"

미하엘의 외모와 순애보까지. 의도적으로 퍼진 소문을 듣는 자들 중 여자라면 누바라에 부모를 잃은 라즐리를 안타까워할지언정, 그의 감정을 욕보이는 자들은 없었다.

하지만 오래전, 아리엘의 죽음을 막으려 모두가 지켜보는 가운데 제 아비의 앞을 막은 미하엘의 사정을 아는 소수의 사람들 중, 이런 그의 감정이 정상적이라고 보는 이들은 없었다. 얼마나 우스운 모습이란 말인가.

"폐하께서 이러한 사실을 묵과하셨다고요?"

이블린이 제 손에 자리한 반지로 시선을 내렸다. 남쪽의 요새를 지키는 성주가 되었을 때, 친히 황제에게 하사받았던 것이었다. 검붉은 빛을 띠는 홍옥을 감싸 쥔, 금으로 세공된 반지가 빛을 잃지 않고 빛나고 있었다. 이블린이 턱을 물었다.

"그분은 말입니다. 항상 득과 실을 저울질하곤 하시죠."

"……."

"라르기얀의 제안이 득이라고 판단을 하신 모양입니다. 저는 그런 그분이 질려요. 정확하게 제 이득을 챙기려는 것을 보면 사람이 아닌 것 같거든요. 사람이라면 그럴 수가 없지. 아버지를 생각하셨다면 그런 말을 지껄이는 라르기얀의 얼굴에 술잔을 집어 던졌어야 옳았어요. 그렇지 않습니까."

이블린의 눈동자가 분노로 일그러졌다.

"큰오라버니 내외가 죽었습니다. 아버지와 어머니는 이혼을 하셨지만 어머니께서 이젠티아 왕국의 적녀로 태어나셨으니, 오라버니 또한 이젠티아의 왕위계승권을 가지고 있는 사람이었습니다. 왕자의 씨가 마른 이젠티아에서 왕위계승자로 공공연히 말이 나오기도 했었고요."

"다 지나간 일을 굳이 꺼내지는 마."

"이젠티아의 분노를 막아 주신 것도 아버지셨어요."

비단 이블린뿐만이 아니었다. 남은 형제들에게 리온의 죽음은 곪고 곪은 상처였다. 건드릴 수 없는 역린. 들춰내서는 안 될 일. 리온은 좋은 형이자 든든한 오라비였고, 제너에게는 여러모로 의미가 많은 아들이었다. 이블린에게도, 그의 동생들에게도.

"더 이상 무엇을 어떻게 해 줘야 하죠? 대체 얼마나 많은 것들을 폐하의 발아래 가져다주고, 우리의 것을 주어야 그분이 만족하신단 말입니까? 득과 실? 웃기는 소리가 아닐 수 없어요. 그분은 나라의 안녕 安寧을 위한다고 입버릇처럼 말씀하시지만 조금만 더 자세히 들여다보면 자신의 욕심밖에 되지 않죠."

제너는 사납게 토해 내는 이블린의 분노에도 대꾸하지 않았다. 죽었지만 여태 보낼 수 없는 자식. 저보다 먼저 가 버린 못된 녀석. 제 머릿속은 몇 번이고 십 년 전으로 돌아가, 그때로 시간을 되돌리고 있었다.

네가 전쟁에 나가지 않았다면. 그때의 자신은 널 살리기 위해 최선의 방법을 다했었나. 또 무엇을 할 수 있었을까. 더 좋은 방법이 있지 않았을까? 신께, 조금만 더 간절히 애원했다면 이 불쌍한 사람의 갸륵한 정성을 봐서라도 너를 살려 주지 않았을까.

어쩌면 네가 살아 돌아올 수 있었을 텐데.

—너를 그곳으로 보내지 않았더라면.

"어느 누구도!"

이블린이 목소리를 높였다. 고운 이마가 찌푸려지고 붉게 칠한 입술이 짓이겨졌다. 그 카랑카랑한 목소리 덕분에 또다시 제 머릿속을 비집고 들어오려는 과거의 잔상에서 벗어날 수 있었다.

"아버지께 이런 무례를 범할 사람은 없어요."

"그만."

"아버지께서 지금의 황제를 만드셨어요. 별 볼 일 없는 황자를 당신의 손으로 황위에 올려놓으셨습니다."

오키아는 몇 번째 황자였는지도 모를 보잘것없는 황자였다. 영리한 머리를 가지고 있지도 않았고, 특출 난 재능도 없었다. 그저 물 흐르듯, 그 흐름에 맞춰 살아가는 남자였다.

그는 여느 황자들과 다를 바 없이 눈에 띄는 1황자를 빛내 주기 위해 살아가는 이였다. 나라를 위해 타국으로 팔려 가다시피 하는 수많은 황자들 중 한 명이었다.

위험하다고 판단되면 몸을 사리는 눈치는 있었지만, 자신을 높다란 곳에 앉혀 줄 기회가 가까이 다가왔을 때는 겁을 집어 먹고 그것에 감히 손도 뻗지 못하는 남자. 그런 이가 오키아였다.

그런 남자에게도 기회가 다가왔다. 적통의 황자가 암살로 죽임을 당하고 제위를 두고 혼란스러웠던 때, 오키아는 아버지의 눈에 들었다. 무엇이 아버지의 눈에 들었는지는 모를 일이었다.

한데 배은망덕도 유분수지. 장담컨대, 무지한 짐승 새끼도 이렇게 행동할 순 없을 것이다.

"세상일이 다 그런가 보더구나. 베푼 만큼 되돌아오지 않고 내가 준 신뢰만큼 나를 믿어 주지도 않지. 전혀 예상하지 못한 곳에서 일은 일어나고, 누구로부터 시작되었는지 알 수조차 없어. 고마움은 퇴색되어 버리고 미안함은 줄어들고. 시간이 지남에 따라 이 사람이 내게 중요한지 아닌지도 판단이 서질 않아."

"……."

"오키아가 그렇듯."

그는 지난날 오키아가 간절히 붙잡았던 손의 온기를 기억했다. 자신보다 높은 체온을 가지고 있었던 소년. 무엇이 마음에 들었던 것일까. 절박해 보이던 눈이었을까. 야트막한 욕심을 봤던 탓일까.

"조금은 후회할지도 모르겠어."

"아버지."

"그때 그 손을 잡아 준 것에, 후회할 때가 있었다."

"……."

"내가 했던 것이 잘못된 선택이었는지도 모르겠다고 생각한 적도 있었다. 하나 부질없는 것을. 잡지 않아도 될 손을 내가 기꺼이 잡았으니까. 내게도 잘못이 없다고 말할 순 없으니까."

그는 아들이 죽은 후 오키아의 행동을 긍정적인 쪽으로 합리화하고, 제 잘못을 거침없이 힐난했다. 이 모든 어그러짐의 탓을 한 사람에게로만 돌리면 커져 갈 분노를 감당할 수 없을 것 같아 그리했다.

"대체, 대체 왜 그의 손을 잡으셨어요?"

"……."

"아무짝에도 쓸모없는 그를 왜……!"

그녀는 원망할 사람이 필요했다.

"알 수 없지. 무엇에 이끌렸는지는."

아아. 이블린이 탄식하며 의자 위로 미끄러졌다.

"이대로 넘어가겠다는 뜻은 아니다. 하지만 그렇다고 해서 마냥 분노할 수는 없지."

"어째서요?"

"치기를 부릴 만큼 나는 젊지 않다. 지킬 것이 많기에 그런다. 죽은 이는 죽은 대로 묻어 두고. 산 사람은 살아야지. 나는 너를 비롯한 자식들이 남아 있고, 많은 혈육들이 남아 있지. 그리고 내가 굶기지 않아야 할 시종들도 많아. 내 어깨의 짐은 그리도 무겁다. 프레야의 이름은 이렇듯 무거워."

"……."

"그렇기에 내게는 그런 분노 정도는 참을 수 있는 인내가 있어야 해."

말을 내뱉기에 앞서 수십 번은 생각했다. 결정을 내리려 할 때엔 새벽동이 터야 잠에 들었다.

그가 허허롭게 웃었다. 입꼬리를 올리니 보기 좋게 주름이 지어졌다.

"저는 아버지처럼은 못 살아요."

이블린은 감흥 없는 얼굴로 제너의 얼굴을 바라보았다. 부친은 희생하는 것에 익숙한 듯했고, 감내하는 것을 당연하다고 생각했지만 모든 것에 익숙하고 당연한 것이란 없었다.

이블린이 제 손가락에 끼워진 반지를 미련 없이 빼내었다.

"저 반지를 받았을 때 제 기분이 어땠는지 아세요?"

제너가 테이블 위에 덩그러니 놓인 반지를 멍하니 쳐다보았다.

"오라비의 목숨값 같았습니다. 오라버니가 죽은 값으로 받은 싸구려 쇳덩이, 정도 말이에요."

"다시 가져가지 못하겠니. 네가 빼고 말고 할 반지가 아니야."

"아니요. 제가 저 반지를 다시 낄 일은 없을 겁니다. 이번 일로 확실해졌어요. 저는 더 이상 오키아의 비위를 맞춰 주지 못하겠습니다."

"이블린."

"단 한 번이라도 아버지를 생각하셨다면 그가 그럴 수는 없어요. 득과 실? 그것이 무엇입니까. 무엇이기에 사람을 이리도 비참하게 만들어. 보잘것없는 황자를 황위로 올려놓은 당신을 이렇게 저버릴 수는 없는 겁니다!"

"그만해라! 듣자 듣자 하니 도가 넘질 않아!"

"그는 아버지께서 떠날 수 없으리라는 것을 알아요. 아들 내외를 잃었어도 당신은 그 탓을 황제께 돌릴 분이 아니고, 지킬 것이 많기 때문에. 약삭빠른 여우처럼 아는 거예요. 많은 것을 앗아 가고 당신의 가슴에 못을 박았어도, 올곧고 충직한 당신은 절대 그 탓을 다른 이들에게 돌리지 않을 것을 아니까. 참으로 무서운 자가 아닙니까. 참으로 잔인하지 않아요?"

"이블린."

"그런 그가 현명한 황제입니까? 아니요. 그럴싸한 무늬만 흉내 내는 군상일 뿐이죠."

차가운 제너의 시선을 지지 않고 받아 낸 이블린이 거칠게 일렁이는 눈으로 마주 섰다. 그 시선을 먼저 피한 것은 제너였다.

"아들을 잃은 것은 아버지의 아픔이라 여기고 참고 견뎌 내셨겠죠."

"……."

"하지만 이번은 라즐리입니다. 그 아픔을 그 아이가 그대로 가져갈 거예요. 라즐리의 평생을 고통과 모멸감으로 얼룩지길 바라신다면 지금처럼 가만히 계세요."

"나는 참고 산 게 아니야."

"아무도 아버지께 참으라 하지 않았어요."

"응당 그런 자리다. 이 자리는."

"누구도 아버지를 원망하지 않았을 겁니다."

이 자리는 너무나도 많은 것을 짊어지고 있기 때문에. 그 목소리가 지나치게 담담하여 이블린은 뜨겁게 속이 치밀어 오르는 것을 어렵사리 눌렀다. 그녀는 이제는 많이 늙어 버린 제 아버지를 바라보았다.

"악몽은, 이제 그 끔찍한 악몽은 꾸지 않으세요?"

"악몽을 꾸지 않느냐고?"

"……."

"그럴 리가. 아들 내외는 항상 꿈에서 나를 만나러 온단다."

"아버지."

"똑같은 장면이 계속되지. 수레에 실려 온 아들 녀석이 숨을 쉬지 않아."

제녀는 익숙하게 말을 꺼냈다.

"몸은 항상 차가울 뿐이지. 나를 뺀 주위의 모든 사람들이 울고 있어. 그리고 나는 항상, 녀석의 몸을 흔들어 깨워 본다. 그 녀석 말이야. 살아생전 말은 곧잘 듣더니 꿈속에서는 한 번을 일어나 주지를 않더구나."

"……."

"손을 잡아 봤다. 그때, 수레에 실려 온 그 녀석. 믿을 수가 없어서 녀석의 손을 잡아 봤어."

눈가를 거칠게 문지르자 눈물이 묻어 나왔다. 선득하게 느껴졌다. 딱딱한 손. 혈색이 꺼져 버린 손. 그 찰나의 순간 신께 빌었다.

너만은, 너만은 아니었으면. 이 모든 것이 거짓이라 말해 주렴.

"저라면 살렸을 겁니다. 머릿속이 하는 말 따위는 전부 무시하고,

아버지께서 하고 싶으신 것을, 했을 겁니다. 이성 따위는 잘라 내 버리고 당신께서 원하시는 것을 하세요."

주름진 손을 맞잡은 이블린이 단호한 눈을 하곤 입을 열었다.

오라버니의 죽음으로 인해 심장을 도려낸 아버지. 나는 더 이상 당신이 아파하는 것을 볼 수 없다.

그리고 그녀가 돌아간 지 두 달 즈음이 흘렀을 때, 남쪽, 산티야 지방에 위치한 산티야 성의 영주 이블린 반 펠시 프레야가 자진 사퇴서와 영주를 상징하는 반지를 황궁으로 보내왔다.

*　　*　　*

"……라르기얀이……."

방 안을 서성이며 테이블 끝을 매만지던 라즐리의 손이 멈췄다. 분노로 떨리는 손이 종잇장을 움켜쥐다 테이블 위의 것을 모두 쓸어 버렸다.

자리를 지키고 있던 집사와 제인만이 그런 흉흉한 기세에 긴장된 얼굴을 하고 있을 뿐, 그런 라즐리의 모습에도 놀란 기색 하나 없는 제너가 조용히 담배를 물었다.

"저를 죽이려 함이군요."

숨을 고르는 라즐리가 이를 갈며 말했다. 사납게 휘어진 눈매가 종이 위에 쓰인 유려한 글씨체를 노려보았다.

"기어이 상황을 이렇게 만들었어요. 그 사람!"

"신경 쓰게 만들고 싶진 않았다만 상황이 조금 심각해 보여서 말이다."

"라르기얀과 몸을 섞느니 혀를 깨물 거야."

"내 앞에서 못하는 소리가 없어."

"황후 같은 거 필요 없어요. 차라리 저를 저 시골로 처박아 버리겠다고 말씀하세요. 군말 없이 따를 테니까!"

라즐리의 그러한 반응을 상상했다는 듯 그의 얼굴에는 놀람의 기색이랄 것도 없었다. 제 부모의 괄괄한 성격을 빼다 박았으니 저런 반응 정도는 라르기얀의 일이 아니더라도 종종 내보이고는 했었다.

누바라의 황가를 상징하는 인장이 찍힌 편지는 집안의 분위기를 차게 식혔다. 그 안의 내용을 예측할 수는 없었지만, 장자의 죽음으로 입에 올리는 것마저 조심스러운 이름이 아니었던가.

웰시노와는 근본적으로 다른 긴장이었다.

제녀의 예상대로 결혼에 관한 편지였다. 공식적인 절차만 밟지 않았다 뿐이지 추진력 빠른 그라면 내일이라도 사람을 보내올 것이다.

"제가 간다 한들 사람대접을 받겠습니까? 아리엘이라는 이름 하나에 돌을 들고 칼을 들 자들이 누바라에는 널렸습니다. 증오와 두려움의 대상이 눈앞에 있습니다. 그 계집은 아리엘보다 강하지 않죠. 사람 한번 죽여 보지 못했어요. 그만한 담대함도 없습니다. 그렇다면 사람들은 증오와 두려움 중 무얼 선택할 것 같아요?"

"……."

"증오겠죠. 분노겠죠! 그런데 그런 곳에 나를 보낸다고! 죽으러 가라는 거예요? 내 부모를 죽인 나라의 것을 먹고 그곳의 사람이 되라는 거예요?"

"내 말 아직 안 끝났어. 누가 보내겠다고 했던?"

"상황이 그렇지 않습니까. 제가 그곳에 가야만 한다고 폐하께서 그러십니다."

"가라고는 하지 않았다."

"아니요! 라르기얀의 이런 행동에도 침묵하셨다면 그것이 긍정이고 명령인 것을 누가 모를까 봐요! 폐하께서는 제게 결혼하라고 하지는 않으실 거예요. 하지만 말을 아끼시는 대신 라르기얀과 자리를 마련해 주시겠죠. 거절한다면 또 한 번. 그래도 말을 듣지 않는다면 세 번이고, 네 번이고 역겨운 라르기얀과 붙여 놓으실 겁니다. 아닐까요?"

라즐리가 악을 쓰듯 언성을 높였다. 불을 붙이려다 라즐리가 있는 것을 깨달은 그가 다시 담배를 탁상 위로 내려놓았다. 그 또한 이 상황을 타개할 방법을 찾고 있었다.

"폐하께서 라르기얀의 손을 드셨습니다. 도의를 저버리고 승냥이와의 이득을 도모한 거예요!"

하지만 그리 어렵게 생각하진 않았다. 그는 이 아이를 보낼 생각이 없었다. 그 확고한 생각 하나면 충분하지 않나. 두 번은 같은 실수를 할 생각이 없었다.

모르지 않았던 일이고, 충분한 각오가 되어 있었다. 그러니 라르기얀이 보란 듯 죄어 와도 아무렇지 않은 얼굴을 할 수도 있는 것이었다. 라르기얀에게 지리란 생각은 하지 않았기 때문에.

"사람이라면 이럴 수 있나요? 분명 라르기얀은 사람이 아닐 거예요!"

"제대로 된 놈이 아닌 것 같긴 했지."

"농담할 기분 아니에요."

라르기얀이 몸을 낮추고 음습하게 죄어 온다. 그의 아비가 저의 자식에게 그랬던 것처럼 숨통을 조이고 앗아 간다.

"저는 이 모든 걸 무력화시킬 수 있는 방법을 알아요."

"라즐리."

"그 대단한 라르기얀도 정혼자 있는 이를 건드릴 만큼 파렴치한은 아닐 테니!"

'아니, 그는 마음만 먹는다면…….'

라르기얀의 성정에 대해 생각하던 제너가 정신을 차리고 얼굴을 들었다.

"……뭐라고?"

상황 파악이 덜 된 제너가 놀라 물었다. 라즐리의 몸이 거칠게 들썩이고 있었다. 가라앉힐 길이 없는 분노였다. 라즐리가 떨리는 목소리로 말을 이었다.

"라르기얀이 아니라면 누구라도 좋아요."

"그게 대체 무슨 소리야?"

"그 누구라도."

왜 이 순간, 그 남자가 떠올랐는지 알 수 없는 일이었다. 이유는 많지도, 거창하지도 않았다.

─해도 그만. 하지 않아도 그만.

저를 위해 황녀와의 결혼을 아무렇잖게 무르던 남자였기 때문에. 무심함 끝에 자리한 다정함을 알아서였다.

*   *   *

지오반니는 창가에 기대어 땅을 적시는 얇은 빗방울을 바라보았다.

언제부터 내렸는지 알 길 없는 비였다. 한동안 공사는 멈춰야 할 듯했지만 아무렴 어떠랴. 조용한 방 안에 스며드는 빗방울 소리에 흠뻑 취하고 말았다.

커프스단추의 서늘한 감촉을 느끼며 눈을 감는 그의 몸이 늘어졌다.

여름을 알리는 빗소리였다. 혼자 있는 시간을 썩 좋아하는 것은 아니었지만 가끔은 이러한 고요함이 반가웠다. 비가 올 때마다 욱신거리는 뺨의 고통은 전혀 반가울 수 없었지만.

그는 꽤 오랜 시간 즐겼던 빗소리를 뒤로하고 아직 가꿀 것이 많은 정원을 내려다보았다. 그의 눈이 정원 너머 울창한 숲에 닿았다. 푸름을 자랑하던 나무들도 어둠에 섞여 모두 검게 바랬다.

그는 숲을 한 번, 그리고 어렴풋이 틀만 잡혔을 뿐 완성되기까진 시간이 걸릴 정원을 바라보았다.

꽃을 심는다면 여자가 좋아할까. 볕을 가릴 큰 나무 몇 그루도 구해야겠다. 갖가지 꽃들의 향연에 감탄할 여자의 모습을 떠올렸다. 나무 아래서 쉬어 갈 여자를 상상했다. 이렇듯 누군가를 위한다는 것은 설렘을 부추겼다.

어쨌거나 황도 외곽에 넓은 부지와 저택을 구할 수 있었던 것은 그만큼 저가 운이 좋아서였기 때문이었다. 가꾸지 않아 엉망으로 자라난 수풀 탓에 아무도 눈길 주지 않던 땅을, 그 가치를 저는 알아본 것이다. 그는 저가 이 땅을 떠나기 전까지 이 소리를 들을 수 있다는 것에, 이 풍경을 눈에 담을 수 있다는 것에 만족했다.

지오반니의 입에서 가벼운 흥얼거림이 새어 나왔다. 기분 좋은 밤이었다.

밖을 만족스럽게 바라보던 그의 눈이 가늘어졌다. 작게 나 있는 오솔길 사이로 걸어오는 사람이 익숙했기 때문이었다. 자신만큼이나 이 곳에 자주 방문했던 여자는 치맛자락을 말아 쥐고 물이 고인 웅덩이를 잘도 피하며 발걸음을 재촉하고 있었다. 거의 벗겨진 후드를 다시 쓸 생각도 하지 않는 것인지 다가오는 속도가 제법 빨랐다.

그 모습을 본 지오반니가 서둘러 닦을 수건과 겉옷을 챙긴 후 빠르게 방문을 나섰다.

*　　*　　*

"비를 많이 맞으셨습니다."

"준비 없이 나오고 말았어요."

일렁이는 찻잔을 내려다보는 라즐리의 눈가가 일그러졌다. 잔을 데우고 있는 것이, 그의 온기라고 생각될 정도로, 지오반니는 다정한 사람이었다. 연락도 없이 찾아온 제게 옷을 건네주고 맞아 줄 정도로.

"멋대로 찾아와서 죄송해요. 계실 줄 몰랐어요."

"일전에 말씀드렸듯이 답례로 이 저택에 영애의 방도 만들어 드릴 겁니다. 그런 부분에 대해서는 신경 쓰지 않으셔도 됩니다."

이렇듯 다정한 사람. 분명 과분한 친절임이 틀림없는데도, 그렇다고 생각되지 않을 정도로 사람의 부담을 더는 데에 익숙한 듯했다.

비에 젖고 그가 내어 주는 차로 입술을 축이니 평소에는 생각지도 않을 것들이 떠올랐다.

가쁜 숨을 몰아쉴 정도로 뛰어와 제게 수건을 건네는 생각 외의 모습을 한 남자. 제게 줄 선물을 위해 고민했던 남자. 아무에게나 베풀지 않는 그의 친절.

그리고 무엇보다 라르기얀과 얽힌 제 가련한 처지를 모른 척하지 않을 것이라는, 강렬한 생각이 치솟았다.

"곧 울 것 같기라도 한 얼굴입니다."

"그렇게 티가 나나요?"

"거울이라도 보여 드릴까요?"

그의 장난기 다분한 말에도 라즐리는 웃어 줄 수 없었다. 라르기얀의 일이 예삿일이 아니라는 것 정도는 알 수 있었기 때문이었다. 지오반니가 사들인 낡은 정원까지 찾아온 남자에게서 느껴진 것은 차가움. 말끔한 얼굴 아래 자리 잡은 서늘한 기운이었다.

"심각한 일이라도 있었나 보군요."

"라르기얀이요."

"아."

지오반니가 아는 체를 했다. 정확한 것은 오키아에게 물어야 알겠지만 이미 귀족들 사이에서 기정사실로 퍼진 소식이 있었다. 미하엘이 곧 공식적으로 이 여자에게 청혼을 할 것이고, 이러한 사실을 오키아가 묵과했다는 사실.

침묵은 허락. 긍정의 뜻이었다. 미하엘이 무슨 말로 오키아를 혹하게 했는지는 몰라도 이번만큼은 놈의 뜻대로 흘러가지는 않을 터다. 바라는 대로 해 줄 만큼 프레야 공작은 녹록지 않았고, 아들에 이은 또 다른 실수는 반복하지 않을 것이다.

지킬 것이 많은 사람은 그만큼 강하다. 프레야 공작은 지킬 것이 많았다.

"결국 청혼을 할 모양입니다."

지오반니가 대수롭지 않은 것을 들은 양 말했다. 놀랄 것도 없다는 투였다. 다만 한 가지 놀란 것은, 오키아가 지난날 프레야 공작에게 했던 짓을 그대로 할 모양이라는 것이었다. 오키아가 하려는 일은 황권이라는 절대적인 힘으로 누르고, 쏟아지는 원성에 귀를 막고, 자신이 했던 모든 일들을 합리화하려는 것이었다.

그들이 만든 법처럼 지키지 않으면 처벌이 가해지지는 않았지만, 법만큼이나 중요한 것의 도의였다. 오키아는 종종 그런 것들을 간과하곤 했다.

그는 어릴 적부터 많은 것들에 세뇌되곤 했는데 그것은 그를 누구보다도 이해타산적으로 만들었다. 곁에 사람을 두는 데 있어서 필요를 따졌고 무게를 두었다. 사람은 물론이고 모든 일들에 대해 저울질했다.

그 일에 얽혀 있는 사람과의 관계는 중요한 것이 아니었다. 그는 필요 이상으로 정확하게 무게를 달고자 했다. 저울 위에 올라가는 것이 물건 따위가 아님에도 말이다.

잃는 것을 견딜 수 없어 했다. 무엇으로부터 기인된 두려움인지는 알 수 없었다.

하지만 지오반니는 그런 오키아를 나쁘게 생각하지 않았다. 실리를 취하는 것은 그 누구보다도 인간다웠고, 욕심을 부리는 것은 누구보다 솔직했으며, 저가 아닌 다른 이를 이용하는 것 또한 그네들답게 충분히 이기적이었기 때문에.

입버릇처럼 이성적이라고 말하고 있지만 철저히 본능을 쫓는 게다. 이 얼마나 갸륵하고 잔망스러운 존재들인가.

"그럼……."

말을 이으려는 지오반니가 고개를 숙여 라즐리를 살폈다. 고개를 푹 숙인 여자는 젖은 머리칼을 말리는 것도 잊은 양 그 자세를 고집하고 있었다.

"우십니까?"

"안 울어요."

"우십니다."

지오반니의 손이 얼굴을 덮은 머리칼을 귀 뒤로 넘겨 주곤 감추려는 얼굴을 들어 올려 축축한 습기가 밴 눈가를 쓸었다.

"모른 척해 주시면 좋잖아요."

"제가 이런 건 아무렇지 않게 넘어가지 못합니다."

"이럴 때만 눈치가 없으세요."

"걱정이 많은 것이라 해 두죠."

눈가를 쓰는 손에 울컥 감정이 치민 탓인지 눈물방울이 연이어 뺨을 적셨다

"분해요."

"……."

"이 상황이 너무 분해. 제가 왜 그 사람한테 휘둘려야 해요?"

커다란 손이 뺨을 감싸자 라즐리가 더욱더 서럽게 울기 시작했다. 슬퍼서 우는 것이 아니라 제 분을 이기지 못해 우는 것이었다.

그 모양새가 꽤나 우스웠던지 지오반니의 얼굴에 짧게 웃음이 맺히다 사라졌다.

"안 하시면 되잖습니까."

"폐하께서는 찬성하셨어요."

안 될 말이지. 가까스로 나오려던 말을 그가 어렵사리 삼켰다.

"정말 싫어요. 저는, 그 남자가 정말 싫어."

할아버지에게는 바락바락 소리만 지르고 나왔는데, 왜 이 남자에게

는 나이 어린 이처럼 칭얼거리게 되는지 알 수 없었다. 달래 주려 노력해서일까. 귓가를 속삭이는 목소리 때문일까.

"하지 않으셨으면 좋겠습니다."

여전히 눈가에 손이 머문 채로 지오반니가 말했다.

"왜 그리 바라시는데요?"

"행복하길 바라니까."

"무슨 대답이 그래요?"

"정말입니다."

그의 시선 속 라즐리가 담겼다. 그래. 행복해야 했다. 라르기얀의 옆이 아니라 여자는 제 옆에서 행복해야 했다.

"본 후는 영애 때문에 황녀의 청혼을 거절했습니다. 그런데 라르기얀의 청혼을 덥석 받아들이면 영애와 만날 수 없으니까."

"……."

"응당 하지 말아야 할 결혼이죠."

마치 그와의 결혼을 허락이라도 했냐는 투였다. 기묘한 느낌에 라즐리의 눈이 의문을 품은 채로 가늘어졌다.

"하지 마십시오. 그 결혼."

'하겠다고 안 했는데…….'

말을 하려다 눈가에서 입술로 미끄러지는 손길에 입술만 벙긋거리는 것이 전부였다.

"보아 넘겨 줄 정도로 성정이 얌전하지 못합니다."

라즐리의 입술을 손가락 끝으로 톡톡 두드리는 그가 대답을 재촉했다.

"아…… 네. 그……, 하겠다고는 안 했거든요. 하기 싫다고 말씀드렸는데."

그가 입술을 당겨 웃자 거짓말처럼 긴장의 끈이 느슨해졌다. 추를 매단 듯 무거웠던 입술도 가벼워진 것 같았다.

"그러니까 제가 드리고 싶은 말씀이 있었는데. 제가 이제부터 후작님께 제안 하나를 드릴 건데요."

습기가 채 가시기도 전에 라즐리가 떨리는 목소리로 입을 열었다.

"제안?"

본능적으로 느꼈기 때문일 것이다. 라르기얀이 생각했던 계획에서 조금도 벗어나지 못하리라는 것을. 할아버지께서 무슨 대안을 생각하고 계신지는 모르겠지만 욕심 많은 라르기얀이 간단하게 물러설 리 없었다.

코앞으로 다가온 위험을 아무렇잖게 생각한 저의 안이함을 질책하기엔 조금 늦어 버린 것 같으므로. 아니, 아마 질책했더라도 상황은 조금도 바뀌지 않았을 것이다.

"그와 맞설 수 있나요?"

"라르기얀과 말입니까?"

어쩌면 그럴 수 있을지도 모르겠다고. 이 남자는 가능케 할지도 모른다고……. 그리고 동시에 자신을 위해 이 남자가 그런 부담스러운 일을 할 것 같지 않다는 생각을 했다.

비밀이랄 것도 없는 것을 공유했고 잦은 만남을 만난 것이 다인, 그런 정도의 친밀함을 유지한 것이 전부였다.

"네."

"맞선다는 것이…… 죽이는 것을 뜻함인가요?"

유리알처럼 투명한 눈이 물었다. 고개를 젓는 라즐리의 모습을 보고 그가 아쉽다는 듯 혀를 찼다.

"그의 권력에 맞설 수 있냐 묻는 것이군요."

"네."

"불가능할 겁니다. 오고 가는 것이 있다면 조금은 노력해 볼 텐데, 영애께서 제가 원하는 것을 가지고 계실지 모르겠군요."

"원하시는 것이 있다면 드릴 거예요."

"위험한 부탁을 하십니다."

"제가……."

"제가 무얼 부탁할 줄 알고."

재색 눈이 다른 빛을 띤 것도 같았다.

"제가 거절한다면요."

"……그런 생각은 또 못 했네요."

라즐리가 포기한 듯 중얼거렸다.

"무얼 주실지는 생각해 보셨습니까?"

"듣고서 생각해 보려고 했어요. 적어도 이렇게 다정한 분이시니 곤경에 처한 저를 모른 척하지는 않으실 거란 걸 알아요."

"그래요?"

마치 이상한 것을 들은 양 지오반니의 얼굴이 일그러졌다. 눈을 접고 웃는 모습에서 다시 한 번 세로로 길게 찢어졌던 날것의 눈이 떠올랐다. 잡아먹혀도 이상하지 않을, 말 그대로 짐승의 눈.

남자가 사람이건 괴물이건 중요치 않았다. 괴물의 아가리에 제 발로 들어가는 모양새라 하더라도 라르기얀의 곁이 아니라면 기꺼울 테지.

"라르기얀보다 더한 것을 원할 수도 있습니다."

"최악이진 않겠죠. 그리고 후작께서 황녀보다 제가 낫다고 생각했던 것처럼, 저도 라르기얀 황자보다는 후작이 좋아요."

"뭐, 라르기얀에게는 빚도 있고."

그가 뺨을 매만지며 스산하게 중얼거렸다.

"맞서게 된다면."

"……."

"아마 괴물의 모습으로일 겁니다."

그러니 이길 것이라, 남자의 눈이 말했다.

"……죽인다는 뜻이에요?"

"글쎄요."

괴물의 모습은 무엇을 뜻하는 걸까. 그때처럼 짐승의 눈을 할 거란 뜻인가?

하지만 지금은 그런 그의 애매모호한 답이 중요한 것이 아니었다. 라즐리는 놀라 그의 손을 잡았다. 분명 저의 제안에 거절을 하지 않았다.

"청혼해 주세요."

라르기얀이 먼저 이야기를 꺼내기 전에. 라즐리는 절박한 심정으로 지오반니의 옷깃을 붙잡았다.

"조금 잠잠해지면 그때 파기하셔도 좋아요."

"저야 재미있는 일이 될 테지만 영애의 이름에 많은 누가 될 겁니다."

"누가 아니라 영광이 될 거예요. 웰시노는 모든 여자들의 선망이랍니다."

지오반니가 뜻 모를 웃음을 지었다. 애석하게도 다른 여자들에게는 저가 선망일지는 몰라도 이 여자에게는 아닌 듯싶었다.

"프레야 공작의 분노를 감당할 길이 없을 것 같군요."

"눈 하나 깜빡하지 않으리란 것을 알아요."

"그래도 프레야 공의 분노는 무시할 수 없습니다."

"할아버지의 생각도 같을지도 몰라요."

"……."

"덜 최악인 곳이 나을지도 모른다고."

누가 더 최악일지는 알 수 없지만 라즐리는 제너의 선택이 지오반니에게로 기울 것이라고 생각했다.

라르기얀. 누바라. 그 모든 부수적인 것을 신경 쓰지 않을 수 있는 이는 지오반니가 유일했다. 의문이 확신으로 바뀌기까지는 오래 걸리지 않았다. 아마도 그렇게 믿고 싶은 생각이 컸는지도 몰랐다.

"덜 최악이라서 기뻐해야 하는 건가요?"

그가 웃는 얼굴로 물었다.

아직도 감이 잡히지 않는 모양이지. 범 흉내를 내는 승냥이를 피하려다 그보다 더한 괴물에게 잡힌 가련한 꼴을.

* * *

그날은 하등 특별할 것이 없는 날이었다. 늘 그랬듯 차를 즐기며 정무를 봤고, 담배를 태웠다. 오찬에 초대를 받아 식사를 즐기기도 했다.

라즐리를 불러들여 이야기도 나누었다. 사소하게 다른 점이라면 신문 정도를 읽지 않았던 것일까. 그러니까, 매일이 그러했듯 오늘 또한 아무 일 없이 흘러가야 하는 것이 맞았다.

뭐, 자주는 아니더라도 의외의 상황이 일어나는 것도 나쁘지는 않았다. 사람의 정신에 큰 타격을 주지 않는 선에서의 일들이라면 그도 기껍게 받아들일 수 있었다.

과도한 업무라든가, 머리를 써야 하는 일들이라든가, 지겹도록 보내오는 라르기얀의 편지까지도. 그래, 그 정도는 괜찮았다. 예측할 수 있는 선에서 해결 가능한 일일 테니까.

하지만 이건 아니었다. 사람 일이라는 것이 아무리 모르는 일이더라도 이렇게 뒤통수를 칠 수는 없었다.

"이게 무슨……."

말이 온전한 문장을 맺지 못하고 흘러나왔다.

"이게 대체, 무슨 일이야."

그는 문 앞에 가득 늘어선 사람들을 멍한 얼굴로 바라보았다. 집 안을 가득 채운 라자리아의 향에 코가 둔해지는 느낌이었다. 라자리아에 못 박혀 움직이지 못하던 눈이 한참 후에야 스륵, 느리게 움직였다.

그는 도저히 알 수 없다는 눈빛으로 지오반니를 바라보았다. 계집 열댓 명은 홀릴 작정인지 평소보다 꾸며 차린 모습이 볼썽사납다고 느껴질 만도 한데 괴이하게만 느껴졌다.

"라즐리."

"네."

지오반니의 옆에 나란히 선 라즐리가, 저 아이가 정녕 자신이 아는 그 아이가 맞나?

그는 통하지도 않을 농담을 자신에게 던졌다.

"대체 무슨 일을……."

벌인 거야. 비틀거리는 제너를 피델이 부축했다.

"제인, 네가 말해 봐라."

"저는 아무것도 모르는 일입니다."

"말이 되느냐?"

제녀가 무섭게 다그쳤다.

"주인의 일에 대해 함구하는 건 당연해요. 제인을 탓하지 마세요."

"네 돈이 아니라 내 돈을 받아먹고 사는 이상 완전히 네 사람이 아니라는 것 정도는 알아야지."

그는 간신히 정신을 차리곤 또박또박 말했다.

"좋은 날이에요."

"좋은 날이라고?"

제녀의 눈에서 불이 튀었다.

"축하해 주세요."

"대체."

"······."

"대체 무엇을 말이냐!"

빌어먹을 웰시노가 청혼을 한 것에 자신이 박수라도 쳐 줘야 한단 말인가? 이따위의 이유로 자신의 집을 방문한 남자를 두 팔 벌려 환영이라도 해 주어야 한다는 소린가.

"청혼을 받았잖아요."

"누구 마음대로!"

"이 사람을 무안하게 하지 말아요."

반듯하게 웃고 있는 남자를 보며 제녀가 자신의 얼굴을 감쌌다. 라르기얀도 최악이지만, 이쪽도 그 못지않게 최악의 선택이었다.

"웃어 주세요."

좋은 날이에요. 반복해서 말하는 아이를 바라보는 제녀의 눈이 황당함과 풀 길 없는 분노로 섞여 엉망이 되었다.

　　　　＊　　　＊　　　＊

　자리에 앉지 못하고 정신 사납게 방을 오가던 제녀가 입술을 짓씹었다. 이를 가는 모습에서 여실한 분노가 느껴졌다.

　"이게 무슨 짓이냐."

　"제가 말씀드렸던 라르기얀에 대한 대책이에요."

　"말이 되는 짓을 해!"

　"라르기얀과의 결혼보다는 말이 된다고 생각해요."

　라즐리가 물러서지 않고 답했다.

　"누가 라르기얀하고 결혼하게 둔다고 했느냐. 막아 주겠다 했지. 내가 놈에게 너를 보낼 것 같아? 미치지 않고서야 그럴 리 없다는 것을 알질 않느냐."

　"그렇게 쉽게 해결될 일이 아니라는 것을 알아요."

　"그래서."

　선택한 것이 웰시노라고. 그는 대체 어디서부터 꼬인 일이었는가를 되짚었다. 탄팔로에서부터 이어졌던 조악한 인연의 끈이 이곳까지 이끌었을까. 라르기얀이 라제프를 방문하면서부터 예견되어 있었던 일일까.

　이 모든 것들이 생각지도 못한 채로 벌어졌다.

　대책은. 타개할 구멍은.

　웰시노의 청혼도, 라르기얀의 청혼도, 예상치 못했기에 불쾌감은 걷잡을 수 없이 부피를 늘렸다.

　그는 자신이 그어 놓은 선에서 무언가가 벗어날라치면 용납할 수 없어했다.

　"그가 대체 무슨 이유로 라르기얀과 맞서냔 말이다!"

"이유야 만들면 많을 거예요."

"그는 그럴 남자가 아니야."

"어떤 사람인지 모르시잖아요."

"적어도 너보다는 현명하게 볼 수 있겠지."

"제대로 보려는 노력은 해 보셨고요? 항상 적의감만 가득해서 비꼬는 게 전부였잖아요."

라즐리의 말처럼 그를 긍정적인 시선으로 본 적이 없다는 것은 인정하는 바였다. 하지만 그를 좋게 보기 위해서 노력까지 할 이유는 없었다.

"할아버지는 단편적인 것들만 알고 계세요."

"아니. 대부분의 사람들이 나처럼 생각하지. 많은 사람들이 웰시노 후작을 그렇게 생각한다면 말이야. 그는 사람들이 생각하던 모습과 크게 달라지지 않지. 아무 이유 없이 그렇게 생각하지는 않을 게다."

남자는 그리 정 많은 부류가 아니었다. 온기 품은 눈이 차갑게 변하기까지는 많은 시간이 걸리지 않았다. 나이 어린 여인들 사이에서 무슨 근거로 다정한 남자라는 소문이 퍼졌는지는 모르겠지만 흉내 낼지언정 진실로 그런 눈을 할 남자가 아니었다.

그가 이러한 사실들을 알 수 있는 이유는, 자신이 남들보다 예리한 눈썰미를 가져서가 아니라 조금이라도 지오반니를 관찰했더라면 느낄 수 있는 것들이었다.

"이길 재간은 있고?"

"질 사람은 아니죠."

"무엇에 그리 자신하는 것이야."

"사람 보는 눈이 있어요."

"네가?"

"네. 제가요."

"그래서 웰시노 따위를 골라 와?"

"제 남편이 될 사람이에요. 이제 말을 조금 조심해 주셔야 해요."

'편까지 들어.'

제녀가 기가 찬 웃음을 흘렸다.

"그렇게 반대만 하지 마세요."

"그렇다면 좋다고 소리라도 질러야 할까?"

"마음에도 없는 사람이랑 결혼하는 것이 좋으세요?"

"너와 같은 대부분의 사람들은 사적인 감정을 배제하고 서로 간의 이득을 얻기 위해 결혼을 하지."

제녀가 불퉁하게 대답했다. 자신이 고지식한 책에서나 나올 법한 대사를 했다는 것 정도는 알았다. 마치 열렬하게 사랑하는 남녀를 반대하는 못된 사람이 된 것 같았다.

"그렇게 두지 않으신다면서요."

"마음이 바뀌었지."

"저를 누구보다 존중해 주시리라는 것을 알아요."

"이렇게 멋대로 행동해도 된다는 소리는 아니었다."

으으. 괴로운 듯 머리를 감싼 제녀가 앓는 소리를 냈다. 모든 것이 끔찍했다. 차라리 꿈이었으면 하고 바랐다. 끔찍한 악몽에서 깨어난 것처럼 안도하고 싶었다.

"저 꽃을."

"네?"

"저것 좀 제발 치워!"

시선을 돌리고 돌려 봐도 어느 곳에나 지오반니가 가져온 라자리아가 자리해 있었다. 그는 그것을 보는 것만으로도 고역스러웠다. 꽃잎을 만연하게 벌린 꽃들이, 마치 해사하게 웃던 지오반니와 닮아 있었다.

"그만. 알겠으니까, 내가 져 줄 테니 제발 그 꽃이나 치워라."

"왜요?"

"코가 마비가 되는 느낌이야. 끔찍하다."

집 안이 온통 이 꽃의 향으로 가득했다. 꽃을 한 아름 든 그의 모습과 겹치자 그리도 괴로울 수가 없었다.

*　　*　　*

술잔을 기울이는 미하엘이 취기로 흐려진 눈을 들었다. 어두운 빛이 스민 적갈빛의 천장이 눈에 들어왔다. 그는 초점이 벗어난 눈으로 한참 동안 위를 올려다보았다. 그곳에 무언가라도 있는 양 고개를 까딱거리고 출처를 알 수 없는 작은 노랫말을 입술 끝에 걸었다.

그는 완벽함을 고수하는 것과는 달리 술을 즐겼다. 그리고 그것에 흐트러지는 자신의 모습에 흡족해했다.

술의 힘을 빌린다면 망설이던 것에, 어려워했던 것에, 그리고 갈망하던 여자에게 그리도 쉽게 도달할 수 있었다. 며칠 내내 고뇌했던 것이 무색할 정도였다.

얻고자 함에 있어서 쉼 없이 재촉했던 발걸음을 조금이나마 늦출 수 있었다. 또한 단단했던 제 이성이 조금은 물러져 평소처럼 쫓기고 불안해하는 것이 아닌, 다디단 기억을 꺼내 보이곤 했다. 거창할 것이라곤 없는 추억이었다. 시시하기까지 했다.

하지만. 그럼에도.

꿈결 속을 헤매듯 보드라웠다. 행복하지 않은 것이 없었다. 그때의 자신은 그러했다.

작은 것에 즐거워할 줄 알았던 소년이 있었다. 떠밀리는 것이 아니라 의지를 따라 나아가던 소년의 모습도 보였다. 여자를 두고 설레던 모습도. 그 외에도 많은 것들이 보였다.

그리고 서서히 그 추억 팔이가 끝나갈 즈음, 꽤 애달파 보이는 얼굴을 한 남자는 그 마지막 기억을 붙잡으려 애를 쓰고 있었다.

그리고 지금, 꿈길을 걷는 기억이 끝에 다다랐다. 꿈에서 깨어날 시간이었다. 미하엘은 찬 눈을 열었다.

"일라이."

미하엘이 건조하기 짝이 없는 얼굴로 부관을 불렀다. 여전히 그는 고개를 꺾고 천장을 올려다보고 있었다.

"예."

"내가 이번엔 얼마나 넋을 놓고 있더냐."

"한 시간이 조금 넘은 것 같습니다."

"갈수록 시간이 늘어 가는구나. 그렇지?"

무슨 의중을 담은 질문인지 알 수 없어 일라이는 가만히 입을 다물었다.

"퍽 한심한 모습이 아니냐."

"흠 잡히실 모습은 단연코 아닙니다."

"네가 말하면 그런 것이겠지."

차라리 저렇게 과거를 회상하는 모습이 나았다. 이때가 아니라면 무슨 생각을 하고 있을지 모르는 사람이었기에 그랬다.

주인 되는 이는 어려서부터 높다란 지위에 어울리지 않는 대우를 받아 왔다. 모친 되는 황후는 주인이 제대로 말을 떼기도 전에 죽었으니 그의 기억 속에서 모정에 대한 것들은 존재하지 않았다.

그를 돌보는 유모가 사랑과 책임감으로 그를 키웠다지만 어미의 사랑과 그녀의 사랑이 같은 온기를 띤 것은 아니었다. 그러한 것들을 미하엘은 남들보다 빨리 알아 버렸다.

하지만 그러한 것이 없어도 미하엘은 영특했고, 빼어났다. 제위에 어울리는 사람답게 명령하는 것에 능했고, 아우르는 것을 곧잘 해내곤 했다. 또한 꽤 사랑받고 자란 흉내를 냈기 때문에 대개의 사람들이 지금의 황제에게 다정한 아버지의 면모가 있다고 생각할 정도였다.

하지만 미하엘의 탄생을 조금이라도 기꺼워하지 않았던 그의 부친을 생각해 본다면 그가 사랑받고 자랐다는 것은 있을 수 없는 일이었다.

작금에서야 생각해 보건대, 그는 생각 외로 꽤 많은 것들이 부족한 사람이 아니었을까. 그것이 드러나지 않았던 이유는 그가 앉은 자리와 불만 않고 살아가는 담담한 모습에 가려졌기 때문이라는 생각이 들었다.

그렇기 때문에 그는 꽤 많은 것을 감내하고 누르며 살아왔을지도 몰랐다. 그 한계는 생각보다 쉽게 벗겨졌다. 채워지지 않는 갈증에 허덕이는 그를 밑바닥까지 끌어내린 것은 부친 되는 이의 견제와, 제 자식에게는 도저히 할 수 있는 짓이라고 생각되지 않는 목숨의 위협이었다.

그가 가지고 있는 것들을 위협하는 것은 아버지였다. 미하엘은 그것마저도 담담하게 인정하려 했지만 실상 인정하지 못했다. 참아 내지 못했다.

밤새 괴로움에 울부짖으며 부친을 원망하고 신을 원망했다. 하지만 끝을 맺는 것은 애원이었다. 그는 보이지 않는 신의 허상을 두고 애원했고, 아버지 되는 이의 발아래 몸을 낮추어 사랑을 갈구했다.

하나 미하엘이 바라고 바랐던 그들의 사랑은 미하엘에게 닿지 않았다. 언젠가부터 그는 기도를 하지 않았다. 신전을 찾지도 않았다. 제 방에 가져다 두었던 신의 형상을 한 조각상도 보이지 않게 되었다.

미하엘은 치밀한 사람이었다. 매끄럽지 않았던 부자 관계를 외부에 알릴 생각이 없었던 그는 황제를 깎아내리기보다 적성에 맞지도 않는 연기를 하는 쪽을 선택했다.

그런 어린 시절의 것들이 지금의 비뚤어진 미하엘을 만든 것인지도 몰랐다.

"웰시노라고 하였지."

"예."

"웰시노. 웰시노라. 지오반니……."

지오반니. 미하엘이 그 이름들을 서서히 혀로 굴렸다. 썩 좋은 느낌은 아니었다. 입에 달라붙지 않는다는 말이 맞았다.

"혼인을 한단 말이지."

그 여자와. 스으. 미하엘의 입에서 심기 불편한 한숨이 흘렀다.

"웰시노 후작이 한발 빨랐군요."

"그렇지. 채 가는 꼴이 꽤 잔망스러워."

"차라리 잘된 일이지 않습니까."

"잘된 일이라고?"

미하엘의 부관인 일라이가 그에게 가운을 걸쳐 주며 입을 열었다. 익숙한 몸짓으로 그의 앞에 재를 털어 낼 통과 담배를 놓아 주는 일라이에게 서늘한 빛을 품은 벽안이 향했다.

"아리엘의 핏줄입니다. 아리엘만 보더라도 불길한 것만 몰고 오곤 했죠. 그 여자와 다르겠습니까."

"불길한 것을 몰고 온다고……."

"충신은 걱정이 되더군요."

제 주인의 계획에 얼마나 놀랐는지 기억했다. 아리엘의 딸을 황후로 맞는다는 것은 말도 되지 않는, 너무나 큰 도박이었다. 그는 프레야 가문의 여자로 인해 라제프와 조금 더 우호적인 관계를, 자국 내에서는 입지를 굳건히 하며, 더 나아가서는 이젠티아와 바아에게서도 이득을 취하길 원했다.

프레야 공작의 부인이 이젠티아의 왕녀인 것만을 본다면 그리 어려운 일도 아니었지만 오래전 헤어진 그 둘의 사이에서 무언가를 얻는다는 것은 말처럼 쉬운 일이 아니었다.

둘의 헤어짐의 원인이 아들의 죽음 때문이라면 더욱이. 얻는다고 해 봤자 눈에도 차지 않을 작은 것. 보잘것없는 것이겠지.

"그런 표현은 적절치 못해, 일라이."

"제가 드린 말씀이 혹여 심기를 상하게 했습니까."

"그래. 아리엘은 네 주인에게 여러 가지로 의미 있는 여자가 아니더냐."

미하엘의 얼굴이 부드럽게 풀어지며 제 부관의 말을 정정했다.

"네 말대로 아리엘은 죽었지."

"……."

"누바라의 손에."

온화한 얼굴은 온데간데없고 남자의 얼굴에 남은 것은 비틀어진 입매였다.

"그때의 역사적인 날을 잊은 것이냐?"

"전하."

"겁먹을 것 없다. 네가 우려하는 것이 무엇인지 알아."

"……."

"하지만 죽었지 않느냐. 우리에게. 그러니 그 여자가 우리에게 했던 짓들은 기억할 필요 없어. 여자가 주었던 두려움도 모두 사라져야겠지."

여자는 죽었으니까. 미하엘은 재차 강조하며 반복했다. 눈을 가리고, 입을 막고, 마지막에는 우리를 죽음으로 몰아넣은 손을 잘랐다. 마지막으로 여자가 본 것은 칠흑 같은 어둠일 테고, 내뱉지 못한 고통의 비명이 메아리쳤을 것이다.

그렇게 공포와 어둠과 두려움에 사로잡혀 여자는 죽었다.

"프레야의 여자를 황후로 염두에 두고 계신 이유가 뭡니까."

얄궂은 운명이라며 생각한 일라이가 아리엘을 조롱하며 한껏 고조된 미하엘에게 물었다.

"나와 여자 사이에서 태어날 흠 없는 핏줄."

일라이의 눈이 가늘어졌다. 미하엘이 핏줄이라고 말하는 것, 분명 제 피를 이어 받을 후계자들임에도 불구하고 물건 다루듯 차갑게 말하고 있었다. 그가 그리도 원망하고, 사랑하고, 갈구하던 그의 부친 되는 황제와 다를 바 없는 얼굴을 하고 있었다.

미하엘은 그렇다 치더라도 그 여자가 미하엘과 저 사이에서 태어날 핏줄에게 정을 보일까 의문스러웠다.

"그리고……."

"……."

"내가 만든 성 안에서, 내 나라, 그 안에서 죽어 갈 여자의 모습."

일라이는 자신도 모르게 얼굴을 일그러뜨렸다.

어디서부터 바로잡아야 할지 모르는 그의 비딱함과 좀처럼 이해할수 없는 생각들은 간혹 정도가 지나칠 때가 있었다. 지금이 그런 경우였다.

아리엘의 흔적을 좇아 라제프에 다다랐고, 그는 아리엘의 딸을 원했다. 애정으로부터 기인된 소유욕 같은 것이 아니었다. 그저 아리엘에게 향했던 이유 모를 감정이 우습게도 그녀의 딸에게까지 온 것이었다.

풀 데 없는 감정의 하소연을 아리엘을 조금이라도 닮은 여자에게하려는 모양이었다. 그것이 얼마나 말도 안 되는 일이고, 구질구질한집착인지 모를 수 없었다.

"전하, 아무리 그 여자의 핏줄이지만……."

"아리엘과는 분명히 다를 테지. 여자는 아리엘에 비해서 한없이 약하고, 약하고, 힘을 주면 바스러질 테니 말이다."

가혹한 것이 아니냐고 덧붙이려 했다. 하지만 미하엘의 푸른 눈동자를 본 일라이가 그 힘에 눌려 입을 다물었다.

"너도 알다시피 나는 성정이 유한 편이 아니기 때문에, 약한 것을죽이고 바스러트린다 한들 죄책감 같은 것은 가지지 않을 거야. 나도사람이니 가질지도 모르지. 하지만 그 전에 나는 단 한마디로 함축시킬 터다."

"……."

"아리엘의 딸이니까. 여자가 남기고 간 유일한 것. 그것으로도 충분하지 않겠느냐."

일라이는 알 수 없는 먹먹함에 입을 벙긋거리다, 용기를 내어 말했다.

"가혹한 일이 될 겁니다."

"가혹하다고?"

"여자에게도, 전하께도요."

"죽은 아리엘이 본다면 피눈물을 흘리겠지."

"……"

"통탄스러워할 거야."

제 주인의 뜻이 무엇인지는 알 길이 없었지만 몇 가지 정도는 확신할 수 있었다. 이것이 얼마나 말도 안 되는 일이고, 억지스러운 일이며, 파국으로 치달을 일일지.

그리고 누군가는 부러지며, 꺾일 것이다. 그렇지 않다면 끝을 보기 위해 성한 것 몇 개는 내놓을 것이다. 그리고 일라이는 부러지는 것이 제 주인일지, 그도 아니면 누구일지, 가늠할 수 없었다.

분명 그는 대단한 남자였지만 주인이 앗아 가려는 것 또한 그 못지않게 귀함을 받고 있었으므로.

*　　*　　*

라즐리는 이 어울리지 않는 조합, 생각도 하지 못했던 식사, 그리고 묘한 긴장감이 흐르는 분위기에 기어이 참지 못하고 목 졸린 신음을 내뱉었다.

저가 생각해 낸 묘안이라지만 이 얼마나 발칙한 짓인가. 예상치 못한 손님과, 그를 위한 만찬에 숙모와 숙부, 그리고 얼결에 황도에 들렀다 자리에 참석하게 된 그녀의 고모 되는 이블린마저 이 상황이 무엇인지 파악하려 애썼다.

이블린은 대체 이게 무슨 일인지 추측하기에 바빴다. 집 안에 웰시노를 들이시다니. 기세 좋게 청혼을 한 웰시노는 그렇다 치더라도 그런 그를 내치지 않은 제너의 의중이 무엇인지 파악할 수 없었다.

라르기얀의 대안으로 웰시노를 끌어다 놓기엔 제너와 웰시노 후작은 그리 좋은 관계가 아니었다. 필요에 의해서라면 손을 잡는 것이 맞았지만 서로 필요한 것이 충당되느냐가 의문스러웠다.

아버지는 웰시노에게 무엇을 바라는 것이고, 웰시노는 아버지에게 무엇을 바라나. 또한 그것들이 얼마나 대단한 것이기에 웰시노 후작이 기꺼이 라르기얀의 앞을 막아섰을까.

그만한 담대함이 존재한다는 것에 두 번 놀랐다. 하는 것이라곤 계집 홀리기가 전부인 줄 알았던 사내였다.

웰시노가 라즐리를 좋아한다는 것은 애초에 염두에 두지도 않았다. 제 아버지는 굉장히 철두철미한 사람이었는데, 그것이 리온의 죽음으로 인해 병적으로 심해졌다. 그런 그가 라즐리의 주위에 웰시노를, 그와 이어질 만한 것들을 보아 넘긴 것은 있을 수 없는 일이었다.

인연이 닿을 장소는 탄팔로가 전부였을 테고. 그 이후부터 만남을 죽 이어 왔다면 이렇게 되는 것도 무리는 아닌가. 이블린은 식사가 어디로 넘어가는지도 느끼지 못한 채로 식사를 해야 했다.

그녀는 식사가 끝나기 전까지 온갖 난해한 추측들을 해야만 했다. 그러다 그녀의 혼란스러운 눈이 나란히 앉은 지오반니와 라즐리를 향했다. 제너의 눈을 피해 닿는 눈이, 기울인 고개가, 닿는 잿빛 눈이 혼란케 할 정도로 순한 빛을 띠고 있었다.

길들여진 짐승. 길들여진 척하는 짐승. 둘 다였다.

"후께서는 배가 많이 고프셨나 보군."

"예, 뭐."

"더 드시게."

제 앞으로 음식을 밀어 주는 행동에 지오반니의 표정이 미세하게 일그러졌다. 차라리 건방진 녀석이라 비아냥거릴 때가 더 나은 듯했다.

그는 제 앞으로 밀어진 접시에서 눈을 떼지 못하고 있었다. 그것은 비단 지오반니뿐만이 아니었다. 이블린은 물론이고 앙큼하게 이런 상황을 만든 라즐리 또한 불편한 얼굴을 하고 있었다. 오직 제너만이 이상하리만치 담담했다. 차라리 이 상황이 더 최악이 아닐까 싶었다.

"후와 이런 자리는 처음인 것 같은데."

제너가 답지 않게도 살갑게 물었다. 그의 친절한 물음에 지오반니가 눈가를 찡그렸다. 라즐리가 옆에서 그를 툭툭 치며 주의를 주었다.

"이런 자리는 처음이지만 저택을 방문한 적은 있습니다. 몇 년 전에 공작 저에서 열린 가든파티에 참석했었습니다."

"아, 기억나네. 기억나고말고. 후께서 내게 파라듈 무역권을 뺏어 가셨을 때가 아닌가."

음식을 씹기 위해 움직이던 지오반니의 턱의 움직임이 멈췄다. 지오반니의 저의가 무엇인지 가늠하기 위해 머리를 굴리던 이블린의 생각도 멈추었다.

"좋은 날이라니까 꼭 그런 이야기를 꺼내셔야겠어요?"

"그래요, 아버지. 왜 곤란한 질문을 해요?"

"좋은 날이니 꺼내는 게지. 나는 그날이 참 인상 깊었단다. 너희들은 모를 테지만 내가 그때부터 후의 가치를 높이 샀거든."

라즐리의 가벼운 타박에도 개의치 않아 하는 제너가 답했다. 하지만 입술을 삐죽이는 것도 잊지 않았다. 벌써부터 놈을 보호하는 꼴이 마뜩잖은 듯했다.

"그런 줄은 몰랐네요."

흥. 이블린이 이죽거렸다.

'높이 사긴 무얼.'

가치를 높이 산 것이 아니라 오만하고 뻔뻔한 작태에 점수를 높게 준 것이었다.

"그때가… 그랬었습니까?"

"그랬었네."

"그랬군요."

지오반니가 능청을 부리며 갈증이 이는 목을 물로 축였다.

'그 일을 잊을 수는 없지.'

꽤 오랫동안 그 일로 지루하지 않은 날들을 보내지 않았던가.

하지만 지금 그것이 제 속을 불편하게 하리라곤 생각지도 못했다. 속이 여간 불편한 것이 아니었다. 지오반니는 슬그머니 포크를 내려놓았다.

"더 드시지 않고."

지오반니가 포크를 내려놓기가 무섭게 그가 예의 친절한 웃음을 보이며 물었다.

"괜찮습니다. 이 정도도 많이 먹은 것이죠."

'당신이 주는 눈치를 다 받아 가면서 말이야.'

지오반니는 벌써부터 뱃속에서부터 밀려오는 거북감에 초조하게 가슴을 두드렸다. 괜찮냐고 묻는 라즐리에게는 웃음으로 답했다.

"후께서 식사를 다 하셨다고 하니 본 공과 자리를 옮겨 이야기 좀 하는 게 좋을 듯싶은데."

"무슨 말씀을 하시려고……."

"너는 앉아서 더 먹는 것이 좋겠다."

"……."

"천천히 먹으렴. 이야기가 길어질 것 같으니까."

그를 따라 자리에서 일어선 라즐리가 다시 자리에 앉았다. 웃고 있
는 듯했지만 이를 가는 듯한 목소리에는 친절함이라고는 전혀 찾아볼
수 없었다. 이럴 때는 조용히 입을 다무는 것이 최선이었다. 라즐리가
주춤하며 물러났다.

"가지."

미처 지오반니가 대답하기도 전에 제너가 일어섰다. 그를 따라나서
는 지오반니의 얼굴이 짙은 피로감으로 얼룩졌다.

*　　*　　*

"식사가 마음에 들었는지 모르겠네."

지오반니의 머릿속으로 오만 가지 생각이 스쳐 지나갔다. 그 많은
생각들 중 긍정적인 것은 단 한 가지도 없었다. 프레야 공과는 무슨
일이 있어도 이렇게 차를 먹으며 농을 주고받을 관계가 될 수 없었다.

앞서 말했듯 파라들 무역권과 탄팔로, 그리고 웰랑부레의 일 등 여
러 가지 일로 감정소모와 기력소모가 길었던 탓이었다. 무엇보다 며칠
전의 그의 얼굴을 본다면 이런 식사는 생각할 수도 없는 것이었다.

손을 잡았다는 것 또한 믿기지 않았다. 마주 앉아 웃는 얼굴로 대화
하고 있음에도 느껴지는 뾰족함. 입매를 늘이고 있는 그이 얼굴에는
분명 경련이 일고 있었다.

"라르기얀이 곧 이 소식을 접할 거야. 벌써 접했을 수도 있겠지."

그는 말을 돌려 할 줄 모르는 사람이었다. 말을 포장하는 솜씨 따위

도 없었다. 지오반니는 두서없이 날아드는 말에도 놀라지 않고 고개를
끄덕였다.

"예."

"욕심 많은데다가 야망까지 있는 녀석이니 후를 찢어 죽이려 들지
도 모르겠군."

"그런가요?"

지오반니가 대수롭지 않게 반문했다. 농담 어린 그의 말이 농담으
로 그칠 것이 아님을 알았다. 정말 욕심 많은 라르기얀은 자신을 조각
조각 찢을 생각을 하고 있을지도 몰랐다.

하지만 이렇듯 여유로울 수 있는 이유는.

"겁을 내지 않는군."

"겁을……."

먹은 모습을 보여 줘야 할까. 권태로운 눈이 잠시 고민했다.

"그렇지 않을걸요. 본 후는 라르기얀의 서슬 퍼런 눈빛을 생각하면
서 밤새 잠도 이루지 못한답니다."

"거짓말은."

"라르기얀의 치기일 뿐이죠. 황자도 알아야 하지 않겠습니까. 살면
서 하나 정도는 가지지 못할 것도 있다는 것 정도는 말입니다."

"……."

"다 가지고 살 수는 없습니다."

사람이라면 그런 사실을 알고 있을진대, 미하엘은 그렇지 않았다.
취해야 할 것이 있다면 취하고 도달하려 드는 곳엔 도달하고 만다. 그
런 그를 빼다 박은 황녀 또한 마찬가지였다.

"폐하께서는 이 일을 묵과하셨네. 라르기얀의 뜻대로 내버려 두겠

다는 뜻이지."

오키아도 미하엘과 다를 바 없었다. 오키아도 실리를 쫓고 미하엘 또한 마찬가지였다. 오키아가 미하엘처럼 그 욕심이, 야망이 드러나지 않는 이유는 조금 더 자애로운 얼굴을 하고 그럴싸한 명분을 둘러대 며 제 본심을 숨기고 있기 때문이었다.

"그렇다고 황실과 부딪혀 싸우기엔 난 너무 늙었어. 오랜 싸움은 자 신 없네. 하지만 그 싸움을 피델에게 물려주고 싶지는 않으니 끝낸다 면 내가 끝내야지."

"바라시는 대로 될 겁니다."

"바라는 대로 될 것이라?"

"공 또한 하시고자 하면 하지 않습니까. 하지만 그것이 황자처럼 악 평을 받지 않는 이유는 공은 소중한 것을 지키고자 함이고, 미하엘은 제 욕심을 위한 것이기 때문이겠죠."

프레야 공작이 미하엘처럼 기억되지 않는 이유는 목적과 이유가 다 르기 때문이었다.

"미하엘은 라즐리에 이어서 라지노예프를 탐내고 있어."

"라지노예프?"

스무 개의 라스펠리아라는 마법석으로 만들어진 목걸이 '라지노예 프'는 황후가 아리엘에게 직접 하사한 것이었다. 황태자비 시절 아리 엘과 두터운 신분을 과시하기 위해 그녀의 목에 걸어 주었다.

라지노예프라는 이름은 나라를 수호하는 전쟁의 여신인 네빌루스의 창에서 따온 이름이었는데, 당시 전쟁에서 혁혁한 공을 세우던 아리엘 의 창에 여신의 일곱 개의 신기神器 중 하나인 라지노예프의 이름이 붙여졌다. 마법석 따위에 신의 이름이 새겨진 것은 이례적인 일이었고 그 가치에 따라 아리엘의 위상도 드높아졌다.

하지만 빛 뒤에 그림자가 함께하듯 광영과 함께 족쇄였다. 황실이 아리엘을 아꼈던 이유가 그녀의 힘에 비롯되었듯 그들은 아리엘의 힘이 황실에 묶이길 바랐다.

"라지노예프는 화산 칼라로프로 이송될 예정이라고 들었습니다만."

"다시 만드는 것 정도야 그리 어려운 일이 아니지. 값나가는 것들을 줄줄이 꿰어 이름 하나 붙여 주는 것이 무어 어려울까?"

그는 그 목걸이가 다시 만들어지는 순간 우려하고 우려한 일이 다시 벌어지리라는 것을 알았다. 라제프의 사람들에게 아리엘의 이름의 영향은 꽤나 컸다. 정확히는 그녀의 이름 옆에 따라붙는 '라지노예프'의 영향이었다.

라제프의 사람들에게 '라지노예프'는 그저 마법석이 주렁주렁 달린 목걸이의 의미가 아니었다. 여신의 창이라는 신성한 물건의 이름으로도 기억하지 않았다.

그들에게 라지노예프라는 이름은 푸른 깃의 주인인 아리엘의 창, 혹은 그 주인이 가져다준 황금의 시대였다. 주인이 죽자 몇몇의 귀족들은 그 힘과 영광은 이어지는 것이 마땅하다고 소리 높였다. 라즐리를 통해 아리엘이 가져다준 황금기가 도래하길 바랐기 때문이었다.

그 목걸이가 예기치 못하게도 라즐리에게까지 하사되려는 순간, 프레야 공작의 간곡한 청으로 인해 황후가 직접 거두어들였다.

"라즐리의 곁에 존재하는 정령이 기오테의 조각이라는 것을 알고 있을 걸세."

"……."

"사람들에겐 '라지노예프'로 불리며 아리엘을 그 자리까지 올린 거대한 힘이야. 조각이라 할지라도 기오테의 것이니 커다란 힘을 가지고 있지. 사람들은 라지노예프가 정령이라는 것은 몰라. 하지만 라르기얀은 알고 있어. 누바라에 통신관으로 파견된 하디가 기록 일지에도 남겨 두지 않은 일일세."

그러니 오키아도 알 수 없었을 것이다. 득과 실의 저울질이 확실한 오키아가 이러한 사실을 알았다면 라즐리를 가만두었을 리 없었다.

"라르기얀은 어떻게 아는 겁니까?"

"챠가 기오테의 흔적을 잘 좇거든. 기오테의 조각이 언젠가 내게 말하길 바아를 수호하는 후라라면 조각 같은 것은 알지도 못할 거라더군. 우리에겐 큰 힘이지만 기오테의 아주 일부분이었기에 미세한 먼지 같은 것이라고 하기도 했고."

호전적인 챠와 기오테는 사이가 그리 매끄럽지 못했다. 챠가 비정상적으로 기오테의 화를 부르곤 했는데, 그럼에도 큰 싸움으로 번지지 않은 이유는 그런 그의 도발에도 기오테가 제대로 반응한 적이 없었기 때문이었다.

기오테가 라제프를 수호하자 챠가 누바라를 수호한 것처럼, 챠는 기오테를 항상 가까운 곳에 머물며 주시하곤 했다. 라제프와 누바라가 사이가 이렇게 최악으로 치달은 이유가 어쩌면 챠가 황제를 구슬려서일 수도 있겠다는 생각을 한 적이 있었는데 무리도 아닐 일이었다.

"누바라로 송환된 아리엘을 본 챠가 바로 알아본 거야. 곁에 머무는 기오테의 조각을 보고."

"기오테의 조각을 죽이지 않았군요."

"살려 둔 거겠지. 무언가의 여지를 남겨 두기 위해."

라르기얀은 아리엘의 흔적을 좇으려 기오테의 조각의 존재에 입을 다물었고, 챠는 어떤 식으로든 기오테의 화를 부추기기 위해 조각을 살려 두었다고 해도 꽤나 신빙성 있는 이야기였다.

"라르기얀이 기오테의 조각에 대해 들먹이며 그러한 사실들을 오키 아에게 말한다고 나를 협박해도 어쩔 도리가 없어. 나불거리는 입을 막을 재간은 없고, 녀석이 원하는 걸 들어줄 생각도 없으니까."

"……."

"그리고 나는 조금 더 나은 선택을 하게 되겠지. 라즐리를 제 어미 처럼 만들지, 라르기얀의 곁에 둘지. 그것도 아니라면."

바랜 녹색 눈이 지오반니를 바라보았다.

"라즐리가 대안으로 내세운 후를 선택할지."

"공께서 말씀하신 세 가지 중 제가 제일 나은 것 같군요."

"부정하진 않겠네. 많은 생각을 했네. 이 정신없는 혼란으로부터 그 아이가 안전할 곳. 시끄럽게 떠드는 입들을 닥치게 할 방법 말이야."

지오반니는 프레야 공작이 라즐리를 얼마나 아끼는지 알았다. 그것 이 비단 귀족들 사이에서 돌고 도는 말들 때문만은 아니었다.

"내 보기엔 이 상황을 속 시원하게 타개할 방법이 없거든. 황실의 비위를 맞추자니 진절머리가 나고, 어르고 달래 보려니 씨알도 안 먹 힐 것 같고. 나는 라즐리를 놈에게 줄 생각이 없으니 싸움을 해야겠는 데, 하자니 끝이 보이질 않아. 지긋지긋한 싸움이 또 시작되는 거야."

"……."

"솔직히 말한다면 대안으로서는 그리 나쁜 생각은 아니야. 기꺼이 자네가 앞에 설 생각까지 했다는 것에 나는 고맙게 생각하고 있어."

생각지도 못한 칭찬에 지오반니가 떫은 얼굴을 했다.

"차라리 욕을 듣는 게 나을 겁니다."

"진심이네. 나는 아리엘이 걷던 길을 걷게 할 생각이 없고, 라르기얀의 곁에 둘 생각은 더더욱 없기 때문에."

십 년 전만 해도 제국은 한창 땅 부풀리기에 욕심을 냈었다. 그 토벌대의 선두에 선 것이 아리엘이었다. 몰락한 부족의 마지막 생존자인 그녀는 충실한 종노릇이라도 하려는 것처럼 나라에 헌신했다.

빼앗고, 빼앗기고. 악순환의 반복임에도 불구하고 자국은 멈추지 않았다.

그리고 오래지 않아 아리엘이 가져다준 것이 얼마나 커다랬는지. 얼마나 빛이 나고 오키아를 기쁘게 해 준 것이었는지는 두말할 것도 없었다.

아리엘이 가져다준 것이 그러했기 때문에 잊지 못하는 것이다. 그녀가 자리했을 때의 광영을. 쇠퇴의 길을 걷는 지금도 현재를 주시하지 않고 그 단것에 목말라하고 있는 것이었다.

"라르기얀은 모두에게 잊히다시피 한 것들을 들쑤시고 다녀. 아리엘. 라즐리. 라지노예프."

"……."

"하지만 난 그리 놔두지 않을 걸세. 난 이제 늙었고 약해졌지만 아직 그치들에게 당할 만큼은 아니야."

제녀가 차갑게 비죽였다.

목 줄기를 비틀어 잡고 부러뜨려 숨통을 끊어 놓는 것이다. 죽는 것도, 상처 입는 것도 자신이 되리라는 생각은 하지 않았다.

제녀는 복잡한 생각은 그만두기로 했다. 지오반니가 라즐리를 얼마나 좋아하고, 아껴 줄 것인지에 대해서는 묻지 않았다. 인정할 수 없게도, 라르기얀의 앞을 막아선 것만으로도 그는 저의 환심을 사고 있었으므로. 여태 이를 갈았다고는 생각되지 않을 정도였다.

수많은 감정 사이에서 갈등하고 있었지만 쏟아지는 것들 속에서는 지오반니를 좋게 생각하는 감정도 적지 않았다.

"난 자네와 사이가 나빠. 아주 나쁘지. 이렇게 차 하나 마실 사이도 되지 못하고, 자네가 던지는 시시한 농담마저 내 취향에 맞지 않아."

"……."

"나는 자네가 싫어. 후께서도 날 싫어하실 테고."

좋게 받아들여야 하나. 저를 칭찬하는 것인지, 비꼬는 것인지 도통 감을 잡을 수 없는 지오반니가 어색하게 입꼬리를 말아 올렸다.

"후께서는 내가 생각했던 것보다 라즐리를 잘 지켜 줄 거야."

"공."

"정말 상상도 못 했지. 자네와 내가 이런 사이가 될 줄은."

"저를 믿으셔도 되겠습니까?"

"지금으로서는."

굳은살이 박인 손이 지오반니의 손을 맞잡았다.

"오늘은 우리가 식사를 한 것도, 차를 마신 것도, 전부 처음이었지 만 앞으로는 그 횟수가 더 많아질 걸세."

연한 눈이 깊게 휘었다. 그를 알고 난 이래로 저에게 진심으로 웃어 주는 것을 보는 건 처음이었다.

* * *

화려한 라자리아의 행렬이 이어졌다. 그 꽃이 뜻하는 것이 무엇이 었나. 처녀의 상징이었나. 결혼의 상징이었나. 오키아가 시답잖은 생각을 하며 허탈한 웃음을 흘렸다.

그 지오반니가 여자의 마음을 얻으려 노력이라는 것을 하지 않는가. 오키아는 라자리아의 꽃말을 생각해 내지는 못했지만, 그 꽃이 연인들 사이에서 흔하게 오가는 것임을 기억해 냈다.

별 뜻 없이 쥐여 준 라자리아에 함박웃음을 지었던 파멜라를 생각해 본다면 그 꽃이 의미하는 것이 꽤 커다란 것이었는지도 몰랐다.

연인들 사이에선 흔히 오가던 꽃들이었지만 그것을 지오반니가 쥐고, 프레야의 여자에게 건네자 약한 날갯짓 하나로 거센 바람을 몰고 오듯 그 여파가 사정없이 몰아쳤다.

결혼의 정식적인 절차는 아니었지만 의미심장한 관계를 충분히 과시한 셈이었다. 둘로 인해 황도가 거칠게 들썩였다. 그것이 수많은 여자들의 흠모의 대상이었던 지오반니의 이례적인 모습 때문이었는지, 지오반니와 엮인 것이 프레야 가문의 아가씨이기 때문이었는지는 알수 없었다.

오키아는 그 여자가 라르기얀이 탐내는 이만 아니었더라면 지오반니의 이러한 행동에 진심으로 기꺼워했을 것이었다.

지오반니가 라제프에 정착하길 바랐다. 고운 것, 진귀한 것을 발아래 놓아 주어도 고고한 남자는 감흥 없는 얼굴을 할 뿐이었다. 손을 뻗어 탐한 적 없었고, 시선을 준 적 또한 없었다. 그러니 욕심낸 것도 없었다.

그는 모든 이들에게 둘러싸여 있었지만 정작 그가 원하는 이는 없었다. 그러한 일련의 것들은 언제든 남자가 이 땅을 떠날 수 있다는 것을 말해 주는 것 같았다. 라제프를 지탱하는 기오테의 존재가 그러하듯이.

오키아는 남자가 탐이 났다. 말하자면 모든 것들이었다.

그에게 귀속된 것들이 너무나 커다란 것이었기 때문에. 그의 힘을 가지고 싶었고, 신에 근접한 남자의 시간을 좇고 싶었다.

그런 이유들을 굳이 부정하지는 않았다. 그러니 여자로든, 무엇으로든 이 땅에 머물렀으면 했다. 하지만 이런 식으로 일이 꼬이는 것은 바라지 않았다.

지오반니가 가져다줄 것과 미하엘이 가져다줄 것은 달랐다. 그 둘의 접전은 없어야 했다.

"지오반니."

오키아가 무서운 얼굴로 그의 이름을 불렀다. 그가 손에 들린 종이 뭉치를 던지듯 내려놓았다.

"지금 뭐 하자는 거야?"

"뭘."

얼굴을 구긴 오키아와는 대조적으로 지오반니가 더없이 평온하게 물었다.

"지금 라르기얀과 여자를 두고 다투겠다는 소리야?"

이를 갈며 위협하는 모양새로 물었지만 정작 분노가 향한 이는 아무렇지 않은 듯 고개를 끄덕였다.

"그래."

"제정신이야? 지금 둘이 뭘 하자는 거야!"

오키아가 답답하다는 듯 소리를 높였다. 미친놈은 한 명으로 족했다. 실리를 위해 눈을 뒤집고 달려드는 미하엘 하나로도 그는 진이 빠졌다.

누바라와 프레야의 결합이라는 그림도 성한 꼴이 아니었지만 지오반니까지 더해진다고 생각하자 머릿속에 그려지는 그림은 죄 복잡하게 꼬여 엉망인 모습인 채였다. 그는 짜증이 이는 기분을 참기가 어려워졌다.

얼마나 더 우스워질 텐가. 얼마나 더 최악으로 가야 발개진 눈을 뒤집고 달려드는 꼴을 보지 않을 수 있는 건가.

"삼류 연극 따위도 이 정도는 아닐 거야. 내가 본 어느 연극도 이 정도는 아니었지."

"그래?"

"연극도 아닌 주제에 너무 짜인 이야기 같아서 현실감이 없잖아."

"나는 잘 모르겠는데."

지오반니가 비스듬히 고개를 기울이며 말했다.

"심각해야 할 상황인가? 연극 따위가 아닌데 뭐가 문제야?"

"상황이 우습게 돌아가. 네 생각 이상으로."

"너를 제외한 모든 이들은 그렇게 진지할 수가 없는데."

"……."

"너만 우스운 모양이지."

지오반니가 입술을 끌어 웃었다. 담담한 지오반니의 태도에 오키아가 재차 얼굴을 쓸어내렸다

"온통 너와 라르기얀의 이야기야."

벌써부터 황도가 시끄러웠다. 누바라와 프레야의 결합에 사람들은 우려를 보내다가도, 그 둘의 사이에 웰시노가 끼어들자 모두 어리둥절한 듯했다.

그것도 그럴 것이 프레야 공작과 웰시노 후작의 사이가 얼마나 최악이냐는 말이다.

"그래?"

"재미있어? 얼마나 더 해야 멈출 거야! 지난번의 복수라도 하려는 거야?"

"복수……."

누바라가 자신의 보살핌을 받던 탄팔로의 사람들을 죽인 일을 말하는 모양이었다. 지오반니는 소리 내어 웃으며 고개를 가로저었다.

"너는 이런 것을 복수라 부르나?"

"……."

"감당해야 할 건 네가 아니라 고드릭의 핏줄이 될 테니 걱정하지 마. 그러니 건방진 미하엘이 모든 걸 감당할 거야. 보통은 이런 것을 복수라고 부르지는 않지. 뭐 이따위 걸로 호들갑이야."

"왜 이 싸움에 네가 끼어드냐는 거다."

"뭐……."

지오반니가 말끝을 흐렸다. 오키아를 비롯한 많은 귀족들은 변명과도 같은 명분을 만들어 냈지만, 이 순간마저 명분 같은 그럴듯한 이유가 필요한가. 그리 거창한 것까지 필요하지 않았다.

여자의 부탁이 그리 어렵지 않아서였기 때문에. 라르기얀하고 결혼할 꼴이 꽤 눈에 거슬릴 것 같아서. 여자가 불행하지 않길 바라는 이상한 생각이 들기도 했다.

"너만 나서지 않았더라면 조용히 넘어갈 일이었어!"

"넘어갈 일이었다?"

"……."

"말을 쉽게 하는구나, 오키아."

지오반니는 며칠 전 제너와의 대화를 떠올렸다. 라즐리를 위해 저와 손을 잡는 것도 마다하지 않았던 남자. 그의 저를 향한 분노는 생각 외로 커다란 것이었으나 그것을 기꺼이 내리눌렀다.

너무나도 손쉽게. 그는 놀라울 정도로 이성적인 남자였다.

"네가 굳이 그러지 않아도 조용히 넘어갔을 일이야."

"네가 말하는 조용히 넘어갈 일이 무엇이냐. 여자가 라르기얀과 결혼하는 것? 이번에도 프레야 공이 가만히 넘어갈 것이라 생각해서 그것을 조용히 넘어갈 일이라고 말하는 거냐?"

"……"

"나는 네가 얼마나 철저한 방관자인지 알아. 모든 일에 그러하지. 네 어깨에 더 무거운 짐은 두지 않기 위해 너는 필사적으로 모든 상황에서 물러나곤 하잖아."

방관자. 오키아는 자주 그러한 모습을 하고 있었다. 결정을 내리기 모호한 일에, 감정을 소모하는 싸움에, 그리고 자신의 판단이 잘못되었다고 느껴질 때.

그는 상황을 바꿀 힘이 충분히 주어졌음에도 방관자의 자리를 선택해 때로는 상황이 악화되는 것을 관망하고 있었다. 여태 지켜봐 온 일들 중 좋은 쪽으로 변한 것은 없었다.

"너는 아리엘의 일 때처럼 서로가 원하는 것을 취하는 방법이었다고 둘러댈 테지만 애석한 것은 말이야, 너희 둘 사이에 오간 것들 중 프레야 공작이 원하는 것은 단 하나도 없다는 것이지. 십 년 전에도. 지금도."

"그의 편을 드나? 이제 결혼을 해 그를 감싸 줄 생각을 하는 거냐?"

오키아는 자신을 거침없이 비난하는 듯한 지오반니의 말에도 지지 않고 물었다.

지오반니는 입을 다물고 가만히 상황을 지켜본다는 소리가 얼마나 대단하고 끔찍한 것인지 알았다.

아리엘과 프레야의 장자의 죽음에 침묵한 이들이 모두 방관자였으며, 그들은 형형하게 빛나는 눈으로 상황을 관조했다. 아들 내외의 죽

음에 피를 토하던 프레야 공작을 외면했고, 건국왕 할라모르가 만들었
다던 낡은 법전을 내세워 그들의 죽음을 그리도 쉽게 묻었다.

"아니라곤 할 수 없으니 맞다고 해야겠지."

"너 정말!"

"또 지켜볼 심산이로구나."

"……."

"누바라에 부모를 잃은 여자의 꼴이 어떻게 되는지. 프레야의 늙은
이가 고군분투하는 것을 너는 모든 합리화를 끌어다가 네 사정과, 감
정을 가장하며 지켜볼 거야."

"지오반니."

"아리엘과 프레야의 장자가 죽었을 때와 마찬가지로."

지쳤다던 남자였다. 모든 것에 지쳐, 결과마저 빤한 싸움마저 지긋
지긋하다고 했다. 하지만 다시 한 번 숨을 조여 오는 미하엘을 위해
서라면, 그 힘든 싸움도 불사하겠다고.

강한 사람이었다. 저가 아끼는 것을 지키기 위해 숨을 고르고 있던
남자는 모욕을 견딜 수 있는 참을성과 긴 시간 동안 칼 날을 갈 인내
심을 가지고 있었다.

"물었지. 왜 이런 싸움을 하느냐고. 그런 차이겠지."

"……."

"너는 지금 그 자리가 네 삶의 전부지만 나는 그렇지 않기에 이럴
수 있는 거야. 네 말대로 추잡한 싸움이든, 더러운 진창에 발을 넣는
것이든 중요하지 않아."

"……."

"나는 언제든지 이 자리를 박차고 나갈 수 있기 때문이다. 얽매였느

냐, 그렇지 않으냐의 차이겠지."

인간의 탈을 뒤집어썼다고 하지만 알맹이는 근본도 알 수 없는 괴물의 것이었다.

"네가 나쁘다는 게 아니야. 너는 나쁘지 않아. 네 실리를 쫓는 것이 그 누구보다도 열심히 살고 있잖나."

"비꼬지 마."

"그런 것 아니래도."

오키아와 미하엘 같은 이들도 좋았지만 역시 자신은 끈질긴 사람이 좋았다. 무언가를 위해서라면 버릴 수 있고, 넘실거리는 불길 속에 발을 들이고, 밀려드는 물속에 잠길 수 있는 이.

애석하게도 그런 이들이 오키아와 미하엘 같은 부류는 아니었다.

"열심히 사는 것은 좋지만 망각하되 기억해야지, 오키아."

지오반니가 방 안을 느릿하게 거닐다 책상 위에 놓인 편지를 들었다. 황가의 인장이 박힌 촛농. 지금의 오키아의 위치였다. 이 위치에 올라서기까지 그는 많은 사람들을 밟고, 죽였다. 큰 것을 위한 작은 것의 희생이라 덧붙이며 철저한 황제의 가면을 뒤집어쓰고서였다.

"프레야 공작 덕에 제위에 올랐다."

"……."

"아리엘로 인해 탄팔로 사막을 취했고."

"……."

"여자의 담대한 용기가 아니었더라면 나는 그 땅을 라제프에 허락하지 않았어. 내가 너와 친구라는 이유와는 별개로, 그 땅은 내 것이고 소중한 것이고 내 허락 없이는 발 들일 수 없는 곳이야. 그 누구에게도 허락하지 않던 땅을 너희가 마음에 들어 열어 준 것은 아니었을 테니."

"그래. 알아."

탄팔로는 오키아에게도 의미 있는 땅이겠지만 지오반니에게는 그 무엇으로도 대신할 수 없는 곳이었다.

태어나고, 자란 곳이었다.

제게 온전히 귀속된 땅을 두고 많은 이들은 메마르고 거칠다 한탄했지만 그것이 대수이랴 싶었다.

"네가, 이 나라의 사람들이 그 땅에 발을 디딜 수 있는 것, 그 안에서 죽지 않고 살아 돌아가는 것 모두 여자의 덕분이지. 잊지 말아라. 기억에 무지하다곤 하나 잊어야 할 것과 그렇지 않아야 할 것들이 있어."

"은혜라도 갚으라는 소린가?"

"은혜를 갚으라는 큰 짐을 주려는 게 아니다. 하나 네가 그 자리에 오를 수 있게 도와준 이들을 버리는 건 큰 실수야."

재색 눈이 검게 가라앉았다.

"오랜 친우가 머리가 나쁜 것 같아 걱정이야. 내 이름이 무엇인지는 기억해?"

"……."

"네가 뒷마당에서 기르는 짐승새끼처럼 쉽게 부르는 지오반니라는 이름은 아니지. 말해 봐라."

"……노야……."

오키아가 목이 졸린 것처럼 신음하며 입을 열었다.

"그래. 지오반니가 아니라 내 이름은 노야였어. 저주받은 탄팔로의 신이라 섬김받고, 그 땅을 원하는 너를 위해 기꺼이 빌려준 자비로운 이가 그 이름을 가지고 있지."

"……."

"그러한 것들은 잊지 말고 살아야 해. 소중한 벗."

오키아에게 가까이 다가간 지오반니가 그의 입술을 툭툭 쳤다. 힘을 주어 누른 것은 아니었지만 잊지 말라는 듯 강압적인 무언가가 담겨 있었다.

"이 결혼이 성사되면 우린 많은 것들을 얻을 수 있어."

"우리?"

"그래."

오키아가 지오반니를 달래려는 요량으로 어렵사리 입을 열었다.

"우리라고?"

지오반니가 다시 물었다.

"고쳐야지."

"……."

"우리가 아니라 너와 라르기야. 나는 빼."

지오반니가 짐짓 불쾌한 듯 미간을 좁혔다. 여자와의 관계에 있어서 계산으로 얽힌 것은 무엇이라도 사양이었다.

"차라리 죽은 아리엘을 살려 내는 것이 네가 원하는 곳에 도달할 수 있는 방법일 것 같은데."

"불가능한 소리를."

"네가 하려는 일 또한 가능한 것은 아니다."

"……."

"프레야 공작은 다시 한 번 당해 줄 정도로 쉬운 사람이 아니야. 녹록지 않은 상대라는 것을 알아야 해."

복잡해지는 오키아의 얼굴을 보는 지오반니의 입매가 짓궂게 늘어졌다.

"라르기얀은 네 생각보다 더한 놈이야. 괜히 성격을 긁지 마."

"성깔만 더러운 새끼인 것을."

"지오반니."

"틀린가? 내가 녀석이 가지고 있는 수많은 것들 중 기억하고 있는 건, 성질머리가 더럽다는 것밖에는 없는데."

오키아는 답을 하지 못한 채로 그를 바라보았다. 둥그런 홍채가 점차 길게 찢어졌다. 노란 눈이 목을 조르듯 숨을 죄어 왔다. 바라보았다. 저 눈만 하더라도 사람의 것이 아니었다. 날것 그대로인 눈에 담긴 흉포함을 읽는 것은 그리 어려운 일이 아니었다. 처음 보는 것이 아닌데도 적응키가 어려웠다.

저 눈을 한 지오반니를 똑바로 바라보지 못하는 이유는 낯설어서가 아니라, 겁을 먹었기 때문일 것이다.

"내가 물러선다면 힘의 우위가 명확히 판가름 난 후일 거야."

"지오반니."

"강하다면 내어 주고."

"제발, 노야!"

"약하다면 그렇지 않아."

그의 말이 뜻하는 바가 무엇인지 알았다. 미하엘로부터 물러서지 않겠다고 말하는 것이다.

"라르기얀은 이 상황을 두고 보지 않을 거다."

오키아는 앞으로 일어날 일들을 안다는 듯 확신에 차 말했다. 동류라 잘 안다. 저와 같이 오만한 부류를 잘 알고, 겪었으며, 무슨 생각을 품고 사는지 그는 절절하게 알았다.

"겁을 먹을까?"

지오반니의 물음에 오키아는 저도 모르게 고개를 저었다. 종내 겁을 집어먹는 것은 미하엘이 될 것이다. 미하엘이 겁에 질린 것은 꽤나 상상하기 힘든 일이 되겠지만, 그렇다고 해서 지오반니가 미하엘의 앞에 몸을 수그리는 것은 말이 되지 않는 일이었다.

권력과 지위를 떠나서 위협하고, 짓누르고, 부러뜨리는 힘은 인간의 것이 아니었으므로.

*　　*　　*

"이곳에 분수대를 만들면 좋겠어요."

"그렇게 하십시오."

"저 나무는 자르고… 저쪽은 그늘이 만들어져 쉬기 좋겠네요. 저쪽 나무들은 놔두기로 해요."

마치 제집을 꾸미듯 라즐리는 신이 나서 이곳저곳을 둘러보기에 바빴다. 지오반니는 적당히 그녀의 말에 맞장구를 치며 그녀의 뒤를 따랐다.

"아."

신이 나서 걸음을 빨리하던 라즐리가 멋쩍은 듯 눈을 휘었다.

"또 제 마음대로 정하고 있었네요."

"꾸미는 데에는 재주가 없으니 괜찮습니다."

그렇게 걷던 중, 라즐리가 제 뺨으로 떨어진 물기에 멈춰 섰다. 한 방울. 두 방울. 떨어지는 횟수가 많아졌다. 하지만 둘 중 어느 누구도 허둥거리지는 않았다. 이곳의 잦은 비에 익숙해졌기 때문이었다.

그는 비 오는 것을 좋아했고, 라즐리는 울창한 숲 사이로 내리는 빗줄기에 어느덧 익숙해져 있었다.

"비가 잦습니다."

"정말 그러네요."

정말 그의 말대로였다. 숲을 지나기 전까지만 해도 비가 올 기미는 전혀 보이지 않았는데, 어느 새인가 하늘이 잿빛으로 물들기 시작해 지금에서는 빗방울이 떨어지고 있었다.

이곳은 비가 잦았다. 방문할 적마다 풀과 숲은 항시 물기로 축축하게 젖어 있었다.

"쓸 것을 가져왔어야 했는데."

"이런 것도 썩 나쁘지는 않습니다."

이런 거요? 라즐리가 눈으로 물었다. 그는 어깨를 으쓱이는 것으로 대답을 마무리 지었다.

무거운 드레스 탓에 뛰지 못하는 제게 보폭을 맞춰 주고, 손을 들어 제 머리 위로 떨어지는 비를 조금이나마 막아 주는 것? 꽤나 감성적이라 생각하는데 자신도 모르게 입가에 웃음이 머물렀다.

그는 그런 남자였다. 라즐리는 새삼스러운 눈으로 그를 올려다보았다. 저 못지않게 그도 젖고 있었다. 그가 눈을 깜빡이자 끝에 걸려 있던 물방울이 뺨 위로 흘렀다.

"다 젖으세요."

"저보다는 영애께서 고생하실 겁니다."

"왜……."

이렇게 친절하냐고, 원래 그런 사람이냐고 물으려 했다. 하지만 이상한 일이었다. 그는 충분히 친절할 수 있는 사람이었고, 수년간 기본적인 소양과 여자에 대해 교육받아 왔다면 제게 베푸는 친절 따위는 충분히 가능한 일이었다.

그럼에도 불구하고 끊임없는 의문이 드는 이유는, 자신도 알지 못하는 사이에 인간이 아닌 '알 수 없는' 존재라고 생각하고 있기 때문이었다.

그가 정확히 무엇인지는 알지 못했지만 저와 같은 인간이 그런 눈을 가질 수는 없기 때문에. 그날의 기억이 틀리지 않았다면 그것은 분명 짐승의 눈이었기 때문에 그랬다.

그리고 그 눈은 절대로 누군가에게 온기를 베풀 만한 눈이 아니었다. 그가 말을 아끼는 것으로 보아 라즐리도 섣불리 더 이상 묻지 않았지만 저도 모르게 불쑥불쑥 나오는 궁금증은 충분히 난감케 하는 것이었다.

"왜?"

"아니요. 정말 친절하시다고요."

"제가 친절하지 않아야 할 이유가 있습니까?"

"글쎄요……. 정말 후께서 심성이 곧고 착하지 않은 이상 왜 저한테 이런 친절을 베푸시는지 궁금하기는 해요. 그렇게 교육받았다면 할 말은 없지만 이상하게 자꾸 궁금해지잖아요."

"……."

"제가 볼 때 후는 착한 사람은 아니거든요."

어느 순간부터 걸음을 멈춘 채였다. 라즐리는 곤란한 얼굴을 하고 있었다. 머리 위를 가려 주는 손은 여전히 다정한 듯했지만 지오반니의 얼굴만은 그렇지 못했기 때문이었다.

저의 말이 무례했던 모양이구나. 그도 아니면 제 치부를 들켰다든가.

순식간에 웃음기를 걷어 낸 얼굴이 지독히도 찼다. 어쩌면 드러난 어깨와 가슴골을 적시는 이 빗방울보다 더. 제게 향한 투명한 눈을 관찰하던 라즐리의 얼굴이 멍해졌다.

그의 얼굴이 놀랄 정도로 살벌했지만 순간의 망설임 없이 정말 아름답다고 생각해 버렸다. 그가 눈을 살짝 접자 그제야 최면에서 풀린 것처럼 라즐리가 파드득 얼굴을 털어 냈다. 그러고는 유연하게 화제를 돌렸다.

"생각해 보니, 우리 정말 엄청난 일을 벌인 것 같아요."

우리라는 친숙한 단어가 우스웠던지 지오반니가 나직이 웃었다.

"할아버지께서는 뭐라고 하세요?"

"공께선 라르기얀의 곁으로 가느니 차라리 제 쪽이 낫다더군요."

"역시 할아버지도 뭔가를 좀 아세요."

라즐리가 담백하게 대꾸했다. 비가 왔지만 발걸음을 빨리하는 것은 포기하기로 했다. 이런 무거운 옷을 입고는 뛸 수 없는데다가, 비를 맞으며 이 남자와 정원을 거니는 것이 꽤 운치 있다고 생각했기 때문이었다.

"제게 그리 감사해하지 않으셔도 됩니다."

"왜요?"

"저 또한 황녀의 청혼을 거절하고 영애를 선택한 상황이 되어 버렸지 않습니까."

"아, 그러네요."

이것이야말로 정말 의도치 않은 일이었지만, 누바라의 남매를 나란히 거절하는 꼴이 되어 버렸다.

"후께서는 어떻게 하시게요?"

"무얼 말씀이십니까?"

"이 결혼이 없던 일이 되어 버리면 말이에요."

"아직 거기까지 생각해 보지는 않았습니다."

"……."

"먼 앞날은 생각하지 않는 편입니다."

"의외로 속이 편하시달까요. 복잡하게 사실 것같이 생겼는데."

라즐리의 말이 우스웠던지 그가 낮게 웃었다.

"오늘은 이쯤 해 두기로 하죠. 저택으로 들어가시겠습니까?"

"네."

라즐리와 지오반니가 익숙하게 저택 쪽으로 몸을 틀었다.

뺨에 닿는 남자의 가슴팍이 기분 좋은 울림을 내고 있었다. 고르게 뛰는 심장 박동을 들으니 절로 몸이 나른해지는 기분이었다. 거의 마무리가 끝난 저택으로 들어가면, 김이 나는 차를 마셔야겠다.

그는 친절하니 머리를 만져 달라 하면 만져 줄지도 몰라. 제 어깨에 달라붙어 있는 젖은 머리칼을 들어 올리며 라즐리는 눈을 느리게 감았다 떴다.

곧 지오반니가 제 머리칼을 말려 줄 상상을 했다. 그리고 그것은 심장을 간질거리게 하는, 기분 좋은 상상이었다.

＊　　＊　　＊

제 방을 만들어 놓았다더니 정말이었다. 본가의 방에 미치지는 못했지만 나름 숙녀가 지낼 구색을 갖춘 방 안은 라즐리를 놀라게 했다. 가장 호기심이 이는 것은 화장대 위에 올려진 보석함이었다.

그 안을 가득 채운 것을 손끝으로 훑는 라즐리의 입가에 미소가 걸렸다. 집의 주인처럼 찬 기운을 내는 보석들은 가히 눈을 즐겁게 했다.

그러다 조금 이상한 점을 발견했다. 이것도, 저것도, 죄 큼지막한 것들밖에는 없었다. 멀리서 봐도 눈에 띄는 것들. 라즐리가 그중 맑은 노란빛을 내는 귀걸이를 집었다.

"후작의 취향이신가요?"

"송구스럽지만 각하의 취향까지는 알지 못합니다."

시중을 받으며 물었지만 들려오는 것은 반복되는 답처럼 재미없는 것이었다. 라즐리는 가만히 그것을 바라보더니 제 귓불에 달았다.

"머리를 말려 드리겠습니다."

"아니요. 괜찮아요."

어깨를 덮는 숄을 걸친 라즐리가 제 머리로 향하는 시중의 손을 거절했다. 저택에 들어오기 전부터 젖은 머리칼을 말려 주는 남자를 상상했던 터다. 머리를 말려 달라 하면 무슨 얼굴을 할까. 곤혹스러운 얼굴을 하고 있을까, 예의 그렇듯 더없이 익숙하다는 얼굴을 할까.

열린 문 사이를 비집고 집무실 안으로 들어갔지만 그는 비가 오는 소리에 취해 있는 듯했다. 팔짱을 끼곤 창문 밖을 바라보는 그의 눈이 어딘가에 닿아 있을 터다. 그것이 안개 자욱한 숲길 너머일지, 잔뜩 젖은 풀밭인지는 알 수 없었다.

무엇을 생각하고 있는지는 알 수 없었지만 간혹 그가 깊은 생각에 빠져 있을 때면, 그것의 깊이가 어느 정도인지 궁금했다. 그것의 깊이가 그다지 깊지 않았으면 좋겠다.

이 사람을 수렁으로 끌고 들어가지 않게.

"머리 좀 만져 주시겠어요?"

그 침묵을 견디지 못하고 라즐리가 입을 열었다. 그제야 저의 존재를 알았는지 지오반니가 등을 돌렸다. 짧은 머리가 축축할 뿐 옷을 말끔히 갈아입은 채였다.

"시중드는 이가 마음에 들지 않으신 모양이군요."

"아니요. 부러 하지 말라고 했어요."

"……."

"거절하지 않으실 것 같아서."

라즐리가 그에게 수건을 건넸다.

소파에 몸을 뉘인 라즐리의 뒤로 온 그가 익숙하게 머리의 물기를 꾹 짜 주었다.

"보석함을 봤어요."

"……."

"방의 주인은 저이니 열어 봐도 문제 될 것은 없겠죠?"

"마음에 드시지 않을까 고민이 많았습니다."

지오반니의 손이 잔바크가 걸린 귓불을 건드렸다. 의도적인 행동인지는 알 수 없었으나 그의 손길에 라즐리의 몸이 흠칫 떨렸다.

"잔바크라는 것입니다."

"잔바크? 처음 들어 봐요."

"탄팔로에서만 나는 보석입니다. 구하기도 힘들뿐더러 세공하기가 여간 쉬운 것이 아니라 황도에서는 잘 쓰이지 않죠. 잔바크보다 아름다운 보석은 얼마든지 많으니까요."

"귀한 것이었을 텐데."

"제 주인을 찾아가서 다행이라고 해야겠죠."

그렇게 귀한 것을 주어도 괜찮으냐, 물으려 했는데 지오바니의 손길에 차게 굳어졌던 몸이 느른하게 풀렸다. 누군가 머리 만져 주는 것을 좋아하곤 했지만 남자가 머리를 만져 주는 것은 처음이었다.

처음인 것치고는 곧 잠이 쏟아질 것 같았다. 경계가 이리 무뎠었나.

"궁금한 것이 많아요."

"대답할 수 있는 선에서 대답해 드리겠습니다."

"입양이 되기 전엔 무얼 하고 사셨어요?"

"그 전엔……."

"곤란하세요?"

"대단한 비밀이랄 것도 없습니다. 물어본 사람이 없었을 뿐입니다."

지오반니는 무슨 말이 적당할지 고르기 위해 잠시 고민했다.

"대부분을 집 안에만 있었습니다."

집 안에만……. 그 말이 이상하다는 것을 라즐리는 뒤늦게 깨달았다.

"무슨 소리예요?"

"잠을 자고, 이따금씩 일어나 하늘을 구경하고, 사람들을 보고, 음식 같은 건 별로 먹지 않았던 것으로 기억합니다."

"그게 전부예요?"

느른함에 취해 있던 정신이 번쩍 뜨였다. 그러고는 다시 한 번 느껴지는 이 기시감이 무엇인지 생각하기에 이르렀다. 다시 한 번이랄 것도 없었다.

그와 마주하며 이야기를 하는 매 순간마다 의구심이 한편 자리 잡곤 했다. 허구 가득한 모험담을 듣는 것처럼 둥둥 떠다니는 것. 말로는 정의할 수 없고 단정 지을 수 없는 것이었다.

눈앞에 안개가 잔뜩 끼어 형체는 알 수 있어도 그것이 무엇인지는 자세히 알 수 없고, 점점 파고들수록 고개를 갸웃하게 하는 것들이었다.

"제 이야기 같은 건 지루하실 테니 이야기 하나를 들려 드리겠습니다."

라즐리는 무어라 덧붙일 생각도 하지 못한 채로 고개를 끄덕였다.

"사막의 신이라 섬김받았던 남자의 이야기입니다."

그의 손이 다시 한 번 귀에 다다랐다. 섬세한 뼈 부근을 닦고 잔바크가 걸린 귀 뒤를 닦고 지나갔다. 이번에 그의 손은 꽤 오랜 시간 동안 귓불에 머물러 있었다. 알 굵은 보석을 매만지다가도 말랑한 살의 감촉을 느꼈다.

라즐리가 몸을 비틀자 그의 손이 머뭇거리며 다른 곳으로 옮겨 갔다. 잠시 멈추었던 그의 이야기도 다시 시작되었다.

"남자는 아주 오랜 시간을 살았습니다. 동물의 모습으로 태어났지만 인간의 가죽에 알맹이 정도야 가볍게 끼워 넣을 수도 있는 기이한 자였죠. 태생이 무엇인지도 알 수 없는 존재였어요. 사람인지, 용인지, 무엇인지. 그 남자조차 자신의 존재가 무엇인지 알 수 없었죠. 남자에게는 의미 없는 시간의 연속이었습니다. 남자는 모든 것에 무지했어요. 글자도 알지 못했고, 흔한 감정도, 자신이 느끼는 기분마저 기쁨인지 슬픔인지 알 수 없었습니다. 어느 것 하나 가르쳐 주는 이 없이 그 넓은 땅에 존재하는 것은 남자 혼자였습니다."

"……."

"그로부터 얼마나 지났는지 알 수 없었어요. 그는 날짜를 셀 수도 없었죠. 하루가 간다는 의미도 알 수 없었습니다. 그저 밝아지고 어두워짐으로써 무언가 흐르고 있고, 바뀌고 있는지 어렴풋이 아는 정도였어요. 태어나고 한참 후에야 가족이라 부르는 이가 찾아왔고, 남자는 아주 기본적인 건 알 수 있게 됐어요. 몇 가지의 단어, 밝아지고 어두워지는 것은 하루가 지난다는 것. 아, 글자도 알 수 있게 됐어요. 글자를 배운 남자가 처음으로 한 것은 이 땅의 이름을 짓는 것이었습니다.

하지만 호기심이 이는 것도 잠시 남자는 무無의 시간을 견디지 못해 잠에 들고 말았습니다. 똑똑하지 못한 남자였지만 자신이 혼자라는 것 정도는 느낄 수 있었어요. 외로움이라는 원초적인 감정을 느낄 수도 있었죠. 남자는 잠을 자는 쪽을 선택했습니다. 지루해서였을 거고, 외로워서였기 때문일 겁니다."

귀를 지나 목 부근을 닦아 주는 손길에 잠이 쏟아질 것 같았다. 그럼에도 라즐리는 그의 말에 집중하려 애썼다. 잠이 들기에는 그의 이야기가 굉장히 흥미로운 것이었으므로.

"그로부터 눈을 뜬 것은 오랜 후였어요. 눈을 뜨니 많은 시간이 흐른 것은 알 수 있었습니다. 자신만 있던 땅 주변에 많은 사람들이 생겨났기 때문이었죠. 마을이 생겨나고, 사람들이 거주했고, 아주 많은 것들이 변해 있었죠. 그리고 무엇보다 자신을 섬기는 사람들이 생겼다는 것이 가장 큰 변화였습니다. 남자는 그들이 주는 사랑이 좋았습니다. 어느 형태로든 상관없었죠. 무언가를 바라는 사랑이든, 이유 없는 사랑이든. 무언가를 바란다면 주면 그만이니 상관없다고 생각하기도 했어요. 남자는 어떤 것이든 좋았습니다. 매일같이 찾아오는 사람들을 사랑스러워했습니다. 제 이름을 부르며 몸을 숙이는 그들을 사랑했죠. 남자는 사랑이 무엇이고, 어떻게 베풀어야 했는지 알지 못했습니다. 자신의 사랑이 무슨 형태였는지도 몰랐죠. 그저 그들이 바란 대로 모든 것을 들어주었습니다. 사람들이 바란 신의 모습과 다를 바 없었습니다. 그의 사랑의 형태는 부모의 것처럼 아낌없이 주는 것이었어요."

이야기가 끝난 듯 더 이상 지오반니의 목소리가 들려오지 않았다. 라즐리는 생각하기에 이르렀다.

'이게 단순한 이야기 정도일까?'

"묻는 이는 처음이었습니다."

라즐리는 놀라 지오반니를 바라보았다.

"제가 어디서 무엇을 하고, 어디에서 자랐으며, 하는 것들 말입니다."

가벼운 이야기로 넘길 수 있는 남자의 이야기가, 그것이 전혀 농담 따위로는 들리지 않았다. 그것이 남자의 진중한 얼굴 때문인지, 농담을 모르는 듯한 얼굴을 하고 있었기 때문인지는 알 수 없었다.

* * *

미하엘은 며칠 내내 눈이 뒤집혀 식식거리기에 바빴다. 지오반니와 라즐리의 결혼 소식이 꽤나 그의 심기를 거스른 것이 분명했다. 아무렇지 않은 척 고상한 얼굴을 거두기로 한 모양이었다.

엘리노라는 그런 미하엘을 유심히 바라보았다. 미하엘은 정상이 아니었다. 해가 바뀔수록 그의 비위를 맞추기 어려워졌고, 이해할 수 없는 행동을 했고, 감히 공감할 수 없는 감정호소를 했다. 지금만 해도 그러했다.

다른 이의 손을 탔다면 포기하면 되는 것이 아닌가. 자신이 지오반니에게 그랬던 것처럼 버리면 되는 것이다. 어려운가? 아니. 절대로. 어렵다 생각했던 것이 실상 행하고자 하면 가장 쉬운 일이 되곤 했다. 또한 그 여자와 미하엘 사이에 무슨 감정이 싹텄다고 혼자만 저리 죽을상이냐는 것이다.

미하엘은 제위의 그릇에 걸맞은 이처럼 모든 상황을 냉정하게 판단할 수 있는 머리가 존재했다. 그러니 이것 또한 그리 해결하면 되는 것이다. 그것을 하지 못할 정도로 그 계집이 오라비에게 가치 있을 이유는 없었다.

"덫을 놔야겠다."

듣는 엘리노라는 아무렇지 않은 것을 듣는 듯 담담한 태도를 유지했지만 조용히 자리를 지키고 있던 일라이만은 그렇지 못했다.

"덫이라 하시면."

엘리노라가 제 손톱을 다듬어 주는 시녀의 정수리를 내려다보며 무성의하게 물었다.

"계집을 잡을."

"아직도 프레야의 계집에게 노력을 쏟고 계신 게로군요."

다듬은 손톱의 모양이 마음에 안 들었던지 엘리노라의 눈이 가늘어졌다. 하나 손톱 따위가 문제가 아니라 오라비의 말에 짜증이 났다는 말이 더 맞았다.

"이렇게까지 하시는 이유가 뭡니까."

"관심이라고 해 두자."

"관심이요?"

엘리노라의 눈이 찌푸려졌다.

"굳이 아리엘의 딸에게요?"

"묻는 저의가 무어냐."

"저의랄 것이 있나요. 그저 묘하기에 그럽니다."

엘리노라는 미하엘이 계집의 모친 되는 아리엘에게 가지고 있던 감정을 알았다. 소년이었던 미하엘이 철창 안에서의 아리엘을 마주하던 날, 그녀는 제 오라비가 아리엘을 무슨 눈으로 바라봤는지 알지 못했다.

하지만 이제야 조금 커 버린 그녀는 이상하리만치 비뚤어진 미하엘의 집착이 누구에게 향했는지 알게 되었다.

누바라를 수년간 엉망으로 만든 여자였음에도 미하엘은 아리엘을 아꼈고, 아낌과 동시에 증오했다. 선망했으되 부쉈다. 살리고자 했음에도 그녀를 죽음으로 몰았다. 이 모든 것들이 모순이고 모순인 것을.

제 오라비는 여자의 흔적을 좇았다. 그 집착이 어느 것으로부터 기인된 것인지는 알지 못했다. 어느 형태로 존재하는지도 알 수 없었다. 아리엘의 딸에게 관심이 생겼다는 그의 말이 진실이라면, 그건 라즐리를 라즐리로 봐서가 아니라, 그저 아리엘의 딸이어서였다.

"너는."

"저요?"

"너도 그 녀석을 얻기 위해 꽤 노력하고 있질 않느냐."

미하엘의 말에 엘리노라가 코웃음을 쳤다. 지오반니를 두고 말하는 것이었다.

"미하엘, 제 감정이 미하엘과 같다고 생각하지 말아요. 그렇게 비뚤어지고 이해 못 할 정도는 아닙니다. 아쉽게도 저는 웰시노 후에 대해 관심이 지대하지 않고, 남의 손을 타 버린 것엔 미련이 없기에 일찍이 버리고 왔답니다."

"귀한 것을 두고 왔다더니."

"빛나는 것은 모두 귀하답니다. 하나 다른 이의 손을 탄 것은 그 빛이 이전만 하지 못하죠."

"……."

"이 엘리노라가 남의 손을 탄 것을 취해야겠습니까."

제 청혼이 거절당했다는 것보다도 엘리노라는 그것이 중요했다. 남의 손을 탔느냐, 그렇지 않느냐.

작은 짐승들이 가지고 있는 각인이라는 것이 있다. 처음 보는 이를 따르고, 그 눈에 온전히 자신만을 담는 것. 짐승이 아닌 사람에게 각인 따위를 바라는 것까지는 무리였지만 저 아닌 다른 계집의 손을 탔다는 흠을 가진 남자에게, 엘리노라는 굳이 수고를 더하지 않았다.

아무리 탐나는 것이라도 그것이 두고두고 얼마나 께름칙해질지 알기 때문이었다.

가치가 떨어진 것이다. 그리고 빛 잃은 것에 엘리노라는 다시 눈길을 준 적이 없었다. 지오반니는 빛 잃은 보석이었다. 엘리노라는 생각하며 깔끔하게 상황을 정리했다.

"웰시노 후 따위를 취하려 한다고 이 누이를 타박하셨던 분이, 저보다 더 눈이 뒤집혀서 달려드시는군요."

"그 이유를 누이라면 알겠지. 나와 가장 닮았으니까."

"그렇다면 미하엘께서는 애가 타시겠군요."

엘리노라가 미하엘과 똑 닮은 푸른 눈을 빛내며 말했다. 조소를 가득 머금은 채였다.

"가지지 못하면 미치더이다. 반드시 가져야만 그 갈증이 일지 않죠."

"내가 가지지 못할 것이 있을까."

"프레야의 사람이라면 긴장해야 하지 않겠습니까."

"······."

"가지려 하면 빼앗길까요?"

그녀가 무심하게 물었다.

"내어 준다면, 적어도 미하엘의 팔 한쪽 정도는 자르지 않겠습니까."

"엘리노라."

미하엘이 나직이 그녀를 불렀다.

"그들이 덜떨어진 반편이가 아닌 이상 두 번 당해 주지는 않겠죠. 황자께선 경각심을 가지실 필요가 있습니다. 프레야 공작은 미하엘께서 가볍게 보시면 안 될 사람입니다. 그는 수많은 전쟁의 선두에 섰고 승리의 영광이 늘 그와 함께했죠."

아들의 죽음에도 조용히 침묵했던 남자였다. 몸을 낮춰 때를 기다리는 것처럼 남자는 오래도록 수면 밑으로 가라앉았다. 분노를 내비치지도 않았고, 휘둘릴 만한 감정을 보이지도 않았다. 아들을 잃은 이라고는 생각되지 않을 정도로 괴이한 감정의 갈무리였다.

그 속에 자리할 분노가 엘리노라는 겁이 났다. 뜨겁기 이루 말할 수 없는 분노가 꺼내어지는 순간 무슨 일이 일어날지 생각해 보곤 했다.

"미하엘께서 가지려 하는 것이 그들에게 어떤 존재인지 아시라는 겁니다."

엘리노라가 경고하듯 느린 어조로 내뱉었다.

두 번이라고 당해 줄까. 당해 주는 시늉도 하지 않겠지.

"저는 이번만큼은 잘 모르겠습니다."

"이변은 없다."

엘리노라는 더 이상 묻지 않았다. 제 오라비의 욕심은 누바라의 피를 이었다면 지극히도 당연한 것이었고 그 결과는 늘 같았기에 그랬다.

* * *

라즐리라는 여자는 모든 것을 가졌으나 굉장히 안타까운 사람이다.

그녀의 뒤에서 떠드는 사람들은 그리 말했다. 공작 가문의 적녀로 태어나고 이젠티아의 피가 흐르지만, 부모를 잃었으며 부모를 죽인 원수의 나라와의 혼담이 불거지고 있다, 라는 흥미로운 이야깃거리는 도통 식을 줄을 몰랐다.

그녀의 모친인 아리엘은 몰락한 부족의 유일한 생존자였으며, 제국으로 흘러들어 온 부랑자나 다름없었다. 운 좋게 프레야 가문의 눈에 들었고, 거짓말처럼 가문의 후계의 사랑을 받았다. 그런 둘의 사이에서도 딸이 한 명 태어났는데, 그것이 라즐리였다. 사람들은 축복하면서도 라즐리의 유일한 흠을 아리엘의 태생이라고 지적했다.

또한 그녀의 부친은 아리엘을 따라 전쟁에 참전한 뒤 싸늘한 주검으로 돌아왔으며, 가문은 후계를 잃었다. 순식간에 고아가 된 라즐리를 두고 사람들은 다시 한 번 아리엘을 마녀라 부르고 불길한 여자라 속살거렸다.

*   *   *

황가의 정령인 기오테는 자신의 존재를 온전히 보존키 위해 힘을 분산시켰다. 많은 조각들이 존재했고, 그들은 부모 되는 기오테의 뜻을 받았다. 독자적인 모습으로 존재하는 누바라의 챠와는 다른 방식을 택했다.

제 머리카락을 가지고 장난을 치는 이 정령도 기오테가 힘을 나눈 조각 중 하나였다.

'어쩌자고 저런 남자하고 만나는 거야?'

작은 존재는 늘 걱정이 많았다. 정령은 자신을 아리엘의 친구라고 소개했고, 오랜 시간 전쟁터를 누비던 동료라고도 소개했다. 혹은 자신을 '라지노예프'라고 소개했다.

어머니 아리엘은 마법석인 라스펠리아 수십 개가 달린 목걸이를 하사받았고, 여신의 일곱 개의 신기 중 하나인 라지노예프라는 이름이 붙여졌다. 또한 그녀가 전쟁터에서 휘두르던 창에도 여신의 창과 같은 이름인 라지노예프라는 이름이 붙었다.

그 창은 어느 새인가 아리엘을 상징하는 물건이 되었는데, 정령은 어머니가 전쟁터를 누빌 적마다 자신이 그 물건에 깃든다고 설명했다.

"지오반니를 알아?"

'놈을 그렇게 불러?'

의미를 알 수 없어 라즐리가 되물었다.

'알지. 모를 수 없잖아.'

"누군데?"

'질문이 모호해.'

"인간이야?"

'정확히는 알 수 없어.'

정령은 지오반니와 만날 적마다 길게 잔소리를 늘어놓곤 했는데, 그것은 지오반니가 마음에 들지 않아서가 아니라 걱정과 우려가 담긴 말이었다. 정령은 똑같은 말을 반복했다. 인간인지 아닌지, 정확히 알 수 없다고. 그러곤 그 뒤엔 무섭다는 말이 반복되었다.

'무서워.'

"저 남자에게도 네 모습이 보여."

'세상에.'

"너무 무서워하지 마."

라즐리의 위로에도 정령은 선뜻 그러겠다고 대답하지 못했다.

'하지만 불길한 것은 확실해.'

"불길해?"

'존재하지 않았어야 해.'

"그런 소리가 어디 있어?"

정령이 이렇게까지 단호하게 말한 적은 처음이었다. 걱정은 걱정으로만. 딱 그 정도 선에서 모든 걱정으로 그치곤 했었다. 하지만 답지 않은 단호한 모습에 놀란 라즐리가 제 뺨 부근에서 머물고 있던 바람을 바라보았다.

'정말이야. 시간을 관장하는 타미르의 숨결로 빚어졌고 하늘신 울리아르와, 수많은 신들의 축복을 받았다지만 '그들'은 최고의 실패작이야.'

"말이 심해."

라즐리가 짐짓 엄한 투로 경고했다.

'곁에 두지 마. 불길하고 불길해. 껍질은 있되 알맹이가 없고, 어둠이기 때문에 조화하지 못하고 흡수하고 잡아먹기만 하지. 섞일 수 없어.'

"……."

'사랑으로 빚어졌다면 저런 실패작 같은 건 나올 수 없지. 이 땅 위에 존재하는 것들 중 저들처럼 모든 것을 거스르고 사는 건 없어.'

"거스른다는 건."

'모든 걸 거스르지. 흙으로 돌아갔어야 할 그들이 버젓이 살아 돌아다니는 것은 시간을 거스름이지. 파괴하는 힘을 쥔 것도. 동물의 모습이었던 그들이 인간 가죽을 뒤집어쓴다는 건 말도 안 되는 일이야. 그들이 행하는 것들 중 어느 하나 말이 되는 게 없어.'

그들. 바람이 무엇을 칭하는지는 알 수 없었다. 하지만 전에 없는 단호한 태도로 그들의 존재 가치를 무의미하게 만들었다. 어쩐지 우울해하는 목소리였다.

'누구에게서 태어났는지 알 수 없어. 태를 빌려 태어나는 것도 아니고 알에서 깨어나는 것도 아니지. 그들조차 몰라. 태어나 죽는 것까지 온통 모든 흐름을 거스르는데 불길하지 않을 수가 없잖아.'

온통 알 수 없는 소리였다. 하지만 그 목소리에 담긴 나직한 경고와 우려가 예사가 아닌 것 정도는 알 수 있었다.

* * *

바빈이 다가와 라즐리를 반갑게 껴안았다. 공국으로 유학 중이었던 바빈이 돌아왔다. 삼 년이 넘는 시간. 실로 오랜만의 만남이었다. 그것을 증명이라도 해 주듯 그는 키가 훌쩍 자라 있었고, 떠날 적 앳되어 보였던 모습도 벗어 버린 채였다.

그는 공작 저에서 사이가 좋은 몇 안 되는 사람들 중 한 명이었다. 시릴 만큼 차가운 숙모의 밑에서 어떻게 이런 사람이 태어났을까 싶을 정도로 바빈은 따뜻하고, 곧은 사람이었다.

그와는 아주 깊은 유대감이 있었다. 항상 후계 문제가 거론될 때마다 바빈과 라즐리는 의도치 않게도 화두에 올라야 했다.

때로는 거칠게 비난당했고 싸움과 경쟁을 종용당했다. 어린 그들이 들었어야 할 말은 결코 아니었다. 어른들의 숱한 싸움에서 그들이 멀쩡할 수 있었던 이유는, 서로를 시기하기보다는 서로를 의지하는 쪽을 선택했기 때문이었다.

항상 위로를 받는 것은 동생인 라즐리 쪽이었기에 그녀가 바빈을 의지하는 것은 어쩌면 당연한 일이었다. 그는 의연하게 라즐리를 보살펴 줬다.

"잘 다녀오셨어요?"

그래서 라즐리는 그가 유학을 떠나기 전 그 지겨운 싸움에 종지부를 찍었다. 그럼에도 여전히 뒷말이 나오고, 숙모는 불안해했지만 더 이상 그녀는 가문 사람들의 말싸움에 오르락내리락하지 않게 되었다. 그것마저 부족한 듯하여 할아버지께도 쐐기를 박았다.

바빈이라면 믿을 수 있다. 그는 응당 그 자리에 오를 수 있는 사람이었다. 누구보다도 힘쓸 것이고 사랑하겠지. 라즐리가 이런 무한한 신뢰를 가질 만큼 그는 올곧은 사람이었다.

"웰시노와 혼담이 오간다는 건 무슨 소리냐."

그가 제대로 된 인사도 건네기 전에 물었다.

"인사도 안 해 주시고 이러시기예요?"

"놀라서 그러질 않니. 어머니께 소식 받고 놀라 달려온 것이다."

"앉으세요."

라즐리가 맞은편을 가리키며 말했다.

"제 안부는 궁금하지 않으셨어요?"

"라즐리."

"네."

"물을 것이 한두 가지가 아니야. 라르기얀의 혼담은 무엇이고, 웰시노는 또 뭐란 말이냐?"

"말 그대로예요. 미하엘이 제게 청혼을 한다기에 보기 좋게 물 먹여 드렸답니다."

"……."

"그리고 그 대안으로 웰시노를 선택했고."

라즐리가 비뚜름하게 입매를 비틀었다. 아마 그 차가운 남자는 꿈

쩍도 하지 않을 것이다. 포기가 빠르다면 포기했을 테고, 포기를 모른다면 동요하기도 전에 다른 잔머리를 굴리고 있을 것이다.

"어쩌면 웰시노가 낫겠죠. 황태자보다는."

"할아버지께서 허락해 주실 줄은 몰랐다."

"급하셨을 테니까요."

바빈은 아무렇잖게 입을 여는 라즐리를 물끄러미 바라보았다.

"대안이라는 게……."

무언가 말하려던 바빈은 고개를 저으며 입을 다물었다.

"너는."

"저요?"

"너는 좀 괜찮으냐."

그의 물음에 라즐리가 잠시 입을 벙긋거리다 눈을 접었다. 다정한 그의 위로에 거짓말처럼 마음을 좀먹던 불안이 녹았다.

"안 괜찮을 것도 없잖아요. 상황이 어떻게 흘러가든 저는 라르기얀은 절대 선택하지 않았을 거예요."

그래서 웰시노를 선택했다고. 그는 복잡한 얼굴을 했다. 저가 마음에 드는 이를 선택해도 모자랄 마당에. 충분히 그럴 자격이 주어짐에도 어쩐 일인지 주변 상황이 좋게 흘러가는 꼴을 못 봤다. 조금 안정될라치면 누군가 소리를 높였고, 혼란이 일었으며 이 작은 아이를 저 끝까지 몰았다.

"할아버지의 말씀으로는 라르기얀이 쉽게 포기할 것 같지는 않다던데."

바빈이 드물게 눈가를 찡그렸다. 온화한 얼굴에 짜증이 스미자 부드러운 인상이 단박에 변했다.

"그래요?"

"너는……."

"그래도 어쩔 수 없을 거예요."

"……."

"이 상황에서 그가 뭘 어쩔 수 있겠어요?"

바빈과는 달리 흥분한 기색 없이 찻잔을 드는 라즐리가 입을 뗐다.

"그곳으로 끌려가느니 저는 혀를 깨물 거거든요. 라르기얀이 죽은
이 끼고 노는 취미가 없다면 저를 포기하겠지요."

"라즐리."

"차라리 망나니 벤을 선택하더라도 라르기얀은 아닙니다."

라르기얀이 생각하고 있는 것이 무엇인지 알았다. 바빈은 라즐리의
뒤에 붙은 수많은 가치들을 나열했다. 가치 있고, 누구나 부러워할 것
들이 모순되게도 목을 죄었다.

그녀가 가지고 있는 모든 가치와 이름의 무게들은 라즐리를 행복으
로 이끌지 않았다. 그 모든 것들은 어렸던 아이를 가볍게 짓누르고,
부모가 죽자 족쇄가 되었다.

종래에는 라르기얀까지 냄새를 맡고 달려온 꼴이 않은가.

늘 그랬다. 이 아이가 가지고 있는 것들을 내버려 두지 않았다. 그
래서 그녀를 지치게 만들었고, 그녀는 감당치 못해 자신이 가지고 있
는 권리를 제게 모두 양도했다. 가볍지 않은 선택이었다. 그래서 좋은
주인이 되시라는 그녀의 말이 묵직하게 와 닿았다.

"아무렇지 않다면 거짓말이겠지요."

라즐리와 이야기를 하고 있을 때면 불현듯 떠오르는 것이 있었다.
너는 지금 무슨 생각을 하고 있을까. 저 남자에 대해서. 그리고 이

상황에 대해서 무슨 생각을 할까. 손을 쥐었다 펴고, 눈이 떨리는 것은 오랜 습관 중의 하나일까. 마음을 다스리기 위해 하는 행동일까. 화를 내고 있을까?

"하지만 어쩔 도리가 없어요. 미하엘이 무슨 눈으로 저를 바라보는지는 아세요?"

"……."

"라르기얀은 저를 사람으로 보지 않아요. 하지만 제 뒤에 붙는 모든 것들을 더 가치 있게 보곤 하죠."

두려워지곤 했다. 최악의 상황을 맞닥뜨릴 때, 너는 무슨 선택을 할지. 가문이 네 아버지 내외를 지키지 못했을 때처럼, 너마저도 그렇게 된다면. 나는 진정으로 그 순간이 두렵다.

*　　*　　*

"사막 신은 어둠이 무서웠다."

지오반니의 품에 거의 안겨 있다시피 한 라즐리가 한 구절을 읽을 때면, 다음은 지오반니가 이어 읽었다.

"그는 홀로 사막을 걸을 때면 뒤를 돌아보곤 했다. 하지만 실망했다."

"곧 스미어 사라질 모래언덕 위에 찍힌 것은 제 발자국뿐이므로."

"그는 무언가 갈구했다."

"저를 위한 경배와 밤낮으로 꿇어앉은 이들을 보면서도 그는 갈증에 허덕여야 했다."

귓가에서 좋을 울림을 내는 목소리에 라즐리의 눈이 무겁게 가라앉왔다. 급기야 다시 뜨지 못하려던 참, 지오반니의 물음에 라즐리의 눈이 뜨였다.

"칼란디바를 아십니까?"

"칼란디바요?"

그의 물음에 라즐리는 화려한 빛을 가지고 있던 꽃을 기억해 냈다. 자줏빛, 붉은빛, 보랏빛, 색도 갖가지. 하지만 흔히 볼 수 있는 꽃은 아니었다. 독을 품은 듯 화려한 꽃은 아이러니하게도 저주받은 사막의 근처에서만 피어났다.

사람들은 그 꽃을 불길하게 생각했는데, 가장 큰 이유는 그 화려한 외관 때문이었고, 두 번째 이유는 칼란디바만이 화려하게 만개할 뿐 주위의 땅은 죄 죽어 버리기 때문이었다. 학자들은 생명력이 강한 칼란디바가 살기 위해 주위의 생명력을 죽인다고도 말했다.

"포악한 밤의 여신 칼란디바는 빛의 룩스가 없는 시간을 틈타 꽃을 피워 냅니다. 그는 룩스가 다가올 아침을 무서워해 어둠으로 몸을 감춰 버린 여신이죠. 룩스가 방해하지 않는 시간, 온전히 그녀만의 시간에 처음으로 한 일은 메마른 사막 위에 꽃을 피워 내는 것이었습니다. 꽤 시간이 흘러야겠지만 탄팔로에는 그 꽃이 핍니다."

"사막에요?"

"매년 그래 왔습니다. 사막이라고 해서 물웅덩이가 없지 않고, 모래 언덕만이 있지는 않습니다."

라즐리는 저가 기억하는 사막의 풍경을 떠올렸다. 처음 방문한 사막에서 길을 잃고 좋지 않은 일을 당한 탓인지 그녀가 기억하는 것이라곤 모래언덕과 끔찍하게 내리쬐는 태양빛뿐이었다.

"칼란디바가 필 즈음에 사막을 방문하는 것은 어떻습니까?"

"정말요?"

"보기 드문 장관이니까요."

라즐리가 그의 품으로 파고들었다. 보기 좋은 애인 행세를 하려던 것이 정말 애인이라도 된 양 굴고 있었다. 저도, 그도. 아무렇잖게 손을 맞대고, 품에 안겼다. 간혹 정수리에 닿는 남자의 입술을 알았다.

또한 하루 중 대부분의 시간을 함께 보냈다. 그의 업무가 많을라치면 라즐리는 조용히 그의 집무실 안에서 자리를 지키고 있거나, 그가 일을 다 볼 동안 정원을 산책하며 그를 기다렸다. 대부분의 만남은 그가 새로 사들인 정원에서 이루어졌다.

"자주 사막에 방문하시는 것 같아요."

"폐하를 대신해서 기오테가 깃든 마법석을 관리하곤 하니까요."

정수리에 이어 숱 많은 머리칼로 미끄러지는 입술에 의해 어눌하게 말이 뱉어졌다.

"그런데 어디 아프세요?"

그가 미처 되묻기도 전에 라즐리의 손이 이마를 감쌌다.

"얼굴이 조금 붉어요. 열도 있으시고요."

"좀처럼 가라앉질 않더군요."

생각보다 지속되는 미열이었다. 일족에게는 특별할 것도 없는 증상이었다. 정신을 혼미케 하는 열기가 때로는 판단을 흐리게 했지만 이 정도는 감내할 수 있었다.

지오반니가 라즐리의 온기에 취해 눈을 감았다. 여전히 부드럽고 사람을 기분 좋게 하는 온도였다. 좋다. 오직 그 생각뿐이었다. 느른하게 풀린 생각 속으로 떠오르는 것은 조금 더 이 부드러움에 파고들어 몸을 묻고 싶다는 생각이었다.

여자들이 주는 부드러움이 처음이 아닌데도 유독 이 손길을 파고들었다. 라즐리는 모르고 있겠지만 그녀는 사소한 행동 하나하나에도 나긋한 기를 품고 있었다.

"쉬실래요?"

라즐리가 걱정스럽게 물었다. 지오반니가 고개를 저었다.

"더."

"더?"

"좋아서."

지오반니가 저의 이마를 감싼 손을 뺨으로 옮겼다. 가느다란 손이 주는 온기와 부드러움이 좋았다. 과장을 섞자면 그 손 아래 머리를 부비고 싶을 정도였다.

*　　*　　*

가문의 인장이 박힌 마차가 숲 너머로 사라지는 것을 지켜보며 지오반니가 관자놀이를 꾹꾹 눌렀다. 차가웠던 라즐리의 손에 잠시나마 잊고 있던 두통이 다시 이는 것은 순식간이었다. 그는 이마를 데우는 온기를 가늠했다.

긴장의 끈을 조금만 늦추면 속절없이 잠이 밀려왔다. 열이 오르고 두통이 이는 것은 약으로나마 잠시 참을 수 있었지만 잠이 쏟아지는 것은 참을 수 있는 문제가 아니었다.

라즐리 앞에서야 무슨 정신으로 버티는지 알 수 없었지만, 생각보다 증상이 심각했다. 수마는 병에 걸린 것처럼, 낮이고 밤이고 상관없이 쏟아졌다. 설상가상이라고 며칠 전부터는 눈에 뿌연 안개라도 긴 것처럼 시야가 흐릿해서 신경이 날카로워져 있었다. 지오반니가 정신을 차리려 얼굴을 털었다. 날카로운 통증이 머릿속을 후벼 팠다. 깨질 듯한 두통에 그의 몸이 휘청거렸다.

시야가 잠시 흐려졌다 선명해졌다. 그는 눈을 가늘이는 것을 반복하며 이 시기를 어느 정도 늘릴 수 있을지 생각했다.

변화하려 함이다. 일족은 이 억겁의 시간을 견뎌 내기 위해 끊임없이 무언가를 하려 했다. 죽음에 이르는 것이 편할 것 같다는 생각이 들 정도의 고통이 맨몸을 할퀴고 지나가고 난 후에는 부러진 뼈가 맞추어지고 병들 여지가 있는 몸 안의 장기들이, 그리고 새살이 돋았다.

뱀이 허물을 벗고, 갑각류의 생물들이 껍질을 벗는 것과 같은 이치였다. 일족에게는 필요에 의해서라기보단 물이 높은 곳에서 아래로 흐르는 것처럼 당연하게 일어나는 일이었다.

그 고통은 당연할 수 없었지만. 그럼에도 기한을 늘린다면 늘리고 싶었다. 뼈가 부러지고 맞추어질 때까지 열흘이 넘는 시간이 걸렸다. 그러니 적어도 라르기얀이 떠날 때까지만이라도. 그래서 저 여자가 안도한다면.

아니, 여자가 안도하는 것을 보고 싶은 것이 아니었다. 무탈할 여자의 모습을 보며, 라르기얀이라는 존재가 사라지는 것을 본다면 열흘이 넘는 시간 동안 여자와 떨어져 있는 시간 속에서도 불안해할 이유가 없어서였다.

"그 아가씨와 밀회는 재미있었어?"

"……."

"아, 밀회는 아니지."

굽이치는 금발을 쓸어 넘기는 여자가 짓궂게 입매를 말았다.

"우리 귀염둥이가 요즘 바쁜 것 같아서 뭐 하고 다니나 궁금하지 뭐야. 손님 맞아 줄 준비도 안 하고."

아를리안이 지오반니의 뺨을 톡톡 치며 그를 지나쳤다. 예민해진 기분은 아를리안의 손길이 거슬린다고 생각될 정도로 지나치게 날이 서 있었다. 라즐리의 앞에서는 어떻게 참아 냈을지 모를 정도였다.

"무슨 일이야?"

지오반니가 퉁명스럽게 물었다. 키든의 문제로 가리온에서 재회한 것이 마지막이었다. 오랜만의 만남이었지만 그것으로 끝이었다. 회포를 푼다거나 서로의 안부를 묻는 것은 일족에게 익숙한 것이 아니었다.

그것은 오랜 시간 존재하고, 무無의 시간에 익숙해졌기 때문일 것이다. 다른 이들은 사라진다 해도 일족만큼은 어디서라도 존재한다는 것을 알기에.

"무슨 일이긴. 탄탈로스가 네 걱정을 너무 하잖아."

지오반니의 눈이 그제야 거무죽죽한 얼굴을 한 사내에게로 향했다. 머리도 검고, 눈도 검은데다 옷차림마저 어두웠다. 아를리안의 곁에서 소리 없이 움직이는 녀석이니 마치 그림자 같았다.

썩 탐탁하게 여기지 않은 녀석이라 지오반니의 눈썹이 올라갔다.

"무슨 걱정을."

"너."

탄탈로스라 불린 남자가 움직였다. 지오반니보다 한 뼘이나 큰 장신의 그림자가 지오반니를 덮듯 다가왔다. 가히 어둠에 먹히는 모습과 비슷했다.

탄탈로스를 올려다보는 것이 마뜩지 않은지 지오반니의 얼굴이 금세 불퉁해졌다.

"요즘 무슨 짓을 하고 다니나."

"뭘."

키든처럼 살생을 벌인 적은 없으니 탄탈로스가 말하는 것이 무엇인지 알지 못했다. 지오반니는 자신이 무슨 잘못을 했는지 잠시 생각해야 했다.

"인간놀음."

"……."

"사랑놀음?"

탄탈로스가 빈정거렸다. 그것이 가당키나 하냐는 투였다.

"잘못되었나?"

라즐리와 제대로 시작한 것이 없으니 사랑놀음이라 하기엔 단어가 적절치 않았다. 그럼에도 지오반니는 그 말을 인정하는 것이 꽤 만족스러워 탄탈로스의 말에 굳이 정정하려 들진 않았다.

"너."

"잡아다가 하지 말라고 윽박이라도 지를 것 같은데."

"하지 못할 것 같아?"

"먹살이라도 잡으려고?"

"하지 못할 것 같으냐고."

탄탈로스가 이를 갈았다.

"그리고 너 말이야. 지금 상태가 꽤 좋지 않을 건데."

"아아."

"허세 부릴 일인가? 설마 그 계집 때문에 시기를 미루는 건 아니겠지."

더도 말고 덜도 말고, 짤막하게라도 좋으니 부정의 대답이 나오길 바랐다.

"맞아."

탄탈로스의 기대를 무참히 밟은 지오반니가 유쾌하게 답했다.

"제정신이야?"

"미친 게지."

"고집 부린다 해서 해결될 일인가? 버틴다고 해서 버텨질 일도 아니지!"

"시기를 미루는 것뿐이야."

"입 다물고 조용히 굴에 처박혀. 내가 그 계집에게 나쁜 생각이 들기 전에."

"입버릇이 나날이 험해지네."

신경 쓰이지 않게 빨리 해결하라는 뜻이었다. 시일을 미루면 미룰수록 느껴지는 고통이 배가 되는 것을 알기에 경고하는 것이었다. 하나 그 끔찍한 고통에서 배가 된다 한들 더 아프고, 덜 아프고, 그것을 느낄 정신이 있겠나 싶었다.

"우습다. 일족이 언제부터 행동거지 하나하나에 신경을 썼다고, 지금에 와서야 제지하려는가."

"옳지 않은 일은 막아야. 네가 하려는 일이 얼마나 철이 없는 짓인지 봐라. 사리 분별을 못해? 무지하다곤 하나 가르쳐 놓은 것이 있질 않나."

"나이 어린 사람을 대하듯 굴지 마."

"나이 먹은 녀석답게 행동해!"

탄탈로스가 참지 못하고 언성을 높였다. 그가 분노하는 이유가 단순히 변화하려는 시기를 미루어서가 아님을 알았다. 열을 내는 탄탈로스와는 달리 아를리안은 담담한 눈으로 침묵하고 있었다.

"네 말대로 나와 아를리안이 연장자라 불리긴 하나 너희들 또한 어리지 않기 때문에 신경 쓰지 않았다. 제지하지도 않았다. 하지만 네 행동이 예사가 아닌 것 같아 하는 말이다."

"둘러말하지 말고 똑바로 말해. 너나 나나 성격 급한 건 마찬가지 아닌가."

"싸우자고 온 거 아니야. 앉아서 얘기해."

아를리안이 둘의 분위기를 환기시키며 그들을 테이블로 이끌었다. 그녀가 진열장에 채워 넣은 술 중 하나를 꺼냈다. 술을 멀리하는 지오반니로서는 관상용이었기 때문에 손을 탄 흔적도 없었다.

"여자와 결혼을 한다고?"

무슨 이유에서인지 탄탈로스가 그답지 않게 예민하게 반응했다.

"네가 인간놀음을 하더니 정말 저들과 같은 줄 아나 보구나."

"잘못된 일인가?"

라즐리와의 혼인은 언젠가는 파기되겠지만, 지오반니는 지금 이 상황을 뜻밖에도 즐기고 있었다. 이 상황이 마음에 드는 이유에는 라즐리에게 호감이 있다는 것도 부정할 수 없었다. 다시 한 번 제 뺨을 감싸던 손이 떠오르자 그가 곤란한 듯 미간을 긁었다.

"잘못된 일이라기보다는……."

"그래. 잘못된 일이야."

아를리안의 말을 잘라먹은 탄탈로스가 매서운 눈을 하곤 말했다.

"네가 처음은 아니지. 인간을 사랑한 일족은 많았다, 노야."

"……."

"그들의 끝이 어떠했나."

탄탈로스의 얼굴이 괴롭게 일그러졌다. 그와는 대조적으로 무심한 얼굴을 한 지오반니는 일족의 마지막을 떠올렸다.

오만하고 오만한 일족. 잡아 쥐고 틀고, 저 마음대로 산 족속들이 잃는 것에 익숙할 리 없었다. 떠나는 것을 이해하지 못했고, 사라진다는 것, 죽는다는 의미를 받아들일 수 없었다. 그들이 그런 의미를 깨닫는 데에는 꽤 오랜 시간이 흘렀으며 대개는 받아들이지 못했다.

동족은 죄 거꾸러뜨리는 힘을 가졌지만, 그렇다고 해서 내면마저 단단하다는 것은 아니었다. 동족은 사랑한다던 연인의 부재를 견디지 못했고, 그 슬픔을 견딜 만한 강단이 없었다. 그런 그들이 선택한 것은 잠에 드는 것이었는데, 고고하게 말하여 잠이 든다는 것이었지 실상은 죽음에 이르는 것과 다름없었다.

무無의 시간이 흐르는 일족이 죽을 수 있는 최선의 방법은 타미르의 나무뿌리를 심장에 박아 넣고 영원한 잠에 드는 것이었다.

"그걸 아는 놈이 지금 이따위 짓을 해?"

"……."

"몇 남지 않았다. 하지만 노야, 너는 그들 중에서도 이 내가 친구라 부르고 아끼는 이야."

"내 끝이 그들과 같으리라는 법은 없어."

"멍청한 판데라도!"

탄탈로스가 탁상을 내리쳤다.

"너와 같은 소리를 했지. 그리고 녀석은 눈물이란 눈물은 다 짜면서 타미르의 나무에 몸을 뉘이고 스스로 심장을 찔렀다."

판데라. 저를 비롯해 탄탈로스와도 깊은 유대감을 나누었던 넉살 좋은 녀석의 끝은 실로 비참했다. 호기롭게 저는 그러지 않을 것이라

외쳐 댔던 것이 무색하게도, 판데라는 제가 정 주었던 여자의 부재를 감당치 못했다. 상실을 견뎌 내지 못한 남자 또한 그 슬픔을 이겨 낼 재간이 없었던 것이다.

"내가 너라는 놈은 잘 알아. 너도 판데라와 똑같아. 그 끝이 어떠하든 너는 여자의 부재를 감당하지 못해."

"나도 모르는 날 네가 알아?"

"어떤 끝을 맞이할지는 알지."

"내 일이야."

"널 걱정하는 이가 있다면 그 말에도 귀 기울이는 게 맞아!"

"일어나지도 않은 일을 벌써부터 걱정하지 마. 걱정 많은 늙은이처럼."

라즐리와의 결혼 소식을 듣고 달려온 아를리안과 탄탈로스처럼 그가 조급하지 않은 이유는, 판데라와 다른 끝을 맞이할 것이라고 장담해서가 아니었다.

아마 판데라가 겪었던, 스스로 타미르의 나무 아래서 잠에 드는 것을 선택할 정도의 아픔을 겪어 보지 않아서였기 때문일 것이다.

라즐리에 대한 이 호감의 정도가 어느 정도인지, 어떻게 변모하게 될지 알 수 없기 때문에 지오반니는 여유로웠다.

"죽지 마라."

"……."

"제발."

탄탈로스가 짓씹듯 내뱉었다. 그 말의 무게를 알았다. 일족들에게 '어머니'라 불리는 아를리안과 그녀를 사랑하는 탄탈로스가 일족에게 가지는 사랑은 지대했다.

죽지 않는 것을 바랐다. 한 명이 떠나가면 아를리안은 타미르의 나무 아래를 한 달 동안 지켰다. 그것이 예의라고 생각했다. 일족의 죽음 앞에, 예견되어 있는 동족의 말로에 그녀가 무슨 생각을 하고 있는지는 알 수 없었다.

"죽지 않겠다고 해."

탄탈로스가 눈을 감았다.

"다른 멍청한 녀석들처럼 타미르의 나무뿌리를 네 심장에 스스로 박아 넣는 일은 없을 거라고. 그런 짓은 하지 않을 거라고."

"……."

"노야. 제발. 너마저 잃을 상상을 하게 하지 마라. 그런 불안감을 주지 마."

어린 지오반니를 몇 년 동안 보살피며 교육한 것이 탄탈로스였기 때문일까. 그는 지오반니에게 친구 이상의 존재였다. 그것은 지오반니에게도, 탄탈로스에게도 마찬가지였다.

지오반니에게 탄탈로스의 존재는 친구이자, 스승이자, 아버지의 존재와 비슷했고 탄탈로스에게 지오반니의 존재는 친구이자, 자식과 비슷했다.

"그래. 그럴 일은 없을 거야."

지오반니의 대답에 탄탈로스는 조금이나마 마음이 놓인 듯 사나웠던 얼굴이 조금은 유해졌다.

"간혹 신을 원망할 때가 있다."

탄탈로스가 눈을 감았다.

"우리를 이렇게 만든 그네들에게."

지오반니가 소파에 몸을 묻었다.

"이렇듯 괴물로 만든 저의가 무언지 궁금해."

"이상하지. 우리를 이 땅에 태어나게 하신 신 혹은 창조자들이라 불리는 그들은 우리에게 이런 거대한 힘을 주고 긴 수명을 주셨어. 무슨 의도이셨을까. 우리를 이리 만드신 것은 무슨 이유에서였을까."

차라리 인간과 같은 삶을 주시지. 같은 시간을, 같은 모습을, 같은 무력함을 가졌다면.

그들보다 오랜 시간을 살아가고 더 나은 껍데기를 입고, 강한 힘을 가졌다고 해서 도취감에 빠질 이유는 없었다. 이것은 저주였다. 그랬기에 동족들 중 누구 한 명 행복해하지 않고 결여되어 서서히 죽어 가는 것이다.

차라리 찰나의 시간 속에 머무는 존재가 나았다. 오랜 시간을 거닌다는 것은 버거웠다. 끝을 알 수 없는 길을 걷는 것보다 허망한 것이 있을까. 이보다 더 지치는 것이 있을까.

아를리안은 답답한 속을 누르며 재차 술잔을 기울였다.

"참으로 공평하지."

"공평하다고?"

지오반니의 말에 아를리안이 허탈하게 웃었다.

"영원에 가까운 시간과 힘을 준 대신, 우리를 이렇게 불균형하게 만들어 놓았어."

"……."

"느낄 수 있되 느끼지 못하고, 도달하려 하되 그러지 못하지. 어느 곳에도 속해 있지 않으며, 애매한 존재. 이 얼마나 비정상적이냔 말이야."

묵묵히 술을 마시고 있던 탄탈로스가 깊게 담뱃대를 빨았다. 열린 창문 밖으로 흩어지는 연기를 바라보는 아를리안의 눈이 습기 져 있었다.

"우리도 사라지는 날이 올까."

아마 일족이 사라지는 것은 더 많은 시간이 흐른 후겠지만, 아를리안은 끝을 자주 입에 담았다.

"이 덧없는 저주의 끝은 언제일까."

"언젠간."

"정말 기약 없는 날이구나."

탄탈로스가 쓰게 웃으며 담뱃대를 지오반니에게 건넸다. 그것을 빤히 바라보던 지오반니가 한 모금 깊게 빨아들였다. 부옇게 존재하다 금세 사라지는 연기들을 눈에 담으며 지오반니가 눈을 감았다.

6. 전조前兆

"며칠이나 지난 거지?"

뒤따라 들어온 탄탈로스가 물었다. 탄탈로스의 눈이 미동 없는 지오반니에게 닿았다. 단잠에 빠진 줄 알았더니 정신을 잃은 것이었다. 오르는 열과 며칠 동안 괴롭혔을 두통을 감당하지 못한 것이었다. 본래 일족은 고통에 익숙하지 못했다. 그것은 늘 피식자의 위치가 아닌 포식자의 위치에서 존재했기 때문일 것이다.

"노야. 노야."

정신을 차리길 바라며 탄탈로스가 그의 이름을 불렀다. 탄탈로스의 부름에 지오반니가 미미하게 반응했다. 탄탈로스의 얼굴이 사정없이 구겨졌다.

이 저주받은 몸은 제 뜻대로 하게 해 주지 않으니 억지로라도 녀석을 재우려는 것이었다. 의식이 뚜렷해 제어하지 못할 때보다는 재우는 쪽이 더 수월해서였다.

차라리 지금 잠에 드는 것이 나을 것도 같았다. 이것은 고집을 부릴 일이 아니었다. 탄탈로스가 지오반니를 일으키려다 화들짝 놀랐다. 몸이 생각 이상으로 뜨거운 탓이었다. 친구답지 않은 어리석음에 탄탈로가 짧은 탄식을 내뱉었다.

아를리안의 하얀 손이 지오반니의 얼굴을 매만졌다. 서늘한 아를리안의 손길이 좋은 건지 지오반니의 입술에서 얕은 숨이 흘러나왔다.

"시간이 많이 지났어. 이대로는 버티지 못할 거야."

이런 곳에서 변화하게 둘 수는 없었다. 탄탈로스가 다급하게 몸을 돌렸다.

"탐피!"

탄탈로스가 사막의 문지기 역할을 하는 불꽃을 불렀다. 그러자 벽난로에서 몸을 숨기고 있던 탐피가 얼굴을 빼꼼히 비쳤다. 답하지 않는다면 썹기라도 할 것 같았다.

마음 졸인 것이 내심 분했지만 탐피는 아무렇지 않은 척 고개를 들었다. 주먹 크기도 되지 않는 불꽃이 넘실거렸다. 벽난로 안에서 없는 척, 숨소리 하나에도 신경 쓰고 있었건만 이 까맣기만 한 놈에게는 소용없는 짓이었다.

"왜?"

"왜라는 소리가 나와?"

"너는 올 때마다 나한테 꼭 화풀이를 하고 가더라."

"장난칠 기분 아니야. 녀석이 이런 상태였으면 너라도 말렸어야지."

"말린다고 들을 놈인가? 네 말도 안 듣는 놈을 내가 무슨 수로.

게다가 나는 이 집에 얹혀사는 주케라 지오반니에게 이래라저래라
할 처지가 안 되거든."

"하."

"그리고 나는 말렸어."

탐피가 불티를 사납게 날리며 항변했다. 하지만 탄탈로스의 서늘한
시선에 더 퉁명스럽게 받아치려던 입을 꾹 다물었다. 지오반니도 여간
무서운 것이 아니었지만, 어쨌거나 지오반니는 친구였다. 무섭기로 따
지자면 온통 어두운 색을 뒤집어쓴 탄탈로스가 더 무서웠다.

"사막으로 가야겠다."

"곤란한데."

탐피는 정말 곤란한 얼굴을 하고 있었다. 불꽃의 형태로 최대한 보
일 수 있는 불쌍한 얼굴을 했다.

"장난해?"

"허락이 없으면 들일 수 없어."

"허락?"

"탄팔로는 온전히 노야의 것. 그가 허락하지 않는다면 나도 문을
열어 줄 수 없어."

"문지기를 자처하나?"

"자처하는 게 아니라 문지기거든. 신세 지면서 그 정도는 해 줄
수 있잖아."

탐피가 툴툴거렸다. 지오반니의 허락이 없는 이상 사막으로 통하는
길을 열 수는 없었다. 사막으로 가는 길을 여는 것은 아주 위급할 때
이거나, 지오반니의 허락이 떨어진 후에 이루어졌다.

"뭐 하나!"

사나운 일갈에도 불구하고 탐피가 눈을 내리깔고 묵묵부답이다. 겁이
나긴 나는데, 문을 열어야 할 것 같긴 한데, 정말 그래도 되나 싶었다.

지오반니는 분명 라르기얀이 자국으로 돌아가기 전까지는 사막으로
의 일정은 없다고 했고 변화하지 않는다고도 했다.

하지만 급해 보이긴 하는데. 탐피의 몸이 부풀었다 줄었다를 반복
했다. 탄탈로스가 탐피의 답답함을 참지 못하고 거칠게 으르렁거렸다.

"이 녀석이 죽길 바라? 당장 열어!"

탐피는 진심으로 이 어둡기만 한 남자가 무서워졌다. 항상 그림자
처럼 아를리안의 뒤를 따라다니던 남자가 눈이 뒤집히기 일보 직전이
라, 저가 지하에서 사는 악마라는 것도 잊은 채 탐피는 조악한 변명들
을 늘어놓기에 바빴다. 몸을 덜덜 떨어 주는 것도 잊지 않았다.

"노야는 사막으로 가지 않겠다고 했어."

"뭐?"

"참을 수 있다고 했으니 만약의 일이 생겼을 때 문을 열지 말라고
했단 말야."

"뭐 이런……."

"내가 뭘 어떻게 해? 나는 얹혀사는 주케고. 노야의 말을 들어야
한단……."

"이 녀석이 죽길 바라?"

탐피의 말을 자른 탄탈로스가 물었다.

"그건 아니지만."

"그럼 열어."

탐피가 의식이 없는 지오반니에게 시선을 두었다. 아를리안이 축
늘어진 지오반니의 이마에 손을 대 보고는 미간을 찌푸렸다.

"탐피."

"아, 아. 정말. 나는 모르는 일이야."

사실 탐피는 탄탈로스보다 아를리안을 더 무서워했다. 그녀는 조용히 타이르면서도 사시사철 성을 내는 키든보다 더 무서운 얼굴을 하고, 냉한 기운이 가득한 눈을 하곤 했다.

"부관이라는 사람에게 대충 일러 줘. 금방 올 거야."

탐피가 몸을 털자 여기저기로 불똥이 튀었다. 곧 바닥이 허물어지는 듯하더니 방 전체의 풍경이 일그러졌다. 그와 동시에 속을 거북하게 하는 토기에 아를리안이 입을 막았다.

수십 개의 추를 달아 놓은 것처럼 몸이 무거워지는가 싶더니 죄 빨려들어 갈 것 같은 어마어마한 압력이 방 안을 휘젓고 다녔다. 아를리안의 긴 머리가 정신없이 날릴 즈음, 탄탈로스와 아를리안이 탐피의 시야에서 사라졌다.

*   *   *

여전히 메마르고 거친 땅. 불어오는 모래바람을 맞으며 탄탈로스가 간단한 감상 따위를 떠올렸다. 이 땅은 달라진 것이 없었다. 생명이 살아간다는 것은 상상도 할 수 없을 정도로 여전한 열기를 띠고, 물 한 번 스민 적 없는 듯한 마른 땅. 축축함이라곤 존재하지 않았다.

그의 흑색의 눈동자에 온통 황토색의 땅만이 가득 찼다. 그 아찔한 광경에 잠시 넋을 놓았다가 다시 정신을 차렸다.

머리 위에서 강렬한 빛을 내뿜고 있는 태양에 기가 질렸다. 사람을 뼈째 녹여 버릴 것만 같은 더위. 탄팔로 사막은 실로 오랜만이었다.

이곳에 도착한 지 얼마 되지 않았지만 벌써부터 제 이마에 맺힌 것은 땀방울이었다.

더위를 참지 못하는 아를리안의 상황도 다르지 않았다. 내리쬐는 빛을 올려다보는 그녀의 푸른 눈엔 질린 기가 여실히 묻어났다.

"페루."

그의 부름에 얼마 되지 않아서야 작은 짐승이 모습을 드러냈다.

"귀하신 분을 뵙습니다."

"그런 인사를 할 때가 아니다."

"오실 때가 되었는데 왜 안 오시나 했습니다. 벌써 많이 늦었는걸 요?"

귀를 뾰족하게 세운 페루가 앞발로 빠르게 흙을 팠다.

"조금만 기다려 보세요."

탄탈로스가 더위를 참지 못하고 더운 숨을 연거푸 뱉어 낼 즈음, 탄탈로스와 아를리안의 발이 모래 속에 파묻혔다. 페루의 작은 몸뚱이는 벌써 반이나 파묻혀 있었다.

"신전으로 가실 것 없습니다. 땅속으로 가야 합니다."

이건 또 무슨 말이야? 탄탈로스가 되물으려다 입을 다물었다. 입을 연다는 것도 지금은 꽤 고역이었다. 더운 온도와 제 몸에 의지해 매달려 있는 지오반니 탓에 그의 옷은 땀으로 흥건한 상태였다. 다 자란 무거운 녀석이 매달려 오는 꼴이라니.

모래는 빠른 속도로 몸을 땅속으로 끌고 내려갔다. 탄탈로스는 아를리안을 품에 안고 본능적으로 눈을 감았다.

"이제 다 되셨습니다."

탄탈로스가 눈을 슬며시 떴다. 모래 더미에서 구르듯이 내려오자 꽤 많은 양의 모래들이 발밑을 덮었다.

땅속에 펼쳐진 웅장한 굴의 크기에, 탄탈로스가 순수하게 감탄사를 내뱉었다. 온통 모래뿐인 사막의 모래 속에, 이런 굴이 있다는 것이 믿을 수가 없었다. 이 녀석과 오랜 시간 알고 친구였다고 자부했지만 이런 공간은 처음이었다. 그와는 대조적으로 아를리안은 굴 안을 살피고 있었다.

"이런 곳도 있었나? 처음 보는데."

"이곳은 노야 님의 성역입니다. 낯선 자는 함부로 들어올 수도 없고 감히 찾아낼 수도 없습니다. 그렇기에 의식을 치를 때도 이곳에서 치르곤 하시죠. 빛이라곤 들지 않아 꽤 마음에 들어 하시거든요."

'성역이라……'

그는 쓸데없는 감탄은 그만두기로 했다. 의식이 없는 지오반니를 굴 안에 눕힌 그가 페루에게 물었다.

"왜 움직이지 않지?"

발끝으로 지오반니를 툭툭 치는 탄탈로스는 슬슬 불안해지기 시작했다. 쓰러질 정도였다면 꽤 오래 참고 있었다는 것이고, 억지로 육체를 잠재우려고 했다는 것도 영 불길하기 그지없었다.

탄탈로스는 지오반니의 목에서 뛰는 맥박에 안심했다. 다행히도 알맞은 박자를 유지하며 잘 뛰고 있었다.

"페루, 노야가 왜 움직이지 않는 거야? 숨은 잘 쉬고 있는데."

귀를 쫑긋쫑긋거리는 페루가 미동도 하지 않는 지오반니를 바라보다, 오랜 시간이 흐른 후에 입을 열었다.

"이제 움직이실 겁니다."

탄탈로스가 지오반니의 움직임에 촉각을 곤두세웠다. 미동도 하지 않던 녀석이 미세하게 움직인다. 이 녀석의 '이런 일'을 보는 것은 꽤 오랜만의 일이었다. 페루는 아직도 이것을 '의식'이라고 말하지만 그렇게 고고하게 부를 수 있는 일이 아니었다.

이것은 일족이 살아가는 방식이었다. 커지는 힘을 현재의 그릇이 감당할 수 없으니 그에 맞게 변하는 것이었다. 하지만 일족들 중 어느 누구도 원하지 않았다.

모든 것이 저희들을 만든 신의 뜻대로이지만 고통을 참아 내는 쪽은 저희들의 몫이었다.

뼈가 뒤틀리고, 살갗이 갈가리 찢어졌다. 잠시나마 심장이 멈추는 충격은 익숙해질 수 없는 것이기도 했다. 동족은 이 시기를 두려워하곤 했다. 새 그릇을 위한 고통이 아닌 죽음에 가까워지는 고통이라 생각했다. 고통에 미쳐 깨어나지 못할 거라는 생각을 종종 한다고 했다.

언젠가 키든이 말한 것을 생각한 탄탈로스가 마른 한숨을 내쉬었다. 어느 것 하나 제정신으로 버틸 수 있는 것이 없었다.

"시작하는군."

지오반니가 손으로 땅을 짚고 스르륵 몸을 반쯤 일으켰다. 짧아진 머리 사이로 보이는 턱선 사이로 굵은 땀방울이 후드득 떨어졌다. 짐승이 이를 가는 소리가 굴 안을 울렸다.

"저리 가 있어."

쥐어 짜내듯 말하는 지오반니가 밭은 숨을 계속해서 내쉬었다. 힘없이 손짓을 하며 물러서 있으라는 지오반니의 눈 주위가 붉었다. 그가 괴롭게 신음했다.

"으……으으."

꽉 다문 잇새로 고통스러운 신음이 새어 나왔다. 고통을 참기 힘들었는지 손톱이 바닥을 긁었다.

탄탈로스는 저 고통이 무엇인지 알았다. 아파하는 친구 녀석의 손이라도 잡아 주고 싶었지만, 지금 저 녀석의 옆에 갔다가 화를 당하는 것은 자신이었다. 탄탈로스의 서늘한 흑색의 눈동자가 고통에 몸을 비트는 지오반니를 담았다.

"며칠이나 걸릴까요?"

"탈피까지 하면 얼추 열흘."

"멀쩡한 정신으로는 감당하지 못해."

아를리안이 괴로운 듯 고개를 돌렸다. 가늘어진 홍채는 이미 인간의 것이 아니었다. 샛노란 홍채가 날카롭게 번뜩였다. 탄탈로스는 지오반니의 저 눈을 별로 좋아하지 않았다. 뱀의 것이었다. 사특한 힘이 어쩌다 녀석에게로 옮겨 붙었는지는 모를 일이지만 본능적으로 감정을 탐하려 하고 모든 것을 샅샅이 파헤치는 저 눈은, 아를리안과는 다른 의미로 불쾌하곤 했다.

뼈가 부러지는 소리가 선명해지고 잦아질수록 그와 비례하는 비명도 커졌다. 뼈가 비틀리는 것은 목부터 차례대로 시작되었다. 목뼈가 흉악하게 비틀리고, 내려앉은 어깨뼈로 인해서 몸 전체의 균형이 무너졌다. 빠른 속도로, 곧게 뻗어 있던 팔 또한 처참하게 비틀렸다. 본격적인 시작이었다.

"차라리 빨리 끝내 주면 좋잖아……."

조용히 한숨을 내쉬는 아를리안이 습관처럼 입술을 제 손끝으로 매만졌다. 동족이 내뱉는 고통스러운 소리는 오래 참아 줄 수 있는 것이 아니었다. 눈을 질끈 감고 귀를 두 손으로 막아 버리고 싶었다.

내지르는 비명이 귓가에 선명하게 박혔다. 거의 바닥을 기다시피

하는 지오반니의 입에서 검붉은 핏덩어리가 쏟아져 나왔다.

"'의식'이 이루어지는 시간이 저번보다 늦습니다."

"오래 참았잖아."

대체 왜 그런 어리석은 짓을 했는지는 알 수 없었지만 오래 참은 만큼 고통은 더 크리라. 페루의 말대로 시간이 꽤 지체되고 있었다. 빠른 속도로 진행되는 것 같더니 눈살이 찌푸려질 정도로 속도가 느려졌다.

뼈가 달각달각거리는 소리가 소름 끼치게 들려왔다. 고통을 참지 못해 비명을 지르는 지오반니를 보는 아를리안이 떨리는 몸으로 뒤로 물러섰다.

두 다리가 경직되더니 단번에 발목뼈가 반대쪽으로 꺾였다. 일순 굴 안이 조용해졌다. 탄탈로스도, 눈을 감은 아를리안도, 그 끔찍한 광경에 한숨조차 흘리지 못했다.

오래 참았던 것을 질책이라도 하는지, 지오반니의 몸을 사납게 휘갈겨 대는 몸의 변화는 화를 내고 있는 듯했다. 몸이 꺾이고 비틀린 지오반니의 몸은 인간의 육체라고는 믿을 수 없을 정도였다. 저런 고통에도 기절하지 않다니 어떤 의미로는 대단한 놈. 탄탈로스가 혀를 내둘렀다.

쓰러져 있는 몸뚱어리가 검은색으로 점점 변색되어 갔다. 입고 있던 옷들이 찢어지며 몸이 거대하게 부풀려졌다. 굴이 큰 이유가 있었다. 비틀린 팔과 다리는 거대한 몸뚱이에 녹아들듯 없어졌다.

"……이 녀석이, 이렇게나 컸어?"

"전보다 더 커지셨습니다."

분명 탄탈로스가 마지막으로 보았던 지오반니의 몸체는 이 정도로 큰 것이 아니었다. 물론 그때도 비정상적으로 크기는 했지만 이렇게 의문이 들 정도는 아니었는데.

그것은 녀석의 힘이 더 강해졌다는 것을 의미할 것이다. 모두가 그런 것은 아니지만 노야 같은 경우에는 덩치와 힘이 비례했다.

"이제 다 된 건가?"

"대충은 그런 것 같습니다."

반나절 동안 계속되었던 이 말도 안 되는 일이 끝났다는 사실에 아를리안이 차가운 벽에 등을 기대고 주저앉았다. 탄탈로스는 제 손가락으로 반들반들하게 빛나는 비늘을 찔러 보았다.

축축한 것이 갓 알에서 태어난 뱀의 것과 매우 흡사했다. 색으로 치자면 북해의 하르게니아의 비늘과 비슷했고, 그 단단함마저 용에 뒤지지 않으리라.

"하지 마."

두 가닥으로 갈라진 혀가 위협적이었다. 거대한 눈이 저를 쏘아보자 탄탈로스가 한 발 물러섰다.

"이런 시기가 된 걸 네가 몰랐을 리는 없고. 징후가 왔으면 참지 말았어야지."

"시끄럽다. 입 좀 닫아."

한껏 예민해진 지오반니가 심기가 불편했던지, 혀를 내밀고 목을 높이 치켜들었다.

아직도 희미한 고통이 잔류하는지 앓는 소리가 새어 나왔다. 곧 힘이 빠진 지오반니가 몸을 말곤 눈을 감았다. 감기려는 눈꺼풀을 들으려 노력하는 듯했지만 그것마저 여의치 않은 듯했다.

"탈피, 혼자서 하기는 좀 힘들지? 도와줄까?"

예민한 녀석이 아무 말 하지 않고 제 몸을 가만히 내리는 것을 보니 수긍의 의미였다. 몸집이 비대한 이 녀석이 탈피를 혼자 하기에는 무리가 있었다.

시간이 배로 들뿐더러, 매우 힘에 부치는 일이었다. 자세히 보니 눈 주위는 이미 탈피가 시작되어 있었다. 지오반니가 그 거대한 몸을 움직였다. 움직일 때마다 무게를 이기지 못하는 모래들이 옆으로 갈라섰다.

"아픈 건 괜찮고?"

"조금."

탄탈로스는 지오반니의 몸통에 매달려 탈피하는 것을 도왔다. 탄탈로스의 손길에 몸을 맡기는 지오반니가 색색, 고르게 숨을 내쉬었다.

"그래도 잘 참았어."

탄탈로스의 손이 지오반니의 매끈한 머리를 쓰다듬었다.

이런 것들을 볼 적마다 보통의 존재와는 다르다는 것을 인지하곤 했다. 괴리감이 깊어졌다.

이런 식으로 수명과 힘을 유지하는 것이 맞는 일인가. 몸 전체가 뒤틀리고 부려져 새 껍질을 입는 것이. 무엇을 위한 새로움인가. 오만함에 취해 무엇 하나 소중한 것 모르고 되바라지게 살아가는 것은 수백 년 전과 지금과 다를 바 없는 우리들인데, 대체 무엇을 위한 새로움이냔 말이다.

강함을 위해 거듭하는 변화는 이미 쓸모없는 일이었다. 용을 제외하곤 이 먹이사슬을 거스를 수 있는 존재가 없었기에, 이 상태에서 힘이 더 쥐어진다는 것은 무의미했다.

그렇다면 고통을 견뎌 내고 새로운 껍질을 입은 우리가 조금이라도 나아진 것이 있나. 끊임없이 진보하는 인간들에 비해 우리는 멈춰서 고리타분한 생각에, 죽지 못하는 육체에, 끝없는 시간에 갇혀 있을 뿐이었다. 그저 무식하기 짝이 없는 힘만 쥐어졌을 뿐이다.

타미르의 실패작. 신의 호기심과 무지로 태어난 저주받은 존재. 탄탈로스가 이를 물었다.

대체 어찌하여. 우리를 왜 이렇게 만드셨냐며 원망했다. 너무나 끔찍한 말로가 기다리고 있고, 평생을 괴물로 살아갈 수밖에 없는 우리가 가엾지 않으냐는 원망과 탄식이 입술 안에 맴돌았다.

*　　*　　*

"칼란디바가… 피기까지 얼마나 걸릴까."

바닥에 몸을 뉘인 채로 눈만 뜨고 있는 지오반니가 물었다. 그는 탄탈로스에게 제 몸을 맡기고 있었다.

"칼란디바는 왜?"

"줄 이가 있어서."

"아직도 정신 못 차렸지. 지금 꽃 따위가 문제인가. 아파서 죽을 것 같던 것이 한 시간도 채 되지 않았다."

탄탈로스가 혀를 찼다. 포악한 밤의 여신 칼란디바가 피운 하늘의 꽃. 룩스의 빛을 피해 그녀는 저주받은 사막에 제 정원을 만들었다. 룩스의 빛에 타들어 가지 않게 하기 위해 아침 해에 저물고 달밤에 뜨는 꽃을 피워 냈다.

"칼란디바는 상서롭지 못한 식물이야."

"그것 또한 사막에 뿌리내린 것. 사막의 것들 중 가치 없는 건 없어."

"외관만 화려한 꽃 주제에 사막의 정기를 빨아들이니 문제지. 이제 여신도 그 꽃을 돌보지 않아. 얼른 없애 버리는 것이 좋지 않겠어?"

"글쎄. 조금 더 생각해 봐야겠지."

그의 말처럼 칼란디바가 존재함으로써 이로울 것은 한 가지도 없었다. 메마른 사막을 더욱 말라 가게 했으며, 조금이라도 생명력이 남아 있을라치면 모두 흡수했다.

비 내리는 횟수가 현저하게 적음에도 만개하고 그 주변만 축축하게 젖어 있는 이유는 모두 그 때문이었다.

그것이 꽤 끔찍해 보인다는 것을 녀석은 모르는 모양이었다.

"여자를 사막으로 부를 거야."

"뭐?"

빠른 탈피를 위해 쉴 새 없이 움직이던 탄탈로스가 놀라 물었다. 지오반니의 말에 꾸벅꾸벅 졸고 있던 아를리안도 번쩍 고개를 들었다.

"사막으로 부른다고? 무슨 뜻이야?"

"무슨 뜻이긴."

"……."

"안주함을 의미하는 거다."

탄탈로스가 이번만은 절대 넘어갈 생각이 없다는 듯 이를 드러냈다. 그의 눈에서 흉흉한 기세가 여지없이 흘러나왔다. 죽은 판데라를 들먹이면서까지 그를 말리던 날은 오래 지나지 않았다. 그런데도 기어이 판데라와 같은 길을 걸을 모양이었다.

"내 말은 죽어도 안 듣지."

"탄탈로스."

지오반니가 얼굴을 들었다.

"오래전에 네가 했던 말을 기억해?"

"무슨 말을."

"오래전도 아니지. 이십 년 정도라면 너는 기억할 거야."

탄탈로스는 기억을 곱씹었다.

'이십 년. 이십 년이라.'

무슨 일에선지 지오반니는 그날을 기억하는 것 같았지만 자신의 기억 속에 남아 있지 않은 것을 보니 하잘 데 없는 이야기임이 틀림없었다.

이십 년이라는 시간은 짧은 시간이지만 지오반니가 말하는 시간을 좇으려면 꽤 오랜 시간이 걸릴 터였다.

"내게 귀인이 찾아온다고 했었지."

"귀인?"

탄탈로스가 의아한 눈을 했다.

"반쪽짜리 아수르."

"아수르······."

조그맣게 중얼거리는 탄탈로스의 눈이 가늘어졌다.

"그래. 기억났어. 반쪽짜리."

"어머니는 내게 사막을 선물하는 대신, 네겐 신의 눈을 선물했다."

신의 것처럼 완전한 앞을 내다볼 수는 없었지만 그의 말은 틀린 적이 없었으므로 지오반니는 탄탈로스의 말을 믿었다.

어머니 타미르는 저희들을 자식으로 부르며 많은 것들을 선물했는데, 제게는 사막을, 아를리안에게는 북해를 선물로 주었다. 지금은 용인 하르게니아와 영역 싸움으로 이전만 못하지만 그녀는 여전히 북해의 주인이었다.

그리고 탄탈로스에게는 신의 통찰을 선물로 주었다. 비록 아버지 울리아르의 것처럼 완전한 통찰은 아니지만 타미르의 자매인 틸레야가 우려했었다는 힘이었다.

"그 여자가 반쪽짜리 아수르라고 말하는 건 아니겠지."

탄탈로스가 떨리는 목소리로 물었다.

"이 땅에 남아 있는 온전한 아수르는 없어. 나노아가 죄 죽였거든. 아리엘을 마지막으로 사라졌으니 아리엘에게서 태어난 그 여자가 반쪽짜리 아수르겠지."

"잠시만. 야, 그건 그냥, 그냥 통찰일 뿐이야. 충분히 바뀔 수 있고, 신의 것과 견줄 만한 게 아니다. 그러니까……."

"허튼소리는 아니잖아."

"……."

"내 앞을 봤지. 어떠했나."

탄탈로스는 입을 열지 않았다. 저가 가지고 있는 것은 완전하지 않았다. 그렇기에 불규칙했고, 어느 것 하나 단언할 수 없었다.

또한 변수가 존재하기 때문에 저가 본 미래가 그 사람의 것이라고도 할 수 없었다. 바뀔 수 있는 가능성은 충분했다.

그때 분명 녀석은 붉은 머리의 여자와 함께하고 있었다. 하지만 지금도 그러리라는 법은 없었다. 여자의 시간이 다르게 흐를 수 있었고, 노야의 시간도 다른 갈래로 뻗을 여지는 충분했기 때문에.

탄탈로스는 고개를 저었다. 평생 노야의 앞을 볼 일은 없을 것이다. 겁을 집어먹었다는 것을 부정하지 않았다. 지금도 노야의 길이 달라지지 않았다면, 그는 판데라와 다른 동족들과 같은 길을 걷고 있는 것일 테니.

그는 우스갯소리로 건넨 자신의 말이 노야에게 지대한 영향을 미칠 수 있다는 것을 간과했다. 시간 속에 갇혀 사는 주제에 안주하길 바라고, 제 흔적을 남기길 바라는 남자의 간절한 바람을 아무렇잖게 생각한 것이었다.

"지금 내가 한 말 때문에 그 여자를 만나겠다는 거야?"

"그런 건 아니야. 하지만 영향을 받지 않았다고 할 순 없겠지."

"……."

"중요한 인연이라 하니 더 마음 쓰이고, 신경 쓰이고, 예쁘게만 보이잖아."

사람의 모습이 아니어서 알 수는 없었지만 어쩐지 지금의 노야라면 웃고 있을 것이라는 생각이 들었다.

"잊고 있었을 거라 생각하지 마."

"노야."

"얼마나 기다렸는지 몰라. 귀한 연이니 잊지 않았어. 너도 알다시피 일족에게 찾아오는 인연은 몇 없다."

지오반니가 느리게 말을 이었다. 그 여자에게 어느 정도 호감을 가지게 된 것이 탄탈로스의 영향을 받지 않았다고 말할 순 없었다.

그의 말에 자신을 섬기는 아수르 부족을 눈여겨보고 기오테가 수호하는 라제프에 관심을 가지게 되었다.

하지만 수년 동안 그 이름만을 좇았다는 것은 아니었다. 탄탈로스가 보는 것은 일부분에 불과했고, 그가 본 것처럼 끝이 맺어지는 경우는 거의 없었다. 탄탈로스는 수십 개의 길 중 하나를 본 것뿐이었다.

아수르 부족이 나노아에 몰락하고 시간이 흐르자 생각보다 그 이름에 대해 무뎌졌는데, 자신을 찾아온 아리엘의 존재에 그 이름을 다시 상기시킬 수 있었다.

탄팔로 사막을 라제프에 귀속시켜 달라는 얼토당토않은 아리엘의 부탁에 귀 기울인 이유도 그녀가 아수르의 피를 이었기 때문이었다.

아수르. 아수르. 자신은 그 이름에 너무나 관대해졌다. 틈 없는 부분도 물러졌다.

그러다 마지막으로 눈이 닿은 것은 그녀의 핏줄인 마지막 아수르의 사람이었다. 반쪽짜리 아수르. 탄탈로스가 말했던 것이 현실이 되어 맞닥뜨린 순간 발끝부터 이는 희열. 그 많고 많은 길 중 우리가 만났다는 것이 무얼 의미하는지.

모든 것이 흡족했다. 그녀의 존재도. 닿게 한 것이 탄팔로의 땅이라는 것도.

"얽매일 필요 없어. 탄탈로스가 본 건 일부분일 뿐이야."

아를리안이 그를 달랬다.

"그 일부분도. 내가 그 여자와 함께하고 있었을 거다. 틀린가?"

"지금은 달라졌겠지. 이십 년이란 시간 동안 너는 멈춰 있었겠지만, 그 여자의 시간바퀴는 수백 번은 굴러갔다. 그러니 모든 것이 바뀌었겠지. 여자에게는 많은 길들이 있어. 너에게도 그래. 굳이 그 길을 선택할 이유가 없다는 소리야."

"여자로 인해 네 끝이 어떨지 알 수 있다면 다른 길을 선택하는 것이 맞아."

탄탈로스와 아를리안의 걱정에도 그는 무심하게 입을 열었다.

"이제야 다다랐는데."

"……."

"그 많은 길 중 이렇게 닿았지 않나."

쉽게 바꾸기엔 그 여자와 함께했던 시간이 계속해서 맴돌았다. 울고 있는 모습에서부터 비에 젖은 모습, 제 뺨을 감싸던 것들.

그런 것들은 의문 속에서도 이유 모를 집착을 낳았다. 이렇게 닿았으니. 여자와 내가 만났으니. 내게 올 여자가 그대로 내게 온 것이니 마땅히 그 여자는 제 것이라고.

뱀이 튼 똬리에서 제 발로 걸어 나갈 수는 없었다.

품에 안겨 오던 모습들이 희미하게 남아 있는 고통의 잔류 속에서도 죄 기억이 나는 것을 보면 대체 이 감정이 무엇일까, 하고 자문했다.

*   *   *

라즐리는 우아하게 빗어 올린 남자의 머리를 오래도록 바라보고 있었다. 짙은 농도의 금발을 지나 이마로, 그리고 반듯한 콧대로. 차례로 그녀의 시선이 이어졌다.

푸른 눈이 자리한 눈은 만날 적부터 휘어 있었다. 미소가 걸린 입매를 바라보는 라즐리의 눈이 곧 시들해졌다.

그녀는 관심이 향하지 않는 것에 생각보다 무심하곤 했는데 그것이 사람에게도 여지없이 나타나곤 했다. 무례한 예법이었지만 누구도 그녀의 이러한 버릇을 꼬집는 사람은 없었다.

그러한 성격 때문에 사람과의 관계가 다채롭지 못하고 단조로웠다. 그랬기에 지오반니와의 만남에서 제너는 많은 것들을 느꼈을 것이다. 어쩌면 어렵지 않게 최악의 상상으로 결혼까지 생각했을지도 모르는 일이다.

아마 그녀가 농담을 건네지 않고, 예의상으로라도 웃어 주지 않는 이유는 눈앞의 남자가 누바라의 미하엘이어서라기보다, 관심을 끌지 못해서일 가능성이 높았다.

"자국으로 돌아가실 때까지는 뵐 날이 없을 줄 알았는데."

'어느 하나 특별하지 않네.'

라즐리가 간단하게 끝낸 감상이었다. 소문 자자한 미하엘은 그 짧은 한 줄로 표현이 가능한 남자였다. 밝은 빛은 죄 끌어안고 있는데도 무채색을 떠올리게 하는 지오반니보다 어두운 느낌을 주는 남자였다.

"곧 비가 올 것 같아요."

지오반니에게 선물 받은 팔찌를 내려다보며 라즐리가 무심하게 입을 열었다. 조금이라도 빨리 이 자리를 파하고 집에 돌아가고 싶어 꺼낸 말이었다.

비를 생각하니 지오반니가 사들인 땅을 적시던 얇은 빗줄기에 생각이 미쳤다. 말 한마디 없이 남부로 내려간 것은 조금 섭섭하지만 부관은 으레 있던 일이니 심각하게 생각할 것 없는 일이라고 설명했다.

그 사람이 그렇게 아플 사람이었나. 요양을 할 정도면 가벼운 감기 따위가 아닌 것 같은데. 용한 사람을 불러다 약을 지어야 할까. 지오반니는 없지만 오늘 그곳을 방문하는 것도 좋겠구나. 그가 있었다면 더 좋았을 테지만 빗소리를 들으며 넓은 부지를 한가로이 구경하는 것도 이제는 꽤나 즐기는 일이 되어 버리고 말았다.

모두 지오반니의 곁에 있으며 닮아 간 모습이었다.

찬 온도를 띠는 금속성의 팔찌를 매만지는 라즐리의 입가에 희미한 미소가 묻어 나왔다. 남자에게서 더 많은 선물을 받고 싶다고 생각했다. 그의 생활의 일부분 중 제 부피가 더 커다래졌으면 했다.

다정한 얼굴로 목걸이를 걸어 줄 남자를 생각했다. 고르는 데 꽤 고심했다며 반지를 끼워 줄 남자의 모습을 그렸다. 기꺼웠다. 심장을 간질일 만큼 다디단 상상이었다.

"물어볼 것이 있는데."

단 상상에 차가운 물이 뿌려지듯 불쑥 끼어든 미하엘의 목소리가 거슬리기 그지없었다. 라즐리의 얼굴에서 숨길 수 없게도 희미하게 걸린 미소가 온데간데없이 사라졌다.

"얼마든지요."

"기오테의 조각 말이야."

라즐리의 눈이 그제야 미하엘을 바라보았다.

"역시 이 정도 주제가 되어야 영애께서 날 봐 주시는군."

"기오테의 조각이라니…… 무슨 말씀이세요?"

"꽤 앙큼한 얼굴을 하고 속이려 하는데. 거짓말을 하는 얼굴이 수준급이야."

'이 남자가 알 리 없을 텐데.'

라즐리는 떨리는 손을 치맛자락에 감추었다.

"더 해 볼까."

얇은 입술을 말아 올린 미하엘이 턱을 괴곤 라즐리를 빤히 응시했다.

"아리엘이 휘두르던 창 '라지노예프'. 그것에 정령이 깃들어 전쟁을 승리로 이끌었다. 사람들은 창 라지노예프가 정령이라는 것은 꿈에도 몰라."

"……"

"너와 나만 알겠지."

"무슨 소리를 하고 계시는진 아세요?"

"정확히는 완전한 기오테가 아닌 기오테에게서 떨어져 나온 조각. 그것이 라지노예프라 불리었고 라제프를 황금의 시대로 이끌었다."

퍽 아리엘을 닮은 얼굴을 하고 있었다. 제 앞에서 떨었다면 저런 얼굴을 하고 있었을까. 아쉽게도 누바라에 끌려온 아리엘은 나약한 모습 따윈 보여 주지 않았으니 여자의 희게 질린 얼굴 같은 것은 알지 못했다.

그러한 얼굴을 딸에게 이어 보고 있자니 희미한 쾌감이 퍼졌다. 나쁘지 않은 기분이었다. 아리엘이 아니더라도. 저 여자라면.

좋은 것이 좋은 것이지. 대신이라고는 생각되지 않을 정도로 마음에 들었다.

"이상한 소리 그만하세요."

"영애야말로 어쭙잖은 거짓말은 그만하지. 내가 시시하게 농담 따위를 하려고 그대를 부른 건 아닐 테니. 나는 농담 같은 걸 좋아하지 않아. 그 농담을 하려 시간을 버리는 것도 좋아하지 않을 테지."

여자를 묶을 것은 너무도 확실하고 단단한 것이었다. 빠져나갈 구멍은 없었다. 틈 없이 조인 목줄이었다.

"그에게서 떨어져 나온 조각을 사용한 것을 탓하시는 거라면 제가 폐하께 아뢰겠습니다. 합당한 벌을 받으라면 달게 받을 겁니다. 그것은 저와 자국의 일일 뿐이지 전하께서 상관하실 바가 아니에요."

미하엘이 눈을 접으며 고개를 저었다.

"아리엘이 부리던 것이 기오테의 조각인지, 황가의 정령인지 따위가 중요한 것이 아니라."

"……."

"아리엘의 힘을 그대가 사용할 수 있다고 한다면 라제프의 귀족들이 무슨 생각을 할까."

라즐리의 얼굴에 균열이 일었다. 담담했던 얼굴을 뒤로한 채 내보인 것은 사납게 이를 문 얼굴이었다. 여태 지루한 얼굴을 한 여자가 대번에 태도를 바꿔 오자 미하엘이 호탕하게 웃었다.

"그대도 알고, 나도 알아. 이 나라의 귀족들이 얼마나 아리엘의 뒤를 좇는지. 질기기는 얼마나 질긴지 지켜보는 나로서도 놀라고 말았지 뭐야. 그들은 조금이라도 그 흔적을 좇으려 애를 써. 그래서 귀족들은 아직도 그대를 탐내. 아무런 힘도 없는 어린 계집이지만."

"……."

"그들이 하는 생각은 모두 똑같아."

라르기얀이 천천히 거리를 좁혔다. 턱을 쥔 손에 힘을 준 그가 라즐리를 제게 당겼다.

"제 어미와 같은 병기로 만들어 버릴까?"

그가 잔인하게 속살거렸다.

"애석하게도 사람 취급은 해 주지도 않아."

"짓궂게 말씀하시네요."

"라제프의 귀족들은 그때의 시절을 퍽 그리워하는 것 같던데."

"……."

"내가 가볍게 입을 놀리면 눈을 뒤집고 달려들겠지."

미하엘의 말에 라즐리의 몸이 잘게 떨렸다. 떠는 몸을 느낀 미하엘이 달래 주려는 듯 어깨를 꽉 잡았다.

"무서워할 법해. 네 어미가 어떻게 이용당했는지, 죽어 갔는지 안다면. 아리엘처럼 되고 싶지는 않을 거야."

미하엘이 고개를 비스듬히 틀었다. 입술의 거리가 꽤 가까워졌다고 생각할 즈음 라즐리가 찬웃음을 뱉었다.

"제 어머니요?"

라즐리가 웃음기를 띠곤 입을 열었다.

"당연하죠. 제 어머니처럼 되길 바란답니다. 제게 그것보다 더한 바람이 있겠습니까?"

"……."

"아직도 누바라의 사람들은 아리엘을 상징하는 푸른 산양의 깃을 보면 바지를 적시고 비명을 지르고 체면도 잊고 도망간다고들 한다죠. 전하께서도 그러실 것 같아 이 나라를 방문했을 적 제 걱정이 이만저만이 아니었습니다."

"……."

"전하께선 괜찮으실지 모르겠군요. 떠는 것은 제가 아니라 전하가 아니십니까."

라즐리의 조롱에 미하엘이 한 발 물러섰다.

"제 어미 닮아서 그대도 지지 않으려 하는군."

"전하께서 말하시는 본새가 사람을 얕잡아 보는 것 같아 저도 그리 대응했습니다. 혹여 불편하셨습니까."

"그럼 그대의 당찬 말처럼 한번 보자."

"무엇을……."

"사람들에겐 네빌루스의 신기인 라지노예프라 불리고, 우리를 벌벌 떨게 한 그것 말이다."

웅웅. 미하엘의 반지가 울었다. 순식간에 덮쳐 오는 화기에 뒤늦게 반응한 라즐리가 뒤로 물러서는 것과 동시에 부연 장막이 몸을 부풀렸다.

곧 타들어 갈 것처럼 거센 화기가 일대를 덮었다.

상황을 제대로 인지할 수도 없었다. 부풀려진 공기는 라즐리를 보호하듯 감싸고 몸을 떠밀어 미하엘에게서 떨어뜨려 놓았다.

순식간에 떠밀린 몸에 뒤늦게 정신을 차린 라즐리가 눈을 들어 제 앞을 바라보았다.

"바람……."

투명한 몸이 화기를 견디지 못하고 점점 타들어 갔다. 흡사 잡아먹히는 모습이었다.

"이런."

곤란하다는 듯한 음성엔 낮은 웃음기가 더해져 있었다.

"라르기얀!"

"정말 기오테의 조각 따위일 줄이야."

"멈추십시오!"

"우리가 겁을 집어먹었던 것이 완전한 기오테도 아니고, 조각 따위였던가?"

그가 기가 찬다는 듯 입매를 비틀었다. 조소와 함께 얼굴에 떠오른 것은 고요한 분노였다.

"미하엘, 이게 대체 무슨 짓입니까!"

"무슨 짓이긴. 고약한 그대의 입버릇을 고치기 위한 것이 아닌가."

귓가에는 끔찍하게 내지르는 비명이 들려오는 것 같았다. 망연히 타들어 가는 형체를 보는 라즐리의 눈에 부옇게 습기가 찼다.

다가가려 하자 보이지 않는 힘이 그녀의 앞을 막았다.

'**오지 마. 위험해.**'

"바유……."

차오르는 습기가 흐려지는 정령의 모습을 더욱 흐리게 했다. 아무렇게 눈물을 닦아 낸 라즐리가 재차 그 이름을 불렀다.

'**이제야 이름을 불러 주다니 너무하잖아.**'

"돌아와. 그러지 마. 제발!"

형체 없던 몸이 서서히 부서져 내렸다. 정령은 고개를 젓고 있는 것 같았다.

"바유."

'……'

"맞서지 마. 응?"

정령은 가만히 라즐리의 앞을 지켰다. 조각 따위가 완전한 챠를 막아설 수는 없었다. 타들어 가는 시간마저도 찰나일 것을 알았다.

찰나지만 정령은 과거를 거슬러 누군가의 얼굴을 떠올렸다. 어느 때나 네 얼굴을 기억하고 있다고. 선명하게 기억할 수 있을 줄 알았던 얼굴이 거짓말처럼 떠오르지 않았다. 대신 그 흐릿한 윤곽을 채운 것은 이제는 저가 지키고 보살펴야 할 아이였다.

태어났던 때를 기억하는 것만큼이나 부질없는 짓은 없었다. 우리의 존재들이야말로 자연의 일부분이었으며, 그 거대한 존재는 사라질 수 없기에 우리들 또한 사라질 수 없었다.

어쩌면 자신을 저주받았다 떠드는 자간보다, 오만함에 취해 싹을 말리는 용보다 가련했다. 저가 살아온 세월을 모두 기억하고 살 수는 없지만, 찰나의 시간처럼 짧게 느껴지던 때가 있다. 그만큼 찬란하던 때가 있었다. 아리엘이 제겐 그런 존재였다.

항상 생각하던 것이 있었다. 아끼는 이의 생을 주욱 지켜봤으면 좋겠다고. 흔적을 좇는 것은 자신이 되더라도 꽤나 즐거운 일이 될 것 같다고 어렴풋이 생각했다.

어릴 적부터 지켜봐 왔던 소녀가 눈에 들어 지키기를 원했다. 가까이서 머무르는 것을 바랐다. 소녀의 성장을 지켜봤고, 소녀를 괴롭게 하는 고뇌와 함께했다. 죽음이 도사리는 전쟁터에서도 함께였다. 소녀를 지키고 싶어 몸을 기꺼이 내던질 때가 있었다.

그런 아이는 자라고 자라 어머니가 되었다. 제게는 여전히 작은 아이의 곁에, 그리고 그녀가 낳은 아이의 곁에 머물고 싶다는 욕심은 차차 부피를 늘렸다. 그 욕심이 점차 형상을 갖출 즈음, 어머니가 되었어도 제게는 항상 소녀의 모습으로 존재하던 아리엘이 죽었다.

끔찍한 비통함이 내내 파고들었다. 그럼에도 그녀의 죽음에 슬퍼할 겨를이 없었던 것은, 소녀가 남기고 간 딸마저 잘못되지 않길 바랐기 때문에. 네 아이만큼은 꼭 지키고 싶었기 때문에.

하고 싶은 것이 무엇인지 명확해졌다.

지키고 싶다. 너를 허망하게 보낼 수밖에 없던 내 자신의 죄를 조금이라도 덜고 싶어.

"바유. 제발."

바람의 몸이 경직되었다. 주위의 환경이 낡게 바래졌다. 붉은 머리칼의 여자가 속삭였다. 연한 호박색의 눈동자를 빛내며 입을 열었다.

—바유.

해사하게 웃는 눈매가 꽤나 어여뻤던 내 아이는.

—나 아이를 가졌어.

가장 자랑스러워해야 할 소식도 속삭이듯 수줍게 고백할 수밖에 없는, 답지 않게 낯을 많이 가리는 아이였다.

—너한테 처음으로 알려 주는 거야.

사소한 것에도 미소 지어지는 것을 멈출 길이 없었다.

—여자아이 같아. 이름도 지었어. 라즐리야.

—예쁘네.

시큰둥한 자신의 말에도 여자는 입매를 길게 늘였다.

—뒤의 이름을 지어 줘. 네가 지어 줬으면 좋겠어.

아수르 부족의 전통을 따를 생각인 모양이었다. 뒤의 이름은 아명이나 다름없었고, 성장해 가면서도 거의 잊히는 이름이었지만 부족의 사람들은 그 이름을 더 뜻있게 여겼다.

그때의 자신은, 관심이 없는 척을 하면서도 꽤 고민을 했었던 걸로 기억한다.

─아게하.

나비? 여자가 반복해서 그 이름을 입 안에서 굴렸다. 그리곤 맑은 눈을 빛내며 웃었다.

─좋은 이름이야.

'이게 무슨⋯⋯.'

애도 아니고 이게 무슨 꼴이야. 바람이 스치듯 웃었다. 연한 호박색의 맑은 눈동자에 저 자신이 온전히 비춰 들었다.

"바유!"

─바유.

아리엘의 목소리가 환청처럼 얽혀들었다. 눈으로 홧홧한 기운들이 모여들었다. 눈물이 쏟아질 것만 같았다.

'내가 이래서⋯⋯.'

너를 좋아한다. 나를 그 이름으로 불러 주는 네가 좋다.

'**너에게 귀속되길 원해. 피와 살로 이어져, 영원히 얽히길 원한다. 피의 귀속은 너를 시작으로 네 후세대의 핏줄들까지, 모두의 안녕**安寧**을 약속한다.**'

바람이 훑고 지나간 라즐리에게서 물기가 잔뜩 묻어져 나왔다. 울고 있었던 모양이다.

아리엘처럼 걱정 많고 가련한 아이야, 항상 생각해 온 것이 있었다. 언젠가 이런 순간이 오면 나는 고민하지 않고 네 앞을 막아서겠다고. 널 해하려 하는 불온한 것이 네게 닿게 하지 않겠다고.

나는, 아리엘의 죽음 앞에서 맹세했다.

*　　*　　*

라즐리의 얼굴이 희게 질렸다. 뒤늦게 이름을 불러 봤지만 이미 제 앞에 선 바유가 몸을 늘렸다. 앞으로 나아가려 할수록 화기는 짙어지고 그 부피는 점점 커져만 갔다.

하지만 그 엄청난 화기에도 타들어 가고, 망가지는 것은 없었다. 그럼에도 피부에 닿는 것은 모든 것을 살라 먹을 불길처럼 뜨거웠다.

"바유!"

라즐리가 앞으로 나서려 하자 미하엘이 그런 라즐리를 저의 쪽으로 당겼다.

"다칠 거야. 챠의 불은 꽤 매서우니까. 나는 그대가 다치는 것은 싫어."

"당신 뭐야."

"……."

"나한테 대체 뭘 하고 싶은 거야! 되도 않는 소리 집어치워. 내가 다치는 게 걱정이 됐으면 멈췄어야지. 당장 멈춰. 당장!"

라즐리가 미하엘의 팔에 매달려 애원했다.

"바란다면 부탁을 해야지. 그리고 부탁을 할 때에는 말이야."

미하엘이 눈물 자국이 여실한 라즐리의 눈가를 쓸었다.

"정중하게 해야 하는 거야."

"……."

"나를 붙잡고 고함을 치는 게 아니라, 정중하게. 고개를 숙이고."

"……."

"그대가 줄 수 있는 것들 중 가장 가치 있고 비싼 것을 줘. 네가 줄 수 있는 것을 주어야 내가 뭐라도 해 주지 않겠나."

그의 팔에 매달려 있던 라즐리의 몸이 무너졌다. 그런 라즐리의 팔뚝을 잡아 일으켜 세운 미하엘이 단호하게 말했다.

"똑똑하게 봐라. 그대야말로 되도 않는 고집을 부린 것이 무슨 결과를 불러왔는지."

미하엘이 라즐리의 몸을 돌려세웠다. 붉은 불길이 부피를 늘렸다. 잡아먹으려는 모양새였다.

'불의 챠.'

바유가 저를 덮쳐 오는 화기에 본능적으로 한 발 물러서려 했다. 이성보다는 본능이 앞서니 명확하게 알 수 있었다. 눈앞의 정령은 기오테의 부분에 지나지 않는 저와는 달리 완전한 챠고, 이길 수 없으리라는 정도는.

하지만 그런 이유로 물러설 수는 없었다. 아리엘의 죽음 앞에서 눈물 흘리며 맹세하던 것을 잊을 수 있을 리 없었다. 두려움이 잠식할 때면 아리엘을 떠올렸듯 라즐리를 생각했다. 이 뒤에 있을 아이를 생각했다. 물러서면 그때 했던 맹세는 아무 소용이 없는 것이고, 네 낯을 볼 면목도 없을 것이라 수없이 되뇌었다.

'기오테에게서 떨어져 나온 조각 덩어리 주제에.'

형상이 잡히지 않는 바유와는 다르게 챠는 완전한 몸을 유지하고 있었다.

'기오테는 어머니. 아버지. 우리는 떨어져 나온 덩어리 따위가 아니야.'

'그렇다면.'

'우리를 직접 만드셨다.'

'헛소리. 네 말이 사실이라면 기오테가 정말 쓸데없는 짓을 했네.'

바유가 날카롭게 되받아쳤지만 돌아오는 것은 챠의 짙은 빈정거림이었다. 챠가 대단히 우스운 것을 들은 양 호탕하게 웃었다.

'조각 주제에 떠들지 마라.'

"바유!"

그 뒤로 새된 비명이 이어졌다. 불길에 잡아먹힌다. 거대한 불길이 몸을 늘렸다. 완전한 챠에게 맞설 수 없다. 흔적도 없이 먹어치울 거야. 그럼에도 막아섰다.

"저렇게 하다간 바유가 죽습니다!"

"이름을 붙여 줬나? 기오테에게서 떨어져 나온 조각 따위에게."

그가 무심한 눈길로 라즐리를 바라보았다.

"아무리 작은 조각일지언정."

미하엘이 서늘한 얼굴을 하곤 입을 열었다.

"기오테와 챠가 부딪친다면 그 여파는 무시하지 못해."

"……"

"상성이 그악스러울 정도로 최악이기 때문이지. 우호적이라면 최고일 테고, 적이 된다면 최악이다."

"원하는 것을 얻으실 수 있겠습니까."

"무엇이든 얻겠지."

담담한 그의 말에, 라즐리의 입을 비집고 나온 것은 메마른 웃음이었다. 그녀는 라르기얀을 마음껏 비웃었다.

"오만한 라르기얀. 취할 수 있다 하였지. 원하는 것은 뭐든 가질 수 있다 하였어."

"……."

"하지만 하나도 얻지 못할 거야. 이곳에서 당신이 가져갈 수 있는 건 없을 겁니다."

"아니. 나는 꽤 운이 좋은 놈이기 때문에 무엇 하나라도 가져가겠지."

미하엘이 몸을 숙여 라즐리의 턱을 잡았다.

"덫이다."

"무엇을 위한."

"그대를 잡기 위한."

입술을 짓씹은 라즐리가 주먹을 말아 쥐었다. 지긋지긋한 누바라. 죄어 오는 라르기얀. 달라진 것이 무엇도 없었다.

지겹도록 반복되는 이 굴레 속에서 생각나는 것은 무채색의 남자. 짐승의 눈을 하곤 단조로운 눈을 하며 입매를 느긋하게 늘이던 남자였다. 그 남자만큼은 저를 이곳에서 꺼내 줄 것이라고.

근거 없는 생각이 떠오르자마자 확신으로 이어졌다.

그 남자가 보고 싶다. 그 다정한 사람이라면 제 눈을 가리고, 귀를 막아 주겠지. 지금 이 상황이 끔찍하다는 것조차 알지 못하게.

"바유."

라즐리의 부름에 바유의 몸이 쩅하니 빛났다.

"사라지지 마."

두 번이고, 세 번이고 반복했다. 라즐리는 내뱉은 말이 그 어느 것보다도 훌륭한 매개체라는 것을 알았다. 스러져 가는 희망이었다. 부질없는 짓이라는 것도 알았다.

"사라지지 마."

미하엘은 불길에 잡아먹히는 부연 형상을, 그리고 헛된 희망 따위를 품고 있는 여자를 담담한 눈으로 바라보았다.

*   *   *

"어디 갔나 했더니."

지오반니의 탈피를 돕던 탄탈로스는 그가 잠이 든 것을 확인하자 잠시 땅 위로 올라왔다. 함께 친구의 곁을 지키던 아를리안이 보이지 않아서였다.

"사막은 바람이 차."

"……."

"춥지 않아?"

탄탈로스가 아를리안의 어깨에 두터운 모포를 걸쳐 주었다. 푸른 눈이 끝없이 펼쳐진 모래언덕 너머를 향했다. 유난히 깊은 어둠이 찾아온 탓에 그 너머에 무엇이 있을지 보이지 않을 텐데도 아를리안의 눈은 고집스럽게 그곳을 향해 있었다.

탄탈로스의 물음에도 아를리안은 답이 없었다. 심연처럼 깊은 눈이 저 너머에 닿아, 무언가에 도달할 때면 탄탈로스는 덜컥 겁이 났다. 셀 수 없을 정도로 오랜 시간 함께했지만 아를리안의 눈은 통찰을 가진 제 눈보다 더 진실할 때가 있었다. 보이지 않는 것을 보고, 들려오지 않는 것을 들었다.

"바람이 운다."

아를리안이 한참 만에 입을 열었다. 그녀가 제 뺨을 스치는 바람을 손끝으로 훑었다.

"기오테가 울어."

"⋯⋯."

"그 울음이 지천을 울린다."

그 슬픔이 옮겨 온 것인지 푸른 눈에 눈물이 가득 고였다. 기오테. 탄탈로스는 그 이름이 아를리안의 입에서 나오는 것을 망연히 듣고 있었다.

자연의 일부분이며, 이 세상이 만들어지기 전부터 존재했다고 알려진 그들이었다. 아를리안도 그들이 산 세월을 감히 입에 담지 못했다. 그런 그들이 인간을 사랑해 그들을 수호하고 나선 것도 꽤 오랜 시간이 흘렀다.

하지만 어느 순간부터 그들의 진심이 조금씩 변질되었다. 그들은 한결같은 모습으로 자리를 지켰지만, 그 외의 것들은 바뀌어 갔다. 그들이 사랑했다던 인간들도 마찬가지였다. 그런 변화는 대단한 그들도 어찌하지 못하는 것이었다.

맹세는 맹세일 뿐. 타미르가 빚었다던 일족이 나무 아래 잠들어 사라지는 것이 그리도 쉬운 것인데, 말 한마디의 맹세는 얼마나 조악한 약속인가. 그럼에도 대정령의 헌신은 놀라울 정도로 오래도록 이어지고 있었다.

"그 목소리가 애달파 가히 들어 줄 수 없을 정도다."

그녀의 눈이 일그러졌다. 아를리안이 홀린 듯 중얼거렸다. 푸른 눈이 까맣게 침잠되며 밤하늘의 것들을 담았다.

　대체 무엇을 보고 있는지 알 수 없었다. 간혹 이럴 때면 탄탈로스는 아를리안이 가지고 있는 무한의 깊이가 무서워지곤 했다. 그녀는 무엇을 듣는 것이며, 무엇을 보고, 무엇을 생각하는지 알 수 없을 때가 있었다.

　"기오테에게서 떨어져 나온 조각들이 있다. 인간들을 비롯한 우리들은 그들이 기오테에게서 떨어진 흔한 조각이라고 알고 있지만, 실상 그렇지 않아. 기오테는 자신을 위협하는 모든 것들로부터 안전하기 위해, 혹은 힘을 온전히 보존하기 위해 힘을 분산했다."

　"기오테 같은 대정령을 위협하는 존재가 있는 줄은 몰랐는데."

　"불의 챠. 그는 날 적부터 기오테를 시기하여 수많은 걸림돌을 두곤 하였어. 하늘신 울리아르조차도 그 둘의 힘에 대해서 걱정하셨으니."

　아를리안이 조금씩 발걸음을 옮겼다. 모래 위로 발자국이 찍혔지만 그마저도 금세 사라졌다. 탄탈로스는 그림자처럼 그녀의 뒤를 조용히 따랐다.

　"기오테에게서 떨어져 나온 조각 같은 것이 아니야. 그가 직접 만든 존재며, 형체를 부여했다. 그들 중 세 번째 아이가 인간과 연이 닿았다. 스스로 맹약을 걸었다. 기오테는 제 아이를 많은 것들로부터 걱정했다. 먼저는, 닳는 시간이 같지 않아 탄식했고, 평생을 그렇게 살아야 할 아이를 걱정하며 눈물 흘렸다. 그 아이는 자신이 걸어 둔 맹약에 오래도록 묶여 있을 것임이 분명하지만, 기오테 또한 막지 못했다."

　"……."

　"그 마음이 기오테에게 닿을 만큼 간절하여 기오테는 그러마 허락했다."

아를리안이 이를 물었다. 그럼에도 잇새로 새어 나오는 흐느낌은 멈출 수 없었다.

"기오테가 운다. 자식 잃은 어미의 울음과 흡사해."

아를리안은 어둠이 내려앉은 사막을 멀거니 바라보았다. 빛이란 없었다. 룩스의 빛을 막기 위해 제 손바닥으로 하늘을 가렸다던 칼란디바. 오직 여신의 손에 가려진 어둠만이 존재했다.

"탄탈로스, 이 소리가 네게 들리진 않나 보구나."

"애석하게도."

"귀를 막고 싶을 정도야."

흔들리는 나뭇가지처럼 비틀거리는 아를리안의 몸을 탄탈로스가 받아 냈다. 그의 입에서 무거운 한숨이 흘렀다.

"전조다."

"……"

"불길한 조짐이다. 기오테는 제 분노를 멈추지 않을 거야."

그들의 화는 산과 같이 거대하며, 끓는 용암처럼 뜨거우니 감당할 수 없고, 식힐 도리가 없음이라.

그들의 분노가 얼마만큼의 무게를 가지는지 알았기에 아를리안의 얼굴이 절망으로 물들었다.

* * *

"이제 좀 괜찮아?"

탄탈로스가 눈꺼풀에 매달린 허물을 떼어 주며 물었다. 매끄러워진 등허리를 쓰다듬자 지오반니가 만족한 듯 눈을 감았다. 고롱고롱. 큰

숨소리도 함께였다.

"뿔도 많이 자랐네."

날카롭게 돋은 뿔을 만지자, 탄탈로스에게 몸을 맡기고 있었던 것이 언제인 양 지오반니가 날카로운 이를 드러냈다.

"예민하긴."

"하지 말라고 했어."

"더 쉬어."

"탄탈로스."

"왜 그렇게 서두르는 거야?"

그가 이해가 가지 않는다는 듯 물었다. 이 시기에는 잠을 자며 푹 쉬는 것보다 좋은 것은 없었다. 일정한 주기로 뼈가 뒤틀리는 과정을 겪고 있는 지오반니가 그것을 모를 리 없었다.

언젠가는 굴에 처박혀 보름 동안 나오지 않았더랬지. 그것만 보더라도 지오반니가 하는 행동은 여러모로 이해가 가지 않는 것들뿐이었다.

그가 인간들의 업무에 매여 이렇게 급하게 서두를 리도 없었다.

"기분이 좋지 않아."

"네 기분이 좋았던 적은 있었고?"

지오반니의 죽 찢어진 눈이 마뜩잖은 빛을 띠고 있었다. 신경이 날카로워 예민해졌다고 생각하면서도 절대 쉬 넘기면 안 되겠다는, 불안한 감정이 드는 것이었다. 무언가가 석연찮았다.

그리고 이런 기분을 느끼고 나면 유감스럽게도 대부분은 이상한 일이 일어나곤 했다.

"페루."

두 가닥으로 갈라진 혀가 쉭쉭거렸다. 이 굴이 저의 성역임에도 불구하고 지오반니는 지나치게 신경이 날카로워져 있었다.

"예."

샛노란 눈을 마주한 페루가 움찔하며 뒤로 조금 물러났다.

"황도에 다녀와라. 탐피에게 무슨 일이 있었는지 전부 듣고 와."

페루의 큰 귀가 쫑긋쫑긋거리더니 점점 작은 몸이 날래게 움직였다. 탄탈로스는 페루가 있던 자리를 꽤 오랜 시간 바라보았다. 그런 그가 입을 열었다.

"나라가 걱정이 되서 그러는 건 아닐 테고."

벗겨진 허물을 제 손끝으로 매만지던 탄탈로스가 작게 웃었다. 녀석이 아무리 온화해졌다곤 하나, 그것과는 별개였다. 녀석에게 충성심이 있을 리 없었다. 제 발아래 두는 것을 너무나 당연하다고 생각하는 녀석이다.

또한 탄팔로 사막을 라제프의 땅에 귀속시켰다고는 하나, 그건 거창할 것도 없이 녀석의 변덕에 의해 일어난 일일 뿐이었다. 자신이 아끼는 이를 위한 작은 선물. 그 이상의 의미는 없었다. 그는 부탁을 들어준 것일 뿐, 라제프라는 나라를 아끼고 사랑한 것은 아니었기 때문에.

얼마든지 회수할 수 있고 이전처럼 두려움의 대상으로 만드는 것도 얼마든지 가능한 일이었다.

"그 아가씨 때문이야?"

그래. 차라리 그 아가씨 때문이라면 납득을 할 수 있을 것 같았다.

지오반니는 그의 말을 무시하며 몸을 비틀었다. 거대한 몸체 덕분에 조금이라도 움직일라치면 동굴 안이 매캐한 흙먼지로 가득 찼다.

"네가 이렇게 서두르는 이유가 그 인간 때문이냐고 묻잖아."

"그래."

"언제부터 진심이 된 거야?"

"진심?"

지오반니는 알 수 없는 말을 들은 것처럼 고개를 갸웃거렸다.

"진심이라고……."

"노야."

"……."

"지금 네가 얼마나 멍청한 짓을 하고 있는지 알기나 할까?"

탄탈로스가 그의 앞으로 다가섰다.

"인간이야."

종잇장 따위에 베여 버리는 약한 가죽을 가지고 있는, 탐욕이 가득하고 제 이익밖에 모르는 어쭙잖은 종족들이다. 살아 있는 생명체들 중에서는 제일 나약한 존재들 주제에 대륙의 패권을 쥐고 있는 무서운 것들이기도 하지.

"인간이 너를 감당할 수 있을 것 같아?"

"네가 상관할 일이 아니야."

"너 또한 그 인간을 감당할 수 있을 거라고 생각해?"

그는 아주 원초적인 질문을 던졌다. 사랑하고 아끼는 것은 다 미뤄두고, 너와 그 여자가 서로의 시간을 감당할 수 있을 것이냐고.

늙지 않는 너를 두고 여자는 무엇을 생각할 것이며, 너는 늙어 가는 여자를 보며 무슨 생각을 할까. 그때가 되어서야 땅을 치고 후회할 텐가? 하지만 후회할 시간도 짧아 다가올 이별에 준비조차 못하겠지. 그만큼 우리들의 시간을 길고, 그들의 시간은 짧다.

"일족의 끝을 봐라."

"……."

"누차 말했지만 판데라의 끝을 봐. 네가 되지 않으리라 생각하지 마."

"네게 지겹게 들어 왔던 것이다. 그리고 나는 그의 끝을 봤지."

"그런데 아무 생각이 들지도 않았다?"

투명한 노란 홍채가 제 앞에서 열심히 입을 움직이는 탄탈로스를 눈에 담았다.

"죽음이 가깝지 않아서인가."

"……."

"무섭지 않아. 두려울 것도 없지."

"너!"

"하지만 네 말대로 후회할지도 모르겠다. 그 여자와의 시간에 안주해, 이대로 죽어도 좋겠다고 생각할 즈음 네 말이 생각나겠지. 문득 머릿속을 파고들 거야."

매끄러운 몸이 출렁이듯 움직였다. 고개를 내린 지오반니가 탄탈로스와 눈을 맞추었다. 한기를 머금은 눈이 새파랗게 빛났다. 벌려진 입 사이로 스물스물, 탁한 공기가 모여들었다.

"하지만 탄탈로스, 그렇게 겁을 집어먹고 살면 아무것도 하지 못할 거야. 나는 영원히 이 굴 속에 처박혀 잠이나 자야 할지도 모르지."

"……."

"아끼는 벗. 우리의 시간이 꼭 평탄하리라는 법은 없다. 여태 살아온 시간이 행복하다고 단정 지을 수 없듯이."

"……."

"힘들 수도 있고 슬플 수도 있지. 인간들이 버텨 내듯, 우리도 버텨낼 수 있어. 인간들은 수많은 난도질을 당함에도 다시 일어서곤 한다.

그 상처를 잊은 것이 아니라 딛고 서는 거지."

어쩐지 웃고 있는 것 같았다. 저는 이렇게나 심각한데 정작 지오반니는 굉장히 기꺼운 듯했다.

"네 말대로 보고 싶고."

여자를 생각하는 듯 지오반니의 얼굴이 한층 누그러졌다.

"걱정되고. 내가 느끼고 있는 이 불안이 거짓말이길 바란다면."

탄탈로스는 제 친구의 입에서 나오는 말을 멍하니 듣고 있었다. 이것이 진정 잘못 들은 것이길 바라며.

"그것이 네가 말하는 진심인가?"

"노야."

"그렇다면 진심이라고 해 두자."

지오반니는 기분이 좋은 것을 굳이 감추려 들었다. 몸을 둥글게 만 그가 눈을 감았다. 페루가 소식을 가져오기 전까지 단잠을 잘 생각이었다.

*　　*　　*

라즐리보다 더 하얗게 질린 얼굴로 방에 들어선 제너는 흔들리는 눈을 바로 하고 무너진 얼굴을 갈무리했다. 그는 단정치 못한 옷매무새는 정리할 생각도 하지 못한 채로 라즐리에게 다가갔다.

"이게 어떻게 된 일이냐."

제너의 물음에도 라즐리는 석상처럼 몸을 굳히고 앉아 있을 뿐, 입을 열지 못했다. 넋을 놓은 처연한 눈은 제 손끝만 바라보고 있었다.

"라즐리."

답답함을 숨기지 못하고 있던 그녀의 숙모가 라즐리의 어깨를 흔들었다.

거대한 화마가 호숫가를 뒤덮었다. 그곳에는 라즐리와 미하엘이 있었고, 공가의 사람들이 갔을 때에는 라즐리는 눈물이 뒤덮인 얼굴을 하고 있었다. 태연자약해 보이던 미하엘과는 대조적인 모습이었다.

"그만."

제너가 손을 들어 숙모 되는 여자의 손을 막았다. 그의 말에 술렁이는 사람들의 입도 조용해졌다.

"모두 나가. 내가 듣겠다."

바빈이 앞으로 나서려다 제 모친을 이끌고 먼저 방을 나섰다. 그의 명령에 서로 눈빛을 주고받은 사람들이 하나둘 방문을 나섰다.

"이야기하는 것이 어려우냐."

라즐리와 눈높이를 맞추어 몸을 낮춘 제너가 물었다.

"이번이 아니라도 대화를 할 때는 많지. 다음에 다시 올까?"

라즐리는 대답하지 않았다.

"무슨 일이 있었는지. 말해 봐라. 탓하지 않을 테니까."

"……."

"나는 너의 가장 든든한 조력자야. 가족이자, 너를 가장 아끼고 존중하는 사람이다. 네게 탓이 있다면 그 허물을 덮을 것이고, 라르기얀 때문에 일어난 일이라면 나는 녀석과의 싸움도 불사할 수 있다."

비로소 라즐리의 눈이 제너를 담았다. 하지만 정확한 시선은 제너에게로 향해 있지 않았다. 그녀의 눈에 비춰진 것은 몇 시간 전의 일이었다.

"두 번이나 당해 줄 수는 없기 때문이야. 네게 해를 가했다면 나는 두고 보지 않겠다."

제녀의 눈에 거센 불길이 일었다. 네가 또. 네 아버지에 이어 네가 이 아이를 죄어 온다면 가장 날카로운 것을 심장에 박아 넣으리라.

"라르기얀은… 어쩐지 이상할 정도로 제게 집착해요."

"……."

"지오반니와의 혼사로 심기가 뒤틀린 모양이에요."

끔찍한 불길. 상처 입지는 않았지만 그 열기와 뜨거움이 대단하여 근처까지도 다다르지 못했다. 하지만 그것을 바유는 막아섰다.

"라르기얀이 바유를 붙잡고 제게 협박을 했어요. 아시잖아요. 바유는 어머니가 남기고 간 유일한 선물이에요. 저는 마지막까지 챠에게서 저를 막는 정령의 모습을 잊을 수 없어요. 단순한 정령이 아니에요. 어머니의 존재였고, 그를 통해서 어머니를 떠올리고, 회상할 수 있었어요. 가족 같은 아이예요. 그런데……."

"……."

"라르기얀은 망설임도 없이 그 아이를 죽였어요."

끔찍한 기억이었다. 라르기얀의 말, 그때의 상황이 전부 희미한 잔류처럼 남아 있는데도 바유가 저를 막는 모습은 각인되듯 뚜렷했다. 거대한 화마를 가로막아, 종내 잡아먹히던 모습까지 생생했다.

그래. 잡아먹혔다. 괴로워하던 울부짖음이 선득하게 귀를 파고들고, 그 사라지던 모습까지도 선연했다.

"라르기얀이…… 기오테의 조각을 죽였어?"

제녀의 눈이 일그러졌다. 우려했던 일들 중 가장 최악의 일이었다. 그가 기오테의 조각을 두고 라즐리를 협박하고 이런 식의 치졸한 방법을 쓰는 것은.

"제가 잘못한 일입니까?"

라즐리의 물음에 제너가 고개를 가로저었다.

"하지만 귀족들이 안다면 가만히 있지 않을 거예요. 어머니가 부렸던 정령이 사실은 기오테의 조각이고, 그것을 제가 가지고 있었다는 사실을 알게 되면."

"……."

"황가의 정령을 훔쳤다는 죄목과 함께 저를 어머니처럼 만들겠죠. 못하시리라 보세요? 아니요. 아직도 어머니의 환영에 매인 황제께서는 승낙하실 겁니다."

그녀는 사람들이 얼마나 잔인해질 수 있는지 알았고, 욕심으로 비롯된 것들이 사람 한 명 정도는 산송장으로 만들 수 있다는 것을 알았다.

"잘 들었다."

제너가 눈물로 적신 라즐리의 뺨을 닦았다. 라르기얀이 먼저 도발한 것은 맞지만, 그의 죄목을 밝히기 위해서는 잃을 것이 너무나도 컸다.

"너는 걱정이 많다. 불안해하고, 깊게 생각하지."

"……."

"하지만 어찌 보면 가장 간단한 일이다. 그럴 일은 일어나지 않아. 약속하마. 네가 걱정한 일들은 일어나지 않아."

라즐리가 습기가 가득 찬 눈으로 그를 마주 보았다. 온기가 스며든 손으로 눈을 찬찬히 쓸어 주니 멈춰 있던 눈물이 왈칵 터졌다.

"너는 어떤 일에서도 안전할 거고. 라르기얀의 뜻대로 되게 하진 않는다. 결혼 또한 웰시노와 문제없이 이루어질 거야."

"……."

"나는 녀석을 막아설 준비가 되어 있어. 죽일 각오도 되어 있지. 그 결단은 네가 생각하던 것보다 단호하다. 너는 상상도 못할 만큼 라르기얀에게 잔인한 생각을 하고 있단다."

수십 번은 누바라의 핏줄에게 칼을 찔러 넣는 상상을 하곤 했다. 아들을 죽인 것이 그가 아님에도 어느 순간부터 가슴 깊이 정착한 분노의 뿌리는 멈춰지지 않고 자라기만 해. 아들을 잃은 심정을 겪어 본다면. 단상 위에서 허허로이 웃고 있는 남자의 얼굴이 일그러질 수만 있다면.

놀랄 정도로 살의가 치밀고, 끔찍한 생각의 연속이었다. 하지만 그는 그런 생각을 하고 있다는 것이 상상이 되지 않을 정도로 다정한 눈을 하곤 라즐리의 이마에 입을 맞추었다.

"그러니, 몇 밤만 잠을 자고 나면 모든 일은 끝나 있을 게다. 너는 늘 그렇듯 책을 읽고 산책을 갔다 와서 좋아하는 간식을 먹으면 돼."

아무것도 들리지 않게 귀를 막고, 보이지 않게 눈을 가려 줄 수 있었다. 라르기얀에게 상처 입을 수 있지만 죽지는 않을 테고, 결국 소중한 것을 지켜 낼 것이며 마지막에 녀석의 오만함과 과오에 비웃을 수 있는 것도 자신이 될 터였다.

* * *

페루의 커다란 귀가 접히고 펴지는 것을 반복했다. 지오반니의 앞에서 꼬리를 흔드는 페루가 보고를 하기 전 잠시 숨을 골랐다.

"아무래도 상황이 이상하게 되어 버린 것 같아요."

"이를테면."

"기오테와 챠가 부딪쳤답니다."

말을 옮기던 페루의 얼굴은 그것이 가능하냐는 듯한 물음을 띠고 있었다.

페루는 누가 듣기라도 하는 것처럼 꼴사납게 속삭이던 탐피를 생각했다. 정확히는 탐피가 쏟아 내던 말들이었다. 최대한 기억하고 있는 것을 말해 보려 해도 심기가 불편해 뵈는 주인 탓에 긴장을 한 것이 말을 더듬기 일쑤였다. 사나운 눈초리에 숨도 못 쉴 지경이었다.

"뭐?"

묻는 말에 절로 날이 섰다. 길게 찢어진 홍채에 칼 빛이 스몄다. 페루가 몸을 낮추곤 벌벌 떨었다.

"기오테와 챠라니."

지오반니가 되묻는 말에 손만 까닥이며 지루함을 씹던 탄탈로스가 눈을 들었다. 수명으로라면 어머니 타미르보다, 혹은 그보다 더 오래 살았다고 알려진 고대의 존재들이었다.

그들은 자간과 용처럼 쉴 새 없이 제 힘을 과시하며 뚜렷한 존재감을 나타내지는 않았지만 그러지 않더라도 제 일족과, 용에게 충분히 위협의 대상이었다. 그들은 때로 어머니처럼 훈계하곤 했다.

그렇다고 해서 그들이 한쪽의 편에 섰다고 말할 수도 없었고 철저한 방관자에 가까웠다. 그런 그들이 유일하게 지상 위의 것들 중 사랑을 주는 것은 한없이 나약해 죽음과 탄생의 운명바퀴 안에 갇힌 인간들이었다. 그들은 수호자를 자청해, 인간의 편에 섰다.

"탐피 또한 불에서 태어난 악마지만 근원은 챠의 것이 아닙니까? 그 높음의 존재에 몸을 납작 엎드릴 수밖에 없었답니다. 탐피가 말하길, 기오테의 기운이 느껴졌지만 챠와 비교해 본다면 아주 미세했다고 해요."

"완전한 기오테가 아니겠구나."

기오테에게서 떨어져 나온 조각. 아리엘이 부렸던 정령. 사람들에게 불리는 이름은 여신의 창 '라지노예프'. 지오반니는 어렵지 않게 추리할 수 있었다.

"그래서."

"그… 라즐리라는 여자가 매우 곤란하게 되었다고 합니다. 아시다시피 기오테와 챠는 상성이 그악스럽지 않습니까. 챠가 얼마나 괴랄한지 아시잖아요. 그래서 그 여파로 그 일대가 죄 타 버리는 둥, 황실에서 사람들이 나왔다는 둥, 말이 많습니다."

"기오테의 조각은 죽었나?"

"글쎄요. 물어보지 않았는데, 중요한 일입니까?"

죽었다. 죽었을 것이다. 죽었다는 표현은 맞지 않지만 인간의 말을 빌리자면 죽은 것에 가까웠다.

짓궂고 대범한 챠가 기오테에게서 떨어져 나온 것을 가만히 둘 리 없었다. 그 성정이 라르기얀과 꼭 빼닮아, 지오반니는 저도 모르게 쉬쉬, 불길한 울음소리를 내었다

"멀리 있음에도 탐피가 챠의 기운을 확실히 느낄 수 있었답니다."

"대담하다고 해야 할지 겁이 없다고 해야 할지."

가만히 앉아 제 손 사이로 빠져나가는 모래들을 망연히 보던 탄탈로스가 중얼거렸다. 라제프는 바람의 기오테가 수호하는 곳이었다.

제 기억 속에서의 기오테는 성정이 유하기 때문에 불같이 성격이 활활 타오르는 챠처럼 분노를 내비치지도, 그렇다고 해서 악랄하게 복수를 할 성격은 아니었다. 하지만 그런 도발에도 유할 정도로 바보는 아니었다.

모든 도발과 싸움에서 항상 물러서는 쪽은 기오테였지만 이번만큼
은 상황이 다르게 흘러갈 터였다.

"그래서 라즐리는? 어떻게 되었지?"

"그건 저도 잘 모릅니다."

'애가 타겠네.'

페루 녀석은 지금 지오반니가 무서워서 벌벌 떨고 있었지만, 조금
주의해서 본다면 지오반니가 초조해하는 것쯤은 알 수 있었을 것이다.

긴 꼬리가 호들갑을 떨며 위로 들렸다 떨어지기를 반복했다. 녀석
이 뱀이라서 지금은 표정 변화를 알 수 없겠지만, 아마 인간의 모습이
었다면 꽤 꼴불견이었을 것이다.

"집으로 빨리 가야겠네."

그렇지? 탄탈로스의 이죽거림에 지오반니가 씩씩거리더니 흥분을
가라앉혔다. 저 녀석이 귀해하는 것은 건드리지 않는 것이 좋을 텐데.

그 여자가 잘못된다면 정말 재미있는 상황이 벌어질 수 있겠구나.
분노에 사로잡힌 녀석이 이 나라를 부수든, 무슨 짓을 벌이든 그런 것
따위는 상관할 바는 아니다.

하지만 끝이 빤히 보이는 일이니 겁 없는 라르기얀이라는 놈을 조
금 안타까워해 줘야 할까.

* * *

기오테와 챠가 부딪쳤다.

작은 호숫가 근처에서 일어난 일은 두 시간도 채 되지 않아 황도의
귀족들을 황궁으로 모이게 만들었다. 어쩌면 기오테와 챠가 부딪쳤다

는 소식은 그들에게 중요한 일이 아닐지도 몰랐다.

귀족들은 그 장소에 아리엘의 딸인 라즐리가 있다는 것에 주목했고, 기오테의 조각을 부릴 수 있다는 가능성에 초점을 두었다. 그리고 나아가서는 아리엘로 인해 취할 수 있었던 것들을 나열했다. 다시 한 번 취할 수 있을 것 같아 기대감으로 가득 찬 얼굴을 숨기지 못했다.

그럼에도 그들이 제 기쁨을 마음대로 내보일 수 없는 것은, 이러한 상황에도 감정을 누르며 침묵하는 프레야 공작 때문일 것이다. 그는 지나치게 말을 아끼고 있었다. 제 분노를 꾹꾹 눌러 담고 있는 그의 입매가 일자로 굳어졌다.

"기오테의 조각이라……."

오키아가 중얼거렸다. 그가 운을 떼자 침묵이 깨어지고 여기저기서 술렁이는 목소리가 커져만 갔다. 그런 그들 속, 유일하게 당사자와 혈연으로 묶인 프레야 공작은 오키아를 서늘한 눈으로 주시하고 있었다.

"어떻게 라즐리가 황가의 정령을 부리고 있지?"

"부리는 것이 아니라 친구라고 보셔야 할 겁니다."

제너가 그의 말을 정정했다.

"친구?"

오키아가 실소했다. 친구로 엮이는 조합이 꽤나 어울리지 않아서였다.

"그 정령을 얻게 된 경위는."

"아리엘이 부렸던 정령이 기오테의 조각이었습니다."

"아리엘이……."

"사람들은 그런 정령을 두고 '라지노예프'라고 부르더군요."

그 이름이 나오자 누군가가 환호 비슷한 것을 내질렀다.

"라지노예프라고?"

오키아라고 해서 다르지 않았다. 그는 얼빠진 얼굴을 하곤 의자에서 반쯤 일어서 있었다. 놀란 얼굴을 감추지 못한 그의 몸이 굳었다.

"아리엘은 나노아에 의해 사라진 부족의 마지막 사람입니다. 그 부족이 정령을 부리는 것에 능했다는 것은 아실 겁니다. 어릴 적부터 연이 닿았던 것 같더군요. 아리엘이 죽자 그 정령은 라즐리의 곁에 머물렀습니다. 아리엘의 빈자리를 조금이나마 채워 주면서."

"아무리 그렇다 하더라도 기오테는 황가의 정령입니다. 라지노예프가 기오테의 조각이었다는 것도, 또한 아리엘이 황가의 정령을 부렸다는 것을 프레야 가문만이 알고 있었다는 것은 황실을 속인 것이 아닙니까."

"제가……."

제너가 고개를 비스듬히 기울였다. 이미 이러한 상황은 예상했다. 또한 지지 않을 준비도 되어 있었다. 쉽게 무너지지 않는다.

"라즐리를 아리엘 같은 기구한 인생으로 몰아넣어야 했다고 말씀하시는군요."

"황실을 위해 당연한 일이었습니다."

"누군가의 희생이 당연했어야 했습니까?"

"대를 위한 희생이라면."

"그렇게 쉽게 말씀하시는 건 경과는 하등 상관없는 사람이기에 그렇겠지."

그렇기에 그럴 수 있는 것이다. 그렇듯 쉬울 수 있는 것이었다. 자신과 아무 연고 없는 이의 죽음을 입에 담는 것은 쉬웠다. 마치 하루 일과를 묻는 양 평이할 수 있었다.

"내 아들이 죽었을 때에도 누군가 그런 말을 했었죠. 황실을 위해,

이 나라를 위해. 편리한 말씀을 잘도 하시는군요. 남의 희생을 강요하는 것은 그렇듯 쉽죠."

희생. 그의 아들의 죽음에서 지겨우리만치 들어 온 말이었다. 왜 그 아이의 희생이 필요했나.

"그래서 내가 사랑하는 손녀의 인생을 그렇게 만들었어야 옳았냐고 묻고 있는 겁니다."

"……."

"그 아이도 모친인 아리엘의 길을 따라 걸어야 합니까? 어떻게 살아왔냐는 그다지 중요한 게 아니죠. 찬란했다 하더라도 비참한 끝을 보면 아무짝에도 쓸모없지 않습니까. 아리엘이 딱 그 짝입니다."

그의 말에 오키아가 쓰게 웃었다. 또다시 반복되는 듯했다. 아들 내외의 죽음을 마주하고, 그 후에 당신이 나를 어떻게 바라보았을지. 지금 그 눈과 똑같질 않나.

그때의 일이 다시 겹쳐 보여 오키아의 얼굴이 일그러졌다. 수치스럽다. 그 눈을 마주하고 있노라면 자신이 그렇게 부끄럽고, 작아질 수 없었다. 당신은 무른 사람이 아니니 두 번은 허락하지 않겠지. 충신의 가면은 손쉽게 벗어던지고 칼을 겨눌 것이다.

팽팽한 대치가 계속되었다. 귀족들은 자신들을 다시 낙원으로 데려가 줄 이가 라즐리라고 생각하는 듯 사정없이 몰아붙였다.

'오키아.'

그 순간, 누군가 오키아의 이름을 담았다. 인간의 것이 아닌 목소리 같아 서로 목소리를 높이던 귀족들이 일순 멈추었다. 하지만 황제의 이름을 입 밖으로 낼 이는 그곳에 존재하지 않았기에 모두 의아한 눈으로 주위를 둘러보았다.

하지만 오키아만은 이 목소리의 주인이 누구인지 알고 있는 듯했다. 그는 잠시 놀란 눈을 했지만 익숙하게 허공을 바라보았다.

'오키아, 내 아이야.'

목소리의 주인은 깃들 대상을 찾고 있었다. 흙이 단단하게 뭉쳐져 사람의 형상을 만드는가 싶더니 느리게 녹아내렸다. 그리고 이내 다시 뭉쳐지고 녹아내렸다. 몇 번을 반복하니 완전하진 않지만 사람의 형상을 갖추었다.

하지만 사람의 형상을 갖추고 있다 뿐이지 몸 전체는 점토로 만든 것에 지나지 않았다. 유일하게 사람의 것이라고 할 수 있는 것은 진한 녹색의 눈이었다. 그것은 오로지 오키아만을 바라보고 있었다. 녹색의 눈은 노기를 품은 것 같기도 했고, 안타까워하는 것 같았으며, 슬픔을 달랠 길이 없어 보이는 것 같기도 했다.

'오키아, 사랑스러운 아이. 나는 무척이나 화가 나 있다. 참을 수 없어 눈물 흘리고 감당할 길 없어 내 탄식이 온갖 불길한 것들을 만들어 냈다.'

"……."

'분노함에 이 화를 다스릴 수 없다.'

그 괴이한 존재가 한 발 내디딜 때마다 흙가루들이 쏟아졌다. 자세한 것은 알 수 없었지만 그 존재가 경외시되고 하루에도 수십 번은 입에 올려지는 기오테의 존재라는 것은 알았다.

'감히.'

온화한 목소리는 온데간데없고 노한 기를 머금은 목소리가 바닥을 사납게 두드렸다.

'감히 챠가 내 아이를 해하였다. 내게서 태어난 아이를 잔인하게 죽이고 욕보이며 그 죽음 앞에 비웃었느니.'

"……."

'챠가 내 아이를 죽인 것에 슬퍼하지 않을 수 없다. 내 울음소리가 지천을 울리고 저 먼 곳, 낙원 헬리벨-용이 잠드는 곳-까지 닿았다. 이 분노가 조금이라도 식기 전에, 내 눈물이 마르기 전에 널 찾아왔다.'

"기오테."

오키아의 말에 귀족들이 놀란 눈으로 그를 바라보았다.

'이것이 나에 대한 도전이 아니면 무엇이라는 건가. 내 것을 앗으려는 명백한 적의가 아니고 무엇이라는 거냐.'

완전한 바람. 그 존재가 불어오는 것들의 모든 근원. 바람이 탄식했다. 아이를 잃은 슬픔에 절규하고, 저가 겪은 무례함에 분노했다. 그 흉포한 분노를 감추려 들지 않았다.

"챠가 기오테의 아이를, 그게 무슨 소립니까?"

'힘을 온전히 보존키 위해 분산했다. 내게서 만들어진 아이가 챠에 의해서 사라졌다.'

"기오테는 황가의 정령입니다. 그것이 조각일지라도 누군가가 소유하고 있다는 것은……."

귀족들 중 누군가가 작게 항변했다.

'닥쳐라.'

기오테가 새파랗게 빛나는 눈으로 일갈했다.

'나는 고귀한 존재다. 너희들보다 오랜 시간을 이 땅 위에 존재했지. 내가 존재함에 살아 숨 쉴 수 있는 게다. 그 사소한 감사함을 모르는 너희들이 감히 이 나를 조악한 말로써 묶음이냐. 내가 머물길 원하여 머문 것을 너희들이 잡아 두었다 지껄이지 마라!'

가볍게 혀를 놀린 남자를 당장에라도 목을 조를 기세로 바라보던 기오테가 씨근덕거리며 다시 오키아에게로 향했다.

'내 세 번째 아이가 맹약으로 묶이길 원해 허락해 준 것을 왈가왈부하려 들지 마. 내가 존중한 그 아이의 결단을 감히 너 따위가 모욕으로 얼룩지게 하는 것이냐. 세 번째 아이는 스스로 맹약을 걸어 족쇄를 채웠다. 나는 그 아이의 생각을 존중하며 받아들였다. 인간의 아이가 사랑스러워 견딜 수 없다던 아이를 기꺼운 마음으로 보내 주었느니.'

기오테가 느린 걸음으로 오키아에게 다가갔다. 턱을 들고 저의 눈과 마주하게 했다. 녹색의 눈과 오키아의 눈이 빈틈없이 맞닿았다.

'이 분노를 삭일 길이 없다.'

바람이 불어 들어올 틈 같은 것은 없음에도 시립해 있던 귀족들의 옷자락이 크게 부풀었다.

'챠의 팔과 다리를 잘라라.'

기오테의 명령에 모든 것들이 동조했다. 그에게 묶인 모든 것들이 기쁘게 울고, 그의 분노와 함께했다. 그에 반해 오키아는 턱이 불거질 정도로 이를 물었다.

'놈의 머리를 자르고, 심장을 도려내어.'

쿵쿵. 저 멀리서 세차게 치는 둔탁한 소리가 울렸다. 귓가를 지나, 머릿속을, 그리고 심장 깊은 곳으로 다다랐다. 오키아는 그 소리들이 모든 것을 어그러뜨릴 불길한 소리로 들렸다.

'그것을 내게 바쳐라.'

전조다. 인간이 아닌 것의 분노를 샀으니 멈출 길이 없었다.

<2권에 계속>